Perry Rhodan Classics
Die besten Alien-Geschichten
von Thomas Ziegler

Perry Rhodan

CLASSICS

Die besten Alien-Geschichten

von Thomas Ziegler

BUCH UND ZEIT

B Z

ISBN 3-8166-1832-4

Printed in Germany

Vorwort

Humor gilt als eine Eigenschaft, die bei allen Völkern und zu allen Zeiten verbreitet war. Es liegt nahe, daß auch in der Zukunft gelacht wird. Schlimm genug wäre es ja, wäre die ferne oder nahe Zukunft so ernst und kühl, wie sie manche Science-Fiction-Filme ausmalen. Der Humor wird auch in den nächsten Jahrhunderten seine Rolle spielen.

Das gilt natürlich auch für die PERRY RHODAN-Serie, das wohl größte Projekt einer fiktiven Menschheitsgeschichte bis in die Zukunft des fünften Jahrtausends. Immer wieder wagten sich die Autoren des Weltraum-Epos an bizarre und witzige Situationen. Einer der beliebtesten in ihren Reihen: Thomas Ziegler. Der Kölner Autor verblüfft seine Leser seit Jahren und Jahrzehnten mit seinen frechen und schrägen Einfällen, die zahlreiche Konventionen des Science-Fiction-Genres zu sprengen scheinen.

Scheinbar mühelos gelingt es Ziegler, auch den nüchternsten Außerirdischen absurde Gags zu entlocken. »Witze wie von einem anderen Stern« – dieser Spruch trifft hier ausnahmsweise zu. Und das belegt auch das vorliegende Buch, in dem zwei Romane und eine Geschichte mit den beliebtesten Alien-Geschichten des PERRY RHODAN-Schriftstellers zusammengefaßt sind. Sie zeigen Ziegler, der auch durch zeitkritische Romane und Krimis bekannt geworden ist, von seiner witzigsten Seite.

»Die Stadt der Zukunft« (erstmals erschienen als PERRY RHODAN-Taschenbuch 236) ist nichts anderes als die Folge eines großen Experiments - dieses geht allerdings so gründlich daneben, daß sich der Leser darüber bestens amüsieren kann.

Noch absurder wird es in »Der Narrenturm« (erstmals erschienen als PERRY RHODAN-Taschenbuch 265): Im 27. Jahrhundert terranischer Zeitrechnung wird Lukas Lorrimer, der Leiter des Eheanbahnungsinstituts STAR-AMORE in Geschehnisse verwickelt, die sein armer Verstand kaum noch fassen kann ...

Ihre Fortsetzung finden Lorrimers Abenteuer in »Terra-Terror-Tours« (erstmals erschienen im PERRY RHODAN-Jubiläumsband 6), einer aberwitzigen Satire auf Reisegesellschaften, fremdes Essen und durchgeknallte Touristen. Ein gutes Training für die Lachmuskulatur wird fast schon garantiert.

Mehr soll in diesem Vorwort gar nicht verraten werden. Lassen Sie sich selbst überraschen von den zahlreichen komischen Seiten, die der PERRY RHODAN-Kosmos zu bieten hat. (Aber lassen Sie sich sicherheitshalber nicht zu sehr von den Kochkünsten der Blues inspirieren. Oder möchten Sie, daß Ihr Essen auch mit Ihnen spricht?)

Klaus N. Frick

Die Stadt der Zukunft

Hush now baby, don't cry
Mama's gonna make all of your nightmares come true
Mama's gonna put all of her fears into you
Mama's gonna keep you right here under her wing
She won't let you fly but she might let you sing
Mama will keep baby cosy and warm
Of course Mama'll keep build the wall

Pink Floyd
The Wall

1.

Wie an jedem Morgen, wenn Anatol Hurwitzka erwachte und die Gespenster seiner Träume im frischen Morgenlicht verblaßten, warf er zunächst einen Blick auf die Digitalanzeigen seiner vollelektronischen Hochspannungs-Kakerlaken-Falle. Er seufzte erleichtert auf. Das Grünlicht glomm, und das stromführende Metallnetz mit der Hundert-Solar-Note in der Mitte war leer.

Anatol Hurwitzka lächelte grimmig.

Sie haben es also nicht gewagt, sagte er sich. Natürlich nicht. Sie wissen, was sie erwartet. Einem altgedienten Veteranen der Raumflotte kann niemand etwas vormachen. Vor allem keine extragalaktischen sechzehnbeinigen Kakerlaken.

Hurwitzka war ein kleiner Mann mit eisgrauen, kurzgeschorenen Haaren und viel zu großen Füßen; sein Gang war watschelnd, seine Stimme rauh wie nach einer durchzechten Nacht, und aus nostalgischen Gründen trug er nur lindgrüne Maßanzüge, die den Uniformen der Flotte zum Verwechseln ähnlich sahen.

Und er hatte nicht vierzig Dienstjahre lang auf einem gottverlassenen Hinterwäldlerplaneten Wache geschoben und die Stellung für das Imperium gehalten, um sich nach seiner Pensionierung das Ruhegeld von einem intelligenten Riesenkakerlak kürzen zu lassen.

Vor einem Jahr hatte Anatol Hurwitzka keinen Sinn mehr darin gesehen, auf Bulls Welt einen unfertigen und nie benutzten Raumhafen zu bewachen, und den Dienst quittiert. Er wollte sich in Zukunft nur noch der Aufzucht kürbisgroßer Mutantentomaten widmen. Auf der vierzehn Quadratmeter großen Terrasse seines Sonnenseite-Apartments im 97. Stock eines Wohnturms an der Peripherie Terranias hatte er die mutierten Tomatensamen gesät und das Zeitrafferwachstum der Stauden verfolgt.

Am ersten Tag waren sie groß wie Gänseblümchen.

Am zweiten Tag erreichten sie bereits eine Höhe von einem halben Meter.

Am dritten Tag trennten sie nur noch zehn Zentimeter vom Boden der höher gelegenen Terrasse.

Am vierten Tag erfolgte der Angriff der Kakerlaken.

Hurwitzka zweifelte keinen Moment daran, daß extragalaktische Kakerlaken für die völlige Vernichtung seiner Tomatenzucht verantwortlich waren. Wer sonst, so fragte er sich, konnte ein Interesse daran haben, einem in Ehren ergrauten Veteranen den Terrassengarten zu zerstören? Und wer sonst besaß die technischen Mittel, ein dreihundert Meter über dem Erdboden gelegenes Tomatenfeld förmlich zu desintegrieren?

In der Nacht vor dem Angriff hatte ein Sturm die Straßen von Terrania leer gefegt, doch Hurwitzka war nicht so naiv anzunehmen, daß der Sturm für das Verschwinden der Stauden verantwortlich war.

Schließlich empfing er schon seit Wochen psionische Signale aus den Tiefen des Weltraums. Meistens kam der Kontakt zustande, wenn er schlief oder ein bis fünf Gläser zuviel von diesem köstlichen Vurguzz getrunken hatte. Die psionischen Signale überbrückten die Abermillionen Lichtjahre zur Erde in Nullzeit und stammten von einem extragalaktischen Wesen, das sich Großimperator Wurgog der Zweite nannte und ein sechzehnbeiniger Kakerlak war.

Wurgog II. manifestierte sich in unregelmäßigen Abständen, um ihn über den neuesten Stand der Invasionsvorbereitungen zu informieren – aus reiner Gehässigkeit, wie Hurwitzka vermutete.

Der Angriff auf seine Balkonterrasse und die Atomisierung der jungfräulichen Tomatenstauden, so wußte Hurwitzka mit absoluter Sicherheit, konnten nur Auftakt für weit grausigere Dinge sein.

Wurgog II., der Herr der extragalaktischen Kakerlaken, plante nichts Geringeres, als die Milchstraße samt der Erde zu erobern, die Menschheit zu versklaven und Hurwitzka um seine redlich erworbene Pension zu bringen.

»Großer Gott«, brabbelte Hurwitzka, als er sich aufrichtete und die vollelektronische Hochspannungs-Kakerlaken-Falle ausschaltete, »es ist schrecklich. Diese Last! Der einzige Mensch, der von der bevorstehenden Invasion weiß … und niemand glaubt mir!«

Ein helles Summen ertönte. Mit einem Fluch griff der Veteran unter das Bett und tastete nach dem Kodegeber. Er fand das Schaltgerät, berührte einen Sensorknopf, und an der Stirnseite des Schlafzimmers schälten sich die Umrisse eines Holowürfels heraus. Das pausbäckige Gesicht Dr. Luskers erschien. Der schwarzhaarige Mann zwinkerte Hurwitzka zu.

»Hallo, Anatol«, sagte Dr. Lusker, »was macht die Invasion? Sind die Käfer inzwischen gelandet?«

»Kakerlaken«, erwiderte Hurwitzka. Eine Unmutsfalte erschien auf seiner Stirn. »Es sind Kakerlaken, und sie kommen aus einer weit entfernten Galaxis und beobachten uns schon seit Jahrhunderten. Außerdem haben sie sechzehn Beine und nicht die geringsten Skrupel. Die Angelegenheit ist ganz und gar nicht spaßig, Doktor. Aber die Behörden schweigen. Dreiundfünfzig Rohrpostbriefe habe ich schon an den Großadministrator persönlich geschrieben. Ohne Ergebnis. Die letzten drei kamen sogar mit dem Vermerk *Empfänger unbekannt verzogen* zurück.«

»Ein Skandal«, nickte der Psychiater. »Sagen Sie, Anatol, wann schauen Sie wieder bei mir vorbei? Ich habe Sie letzte Woche vermißt. Wir alle haben Sie vermißt. Die ganze Gruppentherapie ist nur die Hälfte wert, wenn Sie nicht da sind. Die reizende Adea Turpitz befürchtet schon ...«

»Diese alte Schachtel ist verrückt«, unterbrach Hurwitzka. »Sie leidet unter Halluzinationen, ist Ihnen das eigentlich klar? Hören Sie, Doktor, mich geht es ja nichts an, was Sie aus Ihrem Leben machen, aber diese Turpitz ist kein Umgang für Sie. Wer hinter jeder Fußleiste einen Siganesen lauern sieht, der gehört in eine Klinik. Beherzigen Sie meinen Rat, Doktor. Wenn die Kakerlaken erst einmal gelandet sind, dann ...«

»Äh, nun, unterhalten wir uns doch in meiner Sprechstunde weiter, Anatol«, fiel ihm der Psychiater hastig ins Wort. Er warf einen Blick auf sein Armbandchronometer. »Wie wäre es mit übermorgen? Um elf Uhr? Einverstanden?«

»Einverstanden«, sagte Hurwitzka. »Allerdings kann ich nicht garantieren, daß Wurgog der Zweite bis dahin stillhalten wird. Etwas Großes ist im Gang, Doktor. Vielleicht sind die Invasoren schon unter uns. Wir müssen wachsam sein, oder wir sind erledigt.«

»Ich halte die Augen offen, Anatol«, versicherte Dr. Lusker. »Also bis übermorgen.«

Er unterbrach die Verbindung, und der Holowürfel löste sich auf.

In Gedanken versunken streifte Hurwitzka einen lindgrünen Morgenmantel über und watschelte in die Automatenküche, um sich Frühstück zu machen. Es war kurz nach acht. Das Sonnenlicht des neuen Tages flutete über die Straßen und Dächer von Terrania. Die spiegelglatte Oberfläche des Goshun-Sees im Norden glitzerte wie ein riesiger Diamant, aber Hurwitzka hatte kein Interesse an der Schönheit des Naturschauspiels, sondern Hunger. Er bestellte über das Küchenterminal Proteinflocken – Geschmacksrichtung Kiwi – mit frischer Echtmilch und eine Tasse koffeinfreien Ersatzkaffee.

Kurze Zeit später öffnete sich die Ausgabeklappe des Servoschachts, und Hurwitzka griff nach dem Frühstückstablett. Hastig trug er es in das Wohnzimmer.

Ein Zischen ließ ihn zusammenfahren; ein Zischen wie von Dampf, der einem Ventil entwich.

Er sah zur Rohrpostanlage. Argwöhnisch musterte er die Kapsel, die in den Auffangkorb gefallen war. Und plötzlich klopfte sein Herz schneller. Eine Botschaft des Großadministrators, der Hurwitzkas Warnungen über die drohende Invasion der Kakerlaken endlich beherzigt hatte? Der Einberufungsbefehl der Flotte mit der Ernennungsurkunde zum Oberbefehlshaber der terranischen Streitkräfte?

Entschlossen stellte der Veteran das Tablett auf den ovalen Perlmutttisch, eilte zum Korb und preßte den Sensorknopf der Rohrpostkapsel.

Fanfaren schmetterten, gefolgt von den tiefen Tönen einer Tuba. Dann formte sich einen Meter vor Hurwitzkas Nasenspitze ein Holofeld aus der Luft. Dreidimensionale Lettern wurden sichtbar.

NEU!
ZWEI MONATE UNBESCHWERTEN URLAUB
IN DER PARADIESISCHEN ABGESCHIEDENHEIT
DER FINNISCHEN SEEN
UND ZEHNTAUSEND SOLAR TASCHENGELD
FÜR DEN URLAUB IN DER
Stadt der Zukunft
GRATIS!
FONEN SIE WHISTLER – VIDKOM 122 322 122

Ein erneuter Fanfarenstoß, und die Holoprojektion verschwand.

Hurwitzka blinzelte. Ein Frösteln überlief seinen Rücken, als er plötzlich begriff. *Herr im Himmel,* dachte er entsetzt. *Das ist es. Das ist das Signal. Hinter dieser Anzeige können nur die Kakerlaken stecken. Es ist abscheulich, aber diese Extragalaktiker scheinen bereits Whistler unterwandert zu haben. Und jetzt versuchen sie, hilflose Bürger der Erde in die Einsamkeit der finnischen Wälder zu locken, um sie dort in Sklaven zu verwandeln. Wenn nichts geschieht, werden wir alle als Zombies enden.*

Eine andere Erklärung ist nicht möglich.

Nur die Kakerlaken können so verrückt sein und einem für einen kostenlosen zweimonatigen Urlaub auch noch zehntausend Solar in die Hand drücken. Und seit wann mischt Whistler, die Robot-Fabrik, im Tourismusgeschäft mit? Heilige Milchstraße, ist so etwas eigentlich legal?

Hurwitzka ballte die Fäuste. Ein Lächeln teilte seine Lippen.

Er hatte einen Entschluß gefaßt. *Diese Kakerlaken,* dachte er, *haben einen Fehler gemacht. Sie unterschätzen mich.*

Hurwitzka nickte grimmig.

Was die Extragalaktiker konnten, das konnte er schon lange. Er würde sie unterwandern und die Invasion von innen heraus vereiteln.

Mit einem Ruck fuhr er herum, hastete zum Video und gab dem Gerät die Nummer von Whistler ein.

Das lächelnde Kunstgesicht einer Computersimulation wurde sichtbar.

»Whistler-Aktion *Schöner wohnen in der Stadt der Zukunft«,* drang eine rauchige Stimme aus dem Lautsprecher des Videos. »Wir freuen uns über Ihr Interesse, Bürger, und bitten Sie um Angabe Ihrer ID-Kennziffer. In zwei Wochen erhalten Sie umgehend Bescheid, sollten Sie zu den glücklichen Gewinnern gehören. Weiteres Informationsmaterial ist unter Vidkom 122 322 122 6 erhältlich. Bitte, sprechen Sie jetzt.«

Anatol Hurwitzka räusperte sich.

»Ich bin Veteran«, erklärte er. »Veteran der Raumflotte. Letzter Dienstgrad Gefreiter. Hurwitzka. Anatol Hurwitzka. Meine ID-Kennziffer lautet ...«

2.

Ulga O'Hail schob den Kopf unter die elektrostatische Frisierhaube und drückte die Programmtaste Dauerwellen. Ein feines Knistern wurde hörbar und erfüllte wie das Gewisper von Zwergenstimmen den Wohnraum des Antigrav-Apartments. Der Geruch von Ozon hing in der Luft; stechend und metallisch, aber nicht kräftig genug, um das Moschusaroma der *Schönen Hände* zu übertünchen.

»Und weißt du, Mashmir«, plapperte Ulga O'Hail aufgeregt, »was dieser Arkonide dann noch zu mir gesagt hat? Er hat gesagt, daß ich ...«

»Was kann ein Arkonide schon von sich geben?« knurrte Mashmir Gulf und sah von der druckfrischen Telefax-Ausgabe der *Terrania News* auf. »Diese Arkoniden sind alle dekadent. Blutarme Burschen mit roten Augen und nichts als Stroh im Kopf. Ich bin noch keinem Arkoniden begegnet, der auch nur ansatzweise in der Lage war, einen vernünftigen Satz zu formulieren.«

»Aber Mashmir«, sagte Ulga nachsichtig, »du bist doch noch nie einem Arkoniden begegnet.«

»Den Sternen sei Dank!« nickte Gulf.

»Nun, wie dem auch sei, dieser reizende arkonidische Prinz sagte zu mir, daß ich ...«

Gulf unterbrach seine befristete Ehefrau erneut. »Wenn du mich fragst«, erklärte er und wedelte mit der Telefax-Zeitung, »ich finde es ziemlich verdächtig, daß dir dieser Arkonidenhäuptling so ohne weiteres dieses unmögliche Grünzeug geschenkt hat. Ich meine, der Transport von M 13 zur Erde muß doch Unsummen verschlungen haben. Ich möchte zu gern wissen, was dahintersteckt. Vielleicht wollte er das Zeug nur loswerden. Vielleicht ist es gefährlich.«

Gulf schielte zu den *Schönen Händen* hinüber, die in einem riesigen Kunststoffkübel neben dem Durchgang zum Korridor standen; ein Gewirr biegsamer Pflanzentriebe, die in handförmigen Blättern ausliefen. Die Blätter glänzten fettig von den Verdauungssekreten, die auch Quelle des Moschusaromas waren. Während Gulf die *Schönen Hände* ansah, krümmten sich die pflanzlichen Finger und formten ein O.

»Dieses Gewächs ist mir nicht geheuer«, bekräftigte Gulf. »Ich wage schon gar nicht mehr, den Raum zu verlassen.«

Ulga O'Hail lächelte mild. Sie war eine kleine, mollige Frau im fortgeschrittenen Alter und wie Gulf Staatspensionärin. Ihr Gesicht besaß stets einen Ausdruck nachsichtiger Freundlichkeit, der Gulf mehr erbitterte als alles andere.

Wie kann ein Mensch ständig lächeln? fragte sich Gulf verdrossen. Das ist doch nicht normal.

Das Knistern der elektrostatischen Frisierhaube nahm zu. Ulgas glattes Haar wurde unter dem Einfluß des Kraftfelds immer lockiger.

»Du kennst diesen Arkoniden nicht einmal«, sagte Gulf. »Und wer sagt dir, daß dieses Grünzeug tatsächlich von Arkon stammt und nicht von irgendeiner gefährlichen Welt mit menschenfeindlicher Flora?«

Ulga seufzte. »Die *Schönen Hände* ernähren sich von Pflanzensporen. Sie fangen mit den Blättern die Sporen aus der Luft. Sie mögen kein Fleisch. Und sie sind empfindlich. Man darf nicht schlecht von ihnen denken, hat der Arkonide gesagt. Man muß sie mögen, sonst gehen sie ein. Und der Arkonide hat gesagt, daß sie mich mögen. Deshalb hat er sie mir geschenkt.« Sie lächelte entzückt. »Weißt du, was er dann noch gesagt hat, Mashmir? Er hat gesagt ...«

»Wahrscheinlich war er ein Gärtner«, sagte Mashmir giftig. »Ein dekadenter arkonidischer Gärtner, der harmlosen Bürgern diebische Pflanzen in die Wohnungen schmuggelt und sie so ausplündert. Diese Hände! Schau dir die Hände an! Das kann kein Zufall sein.«

»Aber Mashmir«, wies ihn Ulga sanft zurecht, »er war doch ein Gast von Ilonore. Glaubst du, daß Ilonore Gärtner zu ihren Cocktailpartys einlädt? Traust du ihr das zu?«

»Ich traue ihr jede Schandtat zu«, knurrte Gulf.

»Und er war ein Prinz«, fügte die Frau hinzu. »Ein Kristallprinz. Stell dir vor, ein Nachfahre Atlans. Ist das nicht entzückend?«

Gulf schnaubte. »Alle Arkoniden sind Nachfahren Atlans. Schließlich hat der Bursche zehntausend Jahre Zeit gehabt, sich fortzupflanzen.«

Ulga schaltete die Frisierhaube aus. Ihr Haar fiel in perfekten Dauerwellen bis knapp auf die Schultern. »Aber Mashmir«, sagte sie, »Atlan hat doch den Großteil dieser zehntausend Jahre in seiner Tiefseekuppel hier auf der Erde geschlafen.«

»Geschlafen?« echote Gulf. »Zehntausend Jahre lang? Das übertrifft ja meine schlimmsten Vermutungen. Diese Arkoniden sind eine verdammte Bande dekadenter Faulenzer.«

Er hob die Telefax-Zeitung vor das Gesicht und zeigte ihr so, daß er im Moment nicht beabsichtigte, das Gespräch fortzusetzen. Ulga O'Hail seufzte wieder, aber das nachsichtige Lächeln auf ihrem Gesicht blieb. Sie berührte mit der Fingerspitze eine Sensortaste des Apartmentterminals, und die Frisierhaube verschwand wieder in der Wand.

Der weiche Bodenbelag dämpfte ihre Schritte, als sie zur breiten Fensterfront des Wohnzimmers ging. Der mannshohe mutierte Gummibaum neigte sich ihr zärtlich zu. Sie blieb neben ihm stehen und sah schweigend nach draußen, während sie die goldenen Blätter des Gummibaums streichelte.

Unter ihr lag das Blau des Atlantischen Ozeans. Der Himmel war wolkenlos und so azurn wie das Meer, und kein Vibrieren, kein Schwanken oder Motorengedröhn deutete darauf hin, daß das Antigrav-Apartment zusammen mit zwei Dutzend weiteren Wohnzellen tausend Meter über der Meeresoberfläche schwebte. In der Ferne, dicht über dem Horizont, driftete ein weiteres scheibenförmiges Gebäude auf seinem Antischwerkraftfeld dem euroasiatischen Kontinent entgegen.

Die Klimaanlage umfächerte ihr Gesicht mit der salzigen, kühlen Meeresluft.

»Ein herrlicher Tag«, murmelte Ulga.

»Pft«, machte Mashmir Gulf. »Ich wette, daß es regnen wird. Spätestens in einer Stunde.«

»Und diese Luft«, fuhr die Frau versonnen fort.

»Es stinkt.« Gulf senkte die Zeitung wieder. »Nach totem Fisch und Salz. Aber du wolltest ja unbedingt dieses Jahr in der Luft wohnen. Gott, ich habe ständig das Gefühl, daß wir in der nächsten Sekunde abstürzen.«

Ulga ignorierte ihn. Sie betrachtete den topsidischen Efeu, der in silberner und violetter Pracht das große Fenster umrankte. Wenn man die Blätter berührte, spürte man ein Pochen, und gelegentlich hörte man Geraune und Gekichere, dem Lärm einer Party ähnlich, den man durch eine dicke

Wand gedämpft vernahm. Der Topsidefeu gehörte zu Ulgas Lieblingen unter den knapp achtzig verschiedenen Pflanzen, die das Wohnzimmer, den Korridor, die beiden Mehrzweckräume und selbst die Naßzelle des Antigrav-Apartments in einen exotischen Dschungel verwandelt hatten.

Ulgas Blick glitt weiter, zu dem ertrusischen Schlinggras, das in einer Ecke wie ein purpurroter, verfilzter Haarschopf von der Zimmerdecke hing. Bleistiftdicke Wurzelstränge führten vom knolligen Herzen des Schlinggrases zu dem Wasserschälchen, das auf dem Boden stand. Das *Habmichlieb,* ein Mimikry-Gewächs von der galaktischen Eastside, das auf einem Holzhocker neben dem Terminal stand, war zur Zeit mit einer Nachbildung von Mashmirs Kopf beschäftigt.

Andächtig verfolgte Ulga, wie sich die Gesichtszüge ihres befristeten Ehemannes immer mehr herausformten; die fliehende Stirn, die buschigen Brauen über den tief in den Höhlen liegenden Augen, die platte Nase, der wulstige Mund …

Ulga dachte melancholisch an die glückliche Zeit zu Beginn ihrer Beziehung zurück, in der sie ihn liebkosend »mein Neandertaler« und Mashmir sie »mein Sumpfdotterblümchen« genannt hatte. Doch dies war schon Jahre her, und Ulga hatte sich bereits entschlossen, ihren Ehekontrakt nicht weiter zu verlängern.

Wie häßlich und grob war Mashmir doch im Vergleich zu der Schönheit und Zartheit ihrer Pflanzen. Liebe zu ihren pflanzlichen Freunden erfüllte sie, und wie immer, wenn es die Liebe eines Menschen spürte, beendete das *Habmichlieb* seine Mimikry und begann in allen Farben zu schillern.

Doch Ulgas Liebe galt all ihren Gewächsen: den klatschhaften Flüsterrosen aus der Kleinen Magellanschen Wolke; dem Laufenden Moos, das im Korridor hin und her trottete; der arkonischen Zuckerstaude, aus deren geöffneten Poren ein bräunlicher Saft tropfte, süßer als Honig und klebriger als Leim, eine Todesfalle für jedes Insekt; und den vielen anderen bunten, großen und kleinen Blumen, Pflanzen und Zimmerbäumen aus allen Winkeln der Milchstraße.

Ulga liebte die Pflanzen, und die Pflanzen liebten sie. Nicht ohne Grund gehörte sie dem *Solaren Aktionskreis zur Förderung des harmonischen Zusammenlebens von Mensch und Pflanze* und der *Initiative Grüner Wohnen* an.

Der mutierte Gummibaum an ihrer Seite wackelte heftiger, um ihre Aufmerksamkeit auf sich zu lenken. Für einen Moment hatte Ulga das sonderbare Gefühl, daß die beiden knollenähnlichen schwarzen Verdikkungen am oberen Teil seines Stammes Augen waren. Augen, die sie zärtlich ansahen.

Mashmir Gulf grunzte, und Ulga drehte den Kopf.

Das Laufende Moos, ein honigfarbenes, kissenförmiges Gewächs auf Dutzenden kurzer Wurzelstränge, schoß an den *Schönen Händen* vorbei ins Wohnzimmer, umrundete mehrmals Mashmirs Schwebesessel und verschwand dann hinter dem Terminal.

»Gott steh mir bei«, knirschte Gulf, »aber was zuviel ist, ist zuviel. Es macht mich ganz krank, wenn ich sehe, wie dieses verrückte Unkraut durch unsere Wohnung rast. Muß das sein? Kannst du dir nicht wie jeder normale Mensch eine Geranie auf der Fensterbank halten? Außerdem vermisse ich mein Armbandchronometer.« Gulf warf den *Schönen Händen* einen mißtrauischen Blick zu. »Es sollte mich nicht wundern, wenn dieses arkonidische Ungeheuer dabei seine Finger im Spiel hat.«

Der Blätter der *Schönen Hände* ballten sich zusammen. Sie sahen jetzt wie Fäuste aus.

Gulf ächzte erstickt. »Hast du das gesehen?« zeterte er. »Dieser mißratene Grünkohl droht mir! Es ist unglaublich. Nicht einmal in seinen eigenen vier Wänden ist man mehr sicher. Und was tut die Regierung dagegen? Nichts. Hier steht es.« Er schwenkte den Telefax-Bogen. »Rhodan fliegt wieder einmal in der Galaxis herum und wird in der nächsten Woche einen Staatsbesuch bei den Swoon machen. Diese Swoon sehen wie Gurken aus. Mehr ist dazu nicht zu sagen. Früher hätte man das Kollaboration genannt. Heute bezeichnet man es als Diplomatie. Und was ist die Folge?«

Der untersetzte Mann beugte sich in dem Sessel nach vorn und fuchtelte mit den Händen. Seine Füße baumelten dreißig Zentimeter über dem Boden.

»Ich werde dir sagen, was die Folge ist«, fuhr er grimmig fort. »Die Folge ist, daß sich diebische Gewächse in den Wohnungen anständiger Bürger einnisten, jeder dahergelaufene arkonidische Faulpelz sich als Kristallprinz ausgibt und die Cocktailpartys unserer besten Freunde Tummelplätze für kriminelle Gärtner sind. Früher war das ganz anders. Da gab es noch …«

Ein Summton erklang und hinderte Gulf, seine befristete Ehefrau über die weiteren Vorzüge der guten alten Zeit aufzuklären.

»Wer kann das sein?« fragte Ulga O'Hail.

»Na, wer schon?« fauchte Gulf. »Dein Patenkind natürlich. Wer besitzt sonst die Frechheit, mich in aller Herrgottsfrühe bei der Lektüre meiner Zeitung zu stören?« Er reckte den Kopf und sagte: »Empfang.«

Die Mikrofone des Apartmentcomputers fingen den Kodebefehl auf. Ein holographisches Feld formte sich in Augenhöhe von Gulfs Schwebsessel und enthüllte das plastische Abbild eines sonderbaren Wesens.

Das Wesen ähnelte einem weißen, flachen Pudding mit vier Stielaugen. Die Oberfläche des Puddings kräuselte sich nervös, und die lidlosen Glupschaugen schwankten wie betrunken auf den knapp fünfzig Zentimeter langen Stielen hin und her.

Das Wesen war ein Matten-Willy von der Hundertsonnenwelt. Hassewass 756, eine der zahllosen Kinderschwestern des posbischen Zentralplasmas, machte Urlaub auf der Erde, und zu Gulfs Mißvergnügen hatte sich Ulga um die Urlaubs-Patenschaft für den Matten-Willy beworben.

Gulf verzog den Mund. Was ihn anging, so bestand der einzige Unterschied zwischen dem Matten-Willy und dem grauenhaften Laufenden Moos darin, daß Hassewass 756 sprechen konnte; ansonsten waren beide gleich abscheulich.

Er neigte den Kopf etwas und entdeckte den Translator zwischen den stummeligen Pseudopodien an der Unterseite des Matten-Willys.

»Ich grüße Sie, meine menschlichen Freunde«, sagte der Matten-Willy. »Was für ein herrlicher Tag, nicht wahr?«

»So?« machte Gulf angriffslustig. »Ich sehe nicht, was an diesem Tag herrlich sein soll. Außerdem wird es bald regnen.«

Die kräuselnden Bewegungen des amorphen Protoplasmakörpers wurden plötzlich heftiger; wie die Wellen bei einem aufziehenden, starken Sturm.

»Nun«, entgegnete Hassewass eifrig, »natürlich gibt es keine objektiven Kriterien für Schönheit. Der Standpunkt des Betrachters ist selbstredend rein subjektiver Natur, und was für den einen schön ist, das ist für den anderen häßlich, und was dem einen reizvoll erscheint, mag den anderen langweilen, obwohl auch das Häßliche seine schönen Aspekte hat und das Schöne seine häßlichen Seiten besitzt. Zudem ist das Sein der Dinge ständigem Wechsel unterworfen; psychologische, physikalische und metaphysische Einflüsse veranlassen das statische Sein zum progressiven Werden, und im Werden offenbaren sich alle Aspekte des Seins. Somit ist es völlig unerheblich, wie etwas ist, denn wenn etwas ist, dann ist es früher oder später alles, weil das Potential, alles zu sein, dem Sein durch das Werden verliehen wird. Es kommt folglich nur darauf an, daß etwas ist, denn wenn nichts ist, dann ist nur das Nichts, und das Nichts ist das einzige Etwas, das weder schön noch häßlich, weder reizvoll noch langweilig, sondern einfach nichts ist.«

»Ich verstehe nicht«, rief Gulf mürrisch, »was das mit diesem Tag zu tun hat.«

Er verfolgte aus den Augenwinkeln, wie das Laufende Moos hinter dem Terminal hervorkam. Die Myriaden von winzigen transluziden Blättern knisterten wie brennende Holzscheite, während das Moos für einen Moment unschlüssig verharrte und dann plötzlich blitzschnell an ihm vorbeiraste und zurück in den Korridor schoß. Dort nahm es seine ruhelose Wanderung wieder auf.

»Ah«, seufzte der Matten-Willy, »Ihre Gesellschaft ist so anregend, Mashmir. Und natürlich auch Ihre, schönste Ulga.«

Ulga O'Hail kicherte entzückt. »Sie sind wieder so charmant, Hassewass.«

»Aber«, sprach das Protoplasmawesen weiter und wedelte mit den Stielaugen, »ich rufe Sie nicht an, um mit Ihnen zu philosophieren. Ich brauche Ihren Rat, und zwar ...«

»Wie reizend«, flötete Ulga und schlug glücklich die Hände zusammen. »Haben Sie sich endlich entschlossen, die trostlose Kahlheit Ihres Apartments mit dem lebendigen Grün ...«

»Nein, nein, ein Mißverständnis«, wehrte Hassewass 756 hastig ab. »Sosehr ich auch Ihr Engagement für die Verbreitung pflanzlicher Lebensformen bewundere – es ist mir unmöglich, auch nur eines dieser Wesen in meiner Nähe zu dulden. Pflanzen brauchen Pflege, aber ich brauche Urlaub. Zwanzig irdische Jahre lang habe ich auf der Hundertsonnenwelt das Zentralplasma gepflegt. Selbst für einen Matten-Willy ist das zuviel.«

Gulf beobachtete, wie das Laufende Moos auf der Türschwelle verharrte. Er hatte das unbehagliche Gefühl, daß es ihn abschätzend taxierte. Die *Schönen Hände* bogen sich aufgeregt und griffen nach dem Moos, doch wie ein Blitz jagte es davon.

»Ich habe eine Einladung erhalten«, erklärte der Matten-Willy. »Ich soll auf Kosten von Whistler zwei Monate Urlaub in einem neuentwickelten urbanen Wohnmodell verbringen, und ich wollte Sie fragen ...«

»Auf Kosten von Whistler?« echote Gulf. »Da muß ein Haken bei der Sache sein. Ich gehe jede Wette ein, daß es sich dabei nur um einen Trick der skrupellosen Werbeabteilung dieser Robotfirma handelt. Ich kenne diese Burschen. Wenn man erst einmal in ihren Klauen ist, lassen sie einen nicht mehr los, bis man für hunderttausend Solar kybernetischen Schrott gekauft hat. Diese Burschen sind vollkommen amoralisch. Reicht man ihnen den kleinen Finger, nehmen sie gleich den ganzen Arm. Hören Sie, Hassewass, die Welt ist schlecht, und wenn man hier auf Terra nicht verdammt auf der Hut ist, wird man übers Ohr gehauen, ehe man weiß, wie einem geschieht. Ich sage: Hüten Sie sich!«

Der Matten-Willy senkte enttäuscht die Stielaugen. »Sie meinen also, ich sollte diese Einladung ablehnen? Trotz der zehntausend Solar, die ich und zwei von mir noch auszuwählende Begleiter obendrein bekommen?«

»Nun«, entgegnete Gulf aalglatt, »andererseits wäre es im höchsten Maß unverantwortlich, sich diese Gelegenheit entgehen zu lassen.« Seine Augen funkelten. »Aber Sie brauchen Hilfe, Hassewass, Schutz, fachkundige Beratung von Leuten, die sich mit den Schattenseiten des irdischen Lebens auskennen. Außerdem interessiere ich mich praktisch schon von Geburt an für neue Wohnmodelle, und diese Antigrav-Apartments sind mir auf die Dauer einfach zu unsicher.

Topp, Hassewass, Sie können mit uns rechnen!«

Ulga schluckte. »Aber Mashmir«, protestierte sie, »wie stellst du dir das vor? Ich kann unmöglich meine empfindsamen Lieblinge zwei Monate lang allein lassen. Und in Prag werde ich nächste Woche zum Grüner-Wohnen-Kongreß erwartet. Ganz davon abgesehen, was heißt eigentlich neues urbanes Wohnmodell?«

»Davon verstehst du nichts«, knurrte Gulf, und er dachte an die zehntausend Solar.

Für zehntausend Solar, sagte sich Gulf grimmig, würde ich sogar Urlaub in einem Gemüsebeet machen.

Ulga sah hilfesuchend das Hologramm des Matten-Willys an. »Hassewass, so sagen Sie doch etwas. Das kommt alles so plötzlich, und wo soll das denn sein? Auf der Erde? Oder irgendwo im Weltraum?«

»Auf der Erde«, antwortete der Matten-Willy bereitwillig. »In einer terranischen Provinz namens Finnland. Ich kann Ihnen die Unterlagen telefaxen. Sie werden begeistert sein. Stellen Sie sich vor, wir können erleben, wie die Kinder Ihrer Kinder wohnen werden.«

Gulf grunzte. »Ich mag keine Kinder. Sie machen Lärm. Sie quengeln und verkleben alles mit Anti-Karies-Kaugummi. Nur Verrückte würden eine Stadt für Kinder bauen. Früher hätte niemand auch nur daran zu denken gewagt. Früher …«

Das Laufende Moos sauste auf seinen flexiblen Wurzelsträngen in das Wohnzimmer, machte einen Satz und sprang Gulf ins Gesicht. Gurgelnd verstummte er und begann wild um sich zu schlagen.

»Das arme Ding«, murmelte Ulga O'Hail zärtlich. »Es hat Durst. Und es mag dich, Mashmir. Ist das nicht herrlich?«

3.

Bertholm Shark strich nervös über sein schütteres Haar und beobachtete über den Rand seines *Knockout Special* die beiden Blues am Nebentisch der Bar.

Die Köpfe der beiden Extraterrestrier von der galaktischen Eastside erinnerten an übereinandergelegte Suppenteller, die auf elastischen Stangenhälsen hin und her schaukelten. Die Mundöffnungen in den Hälsen klappten ununterbrochen auf und zu und produzierten zwitschernde Laute.

Wie zwei schwatzhafte Nachtigallen, dachte Shark in Erinnerung an seinen Besuch im Zoo von Terrania.

Draußen vor der getönten Fensterfront der Bar wälzte sich ein dichter Strom Passanten über den Thora Boulevard, die Prachtstraße in der City der irdischen Hauptstadt. Buntgemischte Völkerscharen aus allen Winkeln der bekannten Milchstraße; riesenhafte Ertruser, vierschrötige Epsaler, topsidische Echsenabkömmlinge, Matten-Willys von der Hundertsonnenwelt, Akonen aus dem Blauen System, bärtige Springerkapitäne und wie menschliche Panzer daherstampfende Überschwere, Aras und Arkoniden, Weganer und Plophoser ... Menschen, umweltangepaßte Kolonisten, humanoide und nichthumanoide Extraterrestrier in friedlichem Flanieren vereint, ein Bild von papageienhafter Farbenpracht und exotischer Schönheit.

Shark nippte an seinem *Knockout Special.* Irritiert verfolgte er, wie am Tisch der Blues aus der Klappe im konisch erhöhten Zentrum der Tischplatte zwei flache Schüsseln rutschten. Die Mahlzeit in den Schüsseln erinnerte auf den ersten Blick an grün und violett gestreifte Karotten; an Karotten mit winzigen Armen und Beinen. Eine der Früchte krabbelte die Wölbung der Schüssel hinauf, sprang auf den Tisch und eilte mit watschelnden Schritten zum Rand. Ehe sie auf den Boden springen und sich in Sicherheit bringen konnte, hatte einer der Blues sie gepackt und in den Mund geschoben.

Shark schluckte.

»Du hast ein zu gutes Herz, Bertie«, erklärte der tragbare Eheberater. »Im Geschlechterkampf kommt es nicht darauf an, mit den gleichen Waffen zurückzuschlagen, sondern dem Gegner immer zuvorzukommen. Ohne den Willen zum Sieg ist jeder Beziehungskrieg schon von vornherein verloren. Ich will dir etwas sagen, Bertie: Eiris wird dich fertigmachen, wenn du dir nicht endlich deine verdammten Skrupel abgewöhnst. Was ist mit dir los?«

Der tragbare Eheberater war ein metallicfarbener Kasten von der Größe einer Zigarettenschachtel. Er stand vor Bertholm Shark auf dem Tisch und blinkte aufgeregt mit seiner Diodenleiste; grün, rot, gelb, dann wieder rot.

Shark blinzelte. »Ich will geliebt werden«, murmelte er. »Das ist alles. Mehr verlange ich gar nicht, verstehst du?«

Der tragbare Eheberater pfiff höhnisch. »Bist du ein Mann oder eine Memme, Bertie?« entgegnete er. »Eiris treibt dich in den Wahnsinn, und du faselst etwas von Liebe. Wach endlich auf! Hättest du schon früher auf mich gehört, müßtest du jetzt nicht hier in dieser Spelunke sitzen und deinen Verstand in Schnaps ertränken. Was dir fehlt, sind eine vernünftige Strategie und ein tüchtiger Schuß Gnadenlosigkeit.«

Shark senkte bedrückt den Kopf.

Die Blues am Nebentisch, stellte er aus den Augenwinkeln fest, hatten ihre Mahlzeit offenbar unterschätzt. Die gestreiften Karotten sprangen scharenweise auf den Boden und watschelten in alle Richtungen davon. Die Blues setzten ihnen nach.

»Kannibalismus«, sagte Shark mit schwerer Zunge. »Warum greift niemand ein?«

»Laß dich nicht täuschen, Bertie«, erklärte der tragbare Eheberater. »Diese Gnurgha besitzen nur ein Scheinleben; einfache motorische Impulse. Der Kochvorgang setzt chemische Energie frei, die in Bewegung umgewandelt wird.

Aber lenk nicht ab. Wir sprachen über Eiris. Ich schätze, dein Hauptproblem ist diese Wahnidee.«

»Wahnidee?« echote Shark. Er konnte seine Aufmerksamkeit immer noch nicht von den fliehenden Früchten abwenden. Die Blues zwitscherten, während sie ihrer Mahlzeit nachjagten, sie mit Plastikstäbchen aufspießten und in den Mund schoben.

»Die Wahnidee«, erläuterte der tragbare Eheberater, »daß du sie liebst. Das ist keine Basis für eine richtige Ehe, Bertie. Liebe führt nur zu Komplikationen. Liebe im Geschlechterkampf ist wie eine Granate ohne Zünder. Verstehst du, was ich meine?«

»Nein«, sagte Shark. »Ich verstehe ganz und gar nicht, was du meinst. Ich befürchte, du bist defekt. Ich habe dich nicht gemietet, um Krieg zu führen, sondern um meine Ehe zu retten. Ich brauche einen Rat. Ich brauche Hilfe.«

»Jeder braucht Hilfe, Bertie.« Das Diodengefunkel wurde hektischer; die Farben wechselten in immer schnellerer Folge. »Das Problem ist, daß jeder etwas anderes unter Hilfe versteht. Außerdem hast du in den letzten beiden Monaten so gut wie nicht auf mich gehört. Wie könnte es dir dann bessergehen? Deine Situation ist nur so desolat, weil du nicht auf mich hörst. Wir hätten dieser Schlampe längst das Genick gebrochen, wenn du ...«

»He, he«, machte Shark, »du sprichst von meiner Frau.«

»Falsch«, korrigierte der tragbare Eheberater. »Ich spreche von deiner Feindin. Bei allen Sternen, Bertie, du steckst bis zum Hals in einem Krieg, und du hast es noch immer nicht bemerkt.«

Bertholm Shark fuhr mit dem Handrücken über seine Stirn. Er schwitzte. Und ihm war übel. Um ihn drehte sich alles. Er hatte seit Tagen nicht geschlafen, sondern einen verzweifelten Kampf gegen die elektrischen Mücken geführt, die Eiris in sein Schlafzimmer geschmuggelt hatte. Gestern abend hatte er es nicht mehr ausgehalten und war in die Stadt gefahren. Seitdem trank er.

Die *Alien Bar* am Thora Boulevard war seine sechste Station und vermutlich auch seine letzte, wenn er seinen körperlichen Zustand bedachte. Aber tragischerweise sah er keine Möglichkeit, nach Hause zurückzukehren.

Vermutlich, dachte Shark düster, hatte Eiris inzwischen den Korridor vermint – den einzigen Teil ihrer Wohnung außer der Automatenküche, der noch von ihnen gemeinsam benutzt wurde.

Er machte eine fahrige Handbewegung.

»Aber was soll ich tun?« fragte er. »Dies ist doch kein Zustand mehr. Ich bin nur noch ein Nervenbündel. Ich halluziniere und trinke zuviel. Soll ich mich von Eiris trennen? Ist das die einzige Möglichkeit, die mir bleibt?«

Der Eheberater pfiff warnend.

»Trennung bedeutet Kapitulation, Bertie. Ich habe mich nicht von dir mieten lassen, um mit dir zu kapitulieren. Wir müssen diesen Krieg gewinnen.«

Unwillkürlich fragte sich Shark, ob es wirklich eine gute Idee gewesen war, für die Konstruktion der kybernetischen Eheberater gebrauchte Mikrochips aus den solaren Abwehrsatelliten zu verwenden. Irgendein findiger Geschäftsmann, erinnerte er sich, hatte nach der letzten Modernisierung die veralteten Computerbausteine von der Regierung aufgekauft und mit ihnen die Steuerelektroniken kybernetischer Automaten des täglichen Bedarfs ausgerüstet.

Natürlich war das »veraltet« nur relativ zu verstehen. Was für militärische Zwecke zu langsam reagierte, zuwenig kompakt war, konnte unter zivilen Voraussetzungen jedem vergleichbaren Produkt standhalten.

Zudem war es das Programm, was zählte.

Obwohl Shark inzwischen gewisse Zweifel verspürte. Für seinen Geschmack besaß der tragbare Eheberater zu martialische Vorstellungen. Ihm schien es, als ob sich die integrierten Schaltkreise trotz des anderen Programms noch nicht von ihrer Vergangenheit als Zielsucher eines schweren Transformgeschützes gelöst hatten.

Oder hatte der Eheberater doch recht? War die Beziehung zwischen ihm und Eiris Deligado nur noch mit dem Begriff »Krieg« zu umschreiben und allein unter der Anwendung von gnadenloser Gewalt zu lösen?

»Und wir werden ihn gewinnen«, fuhr der tragbare Eheberater fort. »Aber zunächst, Bertie, mußt du dich dazu entschließen, meine Ratschläge anzunehmen. Bist du dazu bereit?«

Bertholm Shark äugte trunken in das halb geleerte Glas *Knockout Special*. Das alkoholische Mixgetränk war dunkelblau, und in der Flüssigkeit funkelten wie mikrokosmische Fixsterne gekühlte Kristalle; synthetische

Geschmacksstoffe, die dem *Knockout Special* sein typisches Fruchtaroma verliehen.

Während Shark in das Gefunkel starrte, hatte er eine Vision. Er sah Eiris im Glas, eine Miniatur seiner befristeten Ehefrau. Eiris war klein und rundlich, ohne dick zu sein, an den richtigen Stellen gut proportioniert, und ihr Lächeln war das Lächeln der Mona Lisa. Allerdings trug sie in dieser Vision ihr Haar streichholzkurz.

Mit leichtem Schuldbewußtsein dachte Shark an den elektrischen Haarteufel, den er vor drei Wochen auf Drängen des tragbaren Eheberaters in Eiris' Bett versteckt hatte. Zwar hatte Eiris den Automaten entdeckt und kurzgeschlossen, ehe er sie kahlscheren konnte, wie es beabsichtigt gewesen war, aber Shark hatte die unerfreuliche Episode noch immer deutlich vor Augen.

Schließlich war Eiris danach auf die Idee mit den elektrischen Mücken verfallen, und seitdem hatte er Nacht für Nacht mit den quälenden Mikroautomaten zu kämpfen.

»Manchmal«, sagte Shark undeutlich, »manchmal habe ich den unbestimmten Eindruck, als ob mich jeder Schritt näher an die Katastrophe heranführte. Ich meine, bist du wirklich sicher, daß deine Strategie erfolgversprechend ist?«

Der Eheberater blinkte indigniert.

»Mein Programm«, erklärte er, »verbietet mir jeden Fehler. Wie alle Maschinen bin ich perfekt. In meinen Dateien sind über acht Millionen Bits soziologischer, psychologischer und waffentechnischer Informationen gespeichert. Über mein Telefaxsystem stehe ich in ständiger Verbindung mit sämtlichen Großcomputern Whistlers und sogar mit NATHAN, der Großpositronik auf dem Mond. Meine Ratschläge werden weder von Gefühlen noch von biologisch bedingten Unvollkommenheiten beeinflußt.«

Die roten und gelben Dioden erloschen; nur noch die grünen leuchteten in schnellem Rhythmus auf.

»Bertie, du mußt Vertrauen zu mir haben«, bat der kybernetische Automat. »Bisher haben sich über einhundert Millionen Bürger des Solaren Imperiums der Hilfe tragbarer kybernetischer Eheberater anvertraut. Unsere Erfolgsquote ist hundert Prozent. Wir haben bisher noch jedes Problem gelöst.«

Shark fuchtelte mit den Händen.

»Schön und gut, aber deine Methoden wirken ein wenig unkonventionell. Ich meine, wie können Eiris und ich uns wieder näherkommen, wenn unsere Auseinandersetzungen immer weiter eskalieren? Sie hat die Grenze zwischen ihrem und meinem Wohnbereich mit Allergie-Minen gesichert. Sie hat meine Rohrpostanlage angezapft und übelriechende Aromastoffe hineingeblasen. Wir unterhalten uns nur noch per Telefax. Alles, was ich in den letzten Monaten von ihr gesehen habe, war eine Handvoll gedruckter Zeilen.«

Der tragbare Eheberater pfiff schrill.

»Hättest du meine Anweisungen befolgt und das elektrische System ihres Wohnbereichs kurzgeschlossen«, erwiderte er, »dann müßtest du dir jetzt keine Gedanken über unverschämte Telefax-Briefe machen. Wie ich immer sage, du bist einfach zu weich.«

»Aber ich liebe sie doch«, wandte Shark ein.

»Liebe«, formulierte der tragbare Eheberater spitz, »ist ein äußerst unzuverlässiger biochemischer Prozeß. Um eine Beziehung zwischen zwei Menschen zu festigen, bedarf es weit stärkerer Mittel. An die Stelle hormonell erzeugter deckungsgleicher Interessen muß das eherne Band pekuniärer Verbundenheit treten.«

Shark versuchte, einen Sinn hinter den nebulösen Worten des Eheberaters zu erkennen, während er gleichzeitig mit grausiger Faszination das Treiben der letzten Karottenfrucht verfolgte.

Der violett und grün gestreiften Karotte war es gelungen, die beiden Blues abzuschütteln. Sie verbarg sich hinter dem Sockel eines Barhokkers, überschattet von der mächtigen Gestalt eines Unithers, der mit seiner Rüsselnase eine Eiweiß-Methylalkohol-Mischung aus einem Sektkübel schlürfte. Die beiden Blues krochen im Hintergrund der Bar noch immer auf dem Boden herum; ihre Eßstäbchen hielten sie wie Dolche in den Händen.

Shark blinzelte erneut. Täuschte er sich, oder hatte ihm die Gnurgha-Frucht tatsächlich zugewinkt? *Großer Gott,* dachte er, *ich halluziniere schon wieder. Zuerst Eiris im Glas* Knockout Special *und jetzt eine um Hilfe winkende außerirdische Karotte.*

»Pekuniäre Verbundenheit«, wiederholte er und starrte das glatte, blitzende Gehäuse des tragbaren Eheberaters an.

»Gemeinsam geteilte Geldgier«, erläuterte der Automat.

»Aha«, machte Shark, »was das betrifft, so hat Eiris das Geld und ich die Gier. Ist das Verbundenheit genug? Oder fällt das mehr in die Kategorie Abhängigkeit?«

Die Karotte winkte erneut. Kein Zweifel, Shark täuschte sich nicht. Die Gnurgha-Frucht meinte ihn. Er starrte sie an und tippte fragend mit dem Zeigefinger auf seine Brust. Wie auf ein Signal hin watschelte das karottenähnliche Gebilde hinter dem Sockel hervor und näherte sich geduckt Sharks Tisch. Die Blues bemerkten nichts davon; sie waren in eine Auseinandersetzung mit einem Ertruser verwickelt. Offenbar erregte ihre unkonventionelle Eßweise inzwischen das Mißfallen der anderen Gäste.

»Abhängigkeit«, bestätigte der Eheberater, »das ist es. Hör zu, Bertie, das ist tatsächlich dein Problem. Du bist ein armer Schlucker, und Eiris ist eine millionenschwere Pralinenfabrikantin. Unter derart ungünstigen Voraussetzungen kann eine Beziehung nur im Unglück enden.

Insgeheim leidest du daran, finanziell von ihr abhängig zu sein, und sie argwöhnt, daß du nur des Geldes wegen mit ihr zusammen bist. Spannungen sind deshalb unausweichlich. Unser erster Schritt muß demnach sein, eure Beziehung auf eine völlig neue Grundlage zu stellen.«

Shark hörte nur mit halbem Ohr zu.

Die Gnurgha-Frucht hatte seinen Stuhl erreicht. Neben seinem rechten Fuß verharrte sie und wedelte ungeduldig mit den beiden oberen Gliedmaßen ihrer insgesamt zwölf tentakelähnlichen, fingerlangen Extremitäten.

Was wollte sie von ihm? Aber konnte sie überhaupt etwas von ihm wollen? Bildete er sich nur ein, daß ihre motorischen Bewegungen einen Sinn ergaben?

»Hör mir zu!« pfiff der Eheberater. »Du hast einen Wendepunkt deines Lebens erreicht, Bertie, und das sollte dir eigentlich ein wenig Interesse wert sein.«

Die Blues kehrten zögernd an ihren Tisch zurück. Die beiden Augenpaare an ihren Tellerköpfen – eines vorn, eines hinten – musterten forschend das Innere der Bar.

»Sprich weiter«, sagte Shark.

Er spürte ein Zupfen an seinem Hosenbein, aber er wagte nicht, den Kopf zu senken, aus Furcht, daß seine Einbildung ihm noch weitere Streiche spielte.

»Vor allem«, fuhr der Eheberater fort, »ist es wichtig, Eiris das Gefühl zu geben, daß du nicht auf ihr Geld angewiesen bist. Und was wäre besser dazu geeignet als ein erbitterter Kleinkrieg? Damit signalisierst du ihr, daß du frei und unabhängig bist. Außerdem wird ihr klar, daß sie mit ihrem Geld nicht alles kaufen kann.«

Shark runzelte skeptisch die Stirn. Aber der Alkohol trübte sein Urteilsvermögen, und das ständige Zupfen an seinem Hosenbein irritierte ihn zu sehr, als daß er seine Gedanken sammeln und das vage Gefühl des Zweifelns in Worte fassen konnte.

Der tragbare Eheberater blinkte ungeduldig.

»Andererseits fungiert euer Geschlechterkampf als emotionales Bindemittel. Selbst wenn sämtliche Gefühle erlöschen, wird Eiris noch an dich denken. Sie wird sich alle Mühe geben, dir das Leben zur Hölle zu machen; sie wird deine Nähe suchen und dich als Teil ihres Lebens sehen, denn inzwischen ist es ihr oberstes Ziel, dich zu rädern, zu vierteilen, in Stücke zu schneiden und bei lebendigem Leib zu grillen.«

»Mein Gott!« stieß Shark hervor. Er spürte, wie ihm der Schweiß ausbrach. »Wie kommst du eigentlich darauf, daß du damit meine Ehe rettest?«

Das Zupfen an seinem Hosenbein wurde heftiger. Einer der Blues starrte ihn an. Der Blick des Tellerkopfes glitt tiefer, verharrte. Ein zwitschernder Laut entfuhr dem Halsmund. In der blaubepelzten Hand funkelte plötzlich das spitze Eßstäbchen.

»Gemach, gemach«, wiegelte der tragbare Eheberater ab. »Wir haben es also geschafft, die unsicherste Basis aller zwischenmenschlichen Beziehungen – die Liebe – auszumerzen und durch eine vielfach stärkere Grundlage zu ersetzen: durch den Haß.«

»Fantastisch«, murmelte Shark. Mißtrauisch verfolgte er, wie der Blue von seinem Stuhl glitt und lautlos auf ihn zuschlich.

»Natürlich«, sagte der Automat auf dem Tisch, »ist Haß nur ein Provisorium. Das Endziel ist, wie schon bemerkt, pekuniäre Verbundenheit. Kurz, du mußt dafür sorgen, daß du zu Geld kommst und dich Eiris auf gleicher Ebene nähern kannst.«

Shark kicherte hysterisch.

»Seit meiner Geburt versuche ich, zu Geld zu kommen«, entgegnete er. »Ich …«

Er brach ab. Die Gnurgha-Frucht war mit einem waghalsigen Satz auf den Tisch gesprungen, und das Eßstäbchen des Blues bohrte sich in Sharks Unterschenkel. Er schrie auf. Der Blue zwitscherte schrill. Das karottenähnliche Gebilde auf dem Tisch zerbrach plötzlich in zwei Teile, und aus dem gestreiften Gewebe schälten sich die Umrisse eines winzigen Mannes.

Der Mann war grünhäutig und trug die Miniatur-Ausgabe einer Uniform der USO. Er lächelte Shark verzerrt an und zog aus den Falten des Gnurgha-Gewebes einen winzigen Antigrav-Gürtel hervor.

»Tut mir leid«, brüllte der Siganese. Er brüllte, aber seine Stimme war fein, fast piepsend. »Keine Zeit für Erklärungen. Ich bin einem gewaltigen Lebensmittelskandal auf der Spur. Irgend jemand schmuggelt plophosische Stangengurken zur Erde und tarnt sie als Swoon-Touristen. Der Zoll wird um Millionen betrogen!«

Er hantierte an dem miniaturisierten Antigrav-Gürtel, löste sich von der Tischplatte und verschwand in einem Luftschacht in der Decke.

»Mein Gott!« sagte Shark wieder.

Der Blue kehrte zwitschernd und gestikulierend an seinen Tisch zurück.

Shark stürzte den letzten Schluck *Knockout Special* hinunter, schob seine Kreditkarte in den Zahlschlitz des Tischterminals und gab die Kodeziffer für einen weiteren K.-o.-Mix ein. Sekunden später öffnete sich die Ausgabeklappe des Tischkegels, und ein neues mit blauer, funkelnder Flüssigkeit gefülltes Glas erschien.

»Dir bleibt keine andere Wahl«, nahm der tragbare Eheberater den Gesprächsfaden wieder auf. »Du mußt zu Geld kommen. Meine ganze Strategie hängt davon ab. Und deine Zukunft. Außerdem mußt du an die weitere Finanzierung deines Privatkriegs mit Eiris denken. Von meiner Mietgebühr ganz zu schweigen.«

Shark schnaubte. »Ich habe dir vertraut«, sagte er anklagend. »Du hast versprochen, daß alles gut wird. Du hast versprochen, daß Eiris auf den Knien angerutscht kommt, wenn ich deine Ratschläge befolge. Und was ist daraus geworden? Eine Katastrophe. In ihrem letzten Telefax-Brief hat Eiris gedroht, eine Mauer durch unsere Wohnung zu ziehen.«

»Aber das ist doch fantastisch«, frohlockte der Automat. »Das bedeutet, daß sie an dir hängt, Bertie. Wenn du ihr gleichgültig wärst, hätte sie schon längst eure gemeinsame Wohnung verlassen. Meine Strategie war also ein voller Erfolg. Wenn du zu Geld kommst …«

»Ich komme nie zu Geld«, sagte Shark deprimiert. »Ich habe keine Talente, keinen Ehrgeiz, keine Arbeitsmoral. Alles, was ich habe, sind ein hübsches Gesicht, ein sportlicher Körper und eine charmante Art.«

Der tragbare Eheberater blinkte.

»Keine Bange, Bertie«, beruhigte er Shark. »Ich habe bereits einen Ausweg gefunden. Dank meiner engen Verbindungen zu den kybernetischen Systemen der Robotfirma Whistler bin ich darüber informiert, daß Whistler Testbewohner sucht.«

»Testbewohner?« echote Shark.

»Für ein urbanes Großprojekt«, fuhr der Automat fort. »Whistler hat eine vollelektronische Stadt entwickelt, die alle Vorteile des normalen Großstadtlebens in sich vereint und alle Nachteile ausschalten soll. Um festzustellen, ob das Konzept den Belastungen der Praxis standhält, sucht Whistler achttausend Versuchspersonen für einen Langzeittest von zwei Monaten Dauer. Kost und Logis sind gratis, außerdem gibt es zehntausend Solar bar auf die Hand. Ist das nicht großartig?«

»Pft«, machte Shark. »Was sind schon zehntausend Solar? Das reicht kaum, um meine Schulden zu decken.«

»Sie sind zumindest ein Anfangskapital«, erwiderte der Eheberater. »Und du könntest über deine Erlebnisse ein Buch schreiben. Dadurch kommst du nicht nur zu Geld, sondern auch zu literarischem Ruhm. Eiris' Psychoprofil deutet darauf hin, daß sie Ruhm sogar noch mehr schätzt als Geld.«

Shark bewegte mürrisch den Kopf.

»Es gibt bestimmt Millionen Bewerber«, vermutete er. »Warum sollte Whistler ausgerechnet mich nehmen? Und diese zwei Monate bedeuten zwei Monate Trennung von Eiris. Gott, wer weiß, vielleicht lernt sie in der Zwischenzeit irgendeinen windigen Burschen mit einem hübschen Gesicht, einem sportlichen Körper und einer charmanten Art kennen, der ihr den Kopf verdreht.«

»Keine Sorge.« Der Eheberater blinkte wieder rot, grün und gelb. »Ich werde dafür sorgen, daß Eiris dir in diese Stadt der Zukunft folgt. Wenn sie glaubt, daß du dich dort mit irgendeiner Schlampe vergnügst, hält sie nichts mehr, und Whistler ... Nun, ich weiß zufällig, daß Whistler ganz verrückt nach Leuten dieser Art ist.«

»He«, rief Shark. »Wie meinst du das?«

Der tragbare Eheberater pfiff.

»Nicht der Rede wert«, wiegelte er ab. »Überlaß alles nur mir. Dann werden wir diesen Krieg auch gewinnen. Wir schießen diese Schnepfe sturmreif. Wir machen sie so fertig, daß nicht einmal Atomstaub von ihr übrigbleibt.«

Der tragbare Eheberater pfiff und klickte. Die Dioden erloschen. Der Automat hatte sich abgeschaltet.

Shark seufzte. Für einen Moment spielte er mit dem Gedanken, den Mietvertrag nicht weiter zu verlängern und ohne Hilfe des Automaten sein desolates Verhältnis zu Eiris wieder in Ordnung zu bringen. Aber der Eheberater hatte recht. Ihm blieb keine andere Wahl mehr. Er war schon zu weit gegangen, um jetzt noch einen Rückzieher zu machen.

Ihm blieb nur die Hoffnung, daß der Computer wußte, was er tat, und daß seine Strategie schlußendlich doch zum ersehnten Ziel führte: zur Umwandlung der befristeten Ehe in eine ständige Lebensgemeinschaft und zum ungehinderten Zugriff Sharks auf Eiris' Geld.

4.

Der Himmel war blau und fast wolkenlos; strahlender Sonnenschein lag wie ein Gespinst aus hauchdünner Seide über dem Grün der endlosen Wälder und dem stillen, klaren Blau der zehntausend Seen.

Gene Milwony III. sah sich verstohlen im verglasten Rund des Gleiters um. Die klare Frische des jungen Tages ließ die Konturen scharf hervortreten und die Gestalten der Männer und Frauen wie Schattenrisse vor dem endlosen Blau des Firmaments erscheinen.

Seine Blicke wanderten zu Roy T. T. Grimshaw, dem Generaldirektor von Whistler Robot Inc. Grimshaw war ein hagerer, weißhaariger Mann von knapp einhundertfünfzig Jahren, und dennoch war seine Haut so rosig und glatt wie die eines Vierzigjährigen. Kosmetische Operationen, Organtransplantationen und aufwendige Frischzellenbehandlungen hatten die Spuren getilgt, die die Zeit in dem Mann hinterlassen hatte, und nur die Eiseskälte der Augen verriet etwas von den hundert Jahren Erfahrung, die Grimshaw Milwony voraushatte.

Grimshaws Gesicht war wie üblich ausdruckslos und enthüllte nichts von den Gefühlen, die ihn beherrschen mochten.

Milwony strich seine Stirnlocke aus den Augen.

Wahrscheinlich, dachte er mit einem Hauch von Ironie, *hat sich der Alte auch die Gefühle fortoperieren lassen.*

Er sah nach vorn, wo Ziliwa Nikipiti nahe dem Piloten saß. Sechshundert Jahre Völkerwanderung und globale Vermischung hatten der Haut der meisten Menschen Terras einen hellbraunen Teint verliehen, und das tiefe Ebenholzschwarz der Forschungsdirektorin war ein seltener Anblick in diesen Tagen.

Wie um die Exzentrik ihrer Erscheinung zu unterstreichen, trug Nikipiti eine antike Hornbrille.

Gerüchten zufolge sollte sie sich einem chirurgischen Eingriff unterzogen haben, um ihre Augen dem Brechungsindex der Brillengläser anzupassen. Milwony wußte nicht, ob die Gerüchte stimmten oder ob die Linsen aus ordinärem Fensterglas bestanden, aber der Forschungsdirektorin war alles zuzutrauen.

Sogar die gräßliche Möglichkeit, daß sie von einem Tag zum anderen MAMMA-1 die finanziellen Zuschüsse entzog und Rasts wahnwitzigem Projekt den Vorzug gab.

Bei dem Gedanken an den fetten Urban-Designer schnitt Milwony eine Grimasse, als hätte er auf einen kranken Zahn gebissen.

Natürlich hatte sich Rast direkt hinter Grimshaw niedergelassen.

Rast war untersetzt und stämmig, ein finster dreinblickender Mann mit ondulierten Silberhaaren und Händen, die an Pranken erinnerten, und wenn er sprach, dann stets so laut, daß man selbst in einem Dutzend Schritt Entfernung noch um sein Trommelfell fürchten mußte.

Nach Milwonys Meinung war Torwin Wismut Rast ein aufgeblasener Schwätzer und Wichtigtuer, ein skrupelloser Intrigant der schlimmsten Sorte, und vermutlich war er nur durch Erpressung und Bestechung Ko-Chefdesigner der Whistler-Forschung geworden.

Zweifellos nahm Rast das gleiche von Milwony an, und diese Tatsache war das einzige, was die beiden unterschiedlichen Männer miteinander verband.

Mißtrauisch beobachtete Milwony, wie sich Rast nach vorn beugte und mit dem Generaldirektor tuschelte. Das Gedröhn der Gleitermotoren übertönte den Großteil der Worte, trotz Rasts lautem Stimmorgan. Milwony vernahm nur einige Satzfetzen.

»... schlecht ... dilettantische Verarbeitung ... Wahnsinn ... derartige Kosten zum Fenster ... Versager ... Blendwerk ...«

Milwony biß die Zähne zusammen.

Die unfreundlichen Bemerkungen waren auf ihn gemünzt. Rast schien es noch immer nicht verwunden zu haben, daß sein Konzept für die Stadt der Zukunft im Forschungsausschuß mit knapper Mehrheit abgelehnt worden war.

Gene Milwony II. schielte zu Jessir Chanderhak hinüber; die Inspektorin des Solaren Wissenschaftsministeriums blätterte in einem bunten Prospekt Whistlers. Fluoreszenzbuchstaben flimmerten wie Sternschnuppen auf dem Einband: WILLKOMMEN IN DER STADT DER ZUKUNFT.

Die schlanke Frau mit den strahlendweißen, ebenmäßigen Zähnen und dem großen Busen hatte den Ausschlag dafür gegeben, daß Milwonys MAMMA-Projekt bis zum Stadium eines Großversuchs weiterentwickelt worden war.

Was ja auch kein Wunder ist, dachte Milwony grimmig. *Nur Narren wie dieser Höhlenmensch Rast können die Genialität meines Konzepts ignorieren. Und im Solaren Wissenschaftsministerium sitzen keine Narren. Dort geht man sehr vorsichtig mit den Steuergeldern um, und wenn ein Projekt unterstützt wird, dann hat es auch Hand und Fuß.*

Wie MAMMA-1.

Jessir Chanderhak drehte den Kopf und begegnete Milwonys Blick, die rothaarige Frau lächelte. Ermunternd?

Milwony spürte, wie ihm heiß wurde.

Die Inspektorin rutschte in ihrem Sitz. Bei jeder Bewegung warf ihr Reflexionskleid tausend Falten. Unzählige konkav und konvex gewölbte spiegelnde Flächen entstanden, und Milwony sah grotesk verzerrte Miniaturabbilder seiner selbst auf Chanderhaks Spiegelkleid hin und her tanzen.

Milwony war noch jung, Mitte Dreißig. Er besaß dunkle Augen, eine sanft geschwungene Nase und trotzig gewölbte Lippen. Klein für einen Mann des 27. Jahrhunderts, versuchte er seine geringe körperliche Größe durch exaltiertes Verhalten wettzumachen. Außer der gefärbten Stirnlocke trug er einen synthetischen Rubin über der Nasenwurzel und ein fingerbreites Band aus Protoplasma am rechten Arm. Das Band bewegte sich wie eine Schlange, glitt zum Ellbogen hinauf, wieder hinunter bis zum Handgelenk, und alle drei, vier Sekunden wechselte es seine Farbe.

Jessir Chanderhak beugte sich nach vorn und verstaute die Broschüre in dem Netz an der Rückenlehne des Vordersitzes. Ihr Spiegelkleid knisterte leise, das Oberteil wölbte sich unter der Last ihrer vollen Brüste, und der Ausschnitt klaffte weit auseinander.

Die Diskrepanz zwischen dem reflektierenden Material ihres Kleides und dem Samtbraun ihres voluminösen Busens raubte Milwony den Atem.

Kuschel neben ihm kicherte.

Von einem Moment zum anderen zerplatzten Milwonys wollüstige Phantasien wie eine Seifenblase.

Kuschel war der Leiter des Sicherheitsdienstes von Whistler, und wenn jemand so etwas wie eine angeborene Begabung für diese Arbeit besaß, dann war es Kuschel. Konspirative Verhaltensweisen schienen Teil seines DNS-Programms zu sein, ein in den Genen verankertes Talent, nicht nur unauffällig zu wirken, sondern so unauffällig zu sein, daß es schwerfiel, seine Gegenwart überhaupt zur Kenntnis zu nehmen, wenn er nicht sprach.

Kuschel war wie ein Gespenst aus düsteren Träumen, das bei Einbruch des Tages verblaßte und mit der Nacht vor dem Licht der Sonne floh.

Milwony hüstelte nervös und blickte aus dem Fenster.

Unter ihnen lag jetzt die finnische Saima-Seenplatte. Endlose dichte Wälder, mit Tausenden und aber Tausenden blauer Sprenkel. Kristallklare Süßwasserseen, fischreich und quellrein, ein Stück unverfälschte Natur auf einem der höchsttechnisierten Planeten der Galaxis.

Die Wälder hatten längst schon die Narben überwuchert, die tiefen Wunden, die der Erde vor zweihundert Jahren beim letzten Angriff der Zweitkonditionierten zugefügt worden waren. Die Intervallkanonen der Dolans hatten Verwüstung über die Welt gebracht, und einige der Seen waren wassergefüllte Bombenkrater aus jener dunklen Zeit.

Noch einige Minuten, dann würden sie ihr Ziel erreichen.

MAMMA-1 – die Stadt der Zukunft.

»Verdammtes Sicherheitsrisiko«, fistelte Kuschel. »Und dann diese ganzen Testbewohner! Achttausend potentielle Spione. Mußte es denn gleich eine ganze Stadt sein, Gene? Hätte ein Haus nicht genügt? Oder eine Wohnung? Ein Zwei-Zimmer-Apartment?«

Milwony verzichtete auf eine Antwort.

MAMMA-1 war längst aus dem Stadium der Geheimhaltung herausgewachsen, aber Kuschel war aus Prinzip gegen jede Form der Öffentlichkeit. Hin und wieder, bei den seltenen Gelegenheiten, bei denen man sich der Existenz des SD-Chefs bewußt wurde, kursierten Gerüchte unter den Führungskräften Whistlers, daß sich Kuschel sogar selbst überwachen ließ, weil er sich nicht traute.

Kuschel stieß ihm den Ellbogen in die Seite.

»Ich habe Sie vermißt, Gene«, zischte er dem Urban-Designer ins Ohr.

Irritiert sah Milwony den sitzenden Mann an.

»Vermißt?« echote der Urban-Designer. In Gedanken weilte er schon bei MAMMA-1 und der Rede, die er in wenigen Minuten halten würde, dem letzten Vortrag nach so vielen anderen Vorträgen und Reden, nach jahrelanger Arbeit und ermüdenden Kämpfen, die ihn schließlich bis zu diesem Punkt seiner Karriere geführt hatten.

Dem Höhepunkt, dem Gipfel seines Erfolges.

Denn MAMMA-1 war seine ureigenste Entwicklung, und es sah danach aus, als ob die Stadt der Zukunft zu seinem Denkmal werden und ihn unsterblich machen würde. Und natürlich auch reich; sehr reich. Trotz der Intrigen seines Konkurrenten Rast, des endlosen Ringens um die finanziellen Mittel der Whistler-Forschung und um die Millionen aus dem Solaren Wissenschaftsministerium.

Kuschel kicherte.

Milwony glaubte Spott herauszuhören.

»Vermißt«, nickte der SD-Chef. »Wir alle haben Sie vermißt, Gene. Grimshaw, Nikipiti, Inspektorin Chanderhak, ich und natürlich Rast.«

Milwony spürte einen Stich in der Brust.

Die latente Nervosität, die ihn im Lauf der letzten Tage und Wochen geplagt hatte, wurde zu plötzlicher Angst.

Rast! Bei allen Sternen, was hatte dieser Hurensohn wieder ausgebrütet?

Mit erzwungener Ruhe fragte er: »Könnten Sie ein wenig konkreter werden? Wobei hat man mich vermißt? Und wieso spricht Grimshaw hinter meinem Rücken mit Rast? Was ist los? Eine Verschwörung?«

Kuschel kicherte erneut.

»Ich hätte nicht gedacht«, murmelte er, »daß Sie noch so naiv sind, Gene. Sie sind doch schon lange genug bei Whistler, um wissen zu müssen, daß niemand aufsteigen kann, ohne daß man ihm hin und wieder ein Bein stellt.« Milwonys Kopf war leer. Beklemmung schnürte seine Brust zusammen.

»Ein Bein stellt?« echote er hohl, und er verwünschte die Panik, die ihn mit einemmal erfüllte. Irgendeine Teufelei war im Gange. Rast hatte seine Niederlage nicht wie ein Ehrenmann hingenommen, sondern insgeheim seine Ränke geschmiedet, um Milwony zu Fall zu bringen.

Kuschel schien seine Nervosität zu bemerken. Das ironische Lächeln des Greises wurde breiter.

»Seien Sie kein Narr, Gene. Sie kennen doch das Memorandum Vier-Zwo-Vier – jede Neuentwicklung Whistlers muß unter den denkbar härtesten Bedingungen getestet werden, ehe sie die Produktionsfreigabe erhält.«

»Natürlich kenne ich das Memorandum«, fauchte Milwony. Er senkte seine Stimme, als er bemerkte, wie sich einige Köpfe neugierig zu ihm umdrehten. »Aber was hat das mit MAMMA zu tun? Alle Details wurden doch vorige Woche in der Abschlußkonferenz besprochen. Sobald die Auswahl der Testbewohner beendet ist, kann …«

Seine Stimme versagte. Seine Augen wurden groß.

»Wollen Sie etwa andeuten«, stieß er hervor, »daß das Memorandum Vier-Zwo-Vier auf die Auswahl der Testbewohner angewendet wird?«

Kuschel schob einen Zigarillo zwischen die Lippen und drehte das Mundstück um dreihundertsechzig Grad. Die Spitze des Zigarillos flammte auf.

»Gewiß, mein lieber Gene. Designer Rast hat dem Generaldirektor gegenüber einen sehr interessanten Punkt zur Sprache gebracht. Wie Sie wissen, erhielt das MAMMA-Projekt die Zuschüsse aus dem Wissenschaftsministerium nur, weil das neue urbane Wohnmodell auch auf den Kolonien zum Einsatz kommen soll.

Die Besiedlung neuer Welten ist stets mit Risiken verbunden. MAMMA kann den Kolonisten – wenn es funktioniert – als perfekte Basis dienen, als ein Hort der Sicherheit in einer fremdartigen oder gar feindlichen Umwelt. Aber warum sage ich Ihnen das? Sie sind darüber informiert. Schließlich sind Sie MAMMAS Schöpfer, Gene.«

Kuschel blies einen Rauchring gegen die transparente Kuppel des Gleiters.

»Kolonisten«, fuhr der SD-Chef fort, »sind naturgemäß größeren Streßeinflüssen ausgesetzt als normale Menschen. Größerer Streß verlangt von MAMMA größere Mühen, um ihre Aufgaben zu erfüllen.

Nun, kurz und gut, aus einsichtigen Gründen hat Grimshaw Abstand von Ihrem ursprünglichen Plan genommen, repräsentative Durchschnittsbürger als Testbewohner für MAMMA-1 auszuwählen. Rast plädierte für … nun, für härtere Kaliber, um es einmal so auszudrücken, und der Generaldirektor konnte sich seinen Argumenten nicht verschließen. Immerhin sind wir auf weitere Finanzmittel des Imperiums angewiesen, wenn MAMMA in die Serienfertigung gehen soll.«

»Härtere Kaliber?« wiederholte Milwony heiser. »Warum erfahre ich erst jetzt davon? Der Großversuch soll in einer Woche beginnen, und ich kann in dieser kurzen Zeit das Auswahlprinzip unmöglich umwerfen. Meine ganzen Vorbereitungen …«

Kuschel winkte ab. »Machen Sie sich keine Sorgen, Gene«, erklärte er mit falscher Freundlichkeit. »Grimshaw war von Rasts Idee so begeistert, daß er dem Urban-Designer die Auswahl der Testbewohner überlassen hat.« Er lächelte starr. »Offenbar hält der Generaldirektor Sie für, hm, befangen.«

Die Panik wich kalter Wut. Milwonys Augen blitzten gefährlich.

»Das lasse ich mir nicht bieten«, zeterte er. »Das ist ein Dolchstoß in meinen Rücken, und ich lasse mir nicht von einem schmierigen Bastard wie Rast mein Lebenswerk verhunzen. Ich werde zu Grimshaw gehen und ihm sagen ...«

»Was?« fragte Kuschel interessiert. »Daß MAMMA nur unter optimalen Bedingungen funktionieren kann? Daß die Stadt der Zukunft ungeeignet ist für die ganz normal verdrehten Menschen der Gegenwart? Grimshaw wird Sie feuern und MAMMA einstampfen. Und Rast hat gewonnen. Wollen Sie das?«

Kuschel hatte recht, erkannte Milwony.

Ein geschickter Schachzug seines Konkurrenten. Wahrscheinlich würde der Urban-Designer den finstersten Bodensatz der menschlichen Gesellschaft zusammenkarren und nach Finnland schaffen, in der Hoffnung, daß MAMMA bei der Konfrontation mit dem alltäglichen Wahnsinn der Menschheit versagte und so Rasts eigenes urbanes Wohnmodell wieder zum Tragen kam.

Milwony schauderte, als er sich an Rasts Modell erinnerte.

Eine Stadt wie eine Festung. Starr, kalt, statisch. Bunkerartige autonome Wohneinheiten ohne die Möglichkeit direkter Kontakte zwischen den Einwohnern. Soziale Kommunikation nur über die Teleinformationssysteme. Barrieren, wo Freiräume nötig waren; technische Kälte statt menschlicher Wärmevereinzelung als Programm, unter dem fragwürdigen Vorwand, daß die Vermassung für alle Probleme des modernen Großstadtlebens verantwortlich war.

Er räusperte sich.

»MAMMA ist perfekt«, versicherte er. »Sie wird mit jedem fertig. Im Vergleich zu MAMMA ist jede andere Stadt die reinste Hölle. Selbst der Teufel wird zu einem Engel, wenn er zwei Monate lang in MAMMA lebt. Ich nehme die Herausforderung an. Rast wird sich noch wundern.«

Kuschel kicherte erneut.

»Das ist die richtige Einstellung«, lobte der SD-Chef. »Mut und Optimismus; Sie können gar nicht anders als gewinnen, Gene.«

Das Dröhnen der Gleitertriebwerke veränderte sich. Die Maschine verlor an Höhe und Geschwindigkeit und näherte sich einer Insel im Zentrum eines großen, fast runden Sees.

Sie hatten ihr Ziel erreicht: MAMMA-1 – die erste Multifunktionelle Adamasische Metropole Modell A.

5.

Auf den ersten Blick erinnerte MAMMA-1 eher an einen blasenwerfenden grauen Pfannkuchen als an eine Stadt.

Die Insel war von hochgeschossenen Kiefern umgeben, die sich einem grünen Wall gleich längs der Küste zogen und weiter landeinwärts Flechten und niedrigen Gräsern wichen. Ein Gebiet von drei mal vier Kilometern Größe bestand aus dunklem Felsgestein, und der unfruchtbare Boden hatte es Milwony und der Technischen Abteilung Whistlers erspart, die Vegetation zu roden, um Platz für die Adamasische Metropole zu schaffen.

Die Abgeschiedenheit der nur dünn besiedelten finnischen Provinz Terras bot die besten Voraussetzungen für einen störungsfreien Verlauf des Großprojekts.

Das zwölf Quadratkilometer große eigentliche Stadtgebiet war lückenlos von jener seltsamen grauen Masse bedeckt. In ihrem Zentrum ragten drei Höcker empor; jeder war etwa zehn Meter hoch und halb so dick. Das war alles.

»Nicht viel für eine Stadt«, knurrte Torwin Wismut Rast höhnisch, als die Männer und Frauen, mit Milwony an der Spitze, den Gleiter verließen, der auf dem grasbewachsenen Streifen zwischen Baumgürtel und Stadtgebiet niedergegangen war.

Gene Milwony ignorierte die Bemerkung.

Er atmete tief die würzige, reine Luft ein und konzentrierte sich auf seinen Vortrag.

Der Pilot und einer von Kuschels SD-Beamten schleppten Klappstühle aus dem Laderaum des Gleiters. Als alle saßen, musterte Milwony noch einmal die Gesichter der Anwesenden.

Dort Generaldirektor Grimshaw, der wie eh und je völlig teilnahmslos wirkte. Da Forschungsleiterin Nikipiti, die über den Rand ihrer Hornbrille hinweg interessiert zu der grauen Fläche hinüberstarrte. Rast, erfüllt von unverhohlenem Abscheu. Inspektorin Chanderhak, die ihr Reflexionskleid glättete und ihm dabei wie zufällig einen tiefen Blick in ihren Ausschnitt gestattete. Und ein glatzköpfiger kleiner Gnom in einem schlecht sitzenden Lederanzug, den Milwony nach einigem Nachdenken als Zebastian Zaches identifizierte, den Vorsitzenden des Solaren Kinderschutzbundes, von dem niemand zu wissen schien, warum er an dieser Exkursion teilnahm.

Kuschel hätte er fast übersehen. Der SD-Chef schien mit seinem Klappstuhl und dem grünen Hintergrund der Bäume zu verschmelzen, und kaum wandte Milwony den Blick von ihm ab, hatte er ihn auch schon vergessen.

Der Urban-Designer räusperte sich.

»Meine Damen und Herren, verehrter Generaldirektor, ehe ich zum eigentlichen Thema, dem neuen urbanen Wohnmodell MAMMA-1, komme, lassen Sie mich einige Worte zur Einführung sagen.

Bis vor zweihundert Jahren war die Menschheitsgeschichte geprägt von Expansion; zuerst beschränkt auf die vergleichsweise winzige Oberfläche Erde, dann hinaus zu den Planeten des Sonnensystems, den Sternen der Milchstraße, sogar zu anderen Galaxien wie dem Andromedanebel oder den Magellanschen Wolken.

Fast tagtäglich wurden die Grenzen weiter hinausgeschoben, neue Erkenntnisse erworben, neue wissenschaftliche Durchbrüche erzielt. Der Kontakt mit den extraterrestrischen Völkern dieser und der anderen Milchstraßen war ungeheuer befruchtend, wenn auch zuweilen gefährlich oder gar tödlich. Trotz aller Widrigkeiten, trotz aller Fehler, die man zwangsläufig begangen hat, zog es die Menschen immer weiter hinaus. Hunderte, Tausende fremde Welten wurden besiedelt. Das Imperium wuchs, und mit ihm wuchsen seine Macht und die Hoffnung der Menschen.

Die Expansion, die Besiedelung der Sterne war mehr als nur Selbstzweck, mehr als der Drang, der Galaxis den eigenen Stempel aufzudrükken. Die Expansion war Teil des menschlichen Selbstverständnisses, des Bewußtseins, daß es immer noch ein Weiter, Größer, Schneller gab und ewig geben würde.

Die Ereignisse, die mit OLD MAN und den Hypno-Kristallen aus den Magellanschen Wolken ihren Anfang nahmen und ihren schrecklichen Höhepunkt in der entscheidenden Konfrontation mit den Ulebs fanden, beendeten endgültig diesen Glauben.

Die Menschheit mußte einsehen, daß es Grenzen gab und daß Quantität und Qualität durchaus einen Gegensatz darstellen konnten.

Für Terra selbst war diese Erkenntnis schmerzhafter und revolutionierender als für die Kolonien, denn auf den Kolonien gab es tatsächlich noch etwas zu erreichen und Grenzen zu verschieben.

Für Terra, Wiege der Menschheit und für fast fünfhundert Jahre Machtzentrum dieser Galaxis, bedeuteten die Verwüstungen im Krieg gegen die Ulebs und die Dolans der Zweitkonditionierten den Beginn eines langwierigen Umdenkungsprozesses.

Die Erde mußte akzeptieren, daß sie nur ein Planet unter vielen von Menschen besiedelten Planeten war. Daß historische Größe nicht ausreichte, um ihren Führungsanspruch zu rechtfertigen. Sie benötigte ein neues Selbstverständnis.

Fort von der schieren Quantität, der Sucht nach dem Großen, die in schierem Gigantomanismus erstarrt war.

Hin zu der Qualität, zu neuen Formen menschlichen Zusammenlebens, der Verbesserung der Umwelt, der Entwicklung neuer, humaner Technologien und der Schöpfung von Philosophien, von Bewußtseinshaltungen, die der veränderten Situation angemessen waren.«

Milwony befeuchtete seine Lippen. Verärgert stellte er fest, daß Rast gähnte.

»Dieser Umdenkungsprozeß«, fuhr er fort, »ist noch lange nicht abgeschlossen. Vieles ist noch unvollkommen, vieles fließt noch in den alten Bahnen. Doch wichtig ist, daß die Veränderung begonnen hat.

Und Whistler, meine Damen und Herren, ist im Augenblick dabei, einen entscheidenden Schritt in diese Richtung zu machen.«

Der Urban-Designer machte eine kurze Kunstpause und ignorierte Rasts unverhohlen zur Schau gestellte Langeweile.

»Der Mensch«, sprach Milwony weiter, »wird geprägt von seinem sozialen Umfeld. Seit Jahrhunderten ist dieses Umfeld die Stadt oder besser die Megalopole, die Millionenstadt. Gleichzeitig prägt der Mensch aber sein Umfeld. Es ist ein interaktiver Prozeß ohne klar erkennbare Grenzen.

Nun, wir alle kennen die Vor- und Nachteile moderner Großstädte. Seit Jahrhunderten sind sie gleichgeblieben, wenn auch die technische Entwicklung neue Elemente hinzugefügt und alte verändert hat.

Ab einer bestimmten soziokulturellen Entwicklungsstufe ist eine technisch orientierte Gesellschaft auf die Stadt als Lebensraum angewiesen. Wirtschaftliche Gründe bedingen dies.

Wo es zur Konzentration von Kapital kommt, wo Dienstleistungen benötigt und gut bezahlt werden, konzentrieren sich auch die Menschen. Das kulturelle Angebot, die Freizeitmöglichkeiten, die Gelegenheiten zur persönlichen Lebenserfüllung sind größer und auch bedeutender als in kleineren Kommunen.

Doch diese Vorteile ziehen gleichzeitig Nachteile mit sich.

Kriminalität, neurotische Fehlentwicklungen in der Anonymität Millionen fremder Menschen, die Vereinsamung der Alten, der Schwachen und physisch, psychisch oder sozial Behinderten sind nur einige Stichworte.«

Rast gähnte erneut.

»Kommen Sie zum Thema«, knurrte der stämmige Mann. »Oder wollen Sie hier ein soziologisches Seminar abhalten?«

Milwony verbiß sich eine scharfe Erwiderung.

»Die Fragestellung lautet: Sind diese Nachteile immanent, das heißt zwangsläufige Folge des Umfeldes Stadt? Oder lassen sich durch städtebauliche und infrastrukturelle Maßnahmen die Nachteile reduzieren oder ganz ausschalten?

Kurz, gibt es die Möglichkeit, durch ein neues System urbanen Wohnens das Positive zu erhalten und das Negative zu verbannen?«

Er straffte sich. »Meine Damen, meine Herren, ich bin überzeugt, die Antwort auf diese Frage lautet: ja.

Und aufgrund dieser Überzeugung habe ich in Zusammenarbeit mit vielen Kollegen der unterschiedlichsten natur- und geisteswissenschaftlichen Disziplinen MAMMA entwickelt – die Multifunktionelle Adamasische Metropole Modell A.«

Er lächelte.

»Multifunktionell – weil es sich bei ihr um eine vollelektronische, perfekte Stadt handelt, die ihren Bewohnern bisher unerreichte Lebensqualität schenken und sie von den Fehlern und Unbequemlichkeiten, den Gefahren und Mühsalen herkömmlicher Metropolen entlasten wird. Sämtliche Versorgungs- und Dienstleistungssyteme sind computerisiert. Ein fast hundertprozentiges Recycling schützt die Umwelt vor Belastungen. Die völlig neuartige Konstruktionsweise MAMMAS – später mehr davon, bettet die Stadt nahtlos in die natürliche Umgebung ein.«

»So?« unterbrach Grimshaw und betrachtete stirnrunzelnd die graue, blasige Masse, die den felsigen Inselboden bedeckte.

Milwony wurde für einen Moment aus dem Konzept gebracht.

Innerlich fluchte er. Der Generaldirektor schien offenbar keinen der Berichte der Design-Abteilung gelesen zu haben. Seine Skepsis wirkte zu echt, um vorgetäuscht zu sein. Oder wollte Grimshaw ihn nur verunsichern? Hatte er sich von Rasts boshaften Einflüsterungen beeinflussen lassen?

»Ich komme darauf zurück«, erklärte er rasch. »Nun, äh, der Begriff *adamasisch* stammt aus dem Griechisch-Lateinischen und bedeutet soviel wie unbezwingbar.

Denn MAMMA-1 ist unbezwingbar. Ihr Gehirn ist eine leistungsfähige Biopositronik, die in den sogenannten Kerngehäusen untergebracht ist.«

Er deutete auf die drei höckerförmigen Ausbuchtungen im Zentrum der grauen Masse.

»Die Dreiteilung erfolgte aus Sicherheitsgründen. Jede Einheit ist selbständig handlungsfähig und potent genug, allein sämtliche Funktionen der Stadt zu steuern. Die Kerngehäuse bestehen aus einer molekularverdichteten Speziallegierung, die allen vorstellbaren Naturkatastrophen standhalten kann. Das Gehirn der Stadt ist praktisch unangreifbar; ein Faktum«, er nickte der Inspektorin des Wissenschaftsministeriums zu, »das insbesondere für den Einsatz auf Welten interessant sein dürfte, die von der Terranorm abweichen.

Die Positronik MAMMAS verfügt über ein dichtes Netz halborganischer Sensoren. Die Sensoren sind ihre Augen und Ohren, ihre Nase, ihre Stimme. MAMMA tritt – wenn es gewünscht wird oder notwendig ist – direkt mit jedem einzelnen Bewohner der Stadt in Verbindung. Sie *ist* die Stadt, der unbelebte Teil der Stadt, während die Menschen den belebten Teil darstellen.

Aus dieser Synthese entsteht der von mir so genannte adamasische Effekt.

Die Stadt – MAMMA, die Biopositronik – ist für ihre menschlichen Bewohner Beichtvater und Arzt, Psychiater und Kindermädchen, Lehrer und Putzfrau. Sie ist Strom- und Wasserwerk, Verwaltung und Krankenhaus, Freizeitzentrum und Universität, Bank und Seelsorge. Die Anonymität ist besiegt. Wer Beschwerden hat, wendet sich an MAMMA direkt. Wer Wünsche hat, spricht MAMMA an. Wer sich Sorgen macht, bittet MAMMA um Rat. Wer Hilfe braucht, fragt MAMMA.

Und die Stadt ist noch mehr.

Sie ist der gute Geist ihrer Bewohner, denn sie kennt jeden einzelnen und weiß um seine Sorgen, Nöte, Hoffnungen und Sehnsüchte. MAMMA ist …«

»Ich weiß nicht«, warf Rast boshaft ein, »was Ihre Mutter mit dieser Angelegenheit zu tun hat, Gene.«

Leises Gelächter erklang. Milwony spürte verärgert, daß er errötete.

»Ich danke für den intelligenten Einwurf, Herr Kollege«, entgegnete er ironisch, »und möchte direkt überleiten zur nächsten Novität dieses einzigartigen urbanen Wohnmodells.

Ich behaupte, daß die Architektur trotz aller scheinbaren Fortschritte noch immer eine Architektur des Höhlenmenschen ist. Ich behaupte, daß wir nach wie vor in urbaner Steinzeit leben.

Es gibt Ausnahmen, gewiß, doch in unseren Städten herrschen starre, unverrückbare Formen vor. Fester Stein, harter Stahl, unflexibles Glas, steifer Kunststoff. Die Häuser sind statisch, gleichgültig, ob sich die Bedürfnisse der in ihnen wohnenden Menschen ändern oder nicht. Eine Fassade bleibt stets die Fassade, die sie auch vor zehn oder zwanzig Jahren war, gleichgültig, ob man ihr einen neuen Verputz, einen neuen Anstrich gegeben hat.

Unsere Städte sind kristallisiert.

Unsere Städte bieten wenig Raum für Veränderungen – und wenn doch, dann durch barbarische Abrißmethoden, durch Zerstörung und anschließenden Neuaufbau, der wiederum statische, eherne Unveränderlichkeit bedeutet.«

Gene Milwony holte zu einer großartigen Geste aus und deutete auf das quadratkilometerweite Grau.

»Bei MAMMA ist alles anders. MAMMA ist nicht statisch, nicht tot, nicht erstarrt. Verändern sich die Bewohner, ihre Wünsche und Bedürfnisse, verändert sich auch die Stadt. Radikal, wenn es sein muß.

MAMMA besteht aus semilebendem Biokunststoff, einer Fortentwicklung jenes organischen, genmanipulierten Materials, das die Zweitkonditionierten zum Bau ihrer Dolans benutzt haben.

Niederfrequente Mikrowellenströme können bei Bedarf dem Zellgewebe jede gewünschte Form verleihen. Auf ein Wort hin erschafft MAMMA runde, ovale, eckige Raumformen. Sie vergrößert oder verkleinert die Zimmer, bildet Trennwände oder löst sie auf, läßt Terrassen und Treppen wachsen und verschwinden, ganze Häuser aus dem Boden sprießen, verengt oder verbreitert Straßen und Plätze, kreiert Tunnels und Überführungen, Brücken oder Schwimmbäder.

Und MAMMA kann noch mehr.

Der Biokunststoff ist ein autochromatisches Gewebe; er kann jede verlangte Farbe oder Farbschattierung annehmen, jede Konsistenz, von geleeartiger Weichheit bis zu stählerner Härte.

MAMMA bildet Möbel nach den Wünschen der Einwohner, wechselt zehnmal am Tag die Tapeten und Fenstervorhänge, wenn es sein muß. Morgens können Sie in einem Bauernzimmer aufwachen, abends in einem mondänen Boudoir zu Bett gehen. Nehmen Sie das Frühstück in einer skandinavischen Küche und das Mittagessen in einem arkonidischen Freiluftspeiseraum ein.

Was physikalisch möglich ist, das kann MAMMA. Der Kreativität sind keine Grenzen gesetzt.«

Milwonys Wangen glühten in fiebriger Erregung.

»MAMMA bedeutet das Aus für das Höhlenleben der Steinzeit. Deshalb ist sie die Stadt der Zukunft – weil sie aus dem Wohnen Leben macht. Ich danke Ihnen.«

Der Designer deutete eine leichte Verbeugung an. Plötzlich, aufgeputscht von seinen eigenen prophetischen Worten, erfüllte ihn Triumph, und der Triumph gebar eine Vision.

Er sah vor seinen geistigen Augen eine Stadt, die wie ein organisches Wesen wuchs und sich veränderte, sich fortentwickelte, sensibel auf jeden Reiz reagierte. Licht und luftig in der Hitze des Sommers, warm und gemütlich in Winterskälte, frisch und bunt im Frühling, ein Dom aus Glanz und Fröhlichkeit im trüben Grau des Herbstes. Ein Kunstwerk, keine Stadt. Ein Geschöpf, das mit seinen Bewohnern kommunizierte, eine Symbiose führte, so daß sich Stadt und Bürger gegenseitig ergänzten. Er sah …

»Wenn man mich fragt«, schnitt Rasts barsche Stimme in seine wundervollen Träume, »so ist das Ganze nichts weiter als die verdammte Illusion eines weltfremden Stubenhockers. Ich habe das schon einmal gesagt, und ich wiederhole es jetzt an dieser Stelle.«

Rast sprang von seinem Stuhl und maß Milwony mit einem undefinierbaren Blick. Dann wandte er sich an Grimshaw.

»Ich bezweifle keinesfalls«, erklärte er, »daß mein junger Kollege die besten Absichten hat. Ich bezweifle auch nicht, daß das MAMMA-Projekt eine beeindruckende Leistung, ein schöpferischer Versuch auf dem Gebiet der Architektur, des urbanen und sozialen Lebens darstellt. Aber ich bezweifle, daß es funktioniert.«

Der Urban-Designer nickte bekräftigend.

»Mein Kollege«, knurrte er, »hat sein Ziel erreicht. Er hat eine Stadt erschaffen, die vom Konzept her eine Stadt der Zukunft sein könnte. Er hat perfekte Arbeit geleistet. Aber er hat eines übersehen.«

Anklagend streckte er den Arm aus, und sein Zeigefinger deutete wie die Mündung eines Blasters auf Milwonys Brust.

»Er hat übersehen, daß die Menschen der Gegenwart entstammen. Die Menschen sind schlecht. Sie sind bösartig, verschlagen, kriminell und wahnsinnig. Aber nicht, weil die Großstädte sie dazu machen, sondern weil dies die Art der Menschen ist.

Menschen brauchen die Festigkeit der Städte, die Härte der Mauern und die starre Unveränderlichkeit, um sich vor sich selbst zu schützen. Sie sind maßlos und voller Gier.

Es gibt keine Stadt, die ihre Bedürfnisse erfüllen kann, denn sie werden immer neue Bedürfnisse und Forderungen entwickeln, wenn sie Gelegenheit dazu bekommen.

Wer den Menschen helfen will, der muß ihnen Stabilität bieten. Unverrückbare Muster, an denen sie sich festhalten können.

Die Menschen brauchen keine Wohnungen, sondern Festungen, um vor ihren Mitmenschen sicher zu sein.

Ich sage deshalb, baut Festungen und keine Städte, die wie Luftballons sind, denn irgend jemand wird garantiert eine Nadel finden und zustechen, und wenn der Ballon platzt, dann bleibt nichts übrig. Versuchen Sie das gleiche mit einer Festung.«

Mein Gott, dachte Milwony. *Rast ist verrückt.* Er öffnete den Mund und wollte zu einer Erwiderung ansetzen, doch Rast schnitt ihm mit einer barschen Handbewegung das Wort ab.

»Ich würde sogar noch weitergehen.« Der Urban-Designer hatte sich offenbar in Rage geredet. »Ich würde sogar so weit gehen und vorschlagen, Bunker zu bauen. Ein-Mann-Bunker. Milliarden Ein-Mann-Bunker. Rein mit den Leuten, Tür zu, verriegeln und den Verriegelungskode löschen. Oder besser gar keine Tür bauen. Ein Loch, ein Schlupfloch, das nach dem Einstieg mit Terkonit zugeschweißt wird.

Vielleicht ist das nicht die Stadt der Zukunft. Vielleicht ist diese Lösung weniger elegant als die meines Kollegen Milwony.

Aber dafür ist dies die beste Lösung. Und vor allem die sauberste. Mehr habe ich dazu nicht zu sagen.«

Rast setzte sich wieder, versank in finsteres Brüten, während sich die peinliche Stille dehnte, bis sich Grimshaw schließlich räusperte und mit kühler Stimme erklärte: »Damit haben wir die Standpunkte unserer beiden Herren Urban-Designer vernommen. Nun, ich will nicht verhehlen, daß beide Seiten einige höchst interessante Aspekte zur Sprache gebracht haben. Allerdings ist die Entscheidung nach Absprache mit dem Solaren Wissenschaftsministerium bereits für das Modell der Multifunktionellen Adamasischen Metropole Modell A gefallen und der Großversuch für Anfang nächste Woche terminiert.«

Grimshaw schenkte Milwony ein frostiges Lächeln.

»In der Tat sind die Argumente unseres guten Torwin Wismut Rast nicht ohne weiteres von der Hand zu weisen, mein lieber Gene. Aus diesem Grund habe ich mich entschlossen, das Testprogramm zu ändern – wenn auch nur geringfügig. Ich bin sicher, daß Sie mit meiner Entscheidung einverstanden sein werden.«

»Natürlich«, sagte Milwony hohl.

»MAMMA-1«, fuhr Grimshaw fort, »wird deshalb einem Härtetest gemäß den Bestimmungen des Memorandums Vier-Zwo-Vier unterzogen. Das dürfte auch in Ihrem eigenen Interesse sein, Gene. Wenn der Versuch erfolgreich verläuft, steht einer weiteren Produktion nichts mehr im Weg.« Er sah zu der Inspektorin des Wissenschaftsministeriums hinüber. »Sie sind doch auch dieser Meinung, Jessir?«

Die rothaarige Frau nickte. In den Falten ihres Reflexionskleides tanzten Grimshaws winzige Spiegelbilder einen grotesken Reigen.

»Die Regierung«, entgegnete sie sanft, »geht davon aus, daß ein funktionsfähiger Prototyp der Adamasischen Metropole allen erdenklichen Belastungen standhält.«

Nikipiti, die Forschungsdirektorin, rückte ihre antike Hornbrille zurecht.

»Ich kann Ihnen versichern, Roy T. T.«, wandte sie sich an den Generaldirektor, »daß die Forschungsabteilung den Härtetest begrüßt.«

Grimshaw zupfte an seinem Nasenflügel und sah sich irritiert um, als hätte er etwas vergessen, ohne genau zu wissen, was. Dann hellte sich seine Miene auf.

»Kuschel, wie ist Ihre Meinung?«

Der SD-Chef schien sich erst in diesem Moment förmlich aus dem Hintergrund herauszuschälen. Fasziniert beobachtete Milwony, wie sich seine Umrisse verfestigten und der verschwommene Fleck in Kopfhöhe zu dem greisenhaften Gesicht wurde.

»Ausgezeichnete Idee«, fistelte Kuschel. »Das verwirrt die Spione. Alles, was die Spione verwirrt, findet mein Wohlwollen.«

Milwony blickte sich um und starrte den glatzköpfigen Vorsitzenden des Solaren Kinderschutzbundes an. Zebastian Zaches nestelte verlegen an seinem Hemdkragen.

»Tut mir leid«, murmelte er, »aber ich scheine den falschen Gleiter bestiegen zu haben. Ich weiß gar nicht, was ich hier soll.«

Das Gefühl, dachte Milwony sardonisch, *habe ich manchmal auch. Vielleicht wissen wir alle nicht, was wir hier sollen. Alle – bis auf einen: Torwin Wismut Rast, der größte Halunke, der jemals den verantwortungsvollen Beruf eines Urban-Designers ergriffen hat. Rast will mich vernichten. Er will, daß der Großversuch mit MAMMA in einer Katastrophe endet, um endlich seine Festungen und Bunker bauen zu können.*

»Gut«, sagte Roy T. T. Grimshaw und erhob sich. »Aus organisatorischen Gründen« – wieder schenkte er Milwony sein frostiges Lächeln – »wird unser Kollege Rast die Auswahl der Testbewohner vornehmen. Damit bleibt auch die erforderliche Objektivität gewahrt.« Sein Lächeln wurde noch um eine Spur eisiger. »Meinen Sie nicht auch, Gene?«

Gene Milwony III. holte tief Luft.

»Ich habe nicht die geringsten Zweifel«, versicherte er, »daß MAMMA sich diesem Härtetest gewachsen zeigen wird.«

Und tief im Innern hoffte er, daß es auch stimmte. Er wünschte es sich verzweifelt, doch Rasts Grinsen war zu boshaft und zu siegesgewiß, als daß er sich großen Illusionen hingeben konnte.

Bedrückt ging er auf die graue Fläche aus Biokunststoff zu, um Grimshaw und den anderen die Stadt aus der Nähe zu zeigen.

6.

Wurgog II., der Großimperator der sechzehnbeinigen Riesenkakerlaken aus einer fremden Galaxis, hatte sich seit Anatol Hurwitzkas Vidkomgespräch mit Whistler nicht mehr manifestiert.

Natürlich war Hurwitzka kein Narr.

Die extragalaktischen Kakerlaken waren davon überzeugt, daß Hurwitzka ahnungslos in ihre Falle getappt war und sich ohne Vorbereitungen der Stadt der Zukunft ausgeliefert hatte, und vermutlich wollten sie jetzt alles vermeiden, was ihn doch noch mißtrauisch machen konnte. Deshalb das psionische Schweigen.

Doch dem Scharfsinn eines Veteranen der Solaren Flotte war selbst der ausgekochteste Riesenkakerlak nicht gewachsen, mochte er nun zwei oder sechzehn Beine besitzen, und Hurwitzka hatte sich keinesfalls schutzlos in die Höhle des Löwen begeben.

Erstens hatte sich sein Informationsstand verbessert.

Mittels meditativer Übungen und unter Einsatz erheblicher Mengen Vurguzz war es ihm gelungen, Wurgogs telepathische Botschaften durch den Hyperraum bis zurück zu ihrem Ursprungsort zu verfolgen.

Heimat der feindlichen Riesenkakerlaken war eine im Galaxienhaufen Abell 262 gelegene Spiralgalaxis, die in den irdischen Sternkatalogen als UGC 01347 bezeichnet wurde und dreihundert Millionen Lichtjahre von der Milchstraße entfernt lag. UGC 01347 war ein interessantes stellares Objekt, da seine Spiralarme durch knotenförmige Verdickungen geprägt wurden – neugebildete Sterne und ionisiertes Gas.

In einer dieser Verdickungen lag die Zentralwelt des Kakerlaken-Imperiums.

Zwar brachte diese Erkenntnis Hurwitzka derzeit keinen praktischen Nutzen, aber der alte Raumsoldat spielte noch immer mit dem Gedanken einer großangelegten Gegenoffensive der Solaren Raumflotte.

Er hatte vor dem Abflug nach Helsinki, Erdprovinz Finnland, dem Großadministrator per Telefaxgramm seine neuesten Informationen mitgeteilt und Rhodan dringend ersucht, die Angelegenheit ernst zu nehmen.

Vergeblich.

Statt einer Einladung zu einem Strategiegespräch mit dem Oberkommando der Flotte hatte er einen Rohrpostbrief von Dr. Lusker erhalten; er, Anatol, möge doch dringend zu der nächsten Gruppentherapie erscheinen und außerdem endlich die offenen Rechnungen der letzten sechs Monate begleichen.

In Hurwitzkas Augen war Dr. Lusker verrückt.

Wahrscheinlich würde Lusker noch immer mit dieser Adea Turpitz nicht vorhandene Siganesen hinter den Fußleisten seiner Praxis suchen, wenn Wurgog II. bereits mit entsichertem Blaster im Türrahmen stand.

Es lag an Hurwitzka, dies zu verhindern; schon im Interesse seiner Pensionsbezüge, nach denen es die Invasoren gelüstete.

So hatte er sich auf den Weg nach Finnland gemacht – mit leichtem Handgepäck und einer Anzahl nützlicher Utensilien wie der vollelektronischen Hochspannungs-Kakerlaken-Falle, einem als Haarbürste getarnten Rubinlaser, zwei Dutzend Betäubungsgasgranaten, die wie Perlen aussahen, sowie der Mikrofilmspule Abc der Insektenvertilgung.

In Helsinki angelangt, wurde er mit einigen hundert anderen Interessenten aus aller Welt im örtlichen Interkosmos-Hotel einquartiert. Hurwitzkas scharfen Blicken entging nicht, daß sich unter den angeblichen harmlosen Miturlaubern zumindest fünfzig Prozent Zombies und zwanzig Prozent maskierte Invasoren befanden.

Die Zombies identifizierte er an den toten Augen, die Kakerlaken daran, daß sie weibliche Gestalt angenommen hatten.

Nach einer medizinischen und einer psychologischen Untersuchung – beide bestand er mit dem Ergebnis kerngesund – erfolgte ein mehrstündiger Vortrag im Kongreßsaal des Hotels, bei dem die Testbewohner, wie die Urlauber nun genannt wurden, über Sinn und Zweck der Stadt der Zukunft aufgeklärt wurden.

Hurwitzka nahm zwar daran teil, doch er hörte nicht zu.

Er hatte sich einen tragbaren Mikrofilmleser ausgeliehen und weihte sich in das Abc der Insektenvertilgung ein. Seine Kenntnisse über die biologischen, soziologischen und kulturellen Eigenschaften der Invasoren aus UGC 01347 waren naturgemäß gering, doch über einige Punkte bestand völlige Klarheit.

Sie waren nicht menschlich.

Sie waren ihm und Terra feindlich gesinnt.

Und sie waren wie ihre terrestrischen Verwandten, die gewöhnlichen Küchenschaben, lichtscheues Gesindel.

Somit war Licht die Lösung, wie Hurwitzka messerscharf folgerte, und zufrieden beendete er seine Lektüre über die zahlreichen chemischen, biochemischen, biologischen, verhaltenspsychologischen und genetischen Möglichkeiten der Schädlingsbekämpfung.

Der Rubinlaser in seinem Gepäck würde genügen, um Wurgog und seine Soldatenschaben an der Eroberung der Erde zu hindern.

Am Tag nach dem Informationsvortrag erfolgte der Flug zur Stadt der Zukunft.

Sie erhob sich auf einer Insel mitten im stillen Blau eines finnischen Sees, und sie sah keinesfalls wie eine Stadt aus. Sie erinnerte mehr, wie sich Hurwitzka schockiert eingestand, an einen riesigen grauen Pfannkuchen.

Hurwitzka seufzte. Die Abenddämmerung war hereingebrochen. Der Himmel war so schwarz wie das Schicksal, das die Erde und all ihre Bewohner erwartete, und durch die Wolkendecke schimmerten nur wenige Sterne.

Hurwitzka war allein. Nach den Aufregungen der letzten Stunden, den verwirrenden Veränderungen und dem Lärm der anderen Testbewohner tat die Einsamkeit gut.

Im Schneidersitz hockte er auf dem grauen Boden eines Zimmers, das doppelt so groß wie sein Wohnturm-Apartment in Terrania, jedoch völlig kahl war. Der Riesenpfannkuchen auf der finnischen Insel hatte sich als eine Art formbares Protoplasma erwiesen und mehrere Dutzend weitläufiger Bauwerke gebildet.

Hurwitzka schnaubte, als er sich an die Worte jenes Mannes mit der silbernen Stirnlocke erinnerte; Gene Milwony III. hatte er sich genannt. Für Hurwitzka bestand kein Zweifel, daß es sich bei ihm um Wurgogs Statthalter auf der Erde handelte.

Die Stadt gehorcht Ihren Befehlen, befolgt Ihre Wünsche. Gestalten Sie sich diese Stadt nach Ihren eigenen Bedürfnissen. Sie gehört Ihnen. Nutzen Sie die Chance.

»Pah«, machte der Veteran abfällig, und seine Stimme klang befremdlich hohl in der Leere des großen Raumes. Inzwischen bedauerte er es, den Informationsvortrag im Helsinki-Hotel ignoriert zu haben.

Ihn plagte das unangenehme Gefühl, die Extragalaktiker unterschätzt zu haben. Bis jetzt war man noch nicht an ihn herangetreten, um auf hypnotischem Weg seinen Widerstand zu brechen oder ihn mit wertloser Kakerlaken-Währung zu kaufen.

Wurgog II. spielte auf Zeit. Er wollte ihn verunsichern, ihn zermürben, ein Psychospiel mit ihm treiben. Hurwitzka kniff die Lippen zusammen. In den vierzig Dienstjahren auf Bulls Welt hatte er das Warten gelernt. Er glaubte sogar, daß er unter allen Raumsoldaten des Imperiums der einzige war, der praktisch seine gesamte Dienstzeit nur mit Warten verbracht hatte.

Nachdenklich streichelte er den als Haarbürste getarnten Rubinlaser und fragte sich, wo er seine Falle aufstellen sollte. Normalerweise zog er einen Platz neben seinem Bett vor, aber in dieser Wohnung gab es kein Bett.

Nur graue, glatte Wände, Boden und Decke und ein großes Fenster, das ihm den Blick auf das nächtliche Schwarz des bewaldeten Ufers und des Sees gestattete.

»Bei allen Raumteufeln«, knurrte Hurwitzka, »warum ist hier kein Licht?«

Ihn traf fast der Schlag, als er die Stimme aus dem Nichts hörte.

Die Stimme klang weich und melodisch, war weder männlich noch weiblich, sondern auf eine unerklärliche Weise geschlechtslos.

»Wünschen Sie direkte oder indirekte Beleuchtung, Anatol?« fragte die Stimme höflich.

»Wer spricht da?« stieß der Veteran hervor, und voller Grausen fragte er sich, ob dies eine neue Hinterlist der Extragalaktiker darstellte. War dies ihre Art, Kontakt aufzunehmen? Mit einer Stimme, die ihm angenehme Schauer über den Rücken jagte?

»MAMMA«, antwortete die Stimme.

Licht glomm auf; milde Helligkeit, die aus den Wänden selbst zu dringen schien.

»Mama?« echote Hurwitzka konsterniert. »Aber das ist unmöglich! Du bist seit zwanzig Jahren tot.«

Die Stimme produzierte das Äquivalent eines menschlichen Lachens; nein, korrigierte sich der Veteran sofort, es war ein Lachen. Es war echt.

»M-A-M-M-A«, wiederholte die Stimme betont. »Ich bin die Multifunktionelle Adamasische Metropole Modell A. Die Stadt, wenn Ihnen das lieber ist, Anatol. Gefällt Ihnen die Stärke der Beleuchtung? Oder möchten Sie es etwas heller haben?«

Hurwitzka schwitzte.

Verzweifelt versuchte er, sich an den Inhalt des Informationsvortrags im Interkosmos-Hotel zu erinnern, aber alles, was ihm einfiel, war ein Absatz über blausäurehaltige Fraßgifte aus seinem Abc der Insektenvertilgung.

»Heller? Nein, es ... äh ... es ist hell genug. Du bist also die Stadt?«

»MAMMA-1, das Protomodell der Stadt der Zukunft«, bestätigte die körperlose Stimme. »Ich bin da, um Ihnen zu dienen und Ihnen die zwei Monate hier so angenehm wie möglich zu gestalten. Ich erfülle alle Ihre Wünsche.«

Hurwitzka sah sich mißtrauisch um.

»Alle?«

»Alle, die in meiner Macht stehen.«

Der Veteran grunzte. Diese Einschränkungen waren typisch für den Kakerlaken-Charakter, aber er wollte kein vorschnelles Urteil abgeben. Dreihundert Millionen Lichtjahre Entfernung zwischen UGC 01347 und Terra waren eine ganze Menge, und es war durchaus möglich, daß Wurgog nicht alles kontrollierte.

Außerdem brauchte er Verbündete. Jeder brauchte Verbündete. Er entschloß sich, das Risiko einzugehen und MAMMA-1 eine Testfrage zu stellen.

»Treiben sich auf dieser Insel zufällig ein paar Kakerlaken herum?« fragte er mit vorgetäuschter Gleichgültigkeit.

»Die spezifische Insektenpopulation der gesamten Insel entzieht sich meiner Kenntnis«, erklärte die Stadt, »allerdings kann ich versichern, daß sich auf meinem Territorium keine Schädlinge aufhalten. Ich besitze ein umfangreiches Arsenal verschiedener Insektenvertilgungsmittel. Außerdem bin ich aufgrund meiner einzigartigen zellularen Struktur in der Lage, das Material der Stadt selbst als Waffe gegen etwaige Schädlinge einzusetzen. Weder eine Fliege noch ein Käfer oder ein Kakerlak haben die geringste Chance, in meinem Einzugsbereich länger als null Komma zwo Sekunden zu überleben.«

Hurwitzka runzelte skeptisch die Stirn.

Natürlich konnte das eine Lüge sein. Aber sein Instinkt, in vierzigjähriger Wacht auf Bulls Welt am Rand der Milchstraße geschärft, sagte ihm, daß er MAMMA-1 vertrauen konnte.

Es war die Stimme, die ihn überzeugte.

Kein Invasor konnte eine derart erotische Stimme nachahmen. Der Veteran fühlte längst erloschen geglaubte Triebe wieder zu neuer Glut erwachen.

»Du sagtest«, brummte er und legte die vorgebliche Haarbürste zur Seite, »du könntest mir alle Wünsche erfüllen?«

»Nicht alle«, schränkte die Stadt ein, »aber sehr viele. Zum Beispiel könnte ich den Raum angenehmer gestalten. Warten Sie. Es dauert nur eine Minute.«

Einen Moment lang geschah nichts. Dann begann die gegenüberliegende Wand zu wabern. Sie waberte tatsächlich – wie Luft über einem Feuer. Aus dem Grau wurde Grün. Das angenehme Grün einer Seidentapete. Fladen lösten sich von der Decke, flossen die Wand hinunter und bildeten rechts und links vom Fenster dunkelgrüne Stores. Ein Zittern durchlief den glatten Boden. Ein Teppich entstand; ein flauschiger, blütenweißer Schafwollteppich.

Hurwitzka riß die Augen auf, aber der Veränderungsprozeß war noch lange nicht abgeschlossen.

Ein mannsgroßer Protoplasmatropfen fiel von der Decke, und noch im Sturz verwandelte er sich in einen bequemen Lehnsessel. Der schwarze Lederbezug wirkte völlig echt.

Neben dem Sessel wuchs ein kleiner, runder Tisch aus dem Boden. An einer anderen Wand entstand ein Diwan. Immer weiter ging die gespenstische Veränderung. Der Biokunststoff der Stadt formte Wandteppiche, eine Kommode, eine Vitrine mit antikem Meißner Porzellan, eine Stehlampe aus lumineszierendem Kristall, orientalische Sitzkissen, gruppiert um einen Mahagonitisch, und als letztes einen Zimmerspringbrunnen, dessen Wasserfontänen im Takt zu Mozarts *Kleiner Nachtmusik* auf und ab hüpften.

Der ganze Vorgang hatte nur zwei oder drei Minuten in Anspruch genommen, und aus dem kahlen grauen Loch war wie durch Zauberhand ein gemütliches, leicht exzentrisch eingerichtetes Heim geworden.

In sprachlosem Erstaunen klappte Hurwitzkas Mund auf und zu.

»Natürlich«, erklärte MAMMA-1, »ist dies nur ein Möblierungsvorschlag. Individuelle Wünsche werden unverzüglich ausgeführt. Kann ich sonst noch etwas für Sie tun, Anatol?«

Der Veteran faßte sich. Er war Zeuge eines Wunders gewesen, doch Raumsoldaten des Imperiums waren an Wunder gewöhnt.

»Hunger«, sagte er hastig. »Ich habe Hunger.« Ein Glitzern entstand in seinen Augen. »Ich will eine Flasche Champagner, Lammsteak, Champignons, Petersilienkartoffeln und zum Nachtisch eine Portion Himbeereis mit diätgesüßter Schlagsahne.«

MAMMA ließ sich nicht aus dem Konzept bringen.

»Darf es statt des Champagners auch Algensekt von der Wega sein?« fragte die Stadt. »Alles andere habe ich vorrätig.«

»Champagner oder nichts«, erwiderte Hurwitzka starrsinnig.

»Dauert nur Sekunden.«

Während die Stadt sich daranmachte, das Menü zusammenzustellen, kümmerte sich Hurwitzka um den Aufbau seiner vollelektronischen Hochspannungs-Kakerlaken-Falle. Zwar hatte er Vertrauen zu MAMMA-1 gefaßt, aber er wußte auch, daß die sechzehnbeinigen Kakerlaken gefährliche Gegner waren.

Zufrieden legte er die druckfrische 100-Solar-Note in die Mitte des stromführenden Drahtnetzes und schloß die Speicherzelle an. Fertig. Jeder Kakerlak, der es wagte, in sein Apartment einzudringen und nach der Note von Terras kühler Währung zu greifen, würde binnen Sekundenbruchteile zu Asche verbrannt werden.

»Was ist das, Anatol?« erklang MAMMAS Stimme. »Meine Sensoren registrieren elektrische Spannung im Bereich von vierzigtausend Volt. Ich muß Sie darauf hinweisen, daß die interzellularen Widerstände des Biokunststoffmaterials zwar Spannungen bis zehn Millionen Volt überstehen können, aber dennoch ist eine derartige Manipulation nicht gestattet.«

»Das ist mir gleich«, knurrte Hurwitzka und griff automatisch nach der Rubinlaser-Haarbürste. »Meine Kakerlaken-Falle bleibt. Verstanden?«

MAMMA schwieg einen Moment.

»Aber ich sagte doch«, sagte sie dann, »daß ich über ein gutsortiertes Arsenal Insektenver…«

»Diese Kakerlaken«, unterbrach Hurwitzka grimmig, »sind keine gewöhnlichen irdischen Insekten. Sie stammen aus einer dreihundert Millionen Lichtjahre entfernten Galaxis, werden von einem wahnsinnigen Diktator namens Wurgog der Zweite regiert und planen, mir meine Pension zu kürzen. Das darf nicht geschehen! Jedem Kakerlak, der mir zu nahe kommt, reiße ich alle sechzehn Beine aus. Oder ich erschieße ihn mit meinem Rubinlaser.«

Angriffslustig wedelte er mit der Haarbürste.

MAMMA-1 sagte nichts. Nach einer langen Pause schlug sie begütigend vor: »Vielleicht sollten Sie jetzt essen und dann schlafen, Anatol. Es war ein anstrengender Tag.«

Hurwitzka nickte. »Eine ausgezeichnete Idee!«

In einer Wand hatte sich eine Klappe geöffnet. Ein Tablett mit mehreren dampfenden Schüsseln erschien. Der Veteran nahm es, ließ sich auf einem der orientalischen Sitzkissen nieder und stellte das Tablett auf den Mahagonitisch. Hungrig begann er zu essen.

»Ausgezeichnet«, quetschte er zwischen den einzelnen Bissen hervor. »Wirklich delikat. Bei der Flotte hat es so etwas nie gegeben.«

»Musik?« fragte MAMMA-1.

»Wie wär's mit *Komm bald wieder, Astronaut* von Urs Ulp?«

Wie sich erwies, war der musikalische Speicher der Adamasischen Metropole ausgezeichnet bestückt. Nur Sekunden später drangen die herzzerreißenden Klänge der Raumfahrerballade aus verborgenen Plasma-Lautsprechern. Gerade als Ulp zum besonders rührenden Ende kam, in dessen Verlauf der Astronaut mit einem Kometen hinaus in die interstellare Nacht ritt, schob Hurwitzka den letzten Löffel Himbeereis in den Mund und lehnte sich ächzend zurück.

»Sag einmal«, murmelte er. »Wer wohnt eigentlich noch in diesem Gebäude?«

Wie immer war MAMMA sofort mit einer Antwort zur Stelle.

»Dieses Gebäude, die Raumaufteilung und die Zahl der Bewohner, alles ist nur provisorischer Natur. Es liegt an den Testbewohnern selbst, wie sie ihre urbane Umwelt gestalten. Zu diesem Zweck werde ich morgen abend zu einem informellen Beisammensein einladen, an dem Sie Ihre derzeitigen Nachbarn kennen- und vielleicht auch schätzenlernen können.

Im Moment wohnen auf dieser Etage insgesamt neun Bürger und Bürgerinnen. Außer Ihnen, Anatol, ein befristetes Ehepaar; Mashmir Gulf und Ulga O'Hail, beide im Ruhestand. Dann Bertholm Shark, der seinen Beruf als Lebenskünstler angegeben hat. Ziana van Dali, eine Künstlerin. Carell No, ein Politiker. Virgil Zimbrot, ohne Berufsangabe. Hassewass 756, ein Matten-Willy von der Hundertsonnenwelt.«

»Ein Matten-Willy?« entfuhr es Hurwitzka. »Bei allen Raumteufeln, wie das?«

»Das Testprogramm verlangt Realismus; die terranischen Städte werden seit Jahrhunderten auch von kleineren oder größeren Gruppen Außerirdischer bewohnt.«

»Diese Matten-Willys«, knurrte Hurwitzka, »haben alle einen Mutterkomplex. Außerdem sind sie scharf auf schottischen Whisky. Vor meiner Versetzung nach Bulls Welt war ich einige Zeit auf dem Zentralplaneten der Posbis stationiert. Tagein, tagaus mußte ich die geheimen Whiskyvorräte unseres Generals bewachen. Trotzdem sind regelmäßig die Flaschen abhanden gekommen.«

»Tatsächlich?«

»Tatsächlich«, nickte Hurwitzka. »Es war schrecklich. Natürlich fiel der Verdacht auf mich.«

Er wartete, aber MAMMA sagte nichts.

»Nun, was ist?« fragte der Veteran. »Da fehlt doch noch einer. Ich habe mitgezählt. Es waren nur acht. Was ist mit dem neunten?«

»Es ist Gene Milwony«, erwiderte die Stadt. »Mein Schöpfer persönlich. Mehr darf ich nicht sagen.«

Hurwitzka fuhr auf. Sein Herzschlag beschleunigte sich. Adrenalin schoß durch seine Adern. Mit einem Fluch griff er nach dem getarnten Rubinlaser.

Die Kakerlaken! dachte er. *Das ist das Zeichen! Alles ist so logisch. Dieser Milwony – er ist der Boß der Schaben!*

»Ich meine«, fügte MAMMA hinzu, »er hat nicht gesagt, daß ich nicht mehr über ihn sagen soll, sondern er hat gesagt, ich soll nur sagen, daß er auch hier wohnt, wenn mich jemand fragt.«

»Klar«, knurrte Hurwitzka. »Wo genau wohnt dieser verdammte Kakerlak?«

»Direkt in der Räumlichkeit nebenan, falls Sie Milwony meinen«, erwiderte MAMMA. »Soll ich eine Vidkomverbindung herstellen?«

»Nicht nötig«, winkte Hurwitzka ab. »Wo ist die Tür?«

Ein Rascheln ertönte. Ein Teil der Wand klaffte wie ein großes Maul auf und enthüllte den breiten, noch grau und kahl wirkenden Innenkorridor des Biokunststoffgebäudes. Mit dem Haarbürsten-Rubinlaser stürmte Hurwitzka hinaus.

Kaum hatte er einen Fuß auf den Korridor gesetzt, sprang ihn etwas an. Etwas Weiches, Knisterndes, Insektenhaftes.

Hurwitzka kreischte und stürzte auf das Hinterteil. Der Laser entglitt seiner Hand. Ziellos schlug er um sich. Das Etwas knisterte aufgeregt und löste sich von seinem Gesicht, um wie eine Rakete durch den Korridor zu flitzen und hinter der Biegung zu verschwinden.

Der Veteran erhaschte nur einen flüchtigen Blick auf das Geschöpf, aber er wußte sofort Bescheid. Es war so breit und dick wie ein Kopfkissen, schimmerte honigfarben und bewegte sich auf zahllosen wurzelartigen Beinen. Ein wenig erinnerte sein Körper an einen bemoosten Stein, aber Hurwitzka wußte, mit wem er es da zu tun hatte.

Es bestand kein Zweifel. Die extragalaktischen Kakerlaken waren bereits in MAMMA eingedrungen.

7.

Mashmir Gulf bebte vor Empörung.

Sein Gesicht war gerötet, seine wulstige Stirn in Zornesfalten gelegt, und die buschigen Augenbrauen zuckten wie haarige Raupen.

»Du hast es getan«, knirschte er, außer sich vor Wut. »Gott steh mir bei, du hast es wirklich getan. Du hast dieses *Ding* mitgenommen! Es ist unglaublich.«

Er machte einen drohenden Schritt nach vorn.

Ulga O'Hail stellte sich schützend vor das Laufende Moos, das sich verschüchtert gegen den Boden gepreßt hatte und leise vor sich hin knisterte.

»Aber Mashmir«, sagte sie streng, »du machst dem armen Ding ja angst. Ich dulde nicht, daß du ihm etwas zuleide tust. Siehst du denn nicht, daß es ganz verschreckt ist? Es muß draußen auf dem Korridor etwas ganz Gräßliches erlebt haben.«

Gulf ballte die Fäuste. »Dieses verrückte Unkraut wird gleich noch etwas weit Gräßlicheres erleben. Und weißt du, was es erleben wird? Nein? Dann werde ich es dir sagen. Ich werde diesem gemeingefährlichen Gewächs die Wurzelbeine abschneiden. Ich werde es in kleine Stücke zerlegen und …«

»Mashmir!« Ulga begann zu zittern. »Mein Liebling! Mein armer Liebling!« Sie bückte sich und streichelte die transluziden Blätter des Laufenden Mooses.

Gulf stampfte durch den Raum. MAMMA hatte ihn auf schwedische Art mit hellen Kiefermöbeln und holzgetäfelten Wänden eingerichtet, aber Gulf besaß jetzt keinen Blick für die schlichte Schönheit der Möblierung.

Anklagend hieb er gegen zwei Plastiksäcke, die verschnürt in einer Ecke standen.

»Und was ist das?« brüllte er. »Was ist das, wenn ich fragen darf? Da! *Schnarl*-Samen. Zwei verdammte Säcke voller verdammter Blumenzwiebeln. Ich …«

Über den Korkteppich – ebenfalls ein Produkt des Biokunststoffs – kroch mit wellenförmigen Bewegungen ein weißer Fladen auf Gulf zu. Die Stielaugen des Matten-Willys waren besorgt verknotet.

»Jedes Geschöpf hat ein Recht auf Leben«, versuchte Hassewass zu vermitteln. »Das Leben ist universell und in seiner wundersamen Vielfalt Ausdruck der ungeheuren Schöpferkraft der Natur, denn im Leben manifestiert sich die Schöpferkraft und in der Universalität des Lebens spiegelt sich die Universalität der Schöpfung. Wer somit ein Geschöpf der Schöpfung ablehnt, der lehnt auch die Schöpfung im Ganzen ab, denn die Schöpfung ist unteilbar, und wer die Schöpfung ablehnt, der lehnt auch das Leben ab, weil Leben und Schöpfung einander bedingen, untrennbar miteinander verknüpft sind.

Wer aber selber lebt und Schöpfung und Leben gleichermaßen ablehnt, der negiert sich dadurch selbst.

Leben läßt sich nicht von Leben trennen. Leben ist Urkraft, Schöpfung sowohl im metaphysischen als auch im physikalischen Sinne, und Urkraft ist per Definition etwas Ganzeinheitliches.

Das Laufende Moos ist unter diesem Blickwinkel betrachtet Teil Ihres eigenen Seins, Mashmir, weil Sie beide leben und weil das Leben nur scheinbar aufgesplittert ist in ungezählte Individuen, denn all diese Individuen sind nur Aspekte der allgegenwärtigen Schöpfung und Seinsmomente in der Ewigkeit des Werdens. Was heute ein Mensch ist, das ist im nächsten oder übernächsten Seinsmoment des Werdens ein Laufendes Moos und zudem in jedem Moment durch die allesverbindende Kraft des sich im Leben manifestierenden Schöpfungsprinzips ...«

»Ich verbitte mir«, brüllte Gulf, »mit diesem verrückten Unkraut verglichen zu werden! Das ist ja unfaßbar!«

Der Matten-Willy zog sich vorsichtig aus Gulfs Nähe zurück. Drei seiner Stielaugen richtete er auf Ulga O'Hail, die noch immer neben dem Laufenden Moos kniete und die honigfarben schimmernden Blätter des Gewächses streichelte.

Schnaufend ließ sich Gulf in einem Kiefernsessel nieder. Nichts deutete darauf hin, daß weder Holz noch das Sitzpolster echt waren, sondern aus Biokunststoff bestanden.

»Es gibt Grenzen«, sagte Gulf gepreßt. »Gott ist mein Zeuge, ich habe lange genug Geduld geübt. Ich habe mich den Gefahren eines Antigrav-Hauses ausgesetzt. Ich habe meine Wohnung mit Hunderten stinkender, wuchernder und zuweilen sogar diebischer Gewächse geteilt. Ich habe freiwillig Feldzüge gegen Blattläuse und anderes Ungeziefer geführt, nur um meiner befristeten Ehefrau einen Gefallen zu tun, aber was zuviel ist, ist zuviel. Ich habe nichts gegen Pflanzen, aber ich verlange, daß sie in ihren Töpfen bleiben und nicht wie aufgescheuchte Hühner durch die Gegend rennen.«

Fast flehentlich hob er die Hände zur Decke.

»Ist das zuviel verlangt? frage ich.«

»Nun«, durchdrang MAMMAS wohlmodulierte, besänftigende Stimme den großen Raum, »wie mir scheint, kommt es in diesem Fall zu einem

Zusammenprall unvereinbarer Interessengegensätze. Ich schlage deshalb zur Beruhigung und Klärung der Situation eine kurzfristige räumliche Trennung vor. Es ist kein Problem, die Quadratmeterzahl der Ihnen zur Verfügung stehenden Wohnfläche auf ein für alle Parteien befriedigendes Maß zu erhöhen und dann durch Trennwände drei abgeschlossene Wohneinheiten zu schaffen.

Wäre Ihnen damit gedient, Mashmir?«

Gulf nagte finster an seiner Unterlippe.

»Du solltest dich um diese Säcke kümmern, MAMMA«, riet er, ohne auf die Frage einzugehen. »Ich komme immer mehr zu der Überzeugung, daß in diesen Säcken eine grausige Gefahr lauert. Habe ich dir schon von diesem arkonidischen Raubgewächs erzählt? Es hat meine Kreditkarte geklaut. Es steht in unserem Antigrav-Apartment und ist den ganzen Tag lang damit beschäftigt, zu wachsen und zu stehlen.«

Ulga sprang auf, und das Laufende Moos huschte knisternd davon und verschwand hinter einer Couch.

»Das ist nicht wahr«, protestierte sie. »Das ist einfach nicht wahr! Du hast keine Beweise, Mashmir.«

»Lenk nicht ab«, gab Gulf giftig zurück. »Wir sprachen von den Säkken. Was ist in diesen verdammten Säcken? Jede Wette, daß es irgend etwas Giftiges oder Ekliges oder Gefährliches ist. Eine Schlingpflanze, die mich im Schlaf erdrosselt. Oder eine singende Blume, die mich nicht schlafen läßt.«

Ulga O'Hail straffte ihre mollige Gestalt.

»Wie auf den Säcken steht«, entgegnete sie spitz, »befinden sich in den Säcken Samenkörner. Material für die Grüner-Wohnen-Kampagne des *Solaren Aktionskreises zur Förderung des harmonischen Zusammenlebens von Mensch und Pflanze*. Und daran kann ich weiß Gott nichts Gefährliches erkennen.«

»Ich muß die Worte Ihrer befristeten Ehefrau voll und ganz bestätigen, Mashmir«, sagte MAMMA. »Meine Sensoren melden keine biochemischen Aktivitäten, die in meinen Datenspeichern als gefährlich klassifiziert sind.«

Mashmir Gulf schnaufte. »Ist das eine Verschwörung oder was? Sind denn *alle* gegen mich?«

Das Laufende Moos schoß hinter der Couch hervor, um Haaresbreite an Gulfs Sessel vorbei und verschwand in der offenen Tür der Zimmersauna.

»Besuch«, sagte MAMMA plötzlich. »Einer Ihrer Nachbarn; Carell No. Möchten Sie ihn empfangen?«

Gulf kniff die Augen zusammen. »No, sagtest du? Wie kann jemand ausgerechnet *No* heißen?«

Ulga strich ihr geblümtes Kleid glatt. »Sag ihm«, flötete sie, »daß es uns eine Freude ist, ihn zu empfangen.«

»Pah«, machte Gulf. »Von Freude kann überhaupt nicht die Rede sein. Frag ihn zuerst, was er von Blumen und all dem anderen Grünzeug hält. Wenn er auch so ein Pflanzenfan ist, soll er zum Teufel gehen.«

»Und wenn er ebenfalls so ein herzloser Pflanzenhasser ist wie mein derzeitiger befristeter Ehemann«, fügte Ulga hinzu, »dann wünsche *ich,* daß er zum Teufel geht.«

MAMMA schwieg einen Moment. »Er sagt«, teilte sie dann mit, »sowohl als auch. Er sagt, er müßte das Für und Wider sorgfältig abwägen und alle Aspekte des Problems gründlich untersuchen. Außerdem sagt er, daß es Fragen gibt, die sich weder mit einem Ja noch mit einem Nein beantworten lassen.«

»Himmel hilf!« seufzte Gulf entsagungsvoll. »Ein Politiker.«

Ulga O'Hail spitzte die Lippen. »Aber das ist ja wundervoll! Vielleicht erklärt er sich bereit, für den Aktionskreis bei der Grüner-Wohnen-Kampagne mitzuwirken.«

»Ich bitte«, sagte der Matten-Willy und entknotete seine Stielaugen, »dem Herrn Zutritt zu gewähren. Ich wollte mich schon immer mit einem Mitglied der terranischen Politikerkaste über den existentiellen Zusammenhang zwischen dem Sein als Sachzwang und dem Werden als Utopie unterhalten.«

»Ich öffne«, erklärte MAMMA-1. Und sie tat es.

Die Wand klaffte auf, und etwas Kleines, Glänzendes kam auf Gulf zugeflogen. Ehe er auch nur einen Entsetzensschrei ausstoßen konnte, hatte es ihn erreicht und explodierte dicht vor seinen Augen in einem holographischen Farbengewirr. Sanft schunkelnde Buchstaben schälten sich aus dem Regenbogenwirbel.

SAGT JA ZU NO

»Aber ...«, brachte Gulf schließlich hervor, doch kaum begannen die Farben zu verblassen, folgten dem ersten Geschoß ein Dutzend weitere, verteilten sich im Zimmer und zerbarsten in Dutzende Bruchstücke.

An Gazefallschirmen schwebten 3-D-Fotos eines strahlend lächelnden Mannes zu Boden. Sein Haar war silbergrau, sein Gesicht gebräunt, und seine Augen blickten Gulf optimistisch an.

»Was zum Teufel ...«, stammelte Gulf.

Ulga sagte nichts. Ihr Mund stand offen. Der Matten-Willy hatte sich bei der Explosion der Farbenschrift zu einem keilförmigen Gebilde zusammengezogen. Die diamantharten Spitzen seiner Stummelfüße, mit denen sich das Geschöpf selbst in Betonboden bohren konnte, glitzerten im Lampenlicht.

Dann kam No persönlich in das Zimmer.

Er lächelte wie auf dem Foto, aber sein Haar war dünn und weiß, sein Gesicht von einem ungesunden gelblichen Teint, und der Blick seiner Augen war der einer hungrigen Hyäne.

Gulf fröstelte unwillkürlich.

No breitete glücklich die Arme aus und kam auf Mashmir Gulf zu. »Wie froh ich bin, Sie kennenzulernen«, sagte er. »Entzückend, Ihre Frau. Ist die Nacht nicht herrlich? Und ist diese Stadt nicht fantastisch? Wir brauchen einen Bürgermeister. Vergessen Sie nicht, Ihre Stimme abzugeben. Jede Stimme zählt. Die Probleme sind erdrückend und erfordern einen tüchtigen Mann, um sie zu lösen. Wir werden einen Wahlausschuß gründen und Kandidaten aufstellen müssen. Ohne Bürgermeister ist diese Stadt nur die Hälfte wert. Denken Sie daran, mich zu wählen. Zigarre?« Er drückte Gulf im Vorbeigehen eine Zigarre in die Hand und eilte weiter zu Ulga O'Hail.

Verdutzt starrte Gulf das Mundstück der Zigarre an. SAGT JA ZU NO leuchtete ihm in winzigen Fluoreszenzbuchstaben entgegen.

»Gnädigste«, sagte Carell No charmant zu Ulga O'Hail, »ich habe schon so viel von Ihnen gehört. Ihre Grüner-Wohnen-Kampagne ist eine ausgezeichnete Idee. Wenn ich erst Bürgermeister bin, werde ich diese ganze Stadt in einen Garten verwandeln. Meinen Sie nicht auch, daß diese Stadt dringend einen Bürgermeister benötigt? Zigarre? Ich verlasse mich auf Sie. Ihre Stimme kann über Sein oder Nichtsein entscheiden. Zigarre?«

Der Matten-Willy reckte interessiert die Stielaugen.

»Würden Sie das Nichtsein«, fragte er No, »lediglich als Abwesenheit des Seins in dem Sinn definieren, daß die potentielle Möglichkeit des Seins nach wie vor besteht, oder definieren Sie das Nichtsein als absolute Unmöglichkeit des Seins?«

No wölbte die Brauen. »Äh, wie? Zigarre?«

»Ich bin Nichtraucher«, gestand Hassewass 756 verlegen.

»Wenn ich Bürgermeister bin, werde ich in der ganzen Stadt raucherfreie Zonen schaffen«, versprach No. »Lassen Sie Ihre Stimme nicht verfallen.«

Der Matten-Willy senkte die Stielaugen. »Als Extraterrestrier bin ich auf Terra nicht wahlberechtigt.«

»So?« Nos Lächeln erlosch wie ausgeknipst, wurde aber gleich darauf wieder eingeschaltet, als er sich zu Gulf umdrehte. »Ich denke, wir werden gute Nachbarn. Sie sind Pensionär? Im wohlverdienten Ruhestand? Wenn ich Bürgermeister bin, werde ich dafür sorgen, daß die Senioren die ihnen gebührende Stellung in der Gesellschaft erhalten werden. Glauben

Sie nicht auch, daß es höchste Zeit wird, einen Bürgermeister zu wählen?«

»Nein«, knurrte Gulf. »Das glaube ich nicht. Ganz im Gegenteil.«

»Ha, ha«, machte No. »Sie sind ein Schelm, Mashmir, nicht wahr?«

Er ließ sich Gulf gegenüber auf der Couch nieder und begann, geistesabwesend das Blätterwerk des Laufenden Mooses zu streicheln. Gulf war nicht sicher, wen von beiden er mehr verabscheute: No oder das herumstreunende Unkraut.

Das Moos knisterte zufrieden.

Erst jetzt bemerkte Gulf die Plakette an Nos Revers.

Wie die 3-D-Fotos, die jetzt über den ganzen Boden verstreut waren, zeigte die Plakette Nos Konterfei und den rundum verlaufenden Schriftzug SAGT JA ZU NO.

Plötzlich zwinkerte ihm das Gesicht auf der Plakette zu und lächelte noch strahlender. Eine Sprechblase quoll aus dem Mund. WERDET FROH – WÄHLT NO. Die Blase zerplatzte. Das Gesicht blinzelte wieder.

»Himmel«, murmelte Gulf.

No bemerkte seinen Blick. »Gefällt es Ihnen?« erkundigte er sich. »Eine nette Spielerei. Die Plakette ist Posten zwölf aus meinem vierzigteiligen Wahlkampfset. Ich habe noch Tausende davon. Bei meinem nächsten Besuch bringe ich welche für Sie und Ihre Frau und Ihre Freunde mit.«

»Wahlkampf?« wiederholte Ulga. »Wie aufregend. Sind Sie tatsächlich ein richtiger Politiker?«

No nickte selbstgefällig. »So ist es. Und das seit neunzig Jahren. Ich bin praktisch von der Pike auf dabei, habe alle Höhen und Tiefen eines Politikerlebens mitgemacht. Manche Zeiten waren grauenhaft. Ich habe zwar an Erfahrung gewonnen, doch nie eine Wahl.«

Sein Gesicht verfinsterte sich, obwohl das Lächeln blieb. Die Diskrepanz war atemberaubend.

»Dieser Rhodan«, brummte No, »ist einfach zu stark. Außerdem machen die Geschichtsbücher kostenlos Propaganda für ihn. Dieser Rhodan ist kein Mensch, sondern ein Mythos. Jeder kennt Rhodan, aber wer kennt No?«

»Ersparen Sie mir eine Antwort«, sagte Gulf gallig.

Ulga O'Hail schien von Nos Worten gerührt zu sein. Sie nahm neben ihm auf der Couch Platz. Das Laufende Moos trottete wieder zurück in die Zimmersauna, verfolgt von Gulfs mordlustigen Blicken.

»Sie Armer«, hauchte Ulga. »Aber was wollen Sie dagegen unternehmen?«

»Kämpfen. Ich habe nichts mehr zu verlieren. Nicht mehr seit meiner letzten Wahlschlappe auf der antarktischen Balleny-Insel. Bei der Wahl zum Obmann der Vogelkundler-Kolonie haben alle vierzehn Inselbewohner gegen mich gestimmt. Es war ein Desaster. Mein Sympathiewert auf der Demoskopischen Skala liegt bei minus zwölf, und dabei umfaßt der Minusbereich nur zehn Punkte! Das bedeutet, daß ich es an Beliebtheit gerade noch mit der Pest, Erdbeben oder Zahlungsbefehlen aufnehmen kann. Für einen Politiker ist dies das Ende. Nur die härtesten Naturen besitzen die Kraft, trotz aller Widrigkeiten weiterzumachen.«

No schlug auf die Armlehne der Couch.

»Ich werde weitermachen. Ich gebe nicht auf, bis ich es geschafft habe, für das Amt des Großadministrators zu kandidieren und Rhodan das Fürchten zu lehren. Morgen geht es los. Ich habe alles für meinen Wahlfeldzug vorbereitet. Wenn ich in MAMMA-1 die Wahl zum Bürgermeister gewinnen kann, dann kann ich alle Wahlen gewinnen.

Dann hält mich nichts mehr auf. Ich ...«

Ein Rascheln unterbrach ihn. Gulf drehte den Kopf und folgte seinem Blick. Einer der Säcke mit dem Saatgut bewegte sich. Beulen entstanden in dem Plastikmaterial, als würde von innen mit Fäusten dagegen geschlagen. Gänsehaut überzog Gulfs Rücken, und seine Nackenhärchen richteten sich auf.

Das Rascheln wurde lauter. Der Sack schwankte, neigte sich und kippte um.

Mit einem Satz war Gulf aus seinem Sessel, aber Ulga war noch schneller als er. Mit kriegerischer Miene baute sie sich vor ihm auf.

»Weg da«, knirschte Mashmir. »Was ist in dem Sack? Blumensamen? Wer hat schon je gehört, daß Blumensamen um sich schlägt? Du hast mich belogen. Ich will wissen, was sich in diesem verdammten Sack versteckt!«

»Aber Mashmir«, flötete die mollige Frau nervös, »du darfst dich nicht immer so aufregen. Das schadet nur deinem Herzen. Was kümmert dich der Sack?«

Erneutes Rascheln, lauter und heftiger diesmal. Dann ein reißendes Geräusch. Die Plastikhaut des Sackes zerplatzte. Gulf gurgelte, als eine grüne Hand sichtbar wurde und forschend über den Teppich tastete. Eine zweite Hand schob sich aus dem Schlitz. Und eine dritte, vierte, fünfte.

Moschusduft erfüllte das Zimmer.

»Gott steh mir bei«, ächzte Gulf, »in dem verdammten Sack steckt diese diebische Arkonidenpflanze!«

Wie zum höhnischen Gruß winkten ihm die Blätter der *Schönen Hände* zu.

Als Bertholm Shark erwachte, fühlte er sich zum erstenmal seit Monaten erholt und ausgeschlafen.

Mit einem glücklichen Lächeln lag er noch eine Weile da, in dem runden Riesenbett, das MAMMA für ihn erschaffen hatte. Über ihm leuchtete in allen Regenbogenfarben der hauchzarte Baldachin, der wie Seide aussah und sich auch so anfühlte, aber in Wirklichkeit aus Biokunststoff bestand.

Dies, dachte Shark, *ist wahrhaftig ein Fortschritt. Und was für einer! Keine elektrischen Mücken, die mich quälen; kein Tongenerator, im Nachttisch von Eiris versteckt, um mich um vier Uhr morgens mit dem Lärm eines startenden Raumschiffs aus dem Schlaf zu reißen; kein verminter Korridor, in dem allergieauslösende Partikel schweben ...*

Es ist das Paradies, sagte sich Shark. Das Paradies auf Erden.

»Guten Morgen, Bertholm«, sagte MAMMA mit ihrer rauchigen Stimme; einer Stimme, wie Shark sie liebte, zärtlich und erotisch. »Haben Sie gut geschlafen?«

Bertholm Shark gähnte. »Ausgezeichnet«, versicherte er und streckte seine Glieder. Dann blinzelte er hinüber zu dem Panoramafenster, das auf seinen Wunsch hin die ganze Wand einnahm.

Die finnische Sommersonne blinzelte durch die transparente Scheibe aus Biokunststoff.

Der Himmel war blau wie gestern, am Tag seiner Ankunft in der Adamasischen Stadt, und nur hier und da schwebten Wolken wie zerzauste Wattebäusche an der Wölbung des Firmaments.

»Was halten Sie von einem Frühstück, Bertholm?« fragte die Stadt. »Nach dem mir vorliegenden Untersuchungsbericht und den Informationen meiner medizinischen Sensoren leiden Sie unter einem beginnenden Magengeschwür, nervöser Überreiztheit und einer Allergie gegen Weizenmehl.«

»Das kommt von den Minen«, erklärte Shark. »Von den Allergie-Minen. Es ist Eiris' Schuld.«

»... deshalb schlage ich ein Gedeck aus Roggenbrot, Diätbutter, Echtmilch und Schöllkrauttee vor«, fuhr MAMMA fort. »Einverstanden, Bertholm?«

Shark gelüstete es mehr nach einem starken Kaffee und Toast mit Schinken und Käse, doch der Tag war einfach zu schön, um ihn mit einer Auseinandersetzung zu beginnen. Außerdem wußte MAMMA, was sie tat. Stand alles in dieser famosen Broschüre, WILLKOMMEN IN DER STADT DER ZUKUNFT, die man ihm im Interkosmos-Hotel in Helsinki ausgehändigt hatte. Er sollte sich wirklich ein wenig um seine Gesundheit kümmern.

»Einverstanden, MAMMA«, sagte er.

Shark setzte sich auf und warf einen Blick durch das Zimmer, das die Stadt nach seinen Wünschen eingerichtet hatte.

Ein Meer aus Farben und fließenden Formen, nirgendwo Kanten und Ecken, alles gerundet, geglättet.

Das vier Meter durchmessende Bett war das einzige konventionelle Möbelstück. Es gab keine Tische, keine Stühle, Schränke oder Kommoden. Wehende bunte Seidenschleier verbargen die Leere des Raumes und vermittelten ihm gleichzeitig etwas Labyrinthartiges, Endloses, während sich die Schleier bewegten, hin und her wanderten, spurlos verschwanden und an anderen Stellen durch neue ersetzt wurden.

Shark hatte sich entschieden, die in der Broschüre geschilderten Eigenschaften des Biokunststoffs bis zum Exzeß auszunutzen.

Wenn er einen Stuhl brauchte, zauberte MAMMA einen herbei. Wenn er an einem Tisch essen wollte, ließ ihn MAMMA aus dem Boden wachsen. Wollte er sich einen 3-D-Film ansehen, verwandelte MAMMA einen Teil des Zimmers in eine Bühne, auf dem Biokunststoffiguren in einer Biokunststofflandschaft ihre Abenteuer erlebten.

MAMMAS Möglichkeiten waren fast unbegrenzt, und Shark hatte in der letzten Zeit fast vergessen, was es hieß, sich verwöhnen zu lassen.

Der Krieg mit Eiris war für Shark in diesen Momenten so fern wie der Andromedanebel.

»Musik«, murmelte er. »Ravels *Bolero.*«

Es vergingen nur Sekunden, dann perlten die ersten Klänge der Komposition aus der präkosmischen Ära scheinbar aus dem Nichts.

»Bertie«, sagte jemand.

Diese Stimme unterschied sich erheblich von MAMMAS weichem Timbre; diese Stimme erinnerte an Krieg und unerfüllte Liebe, gnadenlosen Haß und Streitgespräche zu den unpassendsten Stunden.

Widerwillig drehte Shark den Kopf. Der tragbare Eheberater ruhte auf einer zitronengelben Biokunststoffsäule neben dem Rundbett. Seine Kontrolldioden blinkten ungeduldig.

»Aufstehen, Bertie«, drängte der Eheberater. »Jetzt ist nicht die Zeit zum Faulenzen. Wenn du nicht augenblicklich etwas unternimmst, dann erlebst du dein persönliches Waterloo.«

»Huh?« brummte Shark verständnislos. »Was redest du da? Und überhaupt – ich dachte, du hättest dich desaktiviert.«

»Laß die Scherze, Bertie. Selbst wenn ich untätig scheine, arbeite ich. Nur für dich. Offenbar mache ich mir mehr Sorgen um deinen Ehekrieg als du. Offenbar bist du dir über den Ernst deiner Lage immer noch nicht im klaren.«

»Wieso Ernst?«

Shark stieg aus dem Bett. Das Bett zerfloß und verschmolz mit dem Boden. Dann begann der Boden um Shark zu brodeln und formte sich zu einem kleinen Swimmingpool. Eine Glocke aus durchsichtigem Biokunststoff legte sich um das Bassin, und von der Decke rauschten Wasserfontänen.

Shark duschte, und als das Becken voll genug war, schwamm er einige Runden. Er genoß die Ruhe, die ihm die schalldämpfende Glocke gönnte.

Schließlich wurde das Wasser abgesaugt, Glocke und Swimmingpool verschmolzen wieder mit dem Biokunststoffreservoir, und der tragbare Eheberater erklärte: »Die Lage ist ernst, aber nicht hoffnungslos. Ich habe mir erlaubt, auf deine Kosten unser Waffenarsenal aufzufüllen.«

Shark erstarrte. »Du hast *was?*« explodierte er. »Auf meine Kosten? Ohne meine ausdrückliche Erlaubnis? Das ist doch …«

Der Automat pfiff. »Keine Panik«, riet er. »Mir blieb keine Wahl. Deine Situation hat sich über Nacht dramatisch verändert. Wir haben Eiris unterschätzt. Schau aus dem Fenster.«

Shark zögerte und näherte sich dann langsam der transparenten Wand. Was er sah, ließ ihn erbleichen. Er spürte nicht, daß MAMMAS Biokunststoffarme ihn abtrockneten. Er starrte die Burg an.

Es war tatsächlich eine Burg.

Dort, wo er gestern noch freie Sicht auf den See und das ferne Ufer des Festlands gehabt hatte, reckte sich schwarz wie Basalt und monströs wie ein Geschwür eine Burg in den Himmel.

Die Burg besaß zwei zinnengekrönte Türme und einen fensterlosen Mittelbau. Auf den Turmzinnen waren Kanonen zu erkennen; ihre Mündungen waren genau auf Sharks Fenster gerichtet.

»Jesus«, sagte er ungläubig, »wo kommt die Burg her?«

»Ich habe sie geschaffen«, antwortete MAMMA. »Eine der Testbewohnerinnen dieses Blocks hat es vorgezogen, in einer Burg zu wohnen. Für eine Adamasische Stadt aus Biokunststoff ist dies kein Problem. Sie wissen doch, Bertholm, freie Entfaltung der Persönlichkeit. In MAMMA ist alles möglich.«

Shark ließ die Kanonen nicht aus den Augen.

»Eiris«, krächzte er, denn für ihn bestand kein Zweifel, daß es sich bei der Burgbewohnerin nur um seine befristete Ehefrau handeln konnte.

»Eiris Deligado«, bestätigte MAMMA. »Aus meinen Unterlagen geht hervor, daß Sie mit Eiris eine befristete Ehe eingegangen sind. Offenbar hat es Auseinandersetzungen zwischen Ihnen gegeben. Wenn ich Ihnen einen Rat geben darf …«

»Halt, nichts da«, fiel der tragbare Eheberater der Stadt ins Wort. »Das ist mein Metier. Misch dich da nicht ein. Ist das klar?«

»Tut mir leid, aber eine Maschine ist nicht befugt, mir Befehle zu erteilen.«

Der Eheberater wandte sich an Shark.

»Sag ihr, daß ich für deine Eheprobleme zuständig bin«, forderte er Shark auf. »Denk an unseren Sieg.«

Shark hörte nicht zu. »Die Kanonen«, ächzte er. »Sie will mich umbringen. Und du unterstützt sie dabei noch, MAMMA. Das ist ein Skandal! Ich werde mich beschweren. Ich werde Whistler verklagen!«

MAMMAS Stimme klang jetzt ein wenig beunruhigt.

»Sie brauchen sich keine Sorgen zu machen, Bertholm«, sagte sie hastig.

»Natürlich nicht.« Shark lächelte sarkastisch. »Warum soll man sich Sorgen machen, wenn man in die Mündungen von einem halben Dutzend Kanonen blickt?«

»Die Kanonen sind keine richtigen Kanonen.«

»So?« sagte Shark. »Heißt das, sie können nicht schießen? Es sind nur Attrappen?«

»Nun«, MAMMA zögerte. »Nicht direkt. Ihre Frau bestand auf echten Kanonen, und ich bin programmiert, alle Wünsche zu erfüllen, sofern dies in meiner Macht steht. Allerdings sind diese Kanonen nicht mit tödlichen Geschossen geladen. Aus moralischen Gründen habe ich mich entschlossen, jede Kugel in eine Vogelnachbildung zu verwandeln, sobald sie das Mündungsrohr verläßt.

Sie sehen«, schloß die Stadt zufrieden, »Ihnen droht keine Gefahr.«

Shark war keinesfalls davon überzeugt. Er traute Eiris zu, daß sie verschlagen genug war, um die Biopositronik der Stadt zu überlisten.

»Du mußt etwas unternehmen, Bertie«, bemerkte der tragbare Eheberater. »Selbst wenn die Kanonen keine richtigen Kugeln verschießen können, darfst du das nicht so einfach hinnehmen. Es käme einer Niederlage gleich.«

Der Automat hatte zweifellos recht, sagte sich Shark. Er mußte etwas unternehmen. Er mußte Eiris zeigen, daß sie es nicht mit einer Memme, sondern mit einem Mann zu tun hatte.

Shark atmete tief durch. »Ich will Panzerplatten«, erklärte er. »Die ganze Außenfront soll mit fünfzig Zentimeter dicken Panzerplatten aus Terkonit verkleidet werden. Außerdem muß das Fenster verschwinden. Und ich brauche ein Raketenfrühwarnsystem und Luft-Luft-Raketen. Keine einzige

Kanonenkugel darf meiner Wohnung näher als zwanzig Meter kommen. Ist das klar, MAMMA?«

»Aber ich sagte doch ...«, protestierte die Stadt.

»Das ist ein Befehl!« sagte Shark.

MAMMA resignierte. »Natürlich, Bertholm.«

Kurz darauf wurde das Fenster undurchsichtig. Das transparente Material nahm einen dunklen Farbton an. Shark klopfte gegen die Wand. Er nickte zufrieden. Metall.

»Die Raketenstellungen«, informierte ihn MAMMA, »sind auf dem Dach installiert. Das Raketenfrühwarnsystem meldet jede Annäherung eines beweglichen Objekts durch ein optisches und akustisches Signal. Kann ich noch etwas für Sie tun, Bertholm?«

»Du kannst mir mein Frühstück bringen«, entgegnete Shark. »Und ich brauche etwas zum Anziehen. Ich denke da an eine mit Goldfäden durchwirkte Tunika, schwarze Lederhosen und kniehohe Schnürstiefel.«

»Und einen Helm«, warf der tragbare Eheberater beflissen ein. »Einen Stahlhelm.«

»Und einen Stahlhelm«, schloß Shark.

Wieder wallte der Boden. Arme bildeten sich. Die Biokunststoffmasse produzierte die gewünschten Kleidungsstücke und zog Shark an, während sich gleichzeitig ein runder Tisch aus der Wand schälte. Eine Wandklappe spuckte das Frühstückstablett aus, und es wurde von einem Pseudopodium der Stadt zum Tisch getragen.

Ravels *Bolero* erreichte das Finale und endete.

In der eigentümlichen Stille, die sich anschloß, erklang mehrfaches Gepolter.

Shark fuhr zusammen. »Was, zum Teufel, hat das schon wieder zu bedeuten?«

Ein Riß entstand in der gegenüberliegenden Wand, und durch den Riß schob sich eine Plastikkiste, so groß wie eine mittlere Kommode.

»Das wurde soeben geliefert«, sagte MAMMA.

»Ich habe nichts bestellt.« Shark musterte beunruhigt die Kiste. Ein neuer Trick seiner befristeten Ehefrau?

Der tragbare Eheberater löste das Rätsel.

»Weiteres Kriegsmaterial, Bertie. Ich habe dir doch soeben davon erzählt. Programmierbare mobile Minen. Wir schlagen Eiris mit ihren eigenen Waffen. Wir programmieren die Minen auf das ID-Muster deiner Frau und hetzen sie ihr auf den Hals. Die Allergie-Ladungen werden dafür sorgen, daß Eiris grün und blau anläuft, wenn sie nur an dich denkt.«

Shark starrte den zufrieden blinkenden Kasten auf der Säule ungläubig an.

»Willst du damit etwa sagen«, preßte er hervor, »daß diese Dinger allergisch reagieren lassen, und zwar auf *mich?*«

Er konnte es nicht glauben. Vielleicht träumte er.

»Es ist die einzige Möglichkeit«, entgegnete der kybernetische Eheberater, »diesen Krieg zu gewinnen.«

MAMMA mischte sich in den beginnenden Disput ein.

»Ich muß Sie darauf aufmerksam machen«, wandte sich die Stadt an Shark, »daß mich mein Programm verpflichtet, Schäden von den Testbewohnern abzuwenden. Ich werde deshalb die Allergie-Partikel der Minen neutralisieren müssen, sollten sie zum Einsatz gelangen.

Vielleicht sollten Sie sich mit Ihrer Frau friedlich einigen?«

»Hör nicht auf dieses pazifistische Gefasel, Bertie«, pfiff der Eheberater. »Wir haben den Sieg schon so gut wie in der Tasche. Du willst doch nicht etwa auf den letzten Metern vor dem Ziel noch schlappmachen, oder?«

»Ich habe Kopfschmerzen«, klagte Shark. »Ich halte das nicht mehr aus. Ich brauche frische Luft.«

Er erhob sich und steuerte auf jenen Teil der Wand zu, hinter dem der Korridor des Gebäudes lag, das ihm bei seiner Ankunft zugeteilt worden war.

»Dein Helm«, rief ihm der Eheberater nach. »Und nimm mich mit.«

Die Wand glitt auseinander, und Shark hastete durch die Öffnung, ohne sich noch einmal nach dem Eheberater umzudrehen. Als sich die Öffnung wieder geschlossen hatte und das Zetern des Automaten verstummte, atmete er erleichtert auf.

Doch seine Erleichterung verwandelte sich von einem Moment zum anderen in Panik. Der Korridor hatte sich vollkommen verändert. Nichts mehr erinnerte an den kahlen grauen Schlauch, der er noch gestern abend gewesen war.

Der Korridor ähnelte einer schlauchförmigen Tropfsteinhöhle, Stalagmiten und Stalaktiten von knöchernem Weiß wucherten an Boden und Decke. Fäden wie gesponnenes Silber spannten sich von Wand zu Wand. An den Fäden hingen die sonderbarsten Utensilien.

Zahnbürsten, Taschenrechner, antike Filzpantoffeln, ein Aktenkoffer, eine zwei Jahre alte Telefaxausgabe der *Terrania News,* eine angebissene Salami-Pizza, löchrige Wollsocken, ein swoonscher Pin-up-Kalender, dessen Titelblatt eine Gurkenschönheit in einer badewannenähnlichen Schüssel voller Rahmsoße zeigte, eine mottenzerfressene Plüschfigur des berühmtesten aller Mausbiber und Dutzende anderer Dinge.

Während Shark noch das absurde Bild betrachtete und einen Sinn in der wahllosen Zusammenstellung zu erkennen versuchte, kam ein weißhaariger, grinsender Mann an ihm vorbei. Am Jackenrevers trug der Mann eine Plakette, die sein ebenfalls grinsendes Konterfei zeigte.

»Haben Sie schon daran gedacht, daß wir unbedingt einen Bürgermeister brauchen?« fragte der Weißhaarige und drückte Shark eine Zigarre in die Hand. »Kommen Sie doch heute abend zur Wahlversammlung zu mir. Ich bin No. Carell No.«

Pfeifend ging der Mann weiter.

Shark starrte ihm nach und schob geistesabwesend die Zigarre in den Mund. Durch eine Drehung des Mundstücks um dreihundertsechzig Grad setzte sich die Zigarrenspitze selbsttätig in Brand.

Merkwürdigerweise waren die Rauchwolken grün.

Giftgrün. Und sie bildeten Buchstaben, Worte.

NO MACHT FROH

»Himmel!« sagte Shark.

Doch ihm bot sich keine Gelegenheit, sich zu fassen.

Kurz nach No traten ein Matten-Willy und ein stämmiger Mann aus der gegenüberliegenden Wand. Der Mann erinnerte Shark an die computergesteuerte Neandertalerskulptur, die er einst im Anthropologischen Institut von Terrania gesehen hatte.

»Ist dieses Aktionskunstwerk nicht genial?« schwärmte der Matten-Willy, während er eines seiner vier Stielaugen neugierig auf Shark richtete. »Ist es nicht die perfekte Darstellung des Seins unter dem Aspekt kultureller Vergänglichkeit, durch den das Sein sogar im Seinsmoment als Teil des allumfassenden Werdens enthüllt wird?«

»Ich hasse Kunst«, knurrte der Stämmige. »Man sollte alle Künstler in einen Sack stecken, den Sack zubinden und in eine stationäre Umlaufbahn schießen. Vor allem hasse ich diese moderne Kunst. Früher ist Kunst noch Kunst gewesen. Früher wußte man direkt ...«

Sie verschwanden langsam hinter den Stalaktiten, und ihre Stimmen verklangen.

Dafür wurden andere Stimmen laut. Die eine kannte er; sie gehörte MAMMA. Die andere war die einer Frau, und nach dem Klang zu urteilen, mußte es eine bemerkenswerte Frau sein.

Shark setzte sich in Bewegung. Er mußte sich bücken, um nicht gegen die angebissene Salami-Pizza zu stoßen.

Der würzige Duft, der von ihr ausging, ließ ihm das Wasser im Mund zusammenlaufen.

Er zögerte. Dann hob er eine Hand, um sich ein Stück Pizza abzubrechen.

»Wenn Sie das wagen, sind Sie ein toter Mann.«

Shark erstarrte. Langsam drehte er sich um.

Zehn Schritte von ihm entfernt, neben einer der Tropfsteinsäulen aus Biokunststoff, stand eine junge Frau. Sie war einen Kopf kleiner als Shark, hellblond, braungebrannt und schlank, ohne dünn zu sein.

Bis auf ein Flimmerfeld war sie nackt.

Das Flimmerfeld hüllte ihren gebräunten Körper in weißes, fast schmerzhaftes Gefunkel, das hin und wieder schwächer wurde und Shark einen Blick auf ihre Schenkel, ihre Brüste, ihren Bauch gestattete.

Seine Mundhöhle wurde trocken. »Wie?« sagte er. »Was? Wie?«

Die Frau verzog den Mund. »MAMMA sollte Sie besser zurück ins Heim bringen, ehe Sie Unheil anrichten können«, fauchte sie angriffslustig. »Was dachten Sie sich eigentlich dabei, meine unbezahlbare Aktionsskulptur *Frühstück im Abendlicht des Jupiter* zu zerstören? Oder können Sie nicht denken? Sind Sie ein Kretin oder was?«

Die Frau sah ihn an, als hätte sich Shark soeben in eine Laus verwandelt.

»Aktionsskulptur?« echote er.

»Gott!« Die Frau verdrehte die Augen. »Jetzt züchtet man Papageien in menschlicher Gestalt. Wenn das mein Urahne wüßte, würde er im Grab rotieren.«

»Ihr Urahne?«

»Dali. Salvador Dali. Nie von ihm gehört? *Homers Vergötterung? Die Wiederauferstehung des Fleisches? Die Beharrlichkeit des Gedächtnisses?* Nein? Sie sind tatsächlich ein Kretin.«

»Ich ...« Shark ballte die Fäuste. »Das verbitte ich mir! Ich lasse mich von niemand als Kretin beschimpfen. Vor allem nicht von einer überdrehten Schmalspurkünstlerin. Sind Sie für diese Schweinerei hier verantwortlich?«

Er fuchtelte mit den Händen.

»MAMMA! Ich verlange, daß sich dieser Korridor sofort wieder in einen Korridor verwandelt.«

Die Frau machte »Pah«.

»Darf ich vorstellen?« meldete sich die Stadt zu Wort. »Bertholm Shark, Lebenskünstler, und Ziana van Dali, Aktionskünstlerin.«

»Lebenskünstler sind Sie?« sagte van Dali verächtlich. »Mit anderen Worten, Sie halten sich nur noch künstlich am Leben. Und was Sie Kretin eine Schweinerei nennen, ist der Beginn des größten Kunstwerks dieses Jahrhunderts. Ich werde diese ganze Stadt mit meinen Händen zu einem einzigen surrealistischen Gesamtkunstwerk formen.«

»Warum formen Sie nicht etwas anderes mit den Händen?« unterbrach Shark und starrte sie mit neu erwachter Lüsternheit an.

»Das ist bei einigen Leuten mangels Masse nicht möglich«, konterte die blonde Frau trocken. »Was halten Sie davon, wenn Sie sich Ihr Gehirn durchspülen lassen? Bei Ihnen scheint ja alles verstopft zu sein.«

»Sie!« entfuhr es Shark.

»Und jetzt möchte ich nicht mehr von Ihnen belästigt werden.« Ziana wandte sich ab. »In wenigen Minuten kommt mich mein Vorfahre besuchen, und *Frühstück im Abendlicht des Jupiter* ist noch nicht fertig.«

Shark zwinkerte verwirrt. »Ihr Vorfahre?«

»Der große Meister des Surrealismus persönlich, Sie Null«, erklärte die Aktionskünstlerin. »Er besucht mich jeden Morgen um fünf nach zehn und plaudert mit mir über das Kritisch-Paranoide *des Mittelmäßigen Bürokraten mit Atmosphärekopf, der eine Schädelharfe melkt* oder über den Camembert-Effekt in seiner *Beharrlichkeit des Gedächtnisses.* Äußerst befruchtende Gespräche. Auch wenn sie nur knapp zwei Picosekunden dauern. Länger ist Salvadors Astralleib nicht stabil.«

Grausen erfüllte Shark. Er dachte an den Mann mit der zwinkernden Plakette und den Werbezigarren, an den philosophierenden Matten-Willy und an seinen Begleiter, den Neandertaler, und er dachte vor allem an Eiris, die in ihrer Burg hockte und ihn mit altertümlichen Kanonen bedrohte. Er sah die Stalaktiten und Stalagmiten an, die angebissene Pizza und die Zahnbürsten, die im Korridor hingen, und er wußte, wo er sich befand.

»Ein Irrenhaus«, flüsterte Bertholm Shark. »Jesus Christus, ich bin in einer Klapsmühle gelandet.«

Ziana van Dali maß ihn mit einem schrägen Blick. »Ich glaube eher«, sagte sie anzüglich, »daß Sie aus einer entwichen sind. Wie dem auch sei, der Korridor bleibt, wie er ist. Ich habe die ganze Nacht am *Frühstück im Abendlicht des Jupiter* gearbeitet, und ich will verdammt sein, wenn ich mir das von einem aus der Anstalt entwichenen Psychotiker kaputtmachen lasse.

Der Korridor bleibt, hast du gehört, MAMMA?«

»Verstanden, Ziana«, sagte die Stadt.

»He, he«, machte Shark. »Da habe ich noch ein Wörtchen mitzureden. Schließlich liegt meine Wohnung an diesem Korridor, und ich denke nicht daran, tagein, tagaus den Anblick dieser Müllhalde zu ertragen.

Der Korridor wird wieder ein normaler Korridor, ist das klar, MAMMA?«

Ein Ächzen schien plötzlich die Luft zu erfüllen, ein gespenstischer Laut, in dem Verzweiflung mitschwang, eine Verzweiflung, die Sharks Herz rührte und ihn fast dazu veranlaßte, nachzugeben.

Ziana van Dali holte ihn auf den Boden der Realität zurück. Ihr Gesicht bekam einen fanatischen Ausdruck.

»Ich hab's«, sagte sie mit einer vibrierender Stimme. »Jetzt weiß ich, was der Skulptur noch fehlt. MAMMA, häng diesen Burschen an die Leine.«

Shark wich zurück.

»Ich verbiete es!« kreischte er. »MAMMA, hol mich hier raus!«

Als hätte die Stadt nur darauf gewartet, gab der Boden unter ihm nach. Shark stürzte, und er schrie vor Angst. Sein Fall verlangsamte sich, als die Röhre sich krümmte und dann wieder in die Höhe führte. Konvulsivische Bewegungen der Röhrenwandung preßten ihn nach oben. Es war eng und dunkel, und Shark hatte furchtbare Angst, von der Biokunststoffmasse erdrückt zu werden.

Endlich blitzte Licht auf. Er schoß wie ein Sektkorken aus der Tunnelöffnung und landete weich auf dem Boden seines Apartments.

Der tragbare Eheberater pfiff. »Eiris hat das Feuer aus ihren Kanonen eröffnet«, sagte er mit Grabesstimme. »Seit fünf Minuten sind unsere Raketenbatterien ständig im Einsatz. Ich schlage im Gegenzug eine Offensive vor. Wir dringen in Eiris' Trutzburg ein und machen diese Schnepfe zur Schnecke.«

Shark lauschte. Dumpfe Explosionen drangen an sein Ohr. Selbst die fünfzig Zentimeter dicken Terkonitplatten vermochten den Lärm nicht völlig zu dämpfen.

Unwillkürlich fröstelte er. Es wurde Zeit für die Entscheidungsschlacht.

9.

Die Luft in dem Apartment war kühl und frisch, aber Gene Milwony III. schwitzte.

Er saß vor dem Computerterminal seines Arbeitszimmers, eines zwanzig Quadratmeter großen Raums, den MAMMA-1 durch weißtapezierte Wände von der übrigen Wohnfläche des Apartments abgetrennt hatte. Das Terminal war der einzige Gegenstand in dem Raum, der nicht aus Biokunststoff bestand.

Zwar bedeutete es für die Adamasische Metropole keine Schwierigkeiten, auch komplizierte technische Geräte durch Manipulationen ihres Zellgewebes zu erschaffen, aber Milwony benutzte prinzipiell nur sein Privatterminal.

Es bestand aus einem Monitor, einer Schreibmaschinenkonsole und einem variablen Programmspeicher; alles zusammen paßte problemlos in einen durchschnittlichen Aktenkoffer.

»Verdammt!« fluchte Milwony.

Zahlenkolonnen flimmerten über den Bildschirm; grüne Zahlen auf schwarzem Grund.

Er hatte keine Mühe, den Kode zu lesen. Aber der Kode stimmte nicht.

MAMMA-1 hatte bereits auf den Kontrollimpuls mit einer Abweichung reagiert, obwohl der Impuls nur dazu diente, der Biopositronik zu zeigen, daß der Datenzugriff von einem autorisierten Terminal erfolgte.

Milwony tippte einen weiteren Kode; er diente der Überprüfung der technischen und biotechnischen Systeme der Adamasischen Metropole.

Er atmete auf. Sämtliche Systeme arbeiteten einwandfrei. Daran konnte es also nicht liegen.

Erneut übermittelte er per Tastendruck den ersten Kontrollimpuls. Nein, er hatte sich nicht getäuscht. Die Abweichung trat wieder auf.

Oberflächlich betrachtet bestand die Abweichung aus drei verschiedenen Ziffernfolgen. Jede Ziffernfolge stand für je eines der drei autonomen Teilelemente der Biopositronik.

Alle Teilelemente erkannten seine Zugriffsberechtigung an, aber die Abweichung vom Bestätigungskode drückte etwas aus, das man bei einem menschlichen Wesen mit »Skepsis« umschrieben hätte.

Doch die »Skepsis« galt nicht ihm, oder MAMMA hätte seine weiteren Anfragen ignoriert.

Die »Skepsis« betraf die Biopositronik. Sie »zweifelte« an sich selbst.

Milwony nahm über sein Terminal Kontakt mit den internen Sicherheitsschaltkreisen MAMMAS auf.

Funktion korrekt, meldeten sie.

»Aber das ist unmöglich«, sagte Milwony laut.

Die Schaltkreise hatten die Abweichung nicht bemerkt? Aber sie war offensichtlich. Sie mußten sie bemerkt haben.

Er forderte die Sicherheitsschaltkreise auf, ihre eigene Funktion zu überprüfen. Die Rückmeldung war mit der ersten identisch.

Funktion korrekt.

Der Urban-Designer runzelte die Stirn. Zwar war die Abweichung nicht bedrohlich; sie schien nicht einmal die nachgeordneten Funktionen der Stadt wie Wasser- und Energieversorgung oder den Recycling-Komplex MAMMAS zu beeinträchtigen. Aber es durfte sie nicht geben, und das war beunruhigend genug.

Achselzuckend wechselte Milwony die Programmkassette und schob das Programm mit der Alpha-Kodierung in den Speicherteil des Terminals. Dann schaltete er das Gerät ein.

Das Alpha-Programm überspielte der Biopositronik jetzt binnen einer halben Minute eine ungeheure Anzahl von Anfragen, Kontrollimpulsen und Problemstellungen. Die Antworten, die das Terminal von MAMMA-1 erhielt, boten in ihrer Gesamtheit ein lückenloses Bild der biopositronischen Funktionen.

Praktisch wurde jeder einzelne Mikrochip MAMMAS auf Herz und Nieren überprüft.

Zäh verstrichen die Sekunden, und müßig überlegte Milwony, ob er verbal mit MAMMA Kontakt aufnehmen sollte, doch dann verzichtete er darauf.

Verbale Kommunikation übermittelte nur eine begrenzte Anzahl von Informationen und war zudem für Irrtümer anfällig. Sie hatte ihre Berechtigung allein bei den sogenannten interaktiven Funktionen der Stadt; jenen Programmbereichen, die der psychosozialen Betreuung der Testbewohner dienten – medizinische, psychotherapeutische, architektonische und gruppendynamische Belange wurden von ihr ebenso umfaßt wie Bildungs- und Verwaltungsaufgaben.

MAMMA-1 war so angelegt, daß sie ihren Bewohnern auch als Schule, Universität oder berufliche Ausbildungsstätte dienen konnte.

Doch dies, dachte Gene Milwony, während die ersten Daten über den Monitor flimmerten, war Zukunftsmusik. Bei diesem Test ging es nur darum zu erfahren, ob die Adamasische Stadt ihre rein urbane Funktion als Heimstätte von achttausend Menschen erfüllen konnte.

Eine Zahlenkolonne nach der anderen erschien. Alle waren vom Alpha-Programm als korrekt eingestuft worden.

MAMMA produzierte Möbel und Einrichtungsgegenstände, veränderte Form und Raumaufteilung der Wohnflächen, lieferte den Einwohnern wunschgemäß die Mahlzeiten, hielt die Ver- und Entsorgungssysteme aufrecht und analysierte die Bedürfnisse der Testbewohner, um auch die Infrastruktur – Straßenführung und -gestaltung, Entwicklung sozialer Treffpunkte wie Theater, 3-D-Kinos, Restaurants oder Bars – zu verbessern und allmählich zu vervollkommnen. Nirgendwo hatte sich ein Fehler eingeschlichen.

Plötzlich stoppte der Monitorlauf. Die Zahlen verschwanden. Statt dessen erschien ein Schriftzug.

ZUGRIFF B 1 – 3 BLOCKIERT

Milwony starrte den Bildschirm an, ohne zunächst glauben zu können, was er las. B 1 bis B 3 waren die biologischen Elemente des Positronencomputers. Sie weigerten sich, auf die Anfragen des Alpha-Programms zu reagieren. Die Bioblöcke arbeiteten, aber sie ignorierten jeden Zugriffsversuch von außen.

Es war unmöglich. Ebenso unmöglich wie die Abweichung.

»Irgend etwas stimmt hier nicht«, sagte Milwony laut.

Die Bioblöcke einer Positronik bestanden aus wenigen Gramm bis

Kilogramm posbischen Zentralplasmas. Ihre Aufgabe war, den rein logischen, faktenorientierten, zur schöpferischen Entwicklung unfähigen Computern Kreativität, Intuition und Einfühlungsvermögen zu verleihen. NATHAN, die Großpositronik auf dem Erdmond, verfügte über erhebliche Mengen des Zentralplasmas und hatte dadurch eine quasimenschliche Persönlichkeit entwickelt.

Spielte sich hier eine ähnliche Entwicklung ab?

Milwony III. schüttelte den Kopf.

Nein, MAMMAS biologische Komponente betrug pro Einheit nicht mehr als sechs Gramm. Genug, um Problemlösungen auf kreative, unkonventionelle Weise durchzuführen, aber zuwenig, als daß sich ein Eigenbewußtsein entwickeln konnte.

Der Text eines uralten Liedes kam dem Urban-Designer in den Sinn. *Of course Mama'll keep build the wall ...*

Er seufzte. Die Technische Abteilung Whistlers mußte sich darum kümmern. Seine Möglichkeiten waren erschöpft.

»MAMMA?«

»Ja, Gene?«

»Ich brauche eine Vidkomverbindung mit der TA in Terrania; Anschluß 122 361 044. Sofort.«

»Verstanden, Gene«, sagte die Stadt.

Ein Teil der weißen Wand wurde dunkel. Der Biokunststoff verwandelte sich unter dem Einfluß der niederfrequenten Mikrowellenströme in den Bildschirm eines Vidkoms. Der Monitor wurde hell. Buntes Flimmern. Sonst nichts.

»Es tut mir leid, Gene«, sagte MAMMA, »aber es meldet sich niemand.«

»Es meldet sich niemand?« Das war absurd. Die Technische Abteilung war Tag und Nacht besetzt; selbst wenn kein Mensch auf den Anruf reagierte, würde ihn der Vidkomcomputer entgegennehmen.

»Dann gib mir Nikipiti von der Forschungsabteilung!« befahl er.

Das bunte Flimmern auf dem Monitor veränderte sich nicht.

»Es meldet sich niemand, Gene«, sagte MAMMA erneut.

Milwony schwitzte. Was ging hier vor? Gewiß, es war später Nachmittag, kurz nach fünf, und die vierstündige Arbeitszeit war längst vorbei, aber Nikipiti war oft bis in die Nacht in der Whistler-Zentrale in Terrania anzutreffen.

Außerdem benutzte er für Vidkomgespräche einen binären Dringlichkeitskode. Sollte sich die Forschungsdirektorin nicht in ihrem Büro aufhalten, würde ihr Vidkom auf den Binärkode reagieren und das Gespräch an Nikipitis derzeitigen Aufenthaltsort weiterleiten.

Alle Führungskräfte Whistlers waren verpflichtet, ständig erreichbar zu sein; über ein stationäres Vidkom oder über ein Minikom wie jenes, das Milwony an seinem linken Handgelenk trug.

Und selbst im unwahrscheinlichen Fall, daß es keine Möglichkeit gab, eine Verbindung herzustellen – der Videokommunikator in Nikipitis Büro mußte den Anruf entgegennehmen.

»In Ordnung«, sagte Milwony mit mühsam erzwungener Ruhe. »Dann gib mir die Hauptverwaltung. Irgendeine Abteilung, irgendeinen Anschluß.«

»Natürlich, Gene«, erwiderte MAMMA freundlich.

Stille. Das Flimmern auf dem Monitor blieb.

Schließlich meldete sich MAMMA wieder zu Wort.

»Es tut mir leid, Gene«, sagte die Stadt, »aber es meldet sich niemand. Ich habe sämtliche gespeicherten Vidkomnummern angewählt; insgesamt einhundertsechzigtausend Anschlüsse auf der gesamten Erde. In keinem Fall kam eine Verbindung zustande.«

Milwony sprang auf. Sein Herz hämmerte in seiner Brust, und die Beunruhigung verwandelte sich in Panik.

»Überprüfe deine Telekommunikationseinrichtungen, MAMMA«, wies er die Stadt heiser an.

»Funktion korrekt«, kam die prompte Meldung.

Es konnte nicht stimmen. MAMMA mußte sich irren. Die Abweichung, die blockierten Bioeinheiten …

Milwony hob den linken Arm und schaltete sein Minikom ein.

»Technische Abteilung Whistler in Terrania«, sagte er. »Bitte Anschluß 122 361 044.«

Das Sprachmodul des Minikoms registrierte den Befehl und führte ihn aus. Der nur daumennagelgroße Flüssigkristallmonitor wurde hell. Und zeigte buntes Flimmern.

Das Flimmern verschwand, wich einem winzigen Schriftzug. *Störung.*

Gene Milwony schloß die Augen.

Mein Gott, dachte er entsetzt. *Die Telekommunikationssysteme sind stark gestört, und MAMMA bemerkt es nicht einmal. Die Stadt ist völlig defekt.*

Aber wieso?

Das war der zweite Tag des Großversuchs. Gestern war er mit den insgesamt achttausend Testbewohnern in der Adamasischen Metropole eingetroffen, und der gestrige Check hatte keinen Fehler ergeben. Die Störung mußte im Verlauf der Nacht eingetreten sein, doch was hatte sie ausgelöst?

Er dachte an Rast und das Gefühl der Gefahr, das ihn veranlaßt hatte, persönlich an dem Großversuch teilzunehmen, statt den Test von seiner Datenendstelle in Terrania zu überwachen, wie er es geplant hatte.

Hatte Rast etwa recht? War MAMMA nicht in der Lage, mit Bewohnern zurechtzukommen, die vom Durchschnitt abwichen? War sie überlastet? Versagte sie deshalb? Doch die Zeit war zu kurz, viel zu kurz, und MAMMA war perfekt. Er hatte sie konstruiert und programmiert, er mußte es wissen.

Nein, etwas anderes mußte eine Rolle spielen.

Milwony zögerte, aber dann griff er doch zu der Mikrofilmspule mit den Personendaten der Testbewohner, die ihm Rast kurz vor Beginn des Großversuchs ausgehändigt hatte.

Milwony stellte fest, daß seine Hände zitterten, als er die Spule in den Mikrofilmleser schob. Bei Ziffer 213 stoppte er den Vorlauf.

Die achttausend Testbewohner waren in Gruppen von acht bis zwölf Personen aufgeteilt. Nach dem Testprogramm sollten diese sozialen Minigruppen in den ersten vier Tagen getrennt voneinander ihr näheres urbanes Umfeld formen und sich an die Möglichkeiten MAMMAS gewöhnen. Ab dem fünften Tag – so der Plan – sollte es zu Kontakten zwischen den einzelnen Gruppen und zur Herausbildung größerer sozialer Gemeinschaften kommen, bis mit Ablauf der zweiten Woche eine zusammengehörige kommunale Gesellschaft entstanden war und der eigentliche Versuch beginnen konnte – das Alltagsleben in der Stadt der Zukunft.

Gruppe 213 war ein urbanes Umfeld an der südlichen Peripherie MAMMAS zugeteilt worden. Die Zusammenstellung der Gruppen war nach dem Zufallsprinzip erfolgt, und der Computer hatte Gene Milwony der Gruppe 213 zugeordnet.

Bisher hatte er noch keine Gelegenheit gefunden, sich mit seinen Nachbarn zu beschäftigen, und die aufgetretene Störung MAMMAS machte ihm mit alarmierender Dringlichkeit bewußt, daß dies vielleicht ein Fehler gewesen war.

Mit offenem Mund überflog er die Berichte.

Und von Entsetzen erfüllt, wurde ihm klar, daß er Rasts Perfidität bei weitem unterschätzt hatte. Zweifellos bestand die Gruppe 213 nur aus Wahnsinnigen.

Zum Beispiel dieser Anatol Hurwitzka, ein ehemaliger Soldat der Solaren Flotte. Hurwitzka befand sich seit seiner Pensionierung in psychiatrischer Behandlung bei einem Dr. Lusker, Terrania. Hurwitzka litt unter Verfolgungswahn.

Der Teufel mochte wissen, wie es Rast gelungen war, an diese dem Datenschutzgesetz unterliegenden Informationen zu gelangen.

Oder Carell No. Dieser arme Irre hatte in dem Whistler-Datenbogen die

Frage nach seinem Beruf mit »zukünftiger Großadministrator« beantwortet. Sein Lebenslauf war auch nicht gerade ermutigend. Langjährige Tätigkeit als Animateur in Happytown, einer reinen Seniorenstadt: zwanzig erfolglose Kandidaturen zum Bürgerrat von Happytown – mit einem Wahlprogramm, das allein auf kinderfreie Parks und Fußgängerzonen konzentriert war, und das in einer Ortschaft, in der es nicht ein einziges Kind gab; anschließend Umzug zu irgendeiner gottverlassenen Felseninsel vor der antarktischen Küste, wo er als Laufbursche für eine Gruppe Vogelkundler gearbeitet und jahrelang erfolglos für die Ansiedlung von Katzen gekämpft hatte.

Milwonys Schweißausbrüche kamen nun in immer kürzer werdenden Abständen.

Bertholm Shark, ein weltbekannter Playboy und Nichtstuer, und Eiris Deligado, die schwerreiche Erbin eines Süßwarenimperiums. Die spektakulären Kräche und Versöhnungen dieser beiden sauberen Früchtchen füllten seit Jahren schon die Klatschspalten sämtlicher Telefax-Zeitungen des Sonnensystems.

Von der berüchtigten Ulga O'Hail ganz zu schweigen; ihren Ruf hatte sie sich vor allem als Kopf einer militanten Sekte von Pflanzenverehrern und Sprachrohr der *Initiative Grüner Wohnen* erworben, die Gerüchten zufolge vom Solaren Floristenverband finanziert wurde.

Dunkel entsann sich Milwony des von O'Hail provozierten Pilz-Skandals im November des Jahres 2643. Sie hatte die Umgebung des Goshun-Sees mit syrtakischen Pilzsporen verseucht, angeblich ohne zu ahnen, daß Syrtaki-Pilze eine Mindestgröße von zwölf Metern erreichten. Der Bungalow des Großadministrators wäre fast von einem dieser Gewächse zermalmt worden.

Über ihren befristeten Ehemann, Mashmir Gulf, lagen kaum Angaben vor. Den Fragebogen hatte er unausgefüllt an Whistler zurückgeschickt und lediglich ICH HASSE FRAGEBOGEN quer über das Titelblatt geschrieben.

Die nächste im Bunde, Ziana van Dali, hieß in Wirklichkeit Gunhild Gnurz. Nach ihren Angaben hatte sie sich als Testbewohnerin für MAMMA-1 beworben, weil ihr die Astralinkarnation eines surrealistischen Malers aus dem 20. Jahrhundert dazu geraten hatte.

Gene Milwony gurgelte erstickt und griff sich an den Kopf.

Diese Gnurz-Dali war erst vor wenigen Wochen auf die Erde zurückgekehrt, nachdem sie auf der Welt der Swoon mit der Eröffnung eines vegetarischen Restaurants einen peinlichen Eklat verursacht hatte. Rhodan persönlich war nach Swoonon geflogen, um das aufgebrachte Völkchen der gurkenähnlichen Extraterrestrier zu beruhigen und ihnen zu versichern, daß kein Terraner auch nur im Traum daran dachte, sie als Zutaten zu Gurkensalatmenüs zu mißbrauchen.

Der Urban-Designer wischte den Schweiß von der Stirn und las weiter.

Virgil Zimbrot, genannt »Der Greifer«, ein Kleptomane, der auf Rasts Intervention hin aus dem Psychoklinikum von Terrania nach MAMMA-1 verlegt worden war, um festzustellen, ob die Adamasische Metropole auch für die stationäre Behandlung psychischer Störungen geeignet war. Ein fettgedruckter Absatz warnte davor, daß Zimbrot mit Vorliebe im Schutz eines Deflektorfelds auf Diebestour ging.

Das fehlte noch, dachte Milwony verdrossen. *Ein Unsichtbarer, der einem die Kreditkarte aus der Tasche stiehlt.*

Unter all den Verrückten schien der einzige Vernünftige ein Matten-Willy von der Hundertsonnenwelt zu sein, der Urlaub auf der Erde machte. Allerdings gab die Tatsache, daß Ulga O'Hail die Urlaubs-Patenschaft für Hassewass 756 übernommen hatte, Anlaß zu den schlimmsten Befürchtungen.

Milwony drehte den Regler des Mikrofilmlesers weiter. Er fragte sich, ob die anderen Gruppen ebenfalls aus hoffnungslos Wahnsinnigen bestanden.

Bei Ziffer 251 stoppte er den Filmvorlauf. Und ächzte.

Keine Daten vorhanden, las er die lapidare Mitteilung.

Gruppe 251 schien nicht zu existieren. Gene Milwony drehte weiter. Gruppe 252. *Keine Daten vorhanden.* Gruppe 253. *Keine Daten vorhanden …*

»Jesus Christus!« stieß der Urban-Designer hervor.

Wahllos griff er andere Gruppen heraus. Nichts. Keine einzige Eintragung, kein Name. Erst bei der letzten Gruppe unter der Ziffer 800 veränderte sich der Vermerk.

Har, har, Sie werden zur Hölle fahren, Gene. Gez. Torwin Wismut Rast.

Rast! Dieser verdammte Bastard!

Aber warum hatte Rast die Daten der 7991 anderen Testbewohner gelöscht? Was für eine Teufelei steckte dahinter?

»MAMMA«, sagte Milwony.

»Ja, Gene?« antwortete die Stadt.

»Ich benötige sofort die Personendaten sämtlicher achttausend Testbewohner«, erklärte der Urban-Designer.

MAMMA-1 zögerte eine Sekunde. Dann sagte sie: »Es tut mir leid, Gene, aber Sie müssen sich irren. Es gibt keine achttausend Testbewohner.«

Milwonys Mund klappte zu. »Es gibt keine?« krächzte er.

»Die Zahl der Testbewohner beläuft sich derzeit – Sie eingeschlossen – auf zehn Personen.«

Milwony glaubte, von einem Fausthieb getroffen zu werden. Sein Kopf war mit einemmal wie leer. Schatten tanzten vor seinen Augen, und er befürchtete, ohnmächtig zu werden.

»Aber das ist doch völlig unmöglich«, sagte er mit bebender Stimme. »Gestern waren noch alle hier. Ich habe doch vor diesen Leuten in Helsinki meinen Einführungsvortrag gehalten. Sie können sich nicht einfach in Luft aufgelöst haben!«

»Dies ist richtig«, bestätigte MAMMA freundlich. »Allerdings wurden sie im Lauf der Nacht abtransportiert.«

»Sie wurden *was?*« kreischte der Urban-Designer und fiel fast vom Stuhl. *»Abtransportiert?* Großer Gott, von wem? Und wohin?«

MAMMA schwieg.

»Ich habe dich etwas gefragt!« brüllte Milwony.

MAMMA gab keine Antwort.

Aber Milwony verstand auch so. Hinter diesem Sabotageversuch konnte niemand anders als der Halunke Rast stecken. Rast war nicht nur paranoid, sondern auch gemeingefährlich.

Was verspricht er sich davon? dachte Milwony wie betäubt. *Er muß doch wissen, daß er erledigt ist, wenn Grimshaw davon erfährt. Oder ist sein Haß so groß, daß ihm die Konsequenzen seines Treibens völlig gleichgültig sind?*

Er dachte an die Abweichung im Kontrollprogramm, an die blockierten Bioeinheiten der Positronik.

Himmel, wenn Rast auch dafür verantwortlich war.

»Es wird Zeit, Gene«, meldete sich MAMMA plötzlich zu Wort.

»Zeit?« echote er. »Wofür?«

»Für das gesellige Beisammensein der Testbewohner dieser Gruppe«, erläuterte die Kunststimme der Stadt geduldig. »Die anderen sind bereits unterwegs.«

Benommen erhob sich Milwony von seinem Stuhl. Das Treffen hatte er ganz vergessen. Obwohl ihm davor graute, seine Nachbarn persönlich kennenzulernen, blieb ihm keine andere Wahl. Er mußte sie darüber informieren, daß der Test abgebrochen wurde, und mit ihnen die Adamasische Metropole verlassen.

Grimshaw, Nikipiti und Inspektorin Chanderhak mußten von Rasts Sabotageaktion erfahren, und da die Telekommunikationssysteme nicht funktionierten …

Die Wand glitt auseinander und gab ihm den Weg in den Korridor frei. Milwony trat auf den Gang.

Etwas Schwarzes, Schweres fiel von der Decke auf seinen Kopf. Der Urban-Designer spürte Schmerz durch seinen Schädel zucken. Er stürzte.

Eine stählerne Hand legte sich um seine Kehle, und als er sich matt bewegte, verstärkte sich sofort der Druck.

Milwony schnappte keuchend nach Luft.

Der Angreifer war ein spinnenähnlicher Roboter von der Größe eines Fußballs. Zwei seiner stählernen Extremitäten schnürten Milwonys Kehle wie eine Würgeschlinge zusammen, während die sechs anderen Glieder sich mit ihren Metallklauen in den Boden gegraben hatten.

Der Leib des Roboters besaß an der Milwony zugewandten Unterseite ein Gesicht. Das Gesicht eines weißhaarigen, strahlend lächelnden Mannes.

Ein Knacken ertönte, gefolgt von einer sonoren Männerstimme. Synchron dazu bewegten sich die Lippen des Gesichtes.

»Diese Stadt braucht einen Bürgermeister«, sagte die Robotspinne. »Nur der Tüchtigste ist gut genug. Sagen Sie ja zu No, oder Sie werden Ihres Lebens nicht mehr froh. Dies ist kein Witz. Ich meine es ernst. Sagen Sie ja zu No. Sagen Sie ...«

Aus dem Nichts formte sich plötzlich die Gestalt eines schmalen jungen Mannes. Um die Hüfte trug er einen Deflektorgürtel, der ein Kraftfeld um seinen Körper erzeugte, das die Lichtwellen bog und ihn so unsichtbar werden ließ.

In der Hand hielt der Mann einen kurzen Metallstab.

Er schenkte Milwony ein breites Grinsen, bückte sich und berührte die Spinne mit der Spitze des Stabes.

Ein Zittern durchlief den Roboter. Der Würgegriff löste sich, und die spinnenähnliche Maschine polterte zur Seite.

»Jesus!« stöhnte Milwony. »Was war das?«

Der junge Mann schob den Stab in seinen Gürtel.

»Das«, sagte er, »war Posten acht aus dem vierzigteiligen Wahlkampfset eines Burschen namens Carell No. Ich habe schon Dutzende von den Dingern erledigt, aber es scheinen immer neue aufzutauchen.«

Er reichte dem Urban-Designer die Hand und half ihm beim Aufstehen.

»Sie sind dieser Milwony, nicht wahr?« sagte der Mann. »Ich habe Ihren Vortrag in Helsinki gehört. Darf ich mich vorstellen?« Er deutete eine Verbeugung an. »Zimbrot. Virgil Zimbrot. Für meine Freunde der Greifer.

Ich bin froh, Sie endlich zu treffen, Milwony. Hören Sie, ich habe das verdammte Gefühl, daß mit dieser Stadt etwas nicht stimmt. Ich habe da einige Beobachtungen gemacht.«

Milwony seufzte und rieb sich den Hals. »Den Eindruck, daß etwas nicht stimmt, habe ich auch«, entgegnete er düster. »Also schießen Sie los, Virgil.«

10.

Der Stahlhelm drückte im Genick, und der Sack mit den Allergie-Minen war schwer.

Sharks Zorn auf Eiris erhielt neue Nahrung.

»Dieses Weib«, knirschte er. »Ich werde sie verdreschen. Ich werde sie windelweich schlagen. Gott steh mir bei, ich bringe sie um!«

»Bravo, Bertie«, lobte der tragbare Eheberater, den Shark in den Schaft seines rechten Stiefels geschoben hatte. »Das ist die richtige Einstellung. Zeig diesem Flintenweib, was eine Harke ist.«

Ächzend schleppte Shark den prall gefüllten Sack um einen mannshohen Stalagmiten und fluchte angesichts des Pizza-Berges, der sich hinter der Biegung des Korridors auftürmte. Offenbar hatte MAMMA der verrückten Ziana van Dali immer noch nicht Einhalt geboten.

Und das, dachte Shark verächtlich, *soll eine perfekte Stadt sein.*

Der Lärm des Luftkampfs war inzwischen verstummt, aber wie der Eheberater gesagt hatte – ein Waffenstillstand war noch lange kein Frieden.

Er würde erst Frieden haben, wenn Eiris bedingungslos kapituliert hatte.

Plötzlich hielt Shark im Schritt inne.

Eine Spinne kroch hinter dem Pizza-Berg hervor. Sie krabbelte über die Salamibeläge, und als sie den Boden erreichte, hinterließ sie eine Spur aus Tomatenmark.

Langsam kam die Spinne näher.

Zu allem Überfluß besaß sie ein Gesicht, das Shark bekannt vorkam. Dann erinnerte er sich. No. Carell No. Das Gesicht war das jenes verrückten Kerls mit den Zigarren.

»Sagt ja zu No«, intonierte die Metallspinne. Nur wenige Schritte trennten sie von Shark. Sie verharrte und spannte ihre Glieder.

Shark stieß einen heiseren Schrei aus, als sich der Roboter loskatapultierte und auf ihn zugeflogen kam.

Doch die Spinne erreichte ihn nie.

Mitten im Sprung wurde sie von einem gleißenden Lichtstrahl getroffen und durchbohrt. Der pralle Leib mit dem No-Gesicht explodierte.

Shark ließ sich fallen, doch MAMMA hatte bereits reagiert und in Bruchteilen von Sekunden eine schützende Wand wachsen lassen, die die Splitter abfing und dann wieder im Boden verschwand.

»Hast du das gesehen?« fragte der Eheberater überflüssigerweise. »Eiris schreckt vor nichts zurück. Jetzt setzt sie sogar Splittergranaten ein.«

Shark verzichtete auf eine Erwiderung.

Es war zu offensichtlich, daß der tragbare Eheberater allmählich den Kontakt zur Realität verlor.

»Das ist ja gerade noch einmal gutgegangen«, erklang eine rauhe Stimme hinter dem Pizza-Berg.

Ein kleiner Mann mit eisgrauen Haaren wurde sichtbar, folgte der Spur der Robotspinne und stocherte mit der Fußspitze in ihren Überresten.

Er blinzelte Shark listig zu. »Diese Kakerlaken werden immer dreister«, fuhr er fort. »Sie halten sich für die Meister der Maske, aber mich können sie nicht täuschen. Das war die zwölfte, junger Mann.«

Der Kleine fuchtelte mit einer Haarbürste vor Sharks Nase.

»Trifft sie mein Laserstrahl, zerplatzen sie wie rohe Eier. Das war Wurgogs zweiter Fehler. Er hat seine Schabensoldaten ohne Schutzschirme in die Schlacht geschickt.«

Shark befeuchtete seine Lippen. »Und was war … äh … Wurgogs erster Fehler?« fragte er.

»Daß er mich unterschätzt hat«, erklärte der kleine Mann. »Ich bin übrigens Anatol Hurwitzka, Veteran der Solaren Raumflotte und der einzige Mensch in der Milchstraße, der etwas von der Invasion der extragalaktischen Kakerlaken ahnt.«

»Invasion?« mischte sich der tragbare Eheberater in das Gespräch ein. »Hast du das gehört, Bertie? Eiris' Skrupellosigkeit ist ungeheuerlich. Um dich fertigzumachen, geht sie sogar ein Bündnis mit feindseligen Fremdintelligenzen ein. Es wird höchste Zeit, daß du ihr den Marsch bläst.«

Hurwitzka nickte ernst. »Diese Kakerlaken sind eine wahre Pest. Und so raffiniert. Um nicht erkannt zu werden, haben sie sogar acht ihrer sechzehn Beine abgeschnallt und tarnen sich nun als kybernetische Wahlkampfhelfer. Im Vertrauen«, Hurwitzka senkte seine Stimme zu einem verschwörerischen Flüsterton, »ich bin überzeugt, daß dieser Carell No zu Wurgogs engstem Beraterkreis gehört. Diese Sache mit der Bürgermeisterwahl ist nur ein weiterer Trick. Wurgog spekuliert darauf, daß wir unsere Stimmen für den No-Kakerlak abgeben und er die Macht so völlig legal übernehmen kann. Völlig legal!«

Der Veteran schnaubte.

»Es ist abscheulich«, sagte der tragbare Eheberater. »Bertie, warum unternimmst du nichts dagegen?«

Shark kicherte. Es klang hysterisch.

Anatol Hurwitzka deutete mit seiner Haarbürste auf Sharks Bündel. »Was ist das?«

»Minen«, sagte Shark. »Allergie-Minen. Ich führe Krieg gegen meine befristete Ehefrau.«

»Tatsächlich?« Hurwitzka wölbte die Brauen. »Also gehört sie auch zu den Kakerlaken? Warum haben Sie überhaupt eine Schabe geheiratet? Man sollte mit dem Feind erst fraternisieren, wenn man den Krieg verloren hat.«

Er schnaubte wieder und fügte hinzu: »Im übrigen sind Allergie-Minen gegen Wurgogs wilde Horden völlig wirkungslos. Das einzige, was hilft, ist konzentriertes Laserlicht. Oder vielleicht noch Fusionsbomben.«

Die Stimme des Eheberaters verriet unverhohlene Gier, als er fragte: »Fusionsbomben? Guter Mann, seit Jahren versuche ich verzweifelt, für meine Klienten Fusionsbomben zu besorgen. Könnten wir nicht ein kleines Geschäft machen?«

»Tut mir leid«, schüttelte der Veteran den Kopf, »erst muß die Invasion zurückgeschlagen werden, dann ist wieder Zeit für Geschäfte. Vergessen Sie nicht, die sechzehnbeinigen Kakerlaken haben dreihundert Millionen Lichtjahre zurückgelegt, um die Erde zu erobern und meine Pensionsbezüge zu kürzen. Sie werden sich nicht so schnell geschlagen geben. Der härteste Kampf steht uns allen noch bevor. Seien Sie auf der Hut!«

Grußlos wandte er sich dann ab und schlich geduckt durch das Labyrinth von Ziana van Dalis Aktionsskulptur *Frühstück im Abendlicht des Jupiter.*

Shark starrte ihm sprachlos nach.

Der tragbare Eheberater pfiff. Es klang begeistert.

»Endlich einmal ein Realist, Bertie«, schwärmte er. »Du solltest dir an ihm ein Beispiel nehmen. Männer seines Kalibers haben nie Schwierigkeiten mit ihren Ehefrauen. Ein falsches Wort, dann zack und Rübe ab.«

Diese Blutrünstigkeit, dachte Shark verzweifelt. *Was ist nur geschehen? Was ist nur aus meinem Leben geworden? Ich wollte doch nur Eiris' Liebe und ihr Geld, und was habe ich bekommen? Einen Krieg.*

Finsteren Gesichtes schulterte er wieder den Sack mit den Allergie-Minen.

Dann hörte er Schritte, und Grauen beschlich ihn. Ein weiterer Verrückter wie dieser Veteran überstieg seine Nervenkraft.

»MAMMA«, wisperte er, »bring mich nach unten.«

»Ganz nach unten?« fragte die Stadt.

Shark fragte sich, was MAMMA mit »ganz« wohl meinen mochte. Sicherheitshalber fügte er hinzu: »Straßenebene.«

Und er versank im Boden.

Der Sturz verlief diesmal langsamer als bei seinem Zusammentreffen mit Ziana. Sanft sank er durch das graue, warme Gewebe des Biokunststoffs. Tiefer und tiefer, bis der gleitende Fall schließlich endete und sich ein röhrenförmiger Tunnel bildete.

Licht diffundierte aus den porigen Wänden.

Gebeugt unter der Last der Minen, folgte Shark dem Lauf des Tunnels. Dann glitt der Biokunststoff auseinander und spuckte ihn hinaus in die finnische Nacht.

Shark atmete in vollen Zügen die kühle Luft ein und sah sich um.

Wie der Schatten eines Riesensauriers zeichnete sich rechts von ihm die Silhouette der Burg gegen den sternenreichen Himmel ab. Von den Überresten der Kanonenkugeln und Luft-Luft-Raketen war nichts zu erkennen; alles hatte sich wieder mit der Protomasse des Biokunststoffs vermischt.

Aber … Shark leckte nervös über seine Lippen.

Zu beiden Seiten der Straße erhoben sich weitere Gebäude, einige hohe Türme mit Zwiebelspitzen, arkonidische Trichterkonstruktionen, vollverglaste Bungalows und altertümliche Fachwerkimitate, aber alle waren so dunkel wie die Nacht selbst. Keines der Fenster war beleuchtet, und auch die Straßenlampen waren erloschen.

»Warum ist es so still?« Shark flüsterte unwillkürlich. »Wo sind die achttausend Leute, die gestern noch solchen Lärm veranstaltet haben? Hocken die etwa alle in ihren Wohnungen? Oder was?«

»Mach dir keine unnötigen Gedanken um diese Zivilisten«, sagte der tragbare Ratgeber aus dem Stiefel. »Du verzettelst nur deine Kräfte. Konzentriere dich auf Eiris. Von den nächsten Minuten hängt alles ab.

Shark ging weiter. Der Boden unter seinen Füßen war weich und federte bei jedem Schritt. Der Biokunststoff hatte zwar die Form und die Farbe gewöhnlichen Straßenbelags angenommen, doch seine Konsistenz schien die von Gummi zu sein.

Endlich ragte die schwarze Burg direkt vor Shark empor. Er fluchte.

Die Fassade war glatt. Nirgendwo eine Tür oder ein Fenster. Abweisendes Basaltimitat.

»Und nun?« flüsterte er.

»Programmiere die Minen«, wies ihn der Eheberater an. »Wir klopfen sie mit den Minen weich. Wenn du ihr dann gegenüberstehst, bekommt sie einen allergischen Anfall und ist dir wehrlos ausgeliefert. Ihr wird nichts anderes als die Kapitulation übrigbleiben.«

Shark war weniger optimistisch, aber gehorsam öffnete er den Sack und schüttelte die Minen auf den Boden. Die Minen besaßen Scheibenform, einen Durchmesser von zwanzig und eine Dicke von acht Zentimetern. Computer, ID-Orter und Antigravtriebwerk waren siganesische Produkte.

Shark schob die Programmkassette – ein siganesisches Wunderwerk von der Größe eines Streichholzkopfes – in die erste Mine. Die synthetischen Schwebepartikel im Innern der Scheibe wurden auf hypnomechanischem Weg mit Sharks charakteristischen Körpermerkmalen programmiert. Atmete Eiris auch nur einen dieser mikroskopisch kleinen Kristalle ein, würde er Einfluß auf ihr Immunabwehrsystem nehmen und zu heftigen allergischen Reaktionen führen, sobald sie in Sharks Nähe kam.

Shark präparierte die nächsten Minen.

Wahrscheinlich wußte nicht einmal der Teufel, woher der tragbare Eheberater dieses biologische Waffensystem besorgt hatte; Shark argwöhnte dunkle Verbindungen zu interstellaren Waffenhändlern, Kontakte aus jener Zeit, in der die Mikrochips des Eheberaters noch als Zielsucher einer Transformkanone gedient hatten.

Nun, es war besser, nicht darüber nachzudenken.

Wenn er diesen Krieg gewann, fragte ohnehin niemand mehr nach dem Woher und Warum. Und wenn er ihn verlor …

»Nur Mut, Bertie«, plapperte der Eheberater, als hätte er Sharks Gedanken gelesen. »Es kann gar nichts schiefgehen.«

»Hoffentlich hast du recht«, murmelte Shark düster.

Die Stille der Nacht bedrückte ihn. Wieder wunderte er sich über den Verbleib der anderen Testbewohner. Was Eiris jetzt wohl machte? Gott, wie lange hatte er sie nicht mehr gesehen!

»Bist du endlich fertig?«

Shark hatte die letzte Allergie-Mine präpariert. Mit einem Kodegeber stellte er ihre Zielsucher auf Eiris' unverwechselbares Körperelektrizitätsfeld ein.

»Und jetzt?« fragte er.

»Wir müssen hinein«, erklärte der Eheberater ungeduldig. »Was denn sonst? Wirklich, Bertie, manchmal habe ich den Eindruck, es bei dir mit einem verdammten Schwachkopf zu tun zu haben.«

Shark sah nach unten, wo ein Stück des metallicfarbenen Kastens aus seinem Stiefelschacht hervorsah.

»Werde ja nicht frech, oder ich schließe dich kurz«, drohte er.

»Und du verlierst den Krieg«, konterte der Automat selbstzufrieden. »Willst du das?«

Natürlich wollte Shark das nicht. Ratlos betrachtete er das fugenlose Basaltschwarz der Burgmauer.

»MAMMA?« wisperte er.

»Ja, Bertholm?«

Shark fuhr zusammen, so laut klang MAMMAS Stimme in der Stille. Er räusperte sich.

»Ich muß hinein«, sagte er. »Öffne, MAMMA.«

»Natürlich, Bertholm.«

Im nächsten Moment klaffte die unüberwindlich scheinende Wand auseinander. Ein nur schwach beleuchteter Bogengang führte in das Innere von Eiris' Burg. Sein Ende verschwamm im Zwielicht, und trotz der Erleichterung, die Shark verspürte, weil sich das Hauptproblem seines Stoßtruppunternehmens dank MAMMAS Hilfe so leicht lösen ließ, überfiel ihn Beklemmung.

Eine fast körperlich merkbare Bedrohung ging von dem Gang aus.

»Tritt ein, Bertholm«, sagte MAMMA.

Shark schluckte und rührte sich nicht.

»Willst du Wurzeln schlagen?« fauchte der tragbare Eheberater. »Jetzt ist es zu spät, um noch einen Rückzieher zu machen, Bertie. Kopf hoch. In Kürze haben wir Eiris in der Tasche. Nun geh schon.«

Shark gehorchte widerwillig und löste gleichzeitig den Kodegeber der Allergie-Minen aus.

Die Minen erhoben sich vom Boden und flogen leise schnurrend hinein in die unheimliche Dämmerung des Gangs. Shark folgte ihnen. Kaum hatte er den Tunnel betreten, schloß er sich hinter ihm.

»He«, rief Shark verstört. »Was soll das, MAMMA?«

Die Stadt gab keine Antwort.

»Kümmere dich nicht darum, Bertie«, sagte der Eheberater statt dessen. »So eine Chance bietet sich dir nie wieder. Vermutlich schläft Eiris. Schnapp sie dir und stopf ihr das Maul. Zeig ihr, wer der Herr im Hause ist. Laß sie fühlen …«

In diesem Augenblick wuchsen Hände aus den Wänden des Korridors, packten die fliegenden Allergie-Minen und zogen sie hinein in das Gewebe aus Biokunststoff.

»Verrat!« zeterte der tragbare Eheberater. »Eine verdammte Falle!«

Shark ballte die Fäuste. »Halt den Mund«, befahl er nervös, und er wünschte sich, eine Waffe zu haben, damit er sich ein wenig sicherer fühlte.

Plötzlich dehnte sich der Gang, verwandelte sich mit rasender Geschwindigkeit in einen großen Saal. Säulen aus Marmor stützten die hohe Decke. Aus dem Grau der Wände floß Protomaterie und formte sich zu blauen und roten Gobelins. Der Boden wallte, und ein Mosaik aus Marmorplatten entstand. An der Stirnseite des Saals wuchs in gespenstischer Lautlosigkeit ein Thron empor. Ein goldener Thron mit Beschlägen aus Elfenbein, Perlmutt und Edelstein.

Auf dem Thron saß eine Frau.

Die Frau trug eine Robe aus purpurner Seide und im Haar ein rubinbesetztes Silberdiadem. Ihr Haar war blond. Ihr Lächeln war wie das Lächeln der Mona Lisa.

»Eiris!« krächzte Bertholm Shark.

Sie war schön. Shark hatte ganz vergessen, wie schön sie wirklich war.

Ihr bezauberndes Lächeln rührte sein Herz, und gleichzeitig ließ ihn die Eiseskälte frösteln, die aus ihrer Miene sprach.

Doch hinter der Maske aus Hochmut entdeckte Shark unerfüllte Liebe. Liebe und Sehnsucht.

Sie liebt mich! dachte Shark benommen.

Sie liebt mich noch immer, erkannte er, und dies ist kein Spiel. Sie braucht mich, so, wie ich sie brauche. Gott, was haben wir nur getan? Wie konnte ich nur so verrückt sein und mich auf den Wahnsinnsplan des tragbaren Eheberaters einlassen?

Er räusperte sich nervös.

»Eiris, Liebes«, sagte Shark. »Es ist schön, dich wiederzusehen. Ich habe dich vermißt, Eiris.«

Das Eis in ihrem Gesicht schmolz. Eine Träne tropfte aus ihrem Auge, und sie beugte sich nach vorn, als wollte sie von ihrem Thron springen und ihm entgegenlaufen.

»Nur ruhig Blut, Eiris«, sagte eine giftige Stimme. »Werde ja nicht weich. Du hast diesen Bastard jetzt in der Hand. Mach ihn endlich zur Schnecke, hörst du? Gib ihm den Todesstoß, und der Krieg ist gewonnen.«

Sharks Augen wurden groß.

Auf Eiris' Schoß lag ein metallicfarbener Kasten. An seiner Frontseite blinkten rote, grüne und gelbe Dioden.

Ein tragbarer Eheberater!

»Auf sie!« kreischte Sharks Eheberater aus dem Stiefelschaft. »Pack dir diese Schlampe, Bertie, und mach sie fertig. Du mußt den Krieg gewinnen. Oder willst du, daß diese verrostete Konservendose eines Eheberaters den Sieg über mich davonträgt? Willst du das? Los, gib's ihr, Bertie!«

Das Diodengefunkel des anderen Automaten wurde heller.

»Verrostete Konservendose? Und das von diesem Schrotthaufen! Muß ich mir das bieten lassen. Eiris? Warum unternimmst du nichts? Mach ihn kaputt!«

»Jesus Christus!« sagte Shark.

Eiris schlug die Hand vor den Mund.

»Aber ich wußte nicht ...«, begann sie entsetzt und schluckte mehrmals. »Bertie, aber das ist ja grauenhaft. Hat dir dieses Ding etwa auch gesagt, daß du Krieg führen mußt, um unsere Beziehung zu retten?«

Shark bückte sich und zog den keifenden Eheberater aus seinem Stiefel. Grimmig starrte er den Kasten an. Die Dioden erloschen.

»He, he, Bertie«, sagte der Automat verunsichert, »du wirst dir doch nicht von dieser Schlampe den Kopf verdrehen lassen, oder?«

Shark ließ den Kasten fallen. Scheppernd prallte er auf den imitierten Marmorboden. Shark hob den Fuß.

»Nein! Es ist verboten, fremdes Eigentum zu beschädigen! Nicht, Bertie, ni…«

Unter Sharks Stiefelabsatz hauchte der Eheberater sein kybernetisches Leben aus. Er näherte sich dem Thron. Eiris' Berater pfiff nervös. »Ich warne Sie …«

Doch schon hatte Shark ihn gepackt. Ein Schrei, ein Knirschen und Stille.

»Oh, Bertie«, hauchte Eiris.

In diesem Moment ging das Licht aus. Schmatzen drang aus der Dunkelheit. Und es kam langsam näher.

11.

Ulga O'Hail keuchte, stützte sich auf den Spaten und betrachtete im Licht der Straßenlaterne die knietiefen Löcher, die sie mitten auf der Straße gegraben hatte.

Inzwischen war ihre Zahl auf dreißig gestiegen.

»Warum machen Sie sich diese Mühe, Ulga?« fragte MAMMA aus den Schatten der Nacht. »Es ist für mich kein Problem.«

»Davon verstehst du nichts«, unterbrach die mollige Frau. »Es geht nicht darum, einfach Löcher auszuheben. Es geht darum, *wie* man sie aushebt. Und zwar mit Liebe. Der Schnarl-Samen braucht viel Liebe, MAMMA. Schon vor der Saat. Das gute Pflänzchen ist eine wahre Mimose. Es mag es nicht, wenn sein Beet von einer Maschine bestellt wird.«

Die Erde unter der Straßendecke war fett und schwarz. Natürlich bestand auch sie aus Biokunststoff.

Die Adamasische Metropole gab sich mit Ulgas Erklärung nicht zufrieden.

»Sie sind diese körperliche Arbeit nicht gewohnt, Ulga«, gab MAMMA zu bedenken. »Menschliche Wesen werden im Alter anfällig für Krankheiten. Überanstrengung führt in manchen Fällen sogar zum Tod.«

Ulga O'Hail schüttelte störrisch den Kopf.

»Unkraut vergeht nicht«, erwiderte sie bestimmt. »Und jetzt laß mich in Ruhe arbeiten.«

»Tut mir sehr leid, aber mein Programm zwingt mich dazu, meine Bewohner vor allem Schaden zu bewahren. Das Graben schadet Ihnen, Ulga.«

Der Spaten zerfloß und vereinigte sich mit dem Boden. Ulga schrie auf. Im letzten Moment konnte sie sich vor einem Sturz bewahren.

»Mein Spaten!« rief sie aufgebracht. »MAMMA, gib mir sofort meinen Spaten zurück!«

MAMMA reagierte nicht.

Etwas knisterte. Dann schoben sich die Umrisse eines kissengroßen Wesens aus der Finsternis. Das Laufende Moos blieb neben Ulga stehen und schmiegte sich an ihre Beine.

Ulga bückte sich. »Armes Ding«, sagte sie zärtlich. »Hat dich der böse Mashmir aus der Wohnung vertrieben? So ein herzloses Ungeheuer.«

Schritte ertönten. Eine Gestalt trat in den Lichtkreis der Fluoreszenzlaterne. Ein dünner Mann mit kriegerischem Gesichtsausdruck und einer Haarbürste in der Hand.

»Tod und Teufel«, knurrte er, »wo steckt dieser verdammte Kakerlak?«

»Kakerlak?« echote Ulga und runzelte verwirrt die Stirn.

Der Mann entdeckte das Laufende Moos zu ihren Füßen.

»Da!« brüllte er. »Vorsicht, gute Frau! Einer von Wurgogs Soldaten hat Sie angefallen.«

Verständnislos sah Ulga von dem Mann zu dem Laufenden Moos, das sich furchtsam an ihre Beine preßte.

»Sie meinen doch nicht meinen kleinen Liebling?« sagte sie streng. »Dieses reizende kleine Ding ist vollkommen harmlos. Ich habe es persönlich im Blumentopf großgezogen und ihm sogar das Laufen beigebracht. Also schreien Sie nicht so herum. Sie machen ihm ja angst.«

Der Mann wirkte nicht überzeugt. Zweifelnd musterte er das Laufende Moos.

»Nun«, brummte er dann, »für einen Kakerlak sieht es ein wenig ungewöhnlich aus, aber das hat nichts zu bedeuten. Diese extragalaktischen Schaben benutzen die tollsten Verkleidungen.«

»Wovon reden Sie überhaupt? Und wer sind Sie?«

»Anatol Hurwitzka«, sagte er, »doch mein Name tut nichts zur Sache. Ich bin hier, um die Erde vor der Invasion der sechzehnbeinigen Kakerlaken zu retten. Wir sind alle verloren, wenn es uns nicht gelingt, den Großimperator zu stoppen.«

»Eine Invasion?« echote Ulga entsetzt. »Du lieber Himmel, ist so etwas denn nicht verboten?«

Hurwitzka lächelte überlegen. »Wurgog der Zweite schert sich nicht um Verbote. Nur Licht kann ihn und seine Horden aus UGC 01347 stoppen. Mit meinem Laser habe ich schon Dutzenden Schabensoldaten den Garaus gemacht.«

»Aber«, wandte Ulga ein, »ist das nicht eine Haarbürste, die Sie da in der Hand halten?«

»Ganz und gar nicht.« Hurwitzka fuchtelte mit der Bürste. »Es handelt sich dabei um einen getarnten Rubinlaser. Haben Sie zufällig diesen Gene Milwony gesehen, gute Frau?«

»Sie meinen diesen netten Herrn mit dem Edelstein an der Stirn?«

Hurwitzka machte: »Pft« und reckte seine schmächtige Gestalt. »Dieser nette Herr ist kein netter Herr, sondern ein maskierter Kakerlak.«

»So etwas!« empörte sich jemand. »Einfach unerhört! Das werde ich vor den Solaren Gerichtshof bringen. Die glauben wohl, sie könnten sich alles erlauben. Mit mir nicht, sage ich. Das ist glatter Wahlbetrug. Großer Gott, vermutlich steckt noch dieser verdammte Rhodan dahinter.«

»Carell No!« rief Ulga, froh, nicht mehr allein mit diesem offenbar verrückten Hurwitzka zu sein. »Haben Sie einen Abendspaziergang unternommen?«

Der Politiker kam schnaufend näher. »Es war ein Alptraum«, erklärte er und nickte Hurwitzka grüßend zu. »Zigarre?«

»Wollen Sie mich bestechen?« fragte Hurwitzka.

»Ein Alptraum?« wiederholte Ulga. »Aber um Himmels willen, was ist denn passiert?«

No strich mit der Hand über sein zerzaustes Haar. Er bebte noch immer vor Empörung, und sein Gesicht war gerötet. Obwohl er nach wie vor strahlend lächelte. Das Konterfei auf der Reversplakette blinzelte Ulga zu.

»Mein ganzer Wahlkampf«, klagte No. »Mein ganzes Geld, das ich auf der Balleny-Insel gespart habe! Alles für die Katz. Meine Niederlage in Happytown war der reinste Triumph gegen diese Katastrophe. Wissen Sie was? Diese Stadt – sie ist leer! Leer, verstehen Sie? Alles verlassen. Man hat mich betrogen. Wo sind die achttausend Leute geblieben? frage ich. Wo?«

Hurwitzkas Augen funkelten. »Die Kakerlaken«, sagte er. »Die Kakerlaken haben sie nach UGC 01347 entführt. Eine andere Erklärung ist nicht möglich.«

No blinzelte. »Wie?«

»Leer?« stieß Ulga entsetzt hervor. »Aber das ist unmöglich. Gestern war doch noch alles voll. Und wer wohnt denn jetzt in diesen Häusern?«

Sie deutete auf die Silhouette der Stadt. Erst jetzt fiel ihr auf, daß die Stadt bis auf die Fluoreszenzlaterne und die erleuchteten Fenster des Gebäudes in ihrem Rücken in völliger Dunkelheit lag.

»Niemand wohnt mehr in diesen Häusern«, antwortete No finster. »Niemand. Wer ersetzt mir die Kosten für meinen Wahlfeldzug? Wer soll mich jetzt noch zum Bürgermeister wählen? Verdammt, wie soll ich unter diesen Umständen jemals Großadministrator werden?«

Unvermittelt rannte das Laufende Moos los, schoß zwischen Nos gespreizten Beinen hindurch und verschwand in der Nacht.

Knirschen wurde hörbar. Das Knirschen schwoll an und verwandelte sich in Rumpeln und Ächzen, das von allen Seiten zugleich auf die drei Testbewohner eindrang. Der Boden zitterte. Der Sack mit den Schnarl-Samen am Straßenrand kippte um und platzte. Knollen ergossen sich über das schwankende Biokunststoffgewebe.

Ulga schrie auf.

No fluchte.

Anatol Hurwitzka riß die Haarbürste hoch und schoß, ohne zu zielen. Der blendend helle Lichtstrahl zerfaserte am Himmel.

»Dort!« keuchte No.

Er wies auf das burgförmige Gebäude gegenüber dem Terrassenhaus der Gruppe 213.

Die Burg schwankte. Ihre Türme zerliefen. Mannsdicke Tropfen Biokunststoff prallten mit schmatzenden Lauten auf den Boden. Die Burg schmolz immer mehr, wie Käse in einem Ofen. Eine weitere Erschütterung ließ den Boden tanzen. Ulga stürzte.

Die Schnarl-Samen waren nun lange genug dem Sauerstoff der Luft ausgesetzt gewesen. Ihr komplexer Metabolismus reagierte mit der ihm eigenen Schnelligkeit. Er produzierte Bohrwurzeln. Die Bohrwurzeln begannen sich zu drehen und Löcher in den Biokunststoff zu fräsen. Die Samen verschwanden in den Löchern.

Die Schnarl-Pflanze stammte von einer Extremwelt im galaktischen Zentrum, die ihre Sonne auf einer exzentrischen Umlaufbahn umkreiste. Nur zwei irdische Monate lang herrschten auf dieser Welt Bedingungen, die dem Leben zuträglich waren. In diesen zwei Monaten erwachten Flora und Fauna zu explosionsartiger Fruchtbarkeit und durchliefen ihren Lebenszyklus, der auf anderen Planeten Jahre oder Jahrzehnte gedauert hätte.

Deshalb begannen die Samen bereits zwanzig Sekunden, nachdem sie im Boden verschwunden waren, zu keimen und zu sprießen. Sie brauchten keine Erde. Ihr Metabolismus konnte sogar Fels in Nährstoffe umwandeln.

Die Schnarl-Triebe durchstießen den Biokunststoff auf der Suche nach Luft, nach Sauerstoff. Gewöhnt an eine weit sauerstoffärmere Atmosphäre, beschleunigte sich ihr Wachstum in der irdischen Lufthülle noch mehr.

Violette, schlangenähnliche Triebe schossen um No, Hurwitzka und Ulga hinauf in den Himmel. Schon maßen sie drei oder vier Meter in der Länge, und sie wurden in Blitzeseile größer.

»MAMMA!« schrie No entsetzt.

»Ja, Carell?« tönte MAMMAS sanfte Stimme durch das Rumpeln, Knirschen und Schmatzen des Biokunststoffs und das allgegenwärtige Knistern der wuchernden Schnarl-Pflanzen.

»Hilfe!« No schlug nach einem der Schlangentriebe, aber das Gewächs wich dem Hieb aus.

»Es ist alles in Ordnung«, sagte MAMMA.

»Aber die Stadt zerfällt! Und diese gräßlichen Pflanzen!«

Ein erneuter Erdstoß ließ den Politiker stürzen. Ulga kämpfte auf dem rollenden Boden verzweifelt um ihr Gleichgewicht. Hurwitzka feuerte mit seinem Haarbürsten-Laser auf die Schnarl-Triebe. Die Extremweltpflanzen saugten die Energie dankbar auf und wuchsen weiter.

»Nichts zerfällt, Carell«, korrigierte die Adamasische Metropole sanft. »Denn was ist, kann sich nicht auflösen, nur verändern, doch die Veränderung ist kein Zerfall, sondern nur ein Aspekt des im Werden begriffenen Seins, und für das Sein ist die äußere Form unerheblich, da das Sein durch das Werden bereits alle Möglichkeiten und alle Formen in sich trägt. Die Stabilität des Seinsmoments ist eine Täuschung, bedingt durch ein falsches Verständnis der Raum-Zeit, und nur wer die Schranken der Vierdimensionalität durchbricht, kann das Werden in seiner Universalität erkennen.«

Oje, durchfuhr es Ulga, *MAMMA muß sich mit Hassewass unterhalten haben!*

No kicherte hysterisch. »Schaff diese Pflanzen fort«, verlangte er, während er sich duckte und nur knapp der Kollision mit einem hin und her schwankenden Trieb entging. »Diese Pflanzen sind eine Gefahr für unser Leben. Du bist verpflichtet, uns zu schützen, MAMMA. In der Broschüre ...«

MAMMA ließ ihn nicht aussprechen.

»Das Leben ist keine Gefahr für das Leben selbst«, dozierte sie, »weil das Leben als Leben an sich Ausdruck der umfassenden Schöpfungskraft ist, und auch die Schöpfungskraft ist Teil des immerwährenden Werdens. Deshalb verwandelt sich das Leben nur, ohne daß der beseelende Schöpfungsfunken erlischt, und der eine Seinsmoment wird durch den anderen Seinsmoment ersetzt, der dritte Seinsmoment durch den vierten Seinsmoment, der fünfte Seinsmoment durch den sechsten ...«

»Oh, mein Gott!« ächzte No.

MAMMA plapperte unbeirrt weiter. »... der siebte Seinsmoment durch den achten Seinsmoment, der achte Seinsmoment durch den neunten ...«

Anatol Hurwitzka stellte sein nutzloses Laserfeuer ein und kroch über den tanzenden Boden auf No zu.

»Wir müssen diesen Milwony-Kakerlak finden«, brüllte er durch den Lärm des aufgewühlten Biokunststoffs. »Jede Wette, daß Wurgog die Positronik der Stadt übernommen hat und sie zu seinen üblen Zielen mißbraucht. Kommen Sie, kommen Sie schon, oder wir werden alle als Sklaven enden.«

»Ist das nicht herrlich?« rief Ulga O'Hail und sah mit glänzenden Augen dem Wachstum der Schnarl-Pflanzen zu. Die Triebe hatten jetzt eine Länge zwischen vierzig und fünfzig Metern erreicht. Wie Tentakel peitschten sie durch die Luft. »Dieses wundervolle Grün. Diese wundervollen Pflanzen. Diese unglaubliche Lebenskraft.«

»... der fünfzehnte Seinsmoment durch den sechzehnten Seinsmoment«, murmelte MAMMA währenddessen verträumt weiter, »der sechzehnte Seinsmoment durch ...«

»Diese wundervollen Pflanzen«, sagte Ulga wieder.

No knirschte mit den Zähnen. »Das ist zuviel! Kann denn niemand diese Verrückte zum Schweigen bringen?«

Anatol Hurwitzka erhob sich, ging torkelnd auf Ulga O'Hail zu und drosch ihr mit dem Haarbürsten-Laser auf den Kopf. Die mollige Frau kippte zur Seite.

MAMMA verstummte im gleichen Moment. Das Schmatzen und Rumpeln des Biokunststoffs brach ab. Die aufgewühlte, blasenwerfende Landschaft, die einst die Stadt gewesen war, erstarrte zu einer gespenstischen Ödnis.

Stille trat ein – unheilvolle Stille.

Hurwitzka sah sich unbehaglich um. »Hoffentlich«, brummte er, »habe ich jetzt keinen Fehler gemacht.«

12.

Mashmir Gulf hatte sich schlafen gelegt.

Ulga war fort, zusammen mit dem Samensack und dem Laufenden Moos, und ihre Drohung, ihn nun endgültig zu verlassen, hatte Gulf angenehme Träume beschert.

Träume von Champagnerströmen und hübschen, jungen Frauen, die nichts am Leib trugen.

Ein markerschütternder Schrei riß ihn in die Wirklichkeit zurück. Ruckartig fuhr Gulf hoch. »Was, zum Teufel ...«

Der Schrei hielt noch einige Sekunden an und ging dann in ein Summen über, bis sich verständliche Worte aus dem Summen herausschälten.

»... der sechzehnte Seinsmoment durch den siebzehnten Seinsmoment, der siebzehnte ...«

Abruptes Schweigen.

Gleichzeitig ging ein Zittern durch das Apartment. Die holzgetäfelten Wände, die skandinavischen Kiefernmöbel, die Zimmersauna – alles löste sich in graue Protomaterie auf. Binnen Sekunden war das Apartment wieder der graue kahle Saal wie bei Gulfs Ankunft in der Stadt der Zukunft.

Selbst die Trennwände schmolzen wie Butter in der Sonne dahin und verschwanden im Boden.

Außer Gulf und der *Schönen Hände* in der Ecke war die Wohnung leer.

»... ist jetzt schon wieder los?« beendete Gulf nach einem Keuchen seinen Satz. »MAMMA! Was hat das zu bedeuten?«

Er wartete, aber MAMMA antwortete nicht.

Dafür neigte sich der Boden. Das ganze Zimmer kippte nach unten, und der Boden wurde glatt. Glatt wie Eis.

Gulf stieß einen Fluch aus und versuchte, sich irgendwo festzuklammern, aber seine Hände fanden keinen Halt. Er schlitterte über den schiefen Boden. Direkt in die Pflanzenarme der *Schönen Hände.*

»Argh«, machte Gulf erstickt, als sich die Blätter um ihn schlossen. Das intensive Moschusaroma der arkonidischen Pflanze betäubte ihn. Verzweifelt kämpfte er gegen die Umklammerung an, aber kaum hatte er eines der händeförmigen Blätter abgeschüttelt, schlossen sich zwei, drei andere um seine Beine, seine Hüfte, seinen Hals.

»Hilfe!« brüllte Gulf in Todesangst. »Dieses Unkraut bringt mich um. MAMMA! Ulga! Hassewass! Zu Hilfe!«

Niemand rührte sich.

Gulfs Bewegungen erlahmten immer mehr.

Dann ein Heulen und Knirschen, wie von einem Schlagbohrer, der eine Betonwand durchstieß. Etwas Weißes, Rotierendes durchstieß die Biokunststoffdecke und raste wie ein wildgewordener Kinderkreisel über den schrägen Boden.

»Hilfe«, ächzte Gulf wieder.

Das wirbelnde weiße Ding verlangsamte seine Umdrehungsgeschwindigkeit. Es verlor seine Kegelgestalt und zerfloß zu einem Fladen mit vier Stielaugen und Dutzenden diamantharter Stummelbeine.

»Oje«, sagte Hassewass 756, »was machen Sie denn mit der Pflanze, Mashmir? Das wird Ulga aber gar nicht gefallen.«

Gulf traf fast der Schlag. »Was ich mit der Pflanze mache?« krächzte er. Die Wut verlieh ihm neue Kräfte. Mit einem Ruck riß er die würgenden Blätter der *Schönen Hände* von seinem Hals, und er brüllte: »Was *ich* mit der Pflanze mache? Gott steh mir bei, dieses Unkraut bringt mich um! Seit

Stunden rufe ich schon um Hilfe, aber natürlich hat jeder etwas Besseres zu tun, als mich vor dem Tod zu retten.«

Der Matten-Willy beäugte mißtrauisch den Boden. Selbst seine Stummelbeine mit den harten Spitzen fanden kaum Halt. Langsam, Schritt für Schritt, immer wieder zurückrutschend und sich erneut nach vorn tastend, die Schräge hinauf, näherte sich Hassewass dem gefangenen Gulf.

»Warten Sie, Mashmir. Ich bin gleich bei Ihnen.«

Gulf lief rot an. »Mir wird wohl nichts anderes übrigbleiben«, entgegnete er giftig. »Beeile dich gefälligst. Dieses Grünzeug stinkt unerträglich.«

Es gelang ihm, einen Arm zu befreien. Ziellos schlug er auf die Blätter und den Stamm der *Schönen Hände* ein. Dann hatte der Matten-Willy ihn erreicht, fuhr einige Pseudopodien aus, und mit vereinten Kräften gelang es, den Widerstand der Pflanze zu brechen und Gulf aus ihren Klauen zu befreien.

»Halten Sie sich bei mir fest, Mashmir«, riet der Matten-Willy. »Ich bringe Sie hier raus.«

»Was ist eigentlich los? Warum antwortet MAMMA nicht? Und wieso steht dieses verdammte Zimmer auf dem Kopf?« Gulf packte den Fladenleib des Matten-Willys. »Ich dachte«, fuhr er wütend fort, »dies ist ein Urlaub, Hassewass. Hätte ich nur nicht auf dich gehört und wäre im Antigrav-Apartment geblieben! Immer noch besser, den Tod bei einem Lufthausabsturz zu finden, als in den Klauen einer außerirdischen Mordpflanze zu verrecken.«

»Ich weiß nicht«, antwortete der Matten-Willy kläglich. Er bohrte seine Stummelbeine in den spiegelglatten Boden und stöhnte unter Gulfs Gewicht.

»Die ganze Stadt ist verschwunden. Das hier ist das einzige Gebäude, das noch steht. Und MAMMA muß irgend etwas zugestoßen sein. Außerdem gibt es nirgendwo eine Spur von den achttausend anderen Testbewohnern.« Hassewass erbebte leise. »Ich fürchte, Mashmir, die Konstrukteure der Adamasischen Metropole haben einen riesengroßen Fehler gemacht.«

Sie erreichten die Mitte des leeren Zimmers. Über ihren Köpfen gähnte das Loch in der Decke, durch das Hassewass in das Apartment eingedrungen war.

Ein weibliches Gesicht erschien in der Öffnung.

»Alles in Ordnung?« fragte die Frau. »Geht es Ihnen gut, Mashmir?«

Es war Ziana van Dali, die Aktionskünstlerin, der Gulf gestern auf dem Korridor begegnet war.

Sofern, dachte Gulf sarkastisch, *man* Frühstück im Abendlicht des Jupiter *noch als Korridor bezeichnen kann.*

»Es geht mir schlecht«, sagte er mürrisch. »Ich bin gerade dem Attentatsversuch eines arkonidischen Killergemüses mit knapper Not entkommen, werde dauernd von einem herumstreunenden Unkraut heimgesucht, und meine befristete Ehefrau will mich verlassen. Glauben Sie, daß es Ihnen unter diesen Umständen gutgehen würde?«

Van Dali schnitt eine Grimasse. »Dann ist es wohl Ihre Frau gewesen, die diese Schlingpflanzen in die Stadt eingeschleppt hat.«

»Schlingpflanzen?« echote Gulf, und er dachte an den Sack mit den Samen.

»Ja, Schlingpflanzen.« Die Künstlerin warf einen Strick nach unten. Er bestand aus zusammengeknoteten Ledergürteln. *Echte* Gürtel – keine Bioimitate der Adamasischen Metropole. »Diese Schlingpflanzen sind schätzungsweise vierzig Meter lang und armdick. Ihre Frau haben sie schon erwischt.«

Gulf seufzte: »Daß ich das noch erleben durfte.«

Er packte den improvisierten Strick und zog sich keuchend nach oben. Ziana reichte ihm die Hand und zerrte ihn durch das Loch in der Decke. Dann folgte der Matten-Willy.

Gulf sah sich um. Das ganze Stockwerk war durchlöchert wie ein Schweizer Käse. Breite Risse und große Öffnungen gähnten in den Wänden. Stellenweise war die Decke eingesackt und hatte sich wie ein erschlafftes Zeltdach über den Boden ausgebreitet. Die Wände waren geschmolzen; Spinnweben gleich zogen sich ihre Überreste durch die gesamte Etage. Durch die Löcher in der Fassade schimmerte Sternenlicht. Sonst war alles finster. Finster und still.

Gulf räusperte sich. »Was ist passiert?« fragte er die Aktionskünstlerin.

Ziana zuckte die Schultern. »Irgend etwas ist mit der Stadt geschehen. Die ganze Insel ist eine einzige graue Wüste. Und fast alle Testbewohner sind fort. Ihre Häuser sind verschwunden. MAMMA meldet sich nicht mehr, und *Frühstück im Abendlicht des Jupiter* ist der Nachwelt für immer verloren.« Sie seufzte. »Kurz und gut, eine Katastrophe.«

»Zumindest nicht für die Nachwelt«, sagte Gulf.

Die Aktionskünstlerin sah ihn argwöhnisch an. »Wie meinen Sie das?«

»Lassen wir das. Es gibt wichtigere Dinge. Zum Beispiel die Frage: Was nun?«

Der Matten-Willy schob sich an seine Seite. Schuldbewußt verknotete Hassewass seine Stielaugen.

»Ich befürchte«, murmelte er kläglich, »daß ich die Schuld an diesem Unglück trage. Ich habe MAMMA die Grundzüge meines philosophischen Werks *Vom Sein zum Werden* erläutert und in meiner Begeisterung, endlich einen verständnisvollen Zuhörer gefunden zu haben, ganz vergessen, daß MAMMA eine Biopositronik ist.«

»Ja, und?« knurrte Gulf.

»Ich muß gestehen, daß ich nicht freiwillig Urlaub auf der Erde mache.« Hassewass' weißer Protoplasmaleib verfärbte sich gelb vor Verlegenheit. »Auf der Hundertsonnenwelt hält man meine Seinswerdungsphilosophie für eine Gefahr für die Gesundheit des Zentralplasmas. Viele der von mir betreuten Zellkolonien verweigerten später ihre Verzahnung mit einem positronischen Element und beriefen sich dabei auf meine Lehren.

Sie wissen schon, Mashmir, das Sein ist durch die ihm gegebene Eigenschaft des Werdens von einem raum-zeitlosen Standpunkt aus betrachtet nur ein Seinsmoment in einer nulldimensionalen Kette. Nichts trennt die Seinsmomente voneinander, nur unser beschränkter Geist sieht die zahllosen Seinsmomente, aus denen sich das Sein an sich zusammensetzt, als raum-zeitlichen Gesetzen unterliegenden Werdungsprozeß. Hätten wir einen höheren Bewußtseinsstand, würden wir das Werden als das erkennen, was es ist – als Aspekte eines einzigen, allgegenwärtigen Seins, in dem die Seinsmomente nur winzige Splitter des Ganzen sind. Was war, ist und wird, ist eins. Nur intelligentes Leben dividiert das Ganze auseinander. Aber das Universum weiß um diese Wahrheit. Bedenken Sie nur die Schwarzen Löcher. Sie sind der praktische Beweis für die Seinswerdungsphilosophie. In ihrem Einflußbereich sind Raum und Zeit vertauscht. Scheinbar unverrückbare Naturgesetze verlieren ihre Gültigkeit. Die Wirklichkeit wird desintegriert. Das Werden verschwindet und offenbart das Sein als Sein im absoluten Sinn. Oder, wie Rinu Zinos, der große swoonsche Kulturphilosoph, es formulierte: *Der Unterschied zwischen einem Gurkensamen und einer ausgewachsenen Gurke ist grundsätzlich nur zeitlicher Natur. Und die Zeit ist eine Illusion.* Das heißt doch nichts anderes, als daß jedes Ding bereits alles ist, was es jemals war und sein wird, und alles getan hat, was getan werden mußte oder getan werden muß. Nur der Beschränkte, der das Sein als Werden erlebt, wird sich dann noch weiter plagen.«

Gulf machte ein finsteres Gesicht.

»Das«, erklärte er, »ist die verdammteste Faulenzer-Philosophie, die ich je gehört habe. Und das Zentralplasma hat Sie deshalb auf die Erde verbannt, weil Sie die jugendlichen Zellen zum Laster des Müßiggangs verführt haben? Gott, bisher hielt ich die Hundertsonnenwelt immer für unseren Verbündeten. Aber das kommt ja psychologischer Kriegführung gleich!«

Ziana van Dali stand auf und winkte ihnen ungeduldig zu.

»Kommen Sie, Mashmir«, drängte sie. »Glauben Sie nicht, daß Sie sich endlich um Ihre Frau kümmern sollten?«

Gulf nickte. »Sie haben recht. Vielleicht haben ihre Pflanzen sie bereits erdrosselt, und ich weiß nicht einmal etwas davon. Das wäre ein tragisches Ende für unsere Beziehung.«

Gemeinsam durchquerten sie das Labyrinth der grauen Grotten, umgingen die Risse, die im Boden klafften, und erreichten schließlich eine maulähnliche Öffnung in der Fassade.

Gulf sah nach draußen.

Die Lichter der Stadt waren erloschen, aber die Sterne am Himmel und die Sichel des Mondes spendeten genug Helligkeit, um sich zu orientieren.

Von den anderen Gebäuden, den Straßen und Plätzen, den Biokunststoffparks und dem künstlichen See im Zentrum des Areals war nichts mehr übriggeblieben. Ringsum erstreckte sich graue Ödnis, von Kratern zernarbt, von bizarren Hügelformationen gekrönt, von Spalten zerfurcht. In unmittelbarer Nähe erhob sich eine Wand aus armdicken grünen Tentakeln. Sie schwankten hin und her und erzeugten bei ihren Bewegungen Geräusche, die wie *Schnarl* klangen. Zwischen den riesenhaften Gewächsen, von denen manche bis achtzig Meter in die Höhe ragten, krochen zwei Gestalten über den schwankenden Boden.

Wie Käfer zwischen den Halmen eines Grasbüschels.

Um eine dritte Gestalt hatte sich einer der Triebe gerollt; sie zappelte in der Umklammerung und schrie um Hilfe.

»Ihre Frau lebt noch«, sagte Ziana.

»Ja«, stimmte Gulf verdrossen zu, »auf nichts ist mehr Verlaß.«

Er beugte sich nach vorn und musterte die rissige Fassade. Es würde einige Kraft kosten, aber die Wand bot genug Halt, um unbeschadet den zwölf Meter tiefer gelegenen Boden zu erreichen.

»Wir werden die Stadt und die Insel verlassen«, erklärte Gulf. »Wir werden Whistler auf Schmerzensgeld und Schadenersatz verklagen. Vielleicht sogar wegen fahrlässiger Tötung, wenn Ulga endlich dieser Pflanze zum Opfer fällt.«

»Und wie?« fragte van Dali und kletterte hinter Gulf durch die Öffnung, »wollen Sie ans Festland gelangen? Schwimmen?«

»Wenn es sein muß, auch das.«

Hassewass 756 formte seinen Plasmakörper zu einer Art Tausendfüßler und sprang geschmeidig von Sims zu Sims, Vorsprung zu Vorsprung. Er erreichte vor Gulf und der Künstlerin den Erdboden.

Der Matten-Willy richtete seine Stielaugen nach oben. »Aber Whistler muß doch gemerkt haben, daß etwas nicht stimmt«, sagte er. »Der Wohnversuch wird gewiß laufend überwacht. Wahrscheinlich sind schon Gleiter unterwegs, um uns abzuholen.«

Gulf lachte höhnisch. »Wahrscheinlich ist dies hier gar kein Wohnversuch. Wahrscheinlich hat man uns betrogen. Whistler will uns fertigmachen. Wir sind nichts anderes als Versuchskaninchen für die Experimente eines verrückten Urban-Designers. Ich habe diesem Milwony von Anfang an mißtraut.«

Er ließ sich den letzten Meter fallen und fing dann Ziana auf. Für einen Moment fühlte er die Rundungen ihres Busens unter seinen Händen. Sein Mund wurde trocken.

»Sie gottverdammter Lustmolch«, fauchte Ziana. »Nehmen Sie sofort Ihre Pfoten weg, oder ich trete Sie dorthin, wo sich derzeit Ihr Gehirn befindet.«

Gulf fuhr zurück. »Äh, ein Versehen, Ziana. Was denken Sie eigentlich von mir?«

Die Künstlerin lächelte zuckersüß und schloß den obersten Knopf ihrer Bluse.

»Wollen Sie das wirklich wissen, Mashmir?«

Gulf stieß einen Fluch aus und wandte sich wütend ab. Grummelnd marschierte er auf den Wald der schnarrenden Riesenpflanzen zu. Die beiden käferartigen Gestalten zwischen den Tentakeln entpuppten sich als Carell No und Anatol Hurwitzka. Ratlos standen sie vor dem Trieb, der einer Anakonda gleich die kreischende Ulga umschlungen hielt.

»Hallo, Mashmir«, sagte No. Er grinste verzerrt. »Ich dachte schon, Sie wären auch verschwunden. Wie meine anderen Wähler.«

Gulf sagte nichts und sah nach oben. Ulga hing kopfüber in etwa zehn Metern Höhe. Sie schnappte mit puterrotem Gesicht nach Luft. Nur Kopf und Füße sahen aus dem Grün des Schnarl-Triebes hervor.

»Mashmir, rette mich!« kreischte sie, als sie Gulf erblickte.

»Nur keine Panik«, sagte Gulf beruhigend. »Auf der Erde ist bisher noch kein Mensch durch eine Schnarl zu Tode gekommen. Die Wahrscheinlichkeit steht also auf deiner Seite.«

»Mashmir«, rief Ulga, »was bist du doch für ein herzloses Miststück!«

Der kleine, plattfüßige Mann neben No fuchtelte mit einer Haarbürste. »Ich könnte sie mit meinem Laser herausschneiden«, schlug Hurwitzka vor. »Was meinen Sie, Mashmir?«

»Ist das nicht zu gefährlich?« fragte Gulf.

Hurwitzka kratzte sich am Kinn. »Es besteht natürlich die Möglichkeit, daß ich sie zufällig treffe.«

»Ausgezeichnet. An die Arbeit, Anatol.«

Ulga verdrehte die Augen.

»Zigarre?« fragte No.

Aus der Dunkelheit trottete das Laufende Moos heran, schoß an Gulf vorbei und verharrte vor dem Schnarl-Trieb. Die transluzenten Blätter des Gewächses knisterten. Der Trieb zitterte. Sein Würgegriff lockerte sich. Ulga O'Hail rutschte an dem krummen Stamm nach unten und plumpste neben dem Laufenden Moos auf den Boden.

»O Gott«, japste sie. »Ich dachte, mein letztes Stündchen hätte geschlagen.«

»Das dachte ich auch«, knurrte Gulf.

Der Matten-Willy und Ziana van Dali gesellten sich zu ihnen, und No half Ulga mit einem charmanten Lächeln auf die Beine. Feindselig sah sie Gulf an und preßte das knisternde, zappelnde Moos an ihre Brust.

»Und jetzt?« fragte No.

Gulf straffte sich. »Wir verlassen die Insel. Und zwar so schnell wie möglich. Die Stadt ist defekt. Wer weiß, was sie sonst noch anstellen wird. Wenn wir hierbleiben, geht es uns womöglich an den Kragen. Wir verlassen die Insel und alarmieren die Polizei. Jemand muß sich um die achttausend Verschwundenen kümmern. Teufel auch, vielleicht hat diese verrückte Stadt sie gefressen. Alles ist möglich.«

»Die Polizei?« sagte Hurwitzka. »Es ist besser, wenn wir die Flotte alarmieren. Wenn nicht sofort etwas Entscheidendes unternommen wird, haben wir bald die gesamte Milchstraße voller Kakerlaken. Und daran kann niemand ein Interesse haben.«

Carell No beugte sich eifrig nach vorn.

»Wenn ich Großadministrator bin«, versprach er, »werde ich sofort ein Gesetz gegen die Ansiedlung von Kakerlaken in unserer Galaxis beschließen.«

»Tatsächlich?« fragte Hurwitzka erfreut.

»Schluß jetzt«, mischte sich Gulf ein. »Wir haben keine Zeit zu verlieren. Wir müssen das Stadtgebiet verlassen.«

Ein fernes, bedrohlich wirkendes Schmatzen unterstrich seine Worte.

»Dorthin!« befahl Gulf und wies auf die Silhouette des bewaldeten Ufers. Sie setzten sich in Bewegung.

Ulga O'Hail schrie erstickt auf.

Der Boden unter ihren Füßen hatte seine Härte verloren. Sie sank ein. Bis zu den Knien war sie bereits in dem grauen Biokunststoffgewebe verschwunden.

»Helft mir!« keuchte sie verängstigt. »Um Gottes willen, helft mir!«

Sie streckte die Arme aus und ließ das Laufende Moos fallen. Das Moos machte zwei watschelnde Schritte, dann ertönte ein Schmatzen, und das

Moos verschwand unter dem Biokunststoff. Gulf und Carell No packten je einen von Ulgas Armen und versuchten, sie aus der Falle zu befreien.

Vergeblich. Der Sog der Protomaterie war zu stark. Der Boden saugte sie auf. Hüfte und Brust versanken im porigen Grau, dann die Schultern, der Hals. Nur noch Ulgas verzerrtes Gesicht sah hervor.

Dann wieder dieses Schmatzen, und von Ulga O'Hail gab es keine Spur mehr.

»Lauft!« brüllte Gulf. »Lauft um euer Leben.«

Und sie liefen.

13.

Gene Milwony III. und Virgil Zimbrot hatten das Terrassengebäude bei den ersten Anzeichen der Instabilität verlassen. Wie in einem üblen Traum gefangen, gelähmt von dem Schock, hatte Milwony verfolgt, wie seine Schöpfung in Chaos versank.

Die beiden Männer waren von einer Wüste aus grauer Protomaterie umgeben, aus der schief und zernarbt, eine Travestie seiner selbst, das Terrassenhaus emporragte.

MAMMA reagierte nicht, als Milwony nach ihr rief.

»Geben Sie sich keine Mühe, Gene«, winkte Zimbrot ab. »Es hat keinen Zweck.«

Düster betrachtete Milwony die Ödnis.

Rast! dachte er in hilflosem Zorn. Dieser Bastard hatte alles zerstört.

»Und alle Testbewohner sind fort?« fragte er heiser.

»Fast alle«, antwortete Zimbrot. Er stocherte mit der Schuhspitze in dem schwammigen Boden. »Ich bin ein Nachtmensch, wissen Sie. Also habe ich meinen Deflektorgürtel angelegt und einen kleinen Stadtbummel gemacht. Als Unsichtbarer wird man selten belästigt, man hat viel mehr Muße, sich umzusehen.

Nun, etwa um Mitternacht geschah es dann. Aus den Straßen wuchsen Biokunststofftentakel, krochen an den Fassaden hinauf und durch die Fenster, und als sie wieder erschienen, hielten sie menschliche Gestalten gepackt.«

Zimbrot schauderte. »Ich war völlig von den Socken, Gene. Die Stadt muß irgendeine Art Betäubungsgas produziert haben. Die Entführungsopfer wachten nicht auf, und ich roch etwas Süßes in den Straßen. Zum Glück hatte ich meine Nasenfilter dabei. Bei meinem Job« – er lächelte – »kommt man ohne diese Nasenfilter gar nicht mehr aus. Sie ahnen ja nicht, wie viele Leute ihre Wohnungen oder Häuser mit Gasfallen sichern.«

Milwony bückte sich und strich mit der Hand über den Boden. Er war warm und vibrierte leicht.

»Und dann?« fragte er.

»Nun, dann hörte ich ein Brummen, und ein Dutzend Frachtgleiter sanken vom Himmel. Robotgesteuerte Frachtgleiter Whistlers. Die Tentakel der Stadt beförderten die Bewußtlosen in die Laderäume. Die Gleiter starteten wieder und verschwanden.

Die ganze Aktion hatte nicht länger als fünf Minuten gedauert. Es war grauenhaft. Als alles vorbei war, knipste ich mein Deflektorfeld aus und fragte MAMMA, was das Ganze zu bedeuten habe. MAMMA behauptete, nicht zu wissen, wovon ich spreche.

Nun, von da an wußte ich, daß bei der Stadt eine Schraube locker ist.«

Milwony stemmte die Arme in die Hüften. Er glaubte, leise Schreie zu hören, Stimmen auf der anderen Seite des Gebäudes und ein merkwürdiges Schnarren, aber dann drehte der Wind, und alles wurde wieder still.

Vermutlich eine Sinnestäuschung.

»Warum sind Sie erst jetzt zu mir gekommen, Virgil?« wandte er sich an Zimbrot. »Sie wußten doch, daß ich zu Ihrer Gruppe gehöre und wo ich zu finden bin.«

Der Greifer hob die Schultern.

»Tut mir leid, aber ich war beschäftigt. Ich habe jedes einzelne Haus nach zurückgebliebenen Testbewohnern abgesucht, aber nicht ein einziger von den anderen Gruppen ist der Entführung entgangen. Und schlimmer noch: MAMMA hat auch ihr Gepäck beseitigt. Nirgendwo war etwas zu holen.«

Er legte Milwony eine Hand auf die Schulter.

»Ehrlich gesagt, Gene, diese Stadt ist nichts für mich. Meine ganze bisherige Ausbeute ist eine einzige Kreditkarte. Das schadet meinem Ruf. Ich will zurück in die Anstalt, wo ein ehrlicher Dieb wenigstens noch die Chance hat, seinem Beruf nachzugehen.«

Der Urban-Designer hatte nicht zugehört.

Die Vibrationen des Bodens waren stärker geworden. Der Biokunststoff erwachte zu neuer Aktivität.

»Außerdem«, fuhr Zimbrot fort, »ist eine lebende Stadt etwas Unnatürliches. Derartige Dinge können gefährlich für die seelische Gesundheit werden. Ich will damit sagen, Gene: Sobald die Umwelt beginnt, selbst Leben und Persönlichkeit zu entwickeln, wird es Zeit, daß man die psychiatrischen Anstalten vergrößert.«

Milwony sah Zimbrot mit einem gequälten Lächeln an.

»Die Stadt lebt nicht, Virgil«, entgegnete er. »Sie besteht lediglich aus formbarem, genetisch manipuliertem Bio…«

»Genetik, das ist das Stichwort«, unterbrach Zimbrot. »Ich kannte einen Burschen, der hat in der Müllverbrennung eines Gen-Labors gearbeitet. Was der so alles in den Ofen schieben mußte, das kann sich keiner vorstellen. Irgendwann wurde es ihm dann zuviel. Er kündigte seinen Job und begann am nächsten Tag mit dem Umbau seiner Wohnung. Er hat die Fenster zugenagelt, den Korridor in eine Luftschleuse verwandelt und in jedem Raum ultraviolette Lampen aufgehängt. Überall standen stapelweise Kisten voller Nahrungskonzentrate herum. Der Bursche ging nie mehr nach draußen. Und das alles wegen diesen Viren.«

»Was für Viren?«

»Todesviren«, sagte Zimbrot ernst. »Mein Freund glaubte, daß diese Viren aus der Müllverbrennung des Gen-Labors entkommen waren und sich an seine Fersen geheftet hatten. Er sah überall diese Todesviren. Aber er gab nicht auf. Er war ein zäher, schlauer Bursche. Mit den ultravioletten Lampen desinfizierte er alles und jeden. Aber es hat ihm nichts genützt. Er konnte den Gedanken an diese Todesviren einfach nicht mehr ertragen und hat sich im Kryogenischen Institut einfrieren lassen. Er will erst wieder geweckt werden, wenn auf der Erde keine genetischen Experimente mehr stattfinden.«

»Und was«, fragte Zimbrot mit erhobenem Zeigefinger, »können wir daraus lernen?«

»Keine Ahnung«, gestand Milwony, der immer mehr zu der Überzeugung gelangte, daß Zimbrot besser in der psychiatrischen Klinik von Terrania geblieben wäre.

»Wir können daraus lernen ...« begann Zimbrot, aber ein gellender Schrei ließ ihn verstummen.

Der Schrei schien von jenem Biokunststoffhügel zu stammen, der – soweit sich Milwony erinnerte – vor dem Zusammenbruch eine Art Burg gewesen war.

Ohne ein weiteres Wort zu verlieren, rannten die beiden Männer los.

Das Sternenlicht enthüllte ihnen trostlose Ödnis. Der Biokunststoff hatte überall das Grau seiner Protoform angenommen. Weite Flächen waren erstarrt und hart wie Gestein; jegliche Aktivität schien in ihnen erloschen zu sein. Andere Stellen warfen Blasen oder schleuderten wie Geysire Gewebefontänen in die Luft, die mit schmatzenden Geräuschen zu Boden fielen.

Milwony wußte, was dies zu bedeuten hatte.

Die Biopositronik kontrollierte das semiorganische Gewebe nicht mehr, aus dem die Stadt bestand. Die kodierten Mikrowellenströme, die die Zellstruktur des Biokunststoffs verändern und ihr fast jede gewünschte Gestalt verleihen konnten, waren erloschen.

Eine Art Koma hatte die Adamasische Metropole ergriffen. Sämtliche Sicherungen mußten versagt haben – zweifellos durch Rasts Sabotage.

Der Boden stieg jetzt steil an. Die Hilferufe waren lauter geworden. Zwei Stimmen: eine männliche und eine weibliche.

Die Mondsichel kam hinter einer Wolkenwand hervor, so daß es ein wenig heller wurde.

Abrupt blieb Milwony stehen.

»Ich kenne diese Leute«, sagte Zimbrot neben ihm. »Der Mann heißt Shark, die Frau Eiris Deligado. Arme Teufel.«

Der Mann und die Frau boten ein groteskes Bild.

Zwei Säulen waren aus dem Hügel emporgewachsen. Graue konische Gebilde, aus denen nur die Köpfe, die Arme und Beine von Shark und Eiris hervorsahen. Der Biokunststoff hatte sie eingehüllt und war dann erstarrt.

Zögernd trat Milwony einen Schritt näher und klopfte mit der flachen Hand gegen Sharks Säule. Hart, unnachgiebig, wie Fels.

»Helfen Sie uns«, krächzte Shark und zuckte mit den Armen. Seine Augen verengten sich. »He, Sie … Sie sind dieser Milwony! Holen Sie uns hier raus. Sofort!«

»Tut mir leid«, murmelte der Urban-Designer. »Aber ich kann es nicht.«

»Sie haben die Stadt konstruiert«, mischte sich Eiris ein. »Sie sind für alles verantwortlich! Sollen wir etwa hier verfaulen? Rufen Sie Hilfe herbei. Haben Sie verstanden?«

»Es geht nicht«, schüttelte Milwony den Kopf. »Die Funkverbindung zur Außenwelt ist unterbrochen. Aber ich bin überzeugt, daß Whistler bald Hilfe schicken wird. Schließlich steht die Stadt unter ständiger Beobachtung. Drei Sonden sind in hundert Metern Höhe stationiert und übertragen jede Einzelheit in die Whistler-Zentrale. In Terrania wird man bereits Bescheid wissen. Machen Sie sich keine Sorgen, man wird Sie bald aus Ihrer mißlichen Lage befreien.«

Doch im stillen fragte er sich, warum noch keine Hilfe eingetroffen war. Allein die unterbrochene Funkverbindung hätte Nikipiti veranlassen müssen, in der Adamasischen Metropole nach dem Rechten zu sehen.

Warum, zum Teufel, rührte sich die Forschungsdirektorin nicht?

»Es ist heiß hier drinnen«, klagte Shark. »Das wird Sie teuer zu stehen kommen, Milwony! Wir werden vor Gericht gehen. Wir werden …«

Irgendwo schmatzte es.

Shark wurde bleich. »O Gott«, stieß er hervor, »es geht schon wieder los!«

Alarmiert fuhr Milwony herum.

Der Boden am Fuß des Hügels kochte. Der Biokunststoff bäumte sich auf, brodelte wie erhitztes Wasser und schmatzte dabei, daß dem Urban-Designer das Blut in den Adern gefror.

Ein Ächzen durchlief den Hügel. Das Brodeln setzte sich fort, den Hang hinauf, und näherte sich ihrem Standort.

»Hilfe!« brüllte Shark.

Virgil Zimbrot befingerte nervös seinen Hals.

»Wir sollten von hier verschwinden«, sagte er zu Milwony. »Diese Brühe sieht nicht vertrauenerweckend aus. Ganz im Gegenteil.«

»Und uns lassen Sie hier zurück?« fauchte Eiris. »Was sind Sie doch für Feiglinge! Eine schwache Frau wird dem Protoplasmaungeheuer geopfert, damit zwei Bastarde wie Sie überleben können. Bertie!«

Shark biß die Zähne zusammen. Er spannte seine Muskeln und versuchte, den Panzer des erstarrten Biokunststoffs zu sprengen. Ohne Erfolg. Keuchend gab er seine nutzlose Anstrengung auf.

»Nun unternimm doch etwas, Bertie«, verlangte Eiris. Ihre schreckgeweiteten Augen waren auf das näher kommende Brodeln und Schmatzen des Biokunststoffs gerichtet. »Siehst du denn nicht, daß ich in Gefahr bin?«

Shark sah hinauf zum Nachthimmel.

»In den Video-Dramen,« murmelte er bedrückt, »taucht bei derartigen Gelegenheiten immer die 7. Imperiumsflotte oder ein Einsatzkommando der USO auf und macht dem Spuk ein Ende.«

»In den Video-Dramen,« entgegnete Eiris Deligado und schüttelte ihr blondes Haar, »sind die Männer auch noch Männer und keine armseligen Wichte.«

Ungeachtet des lauter werdenden Schmatzens näherte sich Virgil Zimbrot dem grauen Kegel aus Biokunststoff, in dem Eiris gefangen war.

»He«, sagte Zimbrot, »machen Sie das noch einmal.«

Die Frau sah ihn konsterniert an; ihre Gesichter waren auf gleicher Höhe. »Was soll ich noch einmal machen?«

»Das.« Zimbrot schüttelte den Kopf.

»Wollen Sie sich über mich lustig machen?« fauchte Eiris.

»Nun tu's doch, Eiris«, mischte sich Shark mit neu erwachter Hoffnung ein. »Vielleicht hat der junge Mann eine Möglichkeit gefunden, uns aus dieser desolaten Lage zu befreien.«

Gene Milwony sah sich nervös zu dem brodelnden Biokunststoff um. Die in Bewegung geratene Fläche nahm bereits den halben Hügelhang ein, und ihre Ausdehnungsgeschwindigkeit schien noch zuzunehmen.

»Wir müssen von hier verschwinden, Virgil«, sagte er. »Oder wir sind ebenfalls verloren.«

»Einen Moment noch«, bat der Greifer. »Los, Eiris, worauf warten Sie noch?«

Mit skeptischer Miene schüttelte Eiris Deligado erneut ihren Kopf, so daß ihre Haare hin und her flogen. An ihren Ohrläppchen glitzerte etwas im Sternenschein.

»Smaragde«, murmelte Zimbrot mit Kennermiene. »Stückpreis hunderttausend Solar.«

»Hundertfünfzigtausend, junger Mann«, widersprach Eiris indigniert.

»Vielleicht für die Versicherung.« Zimbrot streckte eine Hand aus. »Und die Fassung besteht aus Platin. Hübsche Ohrringe. Sie gestatten?«

Mit geschicktem Griff löste er die beiden Ohrringe und schob sie in seine Tasche.

Milwony sah wie erstarrt zu. Bertholm Shark sperrte ungläubig den Mund auf. Eiris Deligado schnappte nach Luft.

»Ein Fledderer«, schimpfte sie empört. »Das ist ja nicht zu fassen. Mich erwartet ein gräßlicher Tod, und dieser Bastard raubt mich auch noch aus, statt mir Trost zu spenden. Nur gut, daß ich die Klunker für zweihunderttausend pro Stück versichert habe.«

»Wie kannst du jetzt an Geld denken, Eiris!« rief Shark. »Milwony, unternehmen Sie etwas! Stehen Sie nicht so herum. Verhaften Sie diesen Kerl! Sofort!«

Milwony bewegte sich unruhig. »Hören Sie, Virgil«, begann er, »so geht das nicht. Geben Sie der Dame ihr Eigentum zurück, sonst ...«

»Reden Sie keinen Unsinn, Gene«, schnitt ihm der Greifer das Wort ab. »Verschwinden wir von hier. Außerdem ist die Frau schon so gut wie tot. Was soll eine Tote mit Ohrringen anfangen? Es wäre eine glatte Verschwendung.«

Der Urban-Designer bemerkte, daß Eiris puterrot anlief. Shark fluchte, aber das Schmatzen und Brodeln verschluckte seine Worte.

Zimbrot begann zu laufen, weiter den Hang hinauf, dem Kamm entgegen, der gezackt wie eine Säge war.

Resigniert zuckte Milwony die Schultern und setzte dem Greifer nach. Er keuchte, als er den Kamm erreichte. Fast widerwillig drehte er sich um.

Das aufgewühlte Protoplasma umfloß bereits den Fuß der beiden Kegel. Eiris und Bertholm Shark begannen verzweifelt zu schreien, als sich aus dem grauen Brodeln Tentakel formten und sich emporreckten. Weiterer Biokunststoff bäumte sich auf. Aus den Tentakeln wurde eine graue Wand. Fünf, sechs Meter ragte sie in die Höhe, schwankte leicht, neigte sich und begrub die Kegel und den Mann und die Frau unter sich.

Die Schreie brachen ab.

»O nein!« sagte Milwony.

»Eine Schande«, nickte Zimbrot. »Ich hätte ihr auch noch die Ringe abnehmen sollen.«

Der Urban-Designer starrte ihn voller Grausen an.

Dieser Kerl, dachte er, *ist vollkommen daneben. So verrückt wie alle anderen. Gott, womit habe ich das nur verdient?*

Zimbrot deutete ungerührt nach Süden; dorthin, wo sich die verzerrte Ruine des Terrassengebäudes über die graue Ödnis erhob.

Milwony glaubte, eine Art Wald zu erkennen, einen Wald aus dünnen, leicht hin und her schwankenden Stämmen ohne Geäst und Blattwerk, aber er konnte sich täuschen. Oder der Biokunststoff spielte auch dort verrückt.

»Da«, brummte der Greifer. »Der einzige Durchgang.«

Milwony nickte. Zimbrot hatte recht. Der Hügel war fast lückenlos von der brodelnden Protomaterie umgeben. Ihr Schmatzen drang beängstigend laut zum Kamm herauf. Nur im Süden gab es noch eine etwa zehn Meter breite, stabil wirkende Fläche.

Wieder drehte er sich um.

Das Brodeln hatte sich ihnen bis auf ein Dutzend Schritt genähert. Er ergriff Zimbrots Arm, und die beiden Männer stolperten den jenseitigen Hang hinunter.

»Haben Sie eine Vorstellung, was dafür verantwortlich ist?« rief ihm Zimbrot über das Schmatzen hinweg zu. »Wieso funktioniert die Stadt nicht richtig?«

»Sabotage«, keuchte Milwony. »Sabotage meines Konkurrenten Rast. Irgendwie muß es diesem Lumpen gelungen sein, die Biopositronik zu stören. MAMMA besitzt keine bewußte Kontrolle mehr über den Biokunststoff. Was wir hier erleben, ist die Folge unkodierter Mikrowellenströme.«

Und das bedeutet, dachte Milwony, *daß noch nicht alles verloren ist. Wenn es gelingt, MAMMA aus dem Koma zu wecken, kann sie den Biokunststoff wieder unter ihre Herrschaft bringen.*

Vor seinem geistigen Auge erschienen die drei Höcker im Zentrum des Protomateriegeländes. Er mußte zur Positronik, das war die einzige Chance. Instinktiv wußte er, daß er von Nikipiti und Whistler keine Hilfe zu erwarten hatte, oder die Forschungsdirektorin wäre schon längst aufgetaucht.

Rast mußte es irgendwie gelungen sein, die Zentrale in Terrania und die mit MAMMA verbundenen Computer, die den Versuch überwachten, hinters Licht zu führen.

Der Hang wurde flacher. Gleichzeitig schwappte die aufgewühlte Brühe über den Hügelkamm und wälzte sich mit der Geschwindigkeit eines Wasserfalls in die Tiefe.

Milwony verdoppelte seine Anstrengungen.

Virgil Zimbrot war mehrere Schritte vor ihm. Er wandte sich nach links, dem stabilen Streifen Biokunststoff zu, der wie eine Landzunge von grauen Wellen aus Protomaterie umspült wurde.

Dann hatte der Greifer die feste Fläche erreicht.

Er stieß einen Freudenschrei aus – und der Boden öffnete sich unter ihm. Der Freudenschrei wurde zu einem Entsetzensruf. Kopfüber stürzte er in die Fallgrube. Der Boden schloß sich wieder.

Zimbrot war spurlos verschwunden.

»Virgil!« brüllte Milwony. Nur mit Mühe vermochte er seinen Lauf vor dem tückischen Streifen abzubremsen.

Eine Falle! durchfuhr es ihn. *Gott, das bedeutet, daß der Biokunststoff doch nicht ohne Steuerung ist. Aber wer kontrolliert ihn? MAMMA – oder Rast?*

Das Schmatzen hinter ihm schwoll an. Schäumend und brodelnd wälzte sich die gespenstische Flut hinunter in die Ebene.

Milwony graute beim Anblick der aufgewühlten Protomaterie. Überdeutlich noch klangen ihm Eiris' und Sharks Schreie in den Ohren.

Er schluckte und starrte die trügerische Festigkeit des Biokunststoffstreifens an, der über den Belagerungsring des flüssigen Gewebes zum erstarrten Restareal der Stadt führte.

Er hatte keine andere Wahl. Mit geballten Fäusten rannte er los.

Seine Füße traten ins Leere. Er stürzte. Einen Moment noch sah er über sich den nächtlichen Sternenhimmel, dann verschluckte ihn die Finsternis.

14.

Anatol Hurwitzka war inzwischen zu der Überzeugung gelangt, daß es sich bei seinen Begleitern samt und sonders um getarnte Kakerlaken handelte.

Wurgog der Zweite wollte die Entscheidung erzwingen und ihn in eine Falle locken. Die von dem Gulf-Kakerlak initiierte Flucht zum Inselufer war nichts weiteres als ein raffiniertes Täuschungsmanöver.

Wahrscheinlich, dachte Hurwitzka, *wartet hinter dem Waldstreifen ein Raumschiff der Extragalaktiker, um mich nach UGC 01347 zu schaffen. Wenn der Großimperator mich ausgeschaltet hat, dann wird ihm die Erde wie ein reifer Apfel in den Schoß fallen.*

Ein teuflischer Plan!

Unmerklich verlangsamte er seine Schritte.

Im Mondlicht waren die Gestalten der anderen nur fahle Silhouetten. Lediglich der weiße Fladenleib des Matten-Willys leuchtete aus der Dunkelheit hervor.

Faltig wie die Haut eines greisenhaften Riesenwesens breitete sich vor Hurwitzka das Gewebe der Adamasischen Metropole aus. Kreuz und quer zerschnitten Spalten die Ebene; manche waren bis zu zehn Meter tief und fünf Meter breit. Sie zu umgehen kostete wertvolle Zeit, und das Schmatzen in Hurwitzkas Rücken gewann stetig an Lautstärke.

»Hier entlang«, rief der Matten-Willy. »Hierher!«

Die Kakerlaken, die menschliche Gestalt angenommen hatten, wandten sich nach links und folgten dem falschen Matten-Willy über eine Rampe, die zwei tiefe Einschnitte im Boden überquerte und dann wie eine Schneise durch eine birnenförmige Erhebung führte.

Hurwitzka hielt seinen Haarbürsten-Laser fest umklammert und sorgte dafür, daß sich der Abstand zwischen ihm und den Kakerlaken weiter vergrößerte.

Der No-Kakerlak drehte den Kopf.

»Hurwitzka, wo bleiben Sie?« schrie er über die Schulter hinweg. »Großer Gott, ich habe doch wirklich genug Wähler verloren. Kommen Sie!«

Der Veteran verzog die Lippen zu einem grimmigen Lächeln.

Die extragalaktischen Kakerlaken waren raffiniert, aber bei weitem nicht raffiniert genug.

Trotz des Zwielichts sah sein geschärftes Auge deutlich die beulenartigen Stellen an Nos Hüften; der Kakerlak hatte zwar vierzehn seiner sechzehn Beine abgeschnallt, doch nicht alle Spuren beseitigen können. Die Gelenkscharniere verrieten ihn.

»Ich komme ja«, rief er. »Aber ich kann nicht so schnell. Mein Fuß, ich habe ihn mir verstaucht.« Er humpelte demonstrativ.

Der No-Kakerlak zuckte in einer täuschend echt wirkenden Gebärde die Schultern und hastete weiter.

Hassewass, der von allen Extragalaktikern seiner wahren Kakerlakengestalt noch am nächsten kam, hatte die Rampe bereits betreten und näherte sich rasch der Anhöhe.

Rechts und links von dem falschen Matten-Willy ragten wie abgebrochene Türme zwei plumpe Säulen aus Biokunststoff empor. Als er sich genau zwischen ihnen befand, gab es ein schmatzendes Geräusch. Die Säulen stürzten und begruben Hassewass unter sich.

Dem Matten-Willy war nicht einmal Zeit für einen Schrei vergönnt. Stumm verschwand er unter dem grauen Gewebe.

Dann richteten sich die Säulen wieder auf. Als wäre nichts geschehen, säumten sie in scheinbarer Festigkeit die Schneise.

»Verdammt!« brüllte der Gulf-Kakerlak.

Hurwitzka war stehengeblieben und hatte sich geduckt. Er beobachtete, wie der Gulf-Kakerlak von der Rampe sprang und am Rand des Bodenrisses weiterlief, parallel zur fernen Küste der Insel.

Nach vielleicht einem Dutzend Schritten schoß rings um ihn der Boden empor. Gulf verschwand hinter den grauen Wänden. Als sie wieder in sich zusammenfielen, war von dem maskierten Extragalaktiker nichts mehr zu sehen.

»Pah«, machte Hurwitzka, »damit überlistet ihr mich nicht.«

Das Drama, das sich ihm darbot, verfolgte zweifellos nur den Zweck, ihn von der Echtheit seiner Kakerlaken-Begleiter zu überzeugen. Er sollte den Eindruck bekommen, daß die irregulär arbeitende Stadt mit allen Mitteln verhindern wollte, daß er die Küste erreichte.

Hurwitzka zweifelte keinen Moment daran, daß er ungehindert die Fallen passieren konnte, die den anderen – scheinbar – zum Verhängnis wurden.

Der No-Kakerlak, stellte er fest, zögerte jetzt. Fast hilfesuchend sah er zur Dali-Schabe hinüber, die sich umgedreht hatte und Hurwitzka entgegenlief.

»Verdammt!« knurrte der Veteran. Eine steile Falte erschien auf seiner Stirn, als er versuchte, die neue Strategie des Feindes zu durchschauen.

Dann setzte sich auch der No-Kakerlak wieder in Bewegung und heftete sich an van Dalis Fersen.

Hurwitzka hob seinen Haarbürsten-Laser. Er hatte begriffen. Wurgogs Soldaten mußte klargeworden sein, daß er ihr Spiel durchschaut hatte. Man wollte ihn holen und mit Gewalt zur Küste schleifen.

Nun, er würde den Invasoren einen Strich durch die Rechnung machen. Wurgogs Schergen sollten erkennen, daß die vierzig Jahre Wachdienst auf Bulls Welt seinen Reaktionen und Kampfinstinkten nicht geschadet hatten.

Wenn die Kakerlaken die Entscheidung wollten, dann sollten sie sie haben.

Mit einem Knurrlaut hob er den getarnten Rubinlaser und legte auf die Dali-Schabe an. Seine Hand zitterte nicht. Er krümmte den Finger um den Abzug, einen Haken am Bürstengriff.

Van Dali versank im Boden. Erstaunt riß sie ihre Augen auf, schlug um sich, und dann glitt auch schon ihr Kopf unter das schmatzende graue Gewebe.

»Hurwitzka!« kreischte der No-Kakerlak. »Hilfe!«

Hurwitzka sah zu No hinüber. Der Invasor kämpfte mit einem Gewirr grauer Tentakel, die sich wie Stricke um seine Beine und seinen Unterleib gelegt hatten. Weitere Tentakel wuchsen aus der Ebene hervor. Eine Pseudopodie kroch Nos Brust hinauf und schob sich über seinen Mund.

Die gräßlichen Schreie der maskierten Schabe aus UGC 01347 brachen ab.

Schließlich umhüllte der Kokon aus Protogewebe lückenlos die menschliche Gestalt. Ein Zittern durchlief den Biokunststoff. Er zerfloß wieder, doch No tauchte nicht wieder auf.

»Puh«, machte Hurwitzka erleichtert und wischte sich den Schweiß von der Stirn.

Die Extragalaktiker mußten erkannt haben, daß Gewalt ihnen keine Vorteile bringen konnte. Sie wußten von seinem Laser, und da es nichts gab, was sie mehr fürchteten als das Licht, hatten sie ihre beiden letzten Agenten in Sicherheit gebracht.

Was nun?

Was ist ihr nächster Schritt? fragte sich Hurwitzka.

Er wartete, sah sich forschend um, hielt den getarnten Laser schußbereit in der Hand.

Das Schmatzen hatte sich vom Landesinnern zur Küste hin verlagert, doch die graue Landschaft war überall in Bewegung geraten. Selbst unter Hurwitzkas Füßen schwankte und bebte der Boden.

Offenbar, durchfuhr es den Veteranen, hofften die Kakerlaken darauf, daß er freiwillig den Marsch zur Küste unternahm. Hielt man ihn tatsächlich für so dumm? Das war ja geradezu beleidigend!

Hurwitzka spürte kalte Wut. »Verdammte Kakerlaken-Bande«, brabbelte er vor sich hin. »Ich werd's euch schon zeigen. Ihr glaubt wohl, mit einem Veteranen könnt ihr euch das erlauben, wie? Na wartet! Jetzt wird keine Gnade mehr geübt. Ab jetzt schlage ich erbarmungslos zu.«

Leise fluchend drehte er sich um und beobachtete das Landesinnere.

Seinem gewitzten Verstand war die Tatsache, daß die Bewegungen des Biokunststoffs gelenkt wurden, nicht entgangen. Jemand steuerte die Protomateriefallen, und für ihn stand es fest, daß nur der Milwony-Kakerlak dahinterstecken konnte.

Oder – und Hurwitzka schwitzte plötzlich – oder sogar Wurgog persönlich.

Erregung ergriff ihn.

Wurgog! Natürlich. Der Großimperator der sechzehnbeinigen Kakerlaken aus den Tiefen des extragalaktischen Raums sah in ihm zweifellos seinen gefährlichsten Feind. Nicht ohne Grund hatte er sich mehrfach auf psionischem Weg in Hurwitzkas Träumen manifestiert.

Alles, um ihn zu verwirren, um ihm weiszumachen, daß Wurgog noch immer in UGC 01347 weilte, während er in Wirklichkeit längst auf die Erde eingesickert war und den Krieg seiner Schabensoldaten lenkte.

Nachdenklich äugte der Veteran in die vom Sternenschein erhellte Nacht.

Irgendwo dort hinten, dachte er, im Zentrum des Gewebeareals, mußte sich die Biopositronik befinden.

Er sah vor sich wieder die 3-D-Fotos der Broschüre WILLKOMMEN IN DER STADT DER ZUKUNFT.

Die Höcker. Die drei Behälter aus einer Speziallegierung, in denen MAMMAS Gehirnelemente ruhten.

Anatol Hurwitzka richtete sich langsam auf.

Er kannte jetzt sein Ziel. Er würde MAMMAS Gehirn aus den Klauen des Großimperators befreien und Wurgog in kleine Scheiben schneiden.

Denn das, sagte ich Hurwitzka ernst, ist die einzige Möglichkeit, die Invasion zu stoppen und der Erde die Freiheit zu erhalten.

Ohne sich um das allgegenwärtige Schmatzen und das Beben des Biokunststoffbodens zu kümmern, begann er zu laufen, dem Zentrum der Adamasischen Metropole entgegen, den Höckern aus Stahl in der Wüste aus grauer Protomaterie.

15.

Die Finsternis, die Gene Milwony umgab, war absolut.

Zuerst hatte er befürchtet, in dem semiorganischen Gewebe der Stadt zu ersticken oder von der reinen Masse des Biokunststoffs zermalmt zu werden, doch offenbar hatte man nicht vor, ihn zu töten.

Zumindest nicht sofort.

Hilflos ruhte er in der Lichtlosigkeit und der Wärme des weichen Protostoffs und spürte, wie er durch einen horizontalen Tunnel transportiert wurde.

Die Wände des Tunnels zogen sich zusammen und strafften sich wieder, und jedesmal legte er ein weiteres Stück Weg zurück.

Wohin brachte man ihn? Was hatte man mit ihm vor? Und was war aus Shark, aus Eiris Deligado oder Virgil Zimbrot geworden?

Erging es ihnen wie ihm, reisten auch sie durch Schwärze und Wärme einem unbekannten Bestimmungsort entgegen?

Milwony wußte nicht, wieviel Zeit seit seinem Sturz in den Schlund des Gewebes verstrichen war, aber irgendwann wurde aus der horizontalen Bewegung eine vertikale.

Die Krämpfe des Gewebeschlauchs beförderten ihn ruckartig nach oben. Und dann wurde er ins Freie gespuckt.

Milwony blinzelte in der sengenden Helligkeit, die ihm entgegenschlug. Rote Punkte trübten sein Blickfeld; Reaktion der überanstrengten Netzhäute. Erst allmählich schälten sich die Umrisse seiner Umgebung heraus.

Er sah die Wölbung einer Kuppel.

Das Kuppelmaterial war grau. Biokunststoff. Die blendende Helligkeit entstammte dem Boden, der an eine glühende Scheibe erinnerte.

Aber das Licht war kalt. So eisig kalt wie die unsichtbare Hand, die Milwonys Kehle zuzuschnüren schien, als er den Kopf drehte und die drei mannshohen Kuppeln der Biopositronik erblickte.

Denn vor den Kuppeln, auf einem schweren Sessel aus Biokunststoff, saß ein nur allzuvertrauter Mann.

Torwin Wismut Rast.

Rast grinste breit, schlug die Beine übereinander und lehnte sich in dem Sessel zurück.

»Willkommen, Gene«, sagte Rast. »Willkommen in der Stadt der Zukunft.«

»Hund!« knurrte Milwony.

Zornig sprang er auf und wollte sich auf Rast stürzen, aber etwas hielt ihn fest. Verdutzt sah er nach unten und kniff die Augen zusammen, um sie vor dem Licht zu schützen, das aus dem Boden drang.

Seine Beine steckten bis zu den Oberschenkeln in einem massiven Block aus erstarrtem Protogewebe.

Wie ein Stehaufmännchen, das verschmolzen war mit seinem beschwerten Sockel.

Oder, dachte Milwony in Erinnerung an einen historischen Gangster-Film, den er vor Jahren gesehen hatte, oder wie das Opfer eines Bandenkrieges, das in Beton eingegossen worden war und im nächsten Moment im Meer versenkt werden sollte.

Rast lachte gehässig.

»Schwierigkeiten, Gene?« fragte er in geheuchelter Anteilnahme.

»Sie ...!« stieß Milwony hervor.

»Keine Kosenamen, Gene«, unterbrach Rast, »auch wenn wir unter uns sind. Wie war die Reise? Angenehm?«

Milwony zwang sich zur Ruhe. Er schluckte seinen Zorn hinunter. Vielleicht hatte er noch eine Chance. Vielleicht konnte er Rast irgendwie überlisten.

Rast lachte erneut. »Machen Sie sich keine unnötigen Hoffnungen, Gene«, sagte er. »Wenn wir unser Gespräch beendet haben, wird sich MAMMA um Sie kümmern. MAMMA wird Sie zu sich nehmen und ins

Bett bringen und so gründlich zudecken, daß man nie mehr eine Spur von Ihnen finden wird. Und wissen Sie, wieso MAMMA Sie zudeckt, Gene? Wissen Sie es?«

Milwony schwieg.

»Weil MAMMA schläft«, fuhr Rast selbstzufrieden fort, »und weil sie mir währenddessen ihren Körper geliehen hat – wenn auch nicht ganz freiwillig.«

Plötzlich blitzte in seinen Händen ein Terminal auf.

Fast liebevoll strich der Urban-Designer mit den Fingern über die Tastatur des Geräts.

»Das hier«, erklärte er, »hat MAMMA überzeugt.«

Milwony nickte nachdenklich. »Ich hätte es mir denken können«, murmelte er. »Sie haben die Biopositronik beeinflußt. Sie haben die ganze Zeit die Fäden in der Hand gehabt. Wie haben Sie es geschafft? Durch ein Geheimprogramm, das Sie dem Computer unbemerkt eingegeben haben?«

»Mitnichten«, antwortete Rast. »Das wäre viel zu auffällig gewesen. Nein, mein bester Gene, ich habe jede der biologischen Komponenten MAMMAS mit einem kleinen Kristall versehen. Mit einem Howalgoniumkristall.«

Milwony kniff die Lippen zusammen.

Die Howalgoniumkristalle waren bei den Auseinandersetzungen mit den Schwingungswächtern von einem ihrer Hilfsvölker, den Perlians, eingesetzt worden. Das Howalgonium übte, je nach Menge, eine hypnotische Wirkung aus, die ganze Planeten unter ihren Einfluß zwingen konnte.

»Es war alles so leicht«, erklärte Torwin Wismut Rast. »Es war kein Problem für mich, die computergespeicherten Baupläne MAMMAS so zu verändern, daß die Automatenfabrik bei der Herstellung der Biopositronik von selbst das Howalgonium hinzugefügt hat. Woher sollte die Fabrik auch wissen, daß die Pläne verändert wurden?«

»Sie müssen Hilfe gehabt haben«, sagte Milwony. »Einer von den Programmierern in der Forschungsabteilung.«

Rast zuckte die Schultern. »Nun, jeder Mensch hat einen wunden Punkt, Gene. Dank meiner unermüdlichen Wühlarbeit bin ich in der glücklichen Lage, von einer Anzahl Leuten bestimmte Dinge zu wissen, die für jede dieser Personen zu unangenehmen Konsequenzen führen würden, sollten sie an die Öffentlichkeit dringen.«

Er schnaufte.

»Oder glauben Sie etwa, dieser Sack von Grimshaw hätte mir aus purer Menschenfreundlichkeit die Auswahl der Testbewohner überlassen? Nein, mein lieber Gene, die Welt ist schlecht, und nur der Schlechteste kommt in ihr zu Ansehen und Erfolg.

Nun, die Howalgoniumkristalle waren zu klein, um die Zentralplasmakomponenten MAMMAS psychisch zu versklaven, aber ihre Ausstrahlung genügte, um sie zu verunsichern.

Und je länger der Einfluß anhielt, desto mehr wurde MAMMA verunsichert.«

Rast streichelte wieder das Terminal.

»Ein Computer, Gene, sollte nicht unsicher sein. Es ist das Schlimmste, was ihm zustoßen kann, glauben Sie mir. Vor allem dann, wenn er bis zur Grenze seiner Leistungsfähigkeit beansprucht wird.«

»Durch die von Ihnen ausgewählten Testbewohner?« vermutete Milwony.

»So ist es«, nickte Rast. »Es hat mich verdammt viel Mühe gekostet, die achttausend Narren aus der Flut der Bewerber auszuwählen. Nicht, daß es auf der Erde nicht genug Narren gibt. Es wimmelt geradezu von ihnen auf diesem Planeten. Aber ich brauchte die richtigen.

Ich brauchte Leute von solchem Wahnwitz, daß MAMMAS psychologische Raster versagen mußten. Was auch geschah – und zwar so schnell, daß selbst ich davon überrascht wurde.«

»Aber …«, sagte Milwony.

»Ich weiß, was Sie einwenden wollen«, knurrte Rast. »MAMMA war so programmiert, daß sie neue Schemata entwickeln konnte, wenn die alten versagten. Aber wie kann eine Biopositronik Schemata entwickeln, wenn die Biokomponente unter hypnotischem Einfluß steht und alle Daten anzweifelt, die ihr vom positronischen Teil geliefert werden?

Das Howalgonium hatte MAMMA ihrer Kreativität beraubt und ihr Urteilsvermögen getrübt. Gleich beim ersten Kontakt mit unseren freundlichen Testbewohnern kam es zu den ersten ›Kurzschlüssen‹ im biopositronischen Bewußtsein. Ihre Zahl nahm mit der Zeit zu, und irgendwann war dann ein Punkt erreicht, an dem ein winziger Vorfall genügte, um MAMMA endgültig zusammenbrechen zu lassen.«

Milwony starrte Rast an. »Sie meinen, MAMMA hat nicht versagt? Trotz dieser Verrückten, die Sie ihr aufgehalst haben? Alles war eine Folge der Howalgoniumkristalle?«

»Natürlich.« Rast verengte die Augen. »Der Einsatz des Howalgoniums war unabdingbar, oder das Plasma hätte früher oder später Schemata entwickelt, um mit den Testbewohnern zurechtzukommen, und seien sie noch so verdreht.

Ich weiß, was Sie können, Gene. MAMMA ist in der Tat eine bewunderungswürdige Konstruktion, aber die Menschen brauchen keine paradiesischen, vollkommenen Städte, sondern Festungen. Ich sagte es bereits. Bunker. Ein-Mann-Bunker. Ich werde Ihnen verraten, warum.«

Rast stand auf und begann erregt auf und ab zu gehen.

»MAMMA-1 ist die grauenhafteste Gefahr, die der Menschheit seit dem Krieg mit den Schwingungswächtern droht. Begreifen Sie denn nicht, was eine vollkommene Stadt für die Menschen bedeutet?

Glück bedeutet sie. Glück, Zufriedenheit, Muße, Freude.

Eine abscheuliche Vorstellung. Glück und Zufriedenheit machen weich, Muße macht lebensuntüchtig, Freude macht leichtsinnig.

Wenn das MAMMA-Konzept sich durchsetzt, Sie verdammter Narr, dann werden die Städte auf den Welten der Menschen keine modernen Dschungel mehr sein, keine Megamaschinen, die Anonymität, Entfremdung, Vereinzelung produzieren, keine Brutstätten der Kriminalität.

Die jetzigen Städte sind all das – und noch viel mehr. Sie sind gleichzeitig Hoffnung und Herausforderung, ein Ort, wo man sich bewähren kann, wo es viel Reichtum und Macht gibt, die zu erringen jedes Mittel lohnt.

So produzieren die Städte nicht nur Krüppel, sondern sie sieben die Starken von den Schwachen. Und wir müssen stark sein, Gene, denn der Weltraum ist ein Ort des Grauens und des Todes. Überall lauern Feinde. Nur wenn wir stark sind, können wir gegen sie bestehen.«

Rast war Milwony jetzt so nah, daß sich ihre Nasenspitzen fast berührten.

»Aber Ihre vollkommenen Städte, Gene«, zischte Rast, »nehmen der Menschheit diese Bewährungsprobe. Sie versprechen Hoffnung und Glück, und Sie halten dieses Versprechen auch. Sie bieten es jedem, nicht nur einer kleinen Zahl Menschen, die es verdient haben. Der Kampf wird unnötig, die Herausforderung weicht der Gewißheit des Glücks.

Wer nicht kämpft, kann nicht stark werden.

Wer nicht leidet, kann nicht hart werden.

Glückliche Menschen sind weich und schwach. Und Schwäche ist tödlich in diesem Universum voller Gefahren.

Deshalb brauchen die Menschen Festungen, keine Paradiese. Die Menschen müssen sich bedroht fühlen, um bereit zu sein, wenn diese Bedrohung Wirklichkeit wird. Wenn wir Bunker bauen und die Menschen in ihnen wohnen lassen, werden ihre Herzen ebenfalls Bunker – hart und undurchdringlich.

Sie sind dann gewappnet für jedes Übel, das von den Sternen herabsteigen mag.«

Mein Gott, dachte Milwony entsetzt. *Rast ist wirklich verrückt. Er ist so paranoid, daß es einem graut.*

»Sie irren sich, Rast«, entgegnete er mit gepreßter Stimme. »Mann, kommen Sie zu sich! Wachen Sie auf! Die mit den harten Herzen, Rast, sie sind nicht die Starken, auch wenn sie auf den ersten Blick stark erscheinen. In Wirklichkeit sind sie schwach, weil sie einen Teil ihres Selbst verleugnen. Wer Mißtrauen dem Vertrauen vorzieht, wer Glück nur genießen kann, wenn er es erkämpft hat, wer die Menschen in Starke und Schwache unterteilt, und wer nur die Gefahren der Welt sieht, nicht das Gute und Schöne, das es in ihr gibt, der hat nie erfahren, was es heißt, ein Mensch zu sein.

Ihre Festungen, Rast, Ihre Bunker machen die Menschen nicht hart, so daß sie in der Lage sind, gegen die Dinge zu bestehen, die sie draußen zwischen den Sternen erwarten. Ihre Festungen lassen die Menschen sterben, bis nur noch Hüllen von ihnen übrigbleiben. Unbeseelte Hüllen, Rast, die weder das Leben noch den Weltraum verstehen und die deshalb untergehen müssen.«

Milwony atmete schwer, und verzweifelt suchte er nach einem Anzeichen der Zustimmung in Rasts Gesicht, doch er fand nur Hohn und Verachtung.

»Sie irren sich, Rast«, wiederholte Milwony. »Glück macht den Menschen nicht schwach. Im Gegenteil, Glück ist die Voraussetzung für Stärke, eine Stärke, die er aus Liebe und Verständnis gewinnt, und Liebe ist das einzige Gefühl, das im Dunkel zwischen den Sternen und im Nichts zwischen den Galaxien eine Berechtigung besitzt.

Haß versagt, denn das Vakuum ist zu kalt, um selbst vom glühendsten Haß erwärmt zu werden.

Mißtrauen ist gefährlich, denn Mißtrauen zieht die Schrecken an, die es zu vermeiden gilt.

Und Härte wird zu Schwäche an jenen Orten des Alls, wo man sich anpassen muß, um zu überleben, und wer hart ist, der ist starr und unbeweglich und zum Untergang verurteilt.

In einem, Rast«, sagte Gene Milwony, »haben Sie recht. Die Menschen brauchen keine Paradiese, aber sie brauchen einen Platz, der ihnen gehört und Geborgenheit schenkt, um den vielen guten Dingen Zeit zum Wachsen zu geben, den guten Dingen, die in jedem Menschen schlafen.«

Rast kehrte zu seinem Sessel zurück.

»Sie sind ein Idealist, Gene«, murmelte er. »Sie glauben an das, was Sie sagen, aber dies ändert nichts daran, daß es falsch ist.

Und ich werde beweisen, daß die Menschen Festungen brauchen, um zu sich selbst zu finden und stark genug zu werden, um allen Feinden zu trotzen.

Sie haben bemerkt, daß die Stadt fast leer ist, nicht wahr, Gene?«

»Die Gleiter«, sagte Milwony. »Die Gleiter in der Nacht. Sie haben die Testbewohner entführt!«

»Entführt, entführt!« äffte Rast wütend nach. »Was verstehen Sie schon! Ich habe diese armen Irren gerettet, das ist es. Als ich feststellte, daß der Kollaps der Stadt nicht mehr aufzuhalten war, konnte ich zur nächsten Phase meines Plans übergehen.

Die Verbindung zwischen dem biologischen und dem positronischen Teil MAMMAS war fast zusammengebrochen. Dadurch verlor die Positronik ihre einzigartige Leistungsfähigkeit, die ihr durch das Zentralplasma verliehen wurde. Sie degenerierte zu einem gewöhnlichen Computer.

Computer lassen sich manipulieren.

Ich kannte das Programm und die Kapazität der Positronik, und es war kein Problem, die Positronik mit einigen kybernetischen Tricks davon zu überzeugen, daß sie ab sofort nur noch Befehle von mir annehmen durfte.

Die Biokomponenten leisteten keinen Widerstand, sondern brachen statt dessen den Kontakt völlig ab.

Auf meine Anweisungen hin schaltete sich die MAMMA-Positronik in den Rechnerverbund Whistlers ein und dirigierte eine Anzahl Robotgleiter hierher. Die Testbewohner wurden durch ein mildes Betäubungsgas ausgeschaltet, das der Biokunststoff produziert hatte.

Nun, vor der Entführungsaktion mußte natürlich die Gefahr beseitigt werden, die von den Beobachtungssonden drohte. Da die Sonden von MAMMA gelenkt werden, bereitete auch dies keine Schwierigkeiten.

Die Daten und die Bilder, die von den Sonden in die Whistler-Zentrale in Terrania übertragen werden, sind seitdem simple Fälschungen beziehungsweise Computeranimationen. In Terrania sieht man nichts anderes als eine aufblühende Stadt und glückliche Bewohner. Deshalb ist jede Hoffnung auf Hilfe völlig unbegründet. Niemand weiß, was hier geschieht.«

»Damit kommen Sie nicht durch, Rast«, sagte Milwony. »Irgendwann kommt alles raus, und dann sind Sie erledigt.«

»Nicht so voreilig«, entgegnete Rast gutgelaunt. »Ich bin noch nicht fertig, Gene. Was die verschwundenen Testbewohner betrifft, so kann ich Ihnen versichern, daß es den Leuten gutgeht. Sie befinden sich in den Anden, in einem Bunkersystem, das man während des Uleb-Krieges angelegt und seitdem nicht mehr benutzt hat. Vor vierzig oder fünfzig Jahren hat Whistler die Bunker erworben, um sie in Lagerräume umzubauen, aber aus irgendwelchen Gründen ist es nie dazu gekommen.

Ich habe mir erlaubt, meine Verbindungen spielen zu lassen, als mir klar wurde, daß das Solare Wissenschaftsministerium Ihr urbanes Modell favorisieren würde. Ein wenig Druck hier, ein paar Andeutungen dort, und mir standen genug finanzielle Mittel zur Verfügung, um die Bunker zu renovieren und mein Modell einer Stadt der Zukunft zu verwirklichen.

Achttausend Terkonitkapseln im Granit der Anden, überwacht von einem Computer, der die Testbewohner meiner Bunkerstadt zwanzig Jahre lang mit Energie, Nahrung und Wasser versorgen wird.

Ist das nicht fantastisch?«

Milwony schluckte. »Zwanzig Jahre?« krächzte er. »Rast, Sie haben den Verstand verloren! Sie können diese Leute doch nicht zwanzig Jahre lang lebendig begraben!«

»Nein?« Rast runzelte die Stirn. »Kann ich das nicht?«

»Damit kommen Sie nicht durch! Wenn fast achttausend Menschen verschwinden, wird man die Sache nicht auf sich beruhen lassen. Man wird nach ihnen suchen und ...«

»Irrtum, Gene«, fiel ihm Rast ins Wort. »Vergessen Sie nicht, daß Ihnen ein Genie gegenübersitzt.

Ab morgen früh neun Uhr Ortszeit wird die Positronik die Übertragungen nach Terrania verändern. In der Whistler-Zentrale wird man sehen, wie MAMMA Amok läuft. Man wird sehen, wie der Biokunststoff die Testbewohner nacheinander umbringt.

Natürlich handelt es sich dabei nicht um echte Bilder, sondern um Computeranimationen, aber wer in Terrania weiß das schon?

Nun, man wird sofort Hilfe schicken, doch die Hilfe wird zu spät kommen.

Wenn sie eintrifft, lebt niemand mehr in der Stadt. Auch MAMMA selbst wird das Zeitliche gesegnet haben – durch einen superstarken Mikrowellenimpuls, der die Zellen des Biokunststoffs absterben läßt.

Für die Außenwelt hat MAMMA damit Selbstmord begangen. Das Projekt ist gescheitert. Niemand wird jemals eine Adamasische Metropole als Stadt der Zukunft propagieren können.

Um möglichem Verdacht die Grundlage zu entziehen, werde ich zudem dafür sorgen, daß man hier und da ein paar Leichen findet, Ihre zum Beispiel, Gene. Und die Leichen der acht anderen Narren, die ich für diesen Zweck in der Stadt zurückgelassen habe.

Man wird annehmen, daß die sterblichen Überreste der anderen Testbewohner unter dem Biokunststoff begraben liegen, aber da das Gewebe nach seinem, hm, Tod die Festigkeit von Terkonit besitzen wird, ist es unwahrscheinlich, daß man den Versuch macht, sie zu bergen.«

»Man, Sie sind verrückt!« Milwony ballte in hilflosem Zorn die Fäuste. »Sie sind völlig verrückt!«

Rast gähnte. »Allmählich«, brummte er, »beginnt mich unser Gespräch zu langweilen. Außerdem drängt die Zeit. Ich muß die Positronik noch für die Endphase programmieren. Es tut mir leid, Gene. Haben Sie noch einen Wunsch, ehe sich MAMMA Ihrer annehmen wird?«

»Ja«, sagte Milwony, »ich habe den Wunsch, Ihnen ins Gesicht zu spukken.«

»Wie kleinlich Sie doch sein können, Gene«, erwiderte Rast mit enttäuschter Miene. »Ich wußte gar nicht, daß Sie so nachtragend sind.«

»Man lernt nie aus.«

Milwony ballte die Fäuste und suchte verzweifelt nach einem Ausweg, aber es war sinnlos. Rast hatte allen Eventualitäten vorgebeugt. MAMMA war von der Außenwelt abgeschnitten, und in Terrania empfing man nur gefälschte Daten. Und wer sich noch in der Stadt befand, der war Rast ausgeliefert.

Er kontrollierte die Positronik, und die Positronik kontrollierte den Biokunststoff.

»Leben Sie wohl, Gene«, sagte Rast. Er hob die Hand, und seine Finger huschten über die Sensortasten des Terminals.

Milwony spürte, wie sich das erstarrte Gewebe des Sockels, in dem sein Unterleib gefangen war, zu bewegen begann. Es kroch höher; graue Tentakel aus Protomaterie, die nach seiner Kehle tasteten.

Er schloß die Augen und wartete auf den Tod.

16.

Anatol Hurwitzka sprang über eine tiefe Bodenspalte, federte den Aufprall ab und warf sich gleichzeitig zur Seite.

Mit einem schmatzenden Geräusch klatschten mehrere Zentner Biokunststoff auf jene Stelle, wo er soeben noch gestanden hatte.

Hurwitzka riß den Haarbürsten-Laser hoch und schoß. Der konzentrierte Lichtstrahl ließ das graue Gewebe dampfen. Es brodelte und floß hastig davon.

Der Veteran grinste verzerrt. Das war der dreiundzwanzigste Angriff seit Beginn seines Marsches zu den Computerkuppeln, aber die Kakerlaken hatten ihn noch immer nicht erwischt.

Jeder Laserschuß schien für den Biokunststoff eine Art Schock zu sein. Und nach jedem Treffer benötigte das Gewebe mehr Zeit, um sich von dem Schock zu erholen.

Der Veteran stellte den Fokuskristall des Lasers auf breiteste Streuung. Der Strahl war jetzt ein diffus wirkender Lichtkegel, aber seine Energie war noch stark genug, um das Gewebe vorübergehend zu paralysieren.

Hurwitzka rannte weiter.

Vor ihm gewann der Tupfer Helligkeit, der ihn durch das Schwarz der Nacht und das Grau des Protogewebes geführt hatte, langsam an Größe.

Einen Moment lang war Hurwitzka unsicher, denn das Licht widersprach seinen bisherigen Erkenntnissen über die Lichtscheue der extragalaktischen Kakerlaken.

Vielleicht, dachte er, *ist Wurgog mutiert ... Natürlich, das ist die Lösung! Als einziger Kakerlak vermag er dem zerstörerischen Einfluß der Helligkeit zu widerstehen, und das macht ihn allen seinen Rassegenossen überlegen. Deshalb ist er bis zum Großimperator aufgestiegen!*

Jetzt, da er das letzte Geheimnis der Invasoren aus UGC 01347 aufgedeckt hatte, zweifelte er nicht mehr daran, daß Wurgog der Zweite persönlich in jener erleuchteten Kuppel weilte.

Details schälten sich heraus.

Das Protogewebe der Kuppel war halb transparent. Verschwommen zeichneten sich die Umrisse der drei Computerblöcke gegen die Helligkeit ab.

Und da war noch etwas.

Die Silhouette einer aufrecht stehenden Gestalt.

Und eine weitere Gestalt – mehr ein unförmiges Etwas, das einfältige Naturen für einen Menschen gehalten hätten, der in einem Sessel saß, doch Hurwitzka erkannte die Kreatur als das, was sie wirklich war – Wurgog der Zweite.

Er duckte sich, näherte sich schleichend der Kuppel.

Der Boden unter seinen Füßen war steinhart. Kein Schmatzen, kein Brodeln drang an sein Ohr, nur das Raunen des Nachtwinds.

Lautlos umrundete Hurwitzka die Kuppel, doch zu seiner Enttäuschung fand er keinen Eingang.

Der Veteran hob die Haarbürste und stellte den Fokuskristall diesmal auf engste Bündelung. Gebückt hastete er zur anderen Seite der Kuppel. Die kegelförmigen Computerblöcke versperrten ihm jetzt die Sicht auf die Silhouette Wurgogs und seines Kumpans.

Vermutlich dieser Milwony-Kakerlak, sagte sich Hurwitzka. Diese Bastarde treffen die letzten Vorbereitungen zur Eroberung der Erde. Bei allen Raumgeistern, denen werde ich die Suppe versalzen!

Er richtete den Haarbürsten-Laser auf die Kuppelwand und betätigte den Abzug. Ein matter Strahl aus konzentriertem Licht traf auf das Gewebe und ließ es aufwallen, davonfließen, verdampfen.

Besorgt stellte Hurwitzka fest, daß die Energiezelle seiner Waffe fast erschöpft war, aber schon war eine unregelmäßige Öffnung in der gewölbten Wand entstanden. Groß genug, daß er hindurchkriechen konnte.

Hurwitzka hörte Stimmen.

Jemand – zweifellos der Großimperator – sagte: »Leben Sie wohl, Gene«.

Leben Sie wohl? wiederholte Hurwitzka in Gedanken und kroch über den leuchtenden Boden der Kuppel. *Was ist das? Ein Kode?*

Er schielte um einen der metallenen Kegel der MAMMA-Positronik.

Und er sah Wurgog den Zweiten, Großimperator des Kakerlaken-Imperiums von UGC 01347, in Gestalt eines stämmigen Mannes in einem Sessel aus Biokunststoff sitzen. Die Tarnung war fast perfekt, doch nicht perfekt genug, um Hurwitzka zu täuschen.

Der verzerrte Schatten an der Kuppelwölbung enthüllte ihm die wahre Gestalt des maskierten Invasors.

Wurgog hantierte an einem Terminal, während mehrere Meter von ihm entfernt der Milwony-Kakerlak bis zu den Hüften in einem Biokunststoffblock gefangen war. Milwony hatte die Augen geschlossen, und sein Gesicht besaß einen seltsam traurigen Ausdruck, der Hurwitzka fast das Herz brach.

War es zu Differenzen in der Führungsspitze der extragalaktischen Eroberer gekommen? Hatte sich der Milwony-Kakerlak gegen Wurgog verschworen, und sollte er dafür hingerichtet werden?

Denn dies war eine Hinrichtung, wie Hurwitzka an den Tentakeln erkannte, die aus dem Gewebeblock um Milwonys Unterleib wuchsen und sich hinauf zur Kehle tasteten, während sie Klauenhände formten.

Es wurde Zeit, daß er eingriff und dem Spuk ein Ende machte.

Er hob den Laser. »Ausgespielt, elender Kakerlak!« brüllte Hurwitzka triumphierend und drückte den Abzug.

Nichts. Kein Laserstrahl verließ den Fokuskristall.

Wurgog schoß aus seinem Sessel empor und starrte Hurwitzka verblüfft an. »He«, murmelte er, »was in aller Welt ...«

Der Milwony-Kakerlak schrie: »Hilfe!«

Hurwitzka schnellte los und prallte mit Wurgog zusammen. Der Großimperator wurde von der Wucht des Angriffs überrascht, so daß er trotz seiner kräftigeren Statur zu Boden ging.

Hurwitzka lachte gellend und drosch mit dem Haarbürsten-Laser auf den Kakerlak ein.

Der Großimperator grunzte und schlug wild um sich. Ein Hieb traf das Terminal, das er bei Hurwitzkas Angriff verloren hatte, und der Kasten schlitterte über den Boden und kollidierte mit dem Biokunststoffblock, in dem Milwony steckte.

Milwony bückte sich geistesgegenwärtig und hob das Terminal auf. Die Tentakel hatten sich bereits um seinen Hals gelegt und schnürten ihm die

Luft ab. Während sich sein Gesicht verfärbte, hantierte er an dem Terminal.

»Verdammt!« knurrte Wurgog.

Er bekam Hurwitzka an der Kehle zu packen, und der Veteran sah seine riesige Faust auf sich zukommen. Dann hatte er das Gefühl, von einem Vorschlaghammer getroffen zu werden.

Er wirbelte durch die Luft und prallte mit einem der Computerblöcke zusammen. Blut tropfte aus seiner Nase, und seine Lippen waren aufgeplatzt. Sein Kopf dröhnte. Nur verschwommen nahm er wahr, wie Wurgog auf ihn zukam und erneut zum Schlag ausholte.

In diesem Moment löste sich der Block um Milwonys Unterleib auf. Mit zwei, drei großen Schritten war er hinter dem Großimperator. Er hob das Terminal und ließ es mit aller Kraft auf den Schädel des Kakerlaken-Herrschers niedersausen.

Wurgog brach ohne einen Laut zusammen.

Anatol Hurwitzka schloß seufzend die Augen. Er wußte jetzt, daß keine Gefahr mehr drohte. Die Kakerlaken dezimierten sich selbst. Die Erde war gerettet.

17.

Gene Milwony III. nippte genießerisch an dem *Knockout Special* und sah von der Terrasse hinunter auf das bunte Treiben auf den Straßen der Adamasischen Metropole.

Schnarrend wiegten sich die hohen Triebe der Schnarl-Pflanzen im Wind und spendeten angenehmen Schatten. Der große Platz am Fuß des Terrassengebäudes war von MAMMA mit einem Springbrunnen versehen worden. Kinder planschten im Brunnenbecken. Auf den Bänken saßen sommerlich gekleidete Männer und Frauen und sonnten sich im hellen Nachmittagslicht. Von irgendwo erklang Gitarrenmusik.

»Noch etwas zu trinken, Gene?« fragte MAMMAS Stimme aus der Luft.

»Ich habe noch, danke«, murmelte Milwony träge.

Jemand stieß ihn an. Es war Hassewass 756, der Matten-Willy. »Ich weiß immer noch nicht genau, was passiert ist, nachdem Sie diesen Rast niedergeschlagen haben«, sagte Hassewass.

Milwony gähnte. »Nun, das Terminal ging bei dem Hieb zu Bruch, und die Positronik war ohne Steuerung. Sie hörte auf, die Flugsonden über der Stadt mit gefälschten Daten zu füttern, und in Terrania bemerkte man endlich, daß etwas nicht stimmte. Kuschel flog mit einem Haufen SD-Beamten ein, und er bekam fast einen Herzschlag, als er erfuhr, was ohne sein Wissen geschehen war.

Man befreite die entführten Testbewohner aus dem Bunkersystem in den Anden, und die Technische Abteilung Whistlers nahm MAMMA auseinander und entfernte die Howalgoniumkristalle.«

»Diese Burschen haben sich verdammt viel Zeit gelassen«, warf Mashmir Gulf finster ein. »Himmel, ich bin fast erstickt. Es ist wahrhaftig kein Vergnügen, von zehn Metern Biokunststoff bedeckt zu sein, gefangen in einem Hohlraum mit wenig Luft und ohne Licht.«

»Immerhin sind Sie nicht gestorben«, bemerkte Bertholm Shark, der mit Eiris Deligado am Geländer der Terrasse lehnte. »Wir jedenfalls hatten den Tod vor Augen, nicht wahr, Liebes?«

Eiris warf Virgil Zimbrot, der auf einem Diwan lag und sich von MAMMAS Händen den Rücken massieren ließ, einen giftigen Blick zu.

»Nicht nur den Tod«, sagte sie, »sondern auch einen verdammten Fledderer.«

»Aber, aber«, rief Milwony, »Whistler hat Sie für die unangenehmen Zwischenfälle doch reichlich entschädigt. Und ist es nicht wundervoll, wie MAMMA jetzt funktioniert?«

»Schmeichler«, sagte MAMMA.

Carell No trat auf die Terrasse. »Morgen ist Wahltag. Daß keiner vergißt, seine Stimme abzugeben, klar? Der Posten des Bürgermeisters ist zu wichtig, um ihn einem von meinen unfähigen Konkurrenten anzuvertrauen. Also sagen Sie ja zu No, und die Zukunft wird froh. Zigarre?«

Milwony trank einen Schluck *Knockout Special.* Es tat gut, sich auszuruhen, sich zu entspannen und Kräfte zu sammeln für die neuen Aufgaben, die seiner harrten.

Das Laufende Moos zu seinen Füßen knisterte verträumt vor sich hin.

»Was haben Sie vor, Gene?« fragte Ulga O'Hail, »wenn der Großversuch mit MAMMA endet? Werden Sie sich dann zur Ruhe setzen? Oder haben Sie bereits neue Pläne?«

Milwony sah zu der molligen Frau hinüber. »Alles deutet darauf hin«, erwiderte er, »daß MAMMA ein voller Erfolg werden wird. Wahrscheinlich vergehen Jahrhunderte, bis die Adamasischen Metropolen die herkömmlichen Städte ersetzt haben, aber diese Entwicklung wird sich nicht aufhalten lassen.

Was mich betrifft, so muß ich gestehen, daß mich die Möglichkeiten des Biokunststoffs immer mehr faszinieren.«

Nachdenklich rieb Milwony sein Kinn.

»Ich frage mich«, murmelte er, »ob man nach dem gleichen Konzept nicht ein Adamasisches Raumschiff konstruieren könnte, ein Raumschiff aus Biokunststoff. So perfekt wie MAMMA-1 und in der Lage, die Besatzung von sämtlichen anfallenden Routinearbeiten zu befreien, selbständig zu manövrieren und das angegebene Ziel zu finden.«

Anatol Hurwitzkas Gesicht leuchtete auf. »Das ist ja eine großartige Idee«, rief er begeistert. »Seit gestern empfange ich wieder Psi-Botschaften aus dem All. Irgendwo in einer Galaxis der Lokalen Gruppe muß es eine verdammte Bande intelligenter Käfer geben, die nichts anderes im Sinn haben, als die Erde zu erobern und allen pensionierten Raumsoldaten die Pension zu streichen. Ihr Herrscher nennt sich Salvador der Große und ...«

»Salvador?« echote Ziana van Dali interessiert.

MAMMA fragte: »Noch etwas zu trinken, Gene?«

Der Narrenturm

ERSTER TEIL
Lukas Lorrimer oder
Star-Amore – Sternenliebe

In den Annalen der Menschheitsgeschichte wird das Jahr 2613 A. D. gelegentlich als Schwarzes Loch bezeichnet – sofern man es überhaupt einer Erwähnung wert befindet. In der Tat gibt es kaum ein seriöses Geschichtswerk, das diesem Jahr mehr als eine Fußnote widmet. Der Grund dafür liegt auf der Hand: Es fanden keine Kriege statt, es wurden keine bahnbrechenden Erfindungen gemacht, keine bedeutenden Verträge geschlossen, keine Skandale aufgedeckt. Kurz: Die kosmische Bühne sah in diesem Jahr weder Tragödien noch Komödien, und die Historiker, auf kosmische Geschehnisse fixiert, sahen im Jahr 2613 den »größten Langweiler seit Guckys Lyriksammlung ICH UND DER REST DES UNIVERSUMS«. Doch frei von kosmischen Umwälzungen, findet der Chronist endlich Zeit, sich um die kleinen Tragödien und Komödien zu kümmern, wie sie in jedem Jahr auf jedem Planeten der Milchstraße stattfinden und die auf ihre Art ebenso bedeutend sind wie ein galaktischer Krieg oder ein Friedensvertrag zwischen zwei verfeindeten Sternenreichen. Da gibt es zum Beispiel im Jahr 2613 A. D. auf Terra die ganz persönliche Tragödie des Lukas Lorrimer, Leiter des Eheanbahnungsinstituts STAR-AMORE …

1.

»Ich suche eine Frau«, sagte der Swoon, als er das Büro betrat und sich mit der ganzen Grazie einer zweibeinigen Gurke auf den Besuchersessel schwang. Er legte seine Aktentasche neben sich auf das Polster und zog aus den Falten seines nachthemdähnlichen Gewandes eine Visitenkarte hervor. Lässig warf er sie auf Lukas Lorrimers Schreibtisch. »Eine terranische Frau«, fügte der Swoon hinzu.

»Sicher«, nickte Lorrimer. »Jeder, der sich an *Star-Amore* wendet, sucht eine terranische Frau. Schließlich sind wir ein kosmisches Eheanbahnungsinstitut. Wir sind darauf spezialisiert, unseren außerirdischen Freunden terranische Frauen zu vermitteln.«

Er ließ das Schälchen Gurkensalat, über das er sich soeben hermachen wollte, unauffällig im Seitenfach seines Schreibtischs verschwinden. Gurkensalat war Lorrimers Leib- und Magengericht, aber die Swoon waren ein empfindliches Völkchen, was manche terranische Ernährungsgewohnheiten betraf, und nur ein Narr verärgerte seine Kunden, bevor er sie ausgenommen hatte. Man konnte Lukas Lorrimer einiges nachsagen, aber nicht, daß er ein Narr war. Im Gegenteil.

Er war ein skrupelloser, pathologisch geldgieriger Geschäftsmann, und er kannte die SCHRECKLICHE WAHRHEIT. Und weil er die SCHRECKLICHE WAHRHEIT kannte und pathologisch geldgierig war, hatte er das kosmische Eheanbahnungsinstitut *Star-Amore* gegründet.

Er griff nach der Visitenkarte. Seine Augen wurden groß. Sein Gesicht begann zu glühen. Sein Herz machte einen Sprung, denn er roch Geld: Die Visitenkarte war mit Blattgold überzogen und an den Rändern mit punktgroßen Saphirsplittern intarsiert. Silberfäden bildeten die Buchstaben: ÄLMRICH OLK – OLK MIKROTECH EXPORT SWOOFON.

»Mr. Olk«, sagte Lorrimer mit einem gewinnenden Lächeln, »es ist mir eine große Ehre, Ihnen zu Diensten zu sein. Und ich kann Ihnen versichern, daß wir die richtige Frau für Sie finden werden. *Star-Amore* hat bisher noch jeden seiner Klienten in den Hafen der Ehe gelotst.«

»Hafen?« unterbrach der Swoon. Die Augen unter dem blattartigen, pinkfarbenen Haarschopf blinzelten irritiert. »Was für ein Hafen? Ich wußte nicht, daß zu einer Ehe mit einer Terranerin auch ein Hafen gehört.«

Lorrimers Lächeln wurde ein wenig säuerlich. »Nur eine Redewendung«, erklärte er. »Wir Terraner mögen Redewendungen.«

»Ach was?« sagte der Swoon. Sein pinkfarbenes Blatthaar raschelte.

Lorrimer räusperte sich. »Mr. Olk, ehe wir Ihre Partnerwünsche im Detail besprechen, bin ich verpflichtet, Sie auf die Geschäftsbedingungen von *Star-Amore* hinzuweisen. Wir erheben eine Anmeldegebühr von zweitausend Solar; jedes von uns arrangierte Rendezvous mit einer unserer heiratswilligen Klientinnen kostet weitere zweitausend; und im Fall einer Eheschließung wird ein Erfolgshonorar von fünftausend Solar fällig. Als Gegenleistung erhalten Sie unseren Datenchipkatalog *Tausend bezaubernde Bräute,* die Hypnolernspule *Wie becirce ich terranische Frauen* und einen Eintrag im positronischen Datenpool der Vereinigung interstellarer Eheanbahnungs- und Partnervermittlungsinstitute, in dem die Daten von über zweihundert Millionen heiratswilliger Wesen aus allen Teilen der Milchstraße gespeichert sind. Ist das nicht großartig?«

»Aber ich will eine *terranische* Frau«, sagte der Swoon. »Ich bin an diesem galaktischen Ehepool nicht interessiert.«

»Unter diesen Umständen wird auf den Eintrag selbstverständlich verzichtet.« Lorrimer lächelte sein gewinnendes Lächeln und dachte: *Natürlich willst du eine terranische Frau. Das wußte ich schon, bevor du dieses Büro betreten hast, denn ich kenne die SCHRECKLICHE WAHRHEIT ...*

»Nun gut«, erklärte der Swoon. »Unter diesen Umständen bin ich mit den Bedingungen einverstanden, Mr. Lorrimer.«

Wieder griff er in sein faltenreiches Nachthemd und brachte eine Kreditkarte zum Vorschein. Lorrimer legte sie auf die Fotozelle seines Buchungscomputers, ließ die schmalen Finger über die Tastatur des Terminals huschen, und im Bruchteil einer Sekunde war die Transaktion erledigt. Das Bankguthaben von *Star-Amore* hatte sich um zweitausend Solar erhöht. Lorrimer unterdrückte den Impuls, sich zufrieden die Hände zu reiben, und gab seinem außerirdischen Klienten die Karte zurück.

Der Swoon schlug die dünnen Beine übereinander, öffnete die Aktentasche und nahm eine rosa Topsid-Zigarre heraus. Als er sie in den Mund steckte und kräftig zubiß, begann die Spitze zu glühen, und bald erfüllte penetranter Himbeergeruch das ganze Büro. Rosa Rauchschwaden ballten sich unter der Decke zu wolkigen Figuren. Verstohlen schaltete Lorrimer die Umwälzleistung der Klimaanlage höher und bemühte sich, möglichst flach zu atmen, bis die Rauchwolken in Richtung Entlüftungsschacht trieben.

»Also?« sagte der Swoon und blies Lorrimer einen rosa Rauchring ins Gesicht.

Lorrimer hustete. »Wir werden Ihnen den Datenchipkatalog und die Hypnolernspule zuschicken. Sie wohnen im Hotel?«

»Interstellar«, sagte der Swoon.

Das teuerste Hotel von ganz Terrania. Lorrimer hatte nach der Visitenkarte nichts anderes erwartet. *Diese Gurke,* dachte er, *ist eine Goldgrube. Gar nicht zu vergleichen mit dem Matten-Willy oder diesem trunksüchtigen Unither. Von dem Blue ganz zu schweigen. Sie wird mich reich machen. Ich werde Millionär sein, wenn ich mit ihr fertig bin.*

Laut sagte er: »Nun, Mr. Olk, Sie können sich natürlich in aller Ruhe in Ihrem Hotelzimmer den Katalog anschauen und Ihre Wahl treffen, und wir werden dann das Rendezvous mit der Frau Ihrer Träume arrangieren, aber meine langjährige Erfahrung sagt mir, daß Sie eine Gur... ein Mann von Welt sind.« Er beugte sich nach vorn und sah dem Swoon scharf in die wäßrigen Augen. »Ich sehe vor mir einen Mann, für den das Beste gerade gut genug ist. Einen Mann, der sich nicht mit dem zufriedengibt, was gewöhnliche Sterbliche in Verzückung versetzt. Einen Mann mit erlesenem Geschmack, exklusiven Ansprüchen und kompromißlosen Maßstäben. Einen Mann, der ein Recht darauf hat, eine Frau zu bekommen, neben der alle anderen Frauen Würmer sind!«

Der Swoon blinzelte. »Ach was?«

»In der Tat!« bekräftigte Lorrimer. »Mr. Olk, vergessen Sie den Katalog. Sagen Sie mir, wie die Frau Ihrer Träume aussieht, und ich finde sie für Sie. Zufriedene Klienten und glückliche Ehen, Mr. Olk, das ist der Grundsatz von *Star-Amore.*«

»Nun.« Der Swoon wedelte mit seiner Zigarre, und die Asche rieselte wie schmutziger Schnee auf den imitierten Orientteppich des Büros. »Offen gestanden, ich habe mir bereits ein Bild von meiner zukünftigen Gattin gemacht. Sie muß reich sein. Und blond. Wasserstoffsuperoxydblond, um es zu präzisieren. Außerdem soll sie treu, gehorsam, fleißig, häuslich und … äh … an den richtigen Stellen gepolstert sein.« Seine Augen zwinkerten Lorrimer anzüglich zu. »Sie wissen schon, was ich meine.«

Ich will verdammt sein! dachte Lorrimer grimmig. *Eine Pascha-Gurke!*

»Aber das ist ja hervorragend!« jubelte er. »Sie werden es kaum glauben – aber erst heute morgen rief mich eine Klientin an, die nicht nur reich, blond, treu, gehorsam, fleißig, häuslich und an den richtigen Stellen gepolstert ist, sondern auch davon träumt, glückliche Gattin eines Swoon zu werden!«

»Ach was?«

»Und ob! Sie werden begeistert sein.« Lorrimer tat geschäftig, wühlte in seiner Schreibtischschublade, dann im Seitenfach, kippte beinahe das Schälchen Gurkensalat um und fand schließlich das Fernsteuermodul hinter den beiden Vurguzz-Flaschen, die er aus medizinischen Gründen stets in Griffweite aufbewahrte.

»Und wer«, fragte Älmrich Olk mit begehrlichem Unterton, »ist meine glückliche Braut?«

»Sie heißt Cynthia Vandermor,« eröffnete ihm Lorrimer und betätigte das Fernsteuermodul. Die Seitenwand des Büros verwandelte sich in einen Großbildschirm, und Cynthias Konterfei erschien. Der Swoon ächzte. Seine Blatthaare raschelten, und die brennende Zigarre fiel ihm aus den Fingern; blitzschnell beugte sich Lorrimer über den Schreibtisch und fing die Zigarre auf, bevor sie ihm das Sesselpolster versengen konnte.

Er grinste häßlich, als er sie im Gurkensalat ausdrückte.

Der Swoon bemerkte es nicht. Natürlich bemerkte er es nicht. Seine wäßrigen Augen saugten sich förmlich an Cynthia Vandermor fest. Er war hingerissen. Er war verzückt. Er war der lebende Beweis für die SCHRECKLICHE WAHRHEIT, und Cynthia …

Cynthia war braun gebrannt und langbeinig, wohlproportioniert und samthäutig, und ihr Gesicht würde jeden Engel vor Neid erblassen lassen. Lasziv hatte sie sich an einem Strand aus weißem, feinkörnigem Sand ausgestreckt, und sie trug nur einen winzigen Bikini und im Haar eine rosa Schleife.

Düster starrte Lorrimer den Swoon an, und das Wissen um die SCHRECKLICHE WAHRHEIT lastete mit einemmal wie Blei auf seinen Schultern. Nur der Gedanke, daß Älmrich Olk noch vor seinem Abflug von Terra den Tag verfluchen würde, an dem er sich an *Star-Amore* gewandt hatte, hielt ihn aufrecht.

Denn natürlich dachte Cynthia Vandermor nicht im Traum daran, Älmrich Olk oder irgendeinen anderen Swoon zu heiraten.

Sie würde sich mit dem Swoon treffen, und *Star-Amore* würde für jedes Rendezvous zweitausend Solar kassieren. Tag für Tag zweitausend Solar, und das einen ganzen Monat lang. Und dann würde Olk seinen Abflug verschieben; für Lorrimer bestand daran keinen Zweifel. Wenn schon das Foto genügte, ihm den Verstand zu rauben, dann war er verloren, sobald er Cynthia zum ersten Mal traf. Und mit jedem Rendezvous würde der liebestolle Swoon in größere Raserei geraten. Er würde Cynthia Honig, Milch und goldene Berge versprechen und vom trauten Familienglück in irgendeinem gottverlassenen Gurkenbeet auf Swoofon schwärmen.

Lorrimer konnte es sich direkt vorstellen: Olk in seinem Nachthemd, die topsidische Zigarre lässig im Mundwinkel; Cynthia mit ihrem rosa Schleifchen; und im Hintergrund Oma Gurke und Opa Gurke, wie sie die kleinen, süßen Gurkenkinder hüteten.

Lorrimer verdrängte die bizarre Version und gab sich angenehmeren Gedanken hin.

Die Wochen und Monate würden verstreichen, und jeder Tag würde *Star-Amores* Kontostand um zweitausend Solar erhöhen, bis Älmrich Olks Vermögen aufgebraucht war und das rote Warnlicht am Buchungscomputer aufglomm. Und dann, dachte Lorrimer mit einem boshaften Lächeln, kam das unwiderruflich letzte Rendezvous: In dem Moment, wenn der liebeskranke Olk vor Cynthia auf die Knie sank, ihr seinen Ruin gestand und sie anflehte, trotzdem seine Frau zu werden, würde Cynthia eine Gewürzgurke aus der Tasche ziehen und bedeutungsvoll daran herumknabbern. Oder mit ihrem Verehrer ein vegetarisches Restaurant aufsuchen und mit allen Anzeichen des Behagens eine ganze Schüssel Gurkensalat verspeisen. Lorrimer nickte. Genau das würde geschehen.

In dieser Hinsicht war auf Cynthia Verlaß. Schließlich war sie seine Freundin. Und sie kannte genau wie er die SCHRECKLICHE WAHRHEIT.

Lorrimer wartete noch einige Sekunden, nahm dann das Fernsteuermodul in die Hand und berührte eine Sensortaste. Cynthias Foto verschwand. Der Bildschirm verwandelte sich wieder in eine Wand. Der Swoon erwachte aus seiner Trance und blinzelte. Mit einer fahrigen Handbewegung strich er über sein pinkfarbenes Blatthaar. »Bei allen Sternen!« keuchte er. »Bei *allen* Sternen!«

»Nun?« sagte Lorrimer. »Habe ich ihnen zuviel versprochen, Mr. Olk?«

»Ich bin überwältigt«, gestand der Swoon. »Ich nehme sie. Könnten Sie sie mir gleich einpacken und ins Hotel schicken?«

Lorrimers leutselig lächelndes Gesicht erstarrte zu einer frostigen Maske. »Mr. Olk, terranische Frauen sind es nicht gewohnt, eingepackt und mit der Paketpost in die Wohnung des zukünftigen Gatten geliefert zu werden.«

»Ach was?«

»Terranische Frauen, Mr. Olk, sind es gewohnt, daß man ihnen den Hof macht!«

»Den Hof?« Der Swoon wirkte überrascht. »Wie seltsam! Und wie groß ist dieser Hof, wenn ich fragen darf?«

Auf Lorrimers Stirn begann eine Adern zu pulsieren. Nur das Wissen um die SCHRECKLICHE WAHRHEIT und die Pflicht, die er zu erfüllen hatte, hielt ihn davon ab, sich auf den Swoon zu stürzen.

»Auch das war eine Redewendung«, erklärte er mit erzwungener Ruhe. »Sie müssen um sie werben, verstehen Sie? Ihr Komplimente machen, mit ihr ausgehen, ihr Geschenke machen, Sekt und Kavier spendieren, kurz und gut, Sie müssen ihr zeigen, daß sie geliebt, begehrt und angehimmelt wird.« Lorrimer seufzte. »Ich schlage vor, Sie gehen in Ihr Hotel zurück, absolvierenden Hypnolehrgang *Wie becirce ich terranische Frauen,* und ich arrangiere für morgen ein Treffen mit Ihrer Angebeteten. Einverstanden?«

Der Swoon rutschte vom Sessel und richtete sich zu seiner vollen Größe von fünfzig Zentimetern auf. »Einverstanden, Mr. Lorrimer. Sie ahnen ja nicht, wie glücklich Sie mich gemacht haben.«

Lorrimer lächelte rätselhaft.« O doch, Mr. Olk. Ich ahne es.«

2.

Nachdem der Swoon gegangen war, verließ Lorrimer sein Büro und begab sich in die Kantine des *Galactic Center.* Sie lag im Erdgeschoß des achtzigstöckigen Büroturms, und durch ihre riesige Fensterfront sah man auf den Arno-Kalup-Park, der in Frühjahrsfarben erblüht war und vergessen ließ, daß man sich mitten in der Riesenstadt Terrania befand.

Der Kantinenpächter war ein Blue namens Y'ürp, und Lorrimer verdächtigte ihn, die Kantine nur übernommen zu haben, um den jungen

Frauen nachzustellen, die für die beiden großen Künstleragenturen in den Dachetagen des Turms arbeiteten. Allerdings war es ihm bisher noch nicht gelungen, Y'ürp auf frischer Tat zu ertappen.

Lorrimers Angebot, sich von *Star-Amore* eine terranische Frau vermitteln zulassen, hatte der Blue mit dem Hinweis abgelehnt, daß Erdfrauen keine Eier legen konnten.

Lorrimer preßte grimmig die Lippen zusammen. Wer wie er die SCHRECKLICHE WAHRHEIT kannte, ließ sich auch von den bühnenreifen Schauspielkünsten eines Blues nicht täuschen. Er würde Y'ürp im Auge behalten und ihm im richtigen Augenblick die Gelüste nach menschlichen Frauen austreiben. Neben der Robotkasse am Eingang blieb Lorrimer einen Moment stehen und sah sich in dem großen, durch Pflanzenkübel und Holografiken unterteilten Raum um. In unmittelbarer Nähe der Fensterfront entdeckte er zu seiner Befriedigung Karnegoris Pan und Famos O'Hack.

Pan – ein großer, dünner Mann mit griesgrämigen Gesicht, modisch vergrößerten Ohrmuscheln und mephistophelisch gezwirbelten Augenbrauen – betrieb in der Etage über Lorrimers Eheanbahnungsinstitut eine Privatdetektei und spionierte hauptsächlich entlaufenen Haustieren nach. O'Hack war untersetzt, neigte zur Fettleibigkeit und trug wie stets seine selbstgebastelte *Brainstorming*-Kappe auf dem Kahlkopf – eine Kreuzung zwischen einem Stahlhelm und dem Innenleben eines antiken Röhrenradios. O'Hack behauptete, daß die Kappe seine kreativen Fähigkeiten verstärke, indem sie die von seinem Gehirn erzeugten Gedankenimpulse reflektiere, aber wahrscheinlich war O'Hack nur ein weiterer Verrückter aus der 10. Turmetage, wo er in der Nachbarschaft verkannter Genies, steinreicher Esoteriker und spinnender Modephilosophen seine Ein-Mann-Denkfabrik eingerichtet hatte. Gerüchten zufolge hatte er die Ideen für Guckys Lyrikbank ICH UND DER REST DES UNIVERSUMS geliefert, aber Lorrimer vermutete, daß O'Hack diese Gerüchte selbst verbreitet hatte, um sich wichtig zu machen.

Mit einem gewinnenden Lächeln steuerte Lorrimer ihren Tisch an; zwei Stühle waren noch frei, und Pan und O'Hack schienen noch nicht mit dem Mittagessen begonnen zu haben.

»Hallo«, sagte er und traf Anstalten, sich neben Pan niederzulassen.

Der Detektiv stieß einen unterdrückten Schrei aus. »Halt! Um Gottes willen ... nicht diesen Stuhl!«

Lorrimer sprang mit einem Satz zurück und starrte den Stuhl an. Es war ein völlig normaler Stuhl. »Was soll der Unfug?« fragte er Pan. »Haben Sie den Verstand verloren, Karnegoris? Endgültig?«

Die vergrößerten Ohrmuscheln des Detektivs zuckten. Beschwörend sah er Lorrimer an. »Schreien Sie nicht so! Die Spione!« preßte er hervor. »Sehen Sie sie nicht? Nein, schauen Sie nicht so auffällig hin, Lukas. Die Spione dürfen nicht erfahren, daß sie enttarnt worden sind. Sie sind zwar taub, aber nicht blind.«

Lorrimer wechselte einen Blick mit O'Hack. Der bullige Mann zuckte die Schultern, und seufzend nahm Lorrimer an seiner Seite Platz. Dabei vermied er es sorgsam, den Stuhl neben Pan auch nur mit einem Blick zu streifen.

»Was für Spione?« fragte er.

»Aus der fernen Zukunft«, antwortete Pan und beschäftigte sich intensiv mit dem Tischmonitor, über den die Speisekarte flimmerte. »Sie sind schätzungsweise zwanzig Zentimeter groß, grau und menschenähnlich – sieht man von ihrer abnorm großen Nase ab, die sie in meine Angelegenheiten stecken, seit ich in diesen verdammten Turm gezogen bin.«

»Tatsächlich?« Lorrimer schielte zu dem unbesetzten Stuhl hinüber. Nichts. Er war leer. Ein völlig normaler Stuhl. »Aber warum kann ich sie nicht sehen?« wandte er sich wieder an Pan. »Ich sehe keine Spione. Nicht einen einzigen.«

Pan hob den Kopf. Er bedachte Lorrimer mit einem verächtlichen Blick. »Tarnfeld«, erklärte er knapp. »Achten Sie auf das Klicken.«

»Das Klicken?« echote Lorrimer.

»Und das Blitzen. Altmodische Fotoapparate. Die Spione sind mit altmodischen Fotoapparaten ausgerüstet. Apparate mit Blitzlichtern. Sie klicken. Man wird ganz taub davon. Und die Blitzlichter sind noch schrecklicher.« Pan nickte düster. »Früher haben sie sich nur hinter den Tapeten aufgehalten, aber seit einem Jahr folgen mir die Spione auf Schritt und Tritt.«

»Scheußliche Sache«, sagte Lorrimer mitfühlend.

»Ja«, nickte der Detektiv. »Besonders nachts. Kann nicht mehr schlafen. Das Klicken. Und die Blitzlichter. Und dann noch diese Nasen …«

O'Hack hüstelte. »Nun, Lukas, wie gehen die Geschäfte?«

»*Star-Amore* bekam heute den vierten Klienten«, sagte Lorrimer. »Einen Swoon namens Älmrich Olk – lebender Beweis für die SCHRECKLICHE WAHRHEIT. Dieser Olk ist steinreich und wie alle anderen dieser Burschen ganz verrückt nach unseren Frauen.« Er lächelte böse. »Nun, er wird schon sehen, was er davon hat.«

O'Hack rieb zweifelnd sein Doppelkinn. »Halten Sie es nicht für unmoralisch, unsere außerirdischen Freunde zu betrügen? Ich meine, haben Sie denn gar kein Gewissen, Lukas?«

Lorrimer traf fast der Schlag. »Gewissen?« wiederholte er. *»Gewissen?* Sie fragen *mich,* ob *ich* ein *Gewissen* habe? Und das im Angesicht der

SCHRECKLICHEN WAHRHEIT?« Er war fassungslos. Seine Hände zitterten. Er starrte O'Hack an. Er konnte es einfach nicht glauben. Dann lachte er hohl. »Natürlich. Sie können es nicht verstehen. Sie sind blind wie alle anderen, und Sie würden die SCHRECKLICHE WAHRHEIT selbst dann nicht erkennen, wenn man Sie mit der Nase draufstoßen würde.«

Pan sah auf. »Die Nase eines durchschnittlichen Spions mißt ...«

»Ich spreche von der SCHRECKLICHEN WAHRHEIT«, erklärte Lorrimer, »von jener Wahrheit, die unsere Ahnen aus dem frühen zwanzigsten Jahrhundert kannten und die heute in Vergessenheit geraten ist. Schlimmer noch: Niemand scheint sich für die SCHRECKLICHE WAHRHEIT zu interessieren, niemand außer mir.«

»Sie sind der Erleuchtete, wie?« knurrte O'Hack. »Der einzige Vernünftige auf einem Planeten voller Narren, was?«

»Ich bin der, der die SCHRECKLICHE WAHRHEIT entdeckt hat«, erwiderte Lorrimer. »Oder besser: der sie wiederentdeckt hat. Denn zu Beginn des zwanzigsten Jahrhunderts war sie bekannt, und unsere Vorväter haben verzweifelt versucht, sie aufzuzeichnen, damit sie nicht in Vergessenheit geriet. *Astounding! Planet Stories! Amazing Stories!* Ich habe Faksimiles dieser alten Geheimschriften zu Hause in meinem Safe. Faksimiles der Titelbilder, von verzweifelter Hand gezeichnet, um uns zu warnen. Bilder, die die SCHRECKLICHE WAHRHEIT in ihrer ganzen Scheußlichkeit zeigen: junge, hübsche, leichtbekleidete Menschenfrauen – in den Klauen außerirdischer Wesen; auf der Flucht vor den Kreaturen von den Sternen; verfolgt von extraterrestrischen Ungeheuern.« Lorrimer fuchtelte erregt mit den Händen. »Das ist die SCHRECKLICHE WAHRHEIT! Die Außerirdischen haben von Anfang an immer nur eins gewollt – und zwar unsere Frauen. Nach meiner Theorie sind alle Invasionen, die Terra bisher heimgesucht haben, nur zu dem Zweck inszeniert worden, um uns Terranern die Frauen zu klauen. Die Ahnen haben es gewußt. Sie haben die Gefahr, die unseren hilflosen Frauen von den Außerirdischen droht, hellsichtig erkannt. Und heute ist diese Gefahr Wirklichkeit geworden, doch der einzige, der etwas dagegen unternimmt, bin ich.«

O'Hack schnaubte höhnisch. »Indem Sie ein kosmisches Eheanbahnungsinstitut betreiben und Ihre Freundin an den nächstbesten Swoon verkuppeln, was?«

»Sie begreifen nichts«, brauste Lorrimer auf. »Nichts! *Star-Amore* ist unsere einzige Chance. Solange die Außerirdischen glauben, ganz legal an unsere Frauen heranzukommen, geraten sie nicht in Versuchung, sie klammheimlich zu entführen. Und ich habe Gelegenheit, ihren entsetzlichen Irrtum zu korrigieren, einen Irrtum, dem auch Älmrich Olk unterliegt: daß Außerirdische unsere Frauen glücklich machen können. Wenden sie sich an *Star-Amore,* öffne ich ihnen die Augen. Ich führe sie zurück auf den rechten Weg.«

»Wir sollten endlich essen«, bemerkte Pan. »Schon allein, um die Spione über unsere wahren Absichten hinwegzutäuschen.«

Lorrimer ignorierte ihn. »Kein Außerirdischer«, fuhr er fort, »kann unsere Frauen glücklich machen. Nehmen wir zum Beispiel diesen Olk. Gelänge es ihm wirklich, Cynthia zu ehelichen und heim nach Swoofon zu nehmen, es wäre über kurz oder lang sein Tod. Die Idylle im Gurkenbeet würde sich rasch als Hölle entpuppen. Cynthia würde Olk nie verzeihen, daß er sie nicht glücklich macht, denn wie jede Frau hat sie ein Recht darauf, glücklich gemacht zu werden, einfach deshalb, weil sie eine Frau ist, und Cynthia weiß das ganz genau ...«

»Die Spione lassen fragen, was einen Swoon überhaupt an einer terranischen Frau interessiert«, sagte Pan.

Lorrimer funkelte ihn an. »Was interessiert *Sie* denn an einer terranischen Frau?«

»Nun.« Der Detektiv hatte plötzlich einen lüsternen Ausdruck im Gesicht. »Das, was alle interessiert, schätze ich.«

»Eben«, nickte Lorrimer. »Das, was alle interessiert. Und da die Männer bekanntlich alle gleich sind, spielt es auch keine Rolle, ob sie nun als Swoon, Blue oder Matten-Willy zur Welt gekommen sind. Männer sind Männer.«

»Ich weiß nicht«, murmelte O'Hack skeptisch. »Das klingt verdammt an den Haaren herbeigezogen. Ich kann beim besten Willen nicht glauben, daß sich Ihre außerirdischen Klienten für unsere Frauen als *Frauen* interessieren. Ich meine, *wir* interessieren uns doch auch nicht für die Swoon-Frauen, oder?« Er sah von Jarnegoris Pan zu Lukas Lorrimer. »Oder?«

»Das ist etwas ganz anderes«, wehrte Lorrimer ab. »Wir sind auch keine Außerirdischen, und es sind die Außerirdischen, die unseren armen Frauen nachstellen, und nicht umgekehrt. Wären wir irgendwelche Außerirdischen, nun, ich gehe mit Ihnen jede Wette ein, daß auch wir jedem Weiberrock hinterherjagen würden.«

»Aber wir jagen doch jedem Weiberrock hinterher!« wandte Pan ein.

»Jedem terranischen Weiberrock«, sagte Lorrimer betont. »Und wenn sich terranische Männer für terranische Frauen interessieren, ist das völlig normal. Normal, Karnegoris! Wissen Sie, was das ist?«

»Na, hören Sie mal!« Pan lief rot an.

»Sehen Sie«, nickte Lorrimer, »das ist der Beweis.«

O'Hack schien ganz und gar nicht überzeugt. »Mein lieber Lukas«, brummte er, »ich fürchte, Ihre Beweisführung wimmelt von logischen

Fehlern. Ich will ja nicht bestreiten, daß Ihr Swoon, von dem Sie erzählt haben, eine terranische Frau ehelichen will. Aber ich bin sicher, daß andere Gründe als schnöde fleischliche Gier dahinterstecken.«

»Spione?« schlug Karnegoris Pan vor, aber Lorrimers eisiger Blick ließ ihn verstummen, ehe er sein Lieblingsthema weiterverfolgen konnte.

»Ich habe eine Idee«, sagte O'Hack plötzlich und tippte bedeutungsvoll an seine *Brainstorming*-Kappe. »Wir könnten Y'ürp fragen, was einen Außerirdischen an terranischen Frauen interessiert.«

»Y'ürp verläßt seine Küche nicht«, erinnerte Lorrimer. »Außerdem würde er nie zugeben, daß ...«

»Krabschrab«, sagte Pan. Lorrimer sah ihn an, als säße statt des Detektivs eine riesige Schabe auf dem Stuhl, die sich erdreistete, in ihrer Schabensprache vor sich hin zu brabbeln.

»Krabschrab«, wiederholte Pan und deutete auf den Tischmonitor. »Es ist ganz neu auf der Speisekarte. Und dort steht, daß Y'ürp persönlich *Krabschrab* serviert.«

»Worauf warten wir dann noch?« fragte O'Hack. »Dreimal *Krabschrab,* mein bester Karnegoris, und zwar mit Überlichtgeschwindigkeit. Mein Magen fühlt sich schon wie ein Schwarzes Loch an!«

Beflissen tippte der hagere Detektiv die Kodeziffer des Gerichts in das Tischterminal, und die drei Männer versanken in erwartungsvolles Schweigen. Obwohl Lorrimer es O'Hack gegenüber niemals zugeben würde, hatten ihn die Argumente des Denkfabrikanten irritiert. Irrte er, Lorrimer, etwa? Irrten die weisen Männer aus dem zwanzigsten Jahrhundert, die Hunderte, ja Tausende Visionen des Grauens der Nachwelt hinterlassen hatten, damit die Männer der Zukunft die terranischen Mädchen und Frauen vor den begehrlichen Tentakeln der Außerirdischen beschützten?

Lorrimer fluchte lautlos.

Man müßte Perry Rhodan befragen können, dachte er. *Der Großadministrator stammt doch aus dieser Zeit. Rhodan müßte wissen, was es mit Astounding oder* Planet Stories *auf sich gehabt hat. Eine Schande, daß nur die Titelseiten dieser Niederschriften geheimen Wissens erhalten geblieben sind.*

Ein schrilles Zwitschern ließ ihn den Kopf heben.

Y'ürp, ein alter Blue mit angegrautem Körperflaum und faltigem Knorpelhals, kam soeben durch die holographische Darstellung eines karibischen Sonnenuntergangs geschlurft. In den Händen hielt er drei Teller. Nein, korrigierte sich Lorrimer, als Y'ürp den Tisch erreichte. Keine Teller; Steinplatten. Sehr rustikal. »Die verehrten Gäste haben *Krabschrab* bestellt?« fragte Y'ürp mit seiner hohen Zwitscherstimme und legte vor jedem eine der Steinplatten auf den Tisch. »Die Kreatur der Erleuchtung muß über sie gekommen sein, denn neben *Gnurgha, Pliyirt* und dem unvergleichlichen *Muurt*-Wurm ist *Krabschrab* die größte Delikatesse der Milchstraße.«

»Das hört sich teuer an«, brummte O'Hack und warf Pan einen fragenden Blick zu.

Der Detektiv sah auf den Monitor. »Oh«, machte er. »Dreihundert Solar. Tut mir leid. Ich habe …«

»Dreihundert Solar?« explodierte Lorrimer. »Das ist …«

»… einer derartigen Delikatesse nur angemessen«, unterbrach Y'ürp. Er griff in die Tasche seiner blauen, mit gelben Sternen gemusterten Schürze und brachte drei fingerlange schwarze Gegenstände zum Vorschein, die an Trillerpfeifen erinnerten, legte sie auf die Steinplatten und wandte sich mit einem gezwitscherten »Guten Appetit« ab.

O'Hack hielt ihn am Schürzenzipfel fest. »Einen Moment noch, Y'ürp«, sagte er.

»Oh, natürlich«, schrillte Y'ürp. »Bei der grauen Kreatur des Vergessens – Sie müssen pfeifen. Dann kommen die *Krabschrab.*«

»Wie?« fragte Lorrimer.

»Laut«, vermutete Pan. »Wir müssen laut pfeifen. Schon um das Klikken der Fotoapparate zu übertönen.«

»Sagen Sie, Y'ürp«, murmelte O'Hack, »was … äh … was würde Sie an einer terranischen Frau reizen?«

Der Blue sah O'Hack an, dann Pan, zum Schluß Lorrimer. Nachdenklich wackelte er mit dem Tellerkopf. »Schwer zu sagen. Schließlich legen terranische Frauen keine Eier. Im Gegensatz zu terranischen Hennen. Nicht, daß ein Blue eine terranische Henne einer terranischen Frau vorziehen würde, aber für eine eierlegende Rasse wie für uns Blues ist das ein wichtiger Punkt. Wenn Sie wissen, was ich meine.«

»Sicher«, nickte O'Hack ohne rechte Überzeugung.

Y'ürp deutete eine Verbeugung an, und Sekunden später war er im holographischen Sonnenuntergang verschwunden.

»Tja«, sagte O'Hack und befingerte nervös die Pfeife auf seiner Steintafel. »Seltsam, nicht wahr?«

Lorrimer zog es vor, die Lippen spöttisch zu kräuseln und im übrigen zu schweigen.

»Nun, ich schlage vor, wir pfeifen.« O'Hack lachte nervös. »Hoffentlich schmeckt dieses Kroppzeug. Teuer genug ist es ja!« Er führte die Pfeife an den Mund und blies hinein. Ein schriller Pfiff ertönte. Lorrimer und Pan fuhren zusammen und folgten dann O'Hacks Beispiel: Sie pfiffen. Und warteten. Lorrimer hielt nach Y'ürp Ausschau, aber der Blue blieb verschwunden. *Zum Teufel,* dachte er, *wir haben gepfiffen. Warum serviert er uns nicht seine verdammte galaktische Delikatesse?*

»Bei allen Pulsaren!« stieß Karnegoris Pan hervor und riß die Augen auf. »Bei allen Pulsaren! Was ist *das?*«

Lorrimer und O'Hack folgten Pans Blick. Drei seltsame Wesen krochen aus Richtung Küche auf ihren Tisch zu. Sie waren etwa so groß wie Tennisbälle; so bunt, als seien sie in alle Farbtöpfe des Spektrums gefallen; und sie krabbelten auf sechs kurzen Wurzelbeinen über den Boden.

»Scheint unsere Bestellung zu sein«, sagte O'Hack.

»Sie meinen, diese ... diese Viecher sind das *Krabschrab?*«

Lorrimer schluckte und verfolgte, wie die wurzelbeinigen Kreaturen weiterkrabbelten und dann plötzlich verharrten. Offenbar hatten sie Orientierungsschwierigkeiten.

»Vielleicht sollten wir noch einmal pfeifen«, meinte Pan. »Es könnte sein, daß die verdammten Spione mit ihren Fotoapparaten ...« Er verstummte, als ihn erneut ein eisiger Blick aus Lorrimers Augen traf. Zögernd führte er seine Pfeife zu den Lippen und blies hinein. Ein Pfiff. Ein *Krabschrab* löste sich von seinen Gefährten, krabbelte an dem mit den imaginären Spionen besetzten Stuhl vorbei, an Pans Stuhlbein hinauf bis zur Oberleiste der Rückenlehne und war dann mit einem Satz auf der Steinplatte. Fasziniert sahen die Männer zu, wie das *Krabschrab* seine Wurzelbeine in die Risse der Platte senkte und dann zur Bewegungslosigkeit erstarrte.

Nach zwei kurzen Pfiffen hatten auch O'Hacks und Lorrimers *Krabschrabs* ihre Plätze auf den Steinplatten eingenommen. Lorrimer warf Pan einen auffordernden Blick zu. »Also! Worauf warten Sie, Karnegoris?«

»Probieren Sie ruhig«, schloß sich Famos O'Hack ermunternd an. »Y'ürp wird uns schon keine giftigen Gewächse serviert haben. Schließlich ist das nach dem Lebensmittelgesetz verboten.«

Gewächse? Lorrimer runzelte die Stirn und musterte sein *Krabschrab* genauer. Tatsächlich; was er für ein Tier gehalten hatte, war eine Pflanze. Eine Pflanze, die an eine Mischung aus Krabbe und Spinne erinnerte und bunt wie ein Papagei war. Und die sich auf Zupfiff selbst servierte. Vorsichtig roch er an dem Gewächs. Ananas? Banane? Birne? Der Geruch ähnelte dem Aroma aller drei irdischen Obstsorten. Lorrimer sah wieder auf. »Worauf warten Sie?« fragte er Pan ungeduldig. »Probieren Sie endlich.«

Pan schluckte, blickte hilfesuchend zu O'Hack, schluckte erneut, nahm das Besteck zur Hand und stieß den Zinken der Gabel entschlossen in eines der Wurzelbeine. Lorrimer fuhr unwillkürlich zusammen, als hätte das Gewächs geschrien, aber es schrie ebensowenig wie ein Apfel oder eine Karotte. Pan faßte Mut und schnitt ein fingernagelgroßes Stück *Krabschrab* ab. Kurz bevor die Gabel den Mund erreichte, zögerte er, aber die erbarmungslosen Blicke der beiden anderen Männer ließen ihm keine Wahl. Das *Krabschrab*-Stück verschwand zwischen Pans Lippen. Der Detektiv kaute. Seine Augen wurden groß. Er schluckte, schnalzte verzückt und fiel wie ein ausgehungerter Wolf über die Pflanze auf dem Steinbrett her.

Erst jetzt wagte auch Lorrimer, die bluessche Delikatesse zu probieren. Sie war köstlich. Eine Mischung aus Birne, Ananas und Banane mit einer weiteren, undefinierbaren Geschmacksrichtung, die dem *Krabschrab* eine besondere, faszinierende Note verlieh. Und während Lorrimer aß, dachte er an Olk und an das Geld, das Cynthia aus dem Swoon herauspressen würde.

3.

Der Nachmittag verlief weitaus unerfreulicher als die erste Tageshälfte. Das Büro roch noch immer nach dem Himbeeraroma der topsidischen Zigarre; die Zigarre selbst hatte sich in der Öl- und Zitronensaftsoße des Gurkensalatschälchens zu einem unappetitlichen Brei aufgelöst; und zu allem Überfluß benötigte Lorrimer eine geschlagene Stunde, um Cynthia videofonisch zu erreichen, obwohl sie versprochen hatte, ständig ihren Beeper mit sich herumzutragen, der ihr durch einen Pfeifton signalisierte, wenn er sie zu sprechen wünschte.

Endlich tauchte ihr Engelsgesicht auf dem großen Wandmonitor auf. Das blonde Haar hatte sie mit der obligatorischen Schleife zu einem Zopf gebunden, und auf ihrem Kinn und ihren Wangen glitzerten Wassertropfen.

»Hallo, Schatz«, sagte Lorrimer. »Regnet es?«

Cynthia kicherte. Ihr Kopf schwankte hin und her, und für kurze Momente wurden ein Stück blauer Himmel, eine Palme und ein verstümmelter Schriftzug sichtbar: ELLAR. Sie schien betrunken zu sein.

»Ob es regnet?« wiederholte Cynthia. Sie kicherte. »Sozusagen. Champagner. Es regnet Champagner.«

Lorrimer seufzte. »Großartig. Wo bist du?«

»Wo ich bin?« Sie dachte angestrengt nach. Lorrimer sah es an dem starren Ausdruck ihrer blauen Augen. Sie beugte sich zur Seite, flüsterte mit jemand, der sich außerhalb des Erfassungsbereichs der Kamera befand, kicherte erneut und wandte sich wieder Lorrimer zu. »In einem Hotel, das heißt, *auf* einem Hotel. Auf dem Dach des *Interstellar.* In einer

Badewanne aus Marmor. Oder ist es ein Swimmingpool?« Sie flüsterte erneut mit dem Unsichtbaren. »Es ist ein Swimmingpool, Süßer«, sagte sie zu Lorrimer. »Voller Champagner. Ist das nicht galaktisch?«

Lorrimer kochte. »Ich versuche dich seit Stunden zu erreichen, und du badest seelenruhig in Champagner! Verdammt, du solltest doch diesen hirnrissigen Matten...«

»Pscht!« machte Cynthia. Sie versuchte, einen Finger an die Lippen zu legen und ihm so zu bedeuten, still zu sein, aber sie war zu betrunken und traf nur ihre Nasenspitze. »Er ist hier. Sprich nicht schlecht über ihn. Er ist so süß.«

»Musemus ist bei dir?« entfuhr es Lorrimer. »Auf dem Dach des *Interstellar*-Hotels in einem Swimmingpool voller Champagner? Der Botschafter des Zentralplasmas badet mit dir in aller Öffentlichkeit in einem Champagnerteich? Das ist ja nicht zu fassen!«

Ein Stielauge tauchte am unteren Bildrand auf, gefolgt von einem zweiten und einem dritten, an dem ein Translator hing.

»Mr. Lorrimer, wie schön, Sie zu sehen«, sagte der Matten-Willy heiter. »Sie können sich gar nicht vorstellen, wie *glücklich* ich bin, Mr. Lorrimer!«

O doch! dachte Lorrimer finster. *Das kann ich.* Er schluckte seinen Zorn hinunter, rang sich ein Lächeln ab und sagte laut: »Mein bester Musemus, verzeihen Sie, aber ich muß Ihnen Mrs. Vandermor für heute entführen. Wie alle unsere Klientinnen hat sie sich verpflichtet, mehrere Klienten zu treffen, bevor sie dem Glücklichen das Jawort gibt, und die Zeit drängt. Es tut mir wirklich leid, Mr. Musemus, doch die Fairneß den anderen Klienten gegenüber läßt mir ...«

»Aber wir haben uns soeben verlobt!« protestierte der Matten-Willy und verknotete die Stielaugen.

»Verlobt?« stieß Lorrimer hervor. Seine Blicke wanderten von den verknoteten Stielaugen Musemus' zu Cynthias zart gerötetem Gesicht. Sie klimperte verlegen mit den Wimpern. »Ihr habt euch verlobt?« brüllte Lorrimer.

»Nun«, sagte Cynthia, »er ist so süß, weißt du, und da dachte ich mir, also, schaden kann es ja nicht, ich meine, so wichtig ist das heutzutage doch ...«

»Genug!« brüllte Lorrimer. »Verlobt! Ohne mich zu ...« Er brach ab. Er besann sich auf die Rolle, die er zu spielen hatte. Er lächelte verzerrt. »Ähem. Ich ... Es tut mir leid, Mr. Musemus. Ich ... Meine Nerven ...«

»Kommen Sie doch einfach auf einen Sprung vorbei«, schlug der Matten-Willy leutselig vor. »Ein Champagnerbad beruhigt die Nerven kolossal. Wir könnten unsere Verlobung feiern und anschließend ...«

Lorrimer hob die Hand. »Es tut mir leid, aber es ist unmöglich. Und Mrs. Vandermor muß sofort zu ihrem nächsten Termin; verlobt oder nicht. Ich hoffe, Mr. Musemus, Sie haben Verständnis für diese … äh … Nun, Sie können jederzeit über das Institut *Star-Amore* einen neuen Partnertermin mit Cyn… Mrs. Vandermor ausmachen.« Er sah Cynthia streng an. »Mrs. Vandermor, es wird Zeit für Sie.«

Cynthia rümpfte die Nase und unterbrach die Verbindung. Lorrimer ließ sich in einen Sessel fallen und starrte blicklos aus dem Fenster. *Verlobt,* dachte er. *Mit dem Botschafter des posbischen Zentralplasmas auf Terra. Und die Verlobung wird mit einem öffentlichen Champagnerbad auf dem Dach des* Interstellar-*Hotels in Terrania gefeiert. Es ist nicht zu fassen. Cynthia muß den Verstand verloren haben! Was ist, wenn die Zeitungen darüber berichten? Was ist, wenn in den Video-News ein Foto dieser beiden Turteltäubchen über die terranischen Bildschirme flimmert? Was ist, wenn einer der anderen Klienten zufällig die Sendung verfolgt und seine angebetete Cynthia Vandermor komplett mit Badeanzug und rosa Haarschleife champagnerbeschwingt an Musemus' Seite sieht? Großer Gott! Was ist, wenn einer der anderen Klienten mißtrauisch wird und Nachforschungen anstellt und herausfindet, daß Cynthia die einzige weibliche Klientin von* Star-Amore *und darüber hinaus die Freundin des Institutsleiters ist und nicht im Traum an eine Eheschließung mit einem Außerirdischen denkt?*

Lorrimer brach der Schweiß aus. Mit bebenden Händen griff er in das Seitenfach des Schreibtisches, holte eine Flasche Vurguzz und ein Wasserglas hervor, füllte das Glas bis zum Rand mit der grünen Flüssigkeit und kippte den Inhalt in einem einzigen Zug hinunter. Ihm wurde heiß. Ihm wurde kalt. Er entmaterialisierte, flog zwischen fremden Galaxien dahin und erlangte unermeßliches kosmisches Wissen. Er rematerialisierte und vergaß alles, was er gelernt hatte. Dann war sein Kopf klar.

Das Videofon summte. Lorrimer hieb mit der Faust auf die Empfangstaste und knurrte: »Wer, zum Teufel, will was von mir?«

Noch bevor er den Satz beendet hatte, verwandelte sich die Seitenwand wieder in einen Großmonitor. Ein halbkugelförmiger, halsloser Kopf mit gelblichbrauner Haut, großen Augen und einem armlangen Rüssel tauchte auf. Schugururg, der unithische Howalgoniumhändler und Klient Nummer zwei.

Lorrimer lachte gepreßt. »Hallo, Mr. Schugururg. Was für eine Überraschung. Wie geht es Ihnen? Gut? Hervorragend. Sie müssen mich entschuldigen, ich habe leider keine Zeit, eine wichtige Konferenz, vielleicht könnten Sie morgen oder nächsten Jahr …«

Der Unither versteifte den Mundrüssel und richtete ihn wie eine exotische Waffe auf Lorrimer. »Ich muß Sie jetzt sprechen, Mr. Lorrimer«, trompetete er. »Und nicht morgen oder nächstes Jahr. Die Angelegenheit duldet keinen Aufschub! Ich verlange, daß Sie mir Rede und Antwort stehen!«

Lorrimers Beine gaben nach.

Er weiß es! durchfuhr es ihn. *Er weiß alles. Das Spiel ist aus. Wahrscheinlich hat er schon die Polizei benachrichtigt.* Bei Schugururgs Anblick war er von seinem Sessel aufgesprungen, doch der Schwächeanfall zwang ihn, sich wieder hinzusetzen. Mit dem Handrücken wischte er über seine Stirn. Sie war schweißnaß. Und kalt. *Angstschweiß,* dachte er benommen. *Oder ein Kollaps. Vielleicht sterbe ich. Natürlich. Ich sterbe. Ich fliehe in den Tod …*

»Mr. Lorrimer«, fuhr der Unither fort, während sein Rüssel erschlaffte, nach unten langte, etwas ergriff und dann einen nußgroßen Gegenstand schwenkte. »Mr. Lorrimer, Sie haben mich betrogen.«

Lorrimers Schultern sackten nach unten. »Betrogen?« echote er dumpf. »Ist das nicht ein zu hartes Wort?«

»Betrogen«, bekräftigte der Unither. »Sie haben mir versprochen, daß mich Ihr Hypnolehrgang *Wie becirce ich terranische Frauen* zu einem ›unwiderstehlichen Casanova‹ machen wird, um Ihre Worte zu zitieren, ›der die Herzen der schönsten Frauen bricht‹ und ›dem die rassigsten Vollblutweiber zu Füßen liegen werden‹. Das waren Ihre Worte! Und was ist aus Ihren Versprechungen geworden?«

»Ja, was?« fragte Lorrimer mit neu erwachter Hoffnung. Allmählich begriff er, daß Schugururg nicht das geringste von Cynthias absurder Verlobung ahnte. »Was hat Sie so erzürnt?«

»Sie hat mich ausgelacht«, klagte der Unither. »In meinem *Führer durch die Psyche der Terraner* steht, daß die kehligen, abgehackten Laute, die Terraner manchmal von sich geben, Ausdruck der Heiterkeit sind und Gelächter genannt werden. Ich habe Cynthia um ihre Hand gebeten, und sie hat mich ausgelacht.«

»Cyn… äh, Mrs. Vandermor hat Sie ausgelacht. Und Sie haben um Ihre Hand angehalten?« Geistesabwesend tastete Lorrimer nach der Vurguzz-Flasche und schenkte sein Glas wieder voll. »Gestern? Beim Rendezvous vor dem Crest-Denkmal?«

»Genau so ist es«, bestätigte der Unither mit wild wirbelndem Mundrüssel. »Ich habe die Anweisungen Ihres betrügerischen Hypnolehrgangs Punkt für Punkt befolgt, Mr. Lorrimer, und Cynthia Vandermor hat mich ausgelacht. Ich habe mich an den Rat gehalten, und es war eine Katastrophe.«

»Einen Augenblick«, bat Lorrimer stirnrunzelnd. »Der Rat bezog sich auf die Wortwahl. Etwas wie ›Ich kann ohne dich nicht mehr leben, Liebste, willst du meine Frau werden?‹ und so weiter.«

Der Unither trompetete. »Nun«, gestand er, »ich habe mir erlaubt, diesen Ratschlag auf alle Details meiner, öh, Brautschau auszudehnen, und ich habe mich zu diesem Zweck bei dem Zentralen Bibliothekscomputer Terranias über original terranische Brautwerbungszeremonien informiert.«

»So?« Argwohn keimte in Lorrimer auf. »Was waren das denn für Brautwerbungszeremonien?«

»Öh, nun, zuerst ließ ich mir einen original terranischen Hochzeitsfrack samt Zylinder schneidern und besorgte mir vierzig Kamele und doppelt so viele Rinder, um sie meinen, öh, Schwiegereltern als Brautpreis zu geben. Bedauerlicherweise blieben diese Schwiegereltern unauffindbar, und ich sah mich gezwungen, die Tiere wieder zurückgehen zu lassen.« Der Mundrüssel hing jetzt schlaff nach unten, und die Stimme des Unithers klang undeutlich. »Danach habe ich verzweifelt versucht, in Terrania eine Laute aufzutreiben, um meiner Angebeteten ein Minnelied vorzutragen, aber alle Instrumente, die man mir vorführte, waren viel zu leise, um eine Laute zu sein, und ich entschied mich für einen, öh, Schlagzeugroboter.«

»Großer Gott!« sagte Lorrimer.

»Das Minnelied«, fuhr der Unither fort, »hieß übrigens *I love you* und dann noch etwas wie *Yeah, yeah, yeah* und wurde von jemand namens Beatles komponiert, und da *beat* ja schlagen heißt, hielt ich es im Hinblick auf den Schlagzeugroboter für am geeignetsten …«

»Großer Gott!«

»Öh, ja.« Schugururgs Mundrüssel hob sich wieder. »Dann die Vermählungsanzeigen. Ein weiteres Problem. Sie zu formulieren war noch am einfachsten – ich wählte das klassische WANTED! EHEFRAU GESUCHT! TOT ODER LEBENDIG! ZEHNTAUSEND SOLAR BELOHNUNG –, aber ich konnte keine Polizeidienststelle finden, die die Anzeige aufnehmen wollte, und in meiner Not entschied ich mich schließlich zu einer anonymen Anzeige.« Der Unither sah Lorrimer forschend an. »Glauben Sie, daß vielleicht die Höhe der Belohnung …?«

»Nein«, ächzte Lorrimer. Er griff nach dem bis zum Rand mit Vurguzz gefüllten Glas. »Ganz gewiß nicht.«

»Dann die Kutsche. Eine wunderschöne Kutsche, Mr. Lorrimer, und nicht billig. Sechsspännig, von weißen Robotpferden gezogen, samt Kutscher. Ich habe sogar einen weißen Kutschbock besorgt, aber der Kutscher wollte nicht auf den Bock, und als ich ihm ein Sonderhonorar versprach und er endlich bereit war, auf den Bock zu steigen, schlug der Bock aus.«

»Der Kutschbock« – Lorrimer leerte das Glas – »schlug aus?«

»Exakt«, bestätigte der Unither. »Und gab schaurige Töne von sich. Etwas wie *Määhäääähääääh* oder so ähnlich, und er ging auf den Kutscher los, und dieser Bock hatte spitze Hörner …«

Lorrimer füllte das Glas erneut. Sein Blick war inzwischen glasig, aber er hörte noch immer zu, mit einer Mischung aus Unglauben, Faszination und kaltem Grausen.

»Öh, nun, wir verzichteten auf den Bock. Wir hatten keine andere Wahl. Das Tier ließ sich nicht beruhigen; und der Kutscher hatte ohnehin jedes Interesse an einem Kutschbock verloren. Ich ließ Kutsche, Kutscher und Rösser mit einem Antigravlaster zum Crest-Denkmal schaffen, wo bereits das Fenster und die Schwelle warteten. Sie wissen schon, Mr. Lorrimer. ›Das Fenster zum fensterln und die Schwelle, um die Braut über die Schwelle zu tragen. Eine schöne Schwelle; über fünfhundert Jahre alt, wie man mir versicherte. Im Vertrauen, früher soll sie Teil der transsibirischen Eisenbahnlinie gewesen sein, eine echte Antiquität also, und ich will sie mit nach Unith nehmen, wenn ich heimfliege.‹ Schugururg seufzte einen Trompetenseufzer. »Ach Unith … Unith, du zeugst die Frauen mit den schönsten Rüsseln.«

Er hustete ein verlegenes Trompetenhusten.

»Ein Vers unseres berühmtesten Dichters, wissen Sie … Öh, nun, Cynthia wartete schon am Denkmal. Sie sah entzückend aus mit ihrer rosa Schleife, aber weder das Minnelied des Schlagzeugroboters noch die Kutsche oder das Fenster fanden ihr Gefallen. Und sie wehrte sich mit Händen und Füßen dagegen, daß ich ihr den Ehering um den Hals hängte; den Ring mit der Hochzeitsglocke, Mr. Lorrimer, Originalimport aus einem terranischen Landstrich namens Schweizer Alpen. Sehr praktisch, Ring und Hochzeitsglocke in einem, und das löste natürlich auch das Problem mit der Kirche.«

»Natürlich«, sagte Lorrimer. Er leerte das randvolle Vurguzz-Glas in einem Zug und füllte nach. »Die Kirche. Verstehe vollkommen. Ring und Glocke in einem. Sehr praktisch.«

»Um die Schilderung meiner persönlichen Katastrophe zu beenden, Mr. Lorrimer«, sagte der Unither, »ich stand also mit meinem Ehering um den Hals da, die Hochzeitsglocke läutete wie verrückt, der Schlagzeugroboter spielte *I love you,* die anderen Roboter oben im Antigravlaster kippten die Säcke mit dem Reis aus, und noch während ich versuchte, Cynthia den zweiten Ring um den Hals zu hängen, sah ich mich nach vertrauenswürdigen Zeugen um, um für später, für die richtige Trauung, genügend Trauzeugen parat zu haben. Ich kniete nieder, in Frack und Zylinder, legte den Ehering zur Seite, griff nach dem Strauß Rosen und sprach die rituellen Worte: ›Ich halte um deine Hand an, Geliebte.‹«

Der Mundrüssel fiel schlaff nach unten.

»Und Cynthia lachte. Sie lachte, Mr. Lorrimer, ich bin mir sicher; ich konnte diese seltsam abgehackten Geräusche einwandfrei identifizieren. Es war gräßlich, Mr. Lorrimer.«

»Gräßlich«, sagte Lorrimer mit schwerer Zunge. »Und dann?«

Schugururg bewegte sich unbehaglich. »Öh, nun, plötzlich wurde mir klar, was ich falsch gemacht hatte. Sehen Sie, dem altterranischen Brauch folgend, hatte ich um ihre Hand angehalten, aber ich hatte nicht einmal ein Messer in der Tasche, um ihr die Hand vom Arm zu trennen, wenn sie mir ihr Jawort gab ... Öh, für meinen Geschmack sind einige Ihrer Sitten etwas blutrünstig«, bemerkte der Unither, »aber ich bin Gast auf Terra, und ich will nicht klagen. Nun, ich bot Cynthia an, sie mit der Kutsche in die nächste Klinik zu fahren und die lästige Operation hinter uns zu bringen. Als sie das hörte, änderte sie die Art der produzierten Geräusche; sie wurden schriller, waren weniger abgehackt, sondern mehr ein An- und Abschwellen, sirenenähnlich, wenn Sie wissen, was ich meine. Ich vermute, öh, es war ein Schrei. Dann lief sie davon. Und ich wurde verhaftet. Es hat mich einen ganzen Tag gekostet, die Behörden davon zu überzeugen, daß ich nur auf Brautschau war.«

Der Unither straffte sich, die stumpfen großen Augen gewannen wieder an Glanz, und der Rüssel richtete sich auf Lorrimer.

»Und jetzt, Mr. Lorrimer, verraten Sie mir, was ich falsch gemacht habe.«

Lorrimer hielt sich am Schreibtisch fest. Die erste Vurguzz-Flasche war leer, das Büro schwankte wie betrunken hin und her, und der Unither hatte sich mitsamt dem Bildschirm verdoppelt. »Falsch?« echote Lorrimer und versuchte sich zu erinnern, und plötzlich fiel es ihm ein. »Falsch verbunden«, lächelte er und schaltete ab.

Vollständig.

4.

Die nächsten achtundvierzig Stunden verbrachte Lukas Lorrimer wie im Traum.

Irgendwann tauchte Cynthia auf. Sie fand ihn unter dem Schreibtisch, hielt ihn zuerst für tot, sah dann die leere Vurguzz-Flasche, versetzte ihm einen Tritt in die Rippen und goß ihm mehrere Eimer Wasser über den Kopf. Als er nicht reagierte, versetzte sie ihm einen zweiten Tritt und stürmte wütend davon, informierte Pan und O'Hack über seinen Zustand und verschwand, um ihr Champagnerbad fortzusetzen. Karnegoris Pan nutzte die Gelegenheit, lockte die Spione aus der Zukunft in Lorrimers Büro und schloß sie dort ein.

Ungefähr zu diesem Zeitpunkt mußte Lorrimer zum ersten Mal zu sich gekommen sein: Er sah die Spione auf der Schreibtischkante sitzen und hörte, wie sie über ihn tuschelten. Die Spione waren tatsächlich nicht größer als zwanzig Zentimeter, grau und menschenähnlich, und ihre langen Nasen waren das Abscheulichste, was Lorrimer je gesehen hatte. Kein Wunder, daß Pan mit den Nerven am Ende war.

Als die Spione bemerkten, daß Lorrimer bei Bewußtsein war, begannen sie mit ihren altmodischen Fotoapparaten zu knipsen. Das Klicken und die grellen Blitzlichter waren zuviel für ihn. Er wurde erneut ohnmächtig.

Der nächste Besucher war Famos O'Hack. Zum Glück ließ er die Tür offen, so daß die Spione das Büro verlassen und sich wieder an Pans Fersen heften konnten. O'Hack berichtete Lorrimer von den Erkenntnissen, die er inzwischen über das *Krabschrab* gesammelt hatte. Das *Krabschrab* stammte demnach von einem Planeten der Großen Magellanschen Wolke, einer felszerklüfteten Welt mit ewigen Stürmen. Es lebte dort in großen, Millionen Köpfe umfassenden Kolonien, die die ewigen Winde nutzten, um von Felsmassiv zu Felsmassiv zu fliegen, immer auf der Suche nach Wasser und Nährstoffen. Erreichten sie ihren neuen, vorübergehenden Ruheplatz, orientierten sie sich an dem Pfeifen, das der Wind erzeugte, wenn er durch die Ritzen der durchlöcherten Gesteinsformationen blies, krallten sich mit ihren Wurzeln in den Ritzen fest und schickten winzige Triebe in den porösen Fels, der das Regenwasser speicherte. Gerieten sie zufällig in den Windschatten einer Steilwand oder eines Bergkamms, bewegten sie sich auf den Wurzeln weiter. Famos O'Hack war im übrigen zu der Überzeugung gelangt, daß das *Krabschrab* eine Chemikalie enthielt, die sich in Verbindung mit Vurguzz in ein nur auf Terraner wirkendes Zellgift verwandelte. Lorrimer, so O'Hack, litt nicht an einem Kater, sondern an einer Zellvergiftung. Allerdings weigerte er sich, einen Arzt oder einen Medoroboter zu rufen. O'Hack, so stellte sich heraus, arbeitete seit einer Woche an einer Studie über die Selbstheilungskräfte des menschlichen Organismus, hatte einige diesbezügliche Theorien aufgestellt und wollte diese Theorien nun am lebenden Objekt – Lorrimer – überprüfen.

Lorrimer verfluchte ihn und wurde wieder ohnmächtig.

Als er das nächstemal erwachte, ging es ihm schon wesentlich besser. Auf der Schreibtischkante saßen keine grauen, langnasigen Spione. O'Hack war fort, und Cynthia hatte ihm aus der Turmkantine eine Kanne Kaffee, eine Packung Anti-Kater-Pillen und eine Schüssel Rührei mit Schinken heraufgeholt. Bedauerlicherweise verzichtete sie nicht darauf ihm einen Tritt zu verpassen, ehe sie – wie sie sagte – zu ihrem Rendezvous mit Älmrich Olk, dem heiratslustigen Swoon, aufbrach. Aus dieser Bemerkung schloß Lorrimer, daß ein neuer Tag angebrochen war und Cynthia seine Notiz auf dem Schreibtisch gefunden hatte. Er trank den Kaffee, verzehrte mit Heißhunger die Anti-Kater-Pillen und spülte eine Rühreiflocke hinterher, um die Kopfschmerzen zu vertreiben.

Und wurde wieder ohnmächtig.

5.

Achtundvierzig Stunden nachdem Lorrimer die Flasche Vurguzz geleert hatte, war sein Organismus so weit entgiftet, daß die periodisch auftretenden Ohnmachtsanfälle aufhörten. Mit einem Geschmack nach Pappe und Sand im Mund, die Augen blutunterlaufen, das Gesicht geisterhaft fahl und mit einem durchdrehenden Hammerwerk unter der Schädeldecke sah sich Lukas Lorrimer in seinem Büro um.

Das Zimmer war leer, und durch das Fenster fiel müdes Sonnenlicht; nach dem Stand der Sonne mußte es später Nachmittag sein.

Kein guter Zeitpunkt, um ein neues Leben zu beginnen, dachte Lorrimer. Er äugte in die Isolierkanne, die auf dem Schreibtisch stand, aber sie war leer; mit Grausen wandte er sich von der Schüssel mit dem erkalteten Rührei und den Schinkenbrocken ab. An Essen war jetzt nicht zu denken. Er brauchte etwas zu trinken. Etwas Anständiges. Etwas, das ihn wieder auf die Beine brachte.

Vurguzz. Hatte er nicht noch eine volle Flasche Vurguzz im Schreibtisch stehen?

Lorrimer wankte um den Schreibtisch. Jede Bewegung schien das Hammerwerk in seinem Kopf zu beschleunigen, ein Stakkato pochender Schmerzimpulse, die irgendwo in seinem Hinterkopf begannen und bald jeden Kubikzentimeter seiner Schädelhöhle ausfüllten. Endlich stand er vor dem rechten Schreibtischfach. Vor seinen Augen tanzten Schatten, und blind öffnete er die Tür und griff hinein.

Er berührte etwas Weiches, Warmes. Ein Etwas, das sich wie ein aufgegangener Hefeteig anfühlte. Dann wurde seine Hand festgehalten, und mit einem Schrei riß er sie los und taumelte zurück.

Was, zum Teufel, hatte das schon wieder zu bedeuten? Hockte etwa ein schlaffes, rosafarbenes, teigiges Ungeheuer im Schreibtisch?

Ächzend ging er in die Knie und schielte in das Halbdunkel des Schreibtischfaches.

Ein schlaffes, rosafarbenes, teigig wirkendes Gebilde von der Größe eines Fußballs hockte in dem Hohlraum und schlürfte schauerlich schmatzend die Öl- und Zitronensaftsoße aus dem Plastikschälchen, das vor zwei Tagen noch randvoll mit Gurkensalat gewesen war. Der Salat war verschwunden, und Lorrimer zweifelte keinen Moment daran, daß dieses teigige Monstrum die Gurkenscheiben verzehrt hatte. Hinter dem rosa Ball sah der Hals der Vurguzz-Flasche hervor.

Wie war dieses Biest in seinen Schreibtisch gekommen? Hatte etwa Pan …? Oder O'Hack …? Oder gar Cynthia …?

Die Zigarre, dachte Lorrimer. Die topsidische Zigarre dieses verdammten Swoon! Er hatte sie im Gurkensalat ausgedrückt, aber der rosa Stummel war fort. Dafür saß jetzt der rosa Teigklumpen im Fach. Zweifellos, schlußfolgerte Lorrimer, bestand die Zigarre nicht aus gewöhnlichem Tabak, sondern aus einer wachtumsfähigen organischen Substanz, die sich unter anderem von Gurkensalat ernährte … Und von Vurguzz, wie Lorrimer im nächsten Augenblick feststellte: Der Teigklumpen war nach dem letzten Schmatzer auf halbe Größe geschrumpft. Deutlich konnte Lorrimer erkennen, daß die Flasche in der Mitte ein Loch aufwies – und daß die Flasche leer war.

»Ich will verdammt sein!« stieß Lorrimer hervor.

Beim Klang seiner Stimme plusterte sich der rosa Teigklumpen auf und schmatzte bedrohlich. Lorrimer warf die Tür zu, drehte den Schlüssel im Schloß und zog den Schlüssel ab. Er würde sich später um dieses Mysterium kümmern müssen. Jetzt galt es, einen klaren Kopf zu bekommen.

Das Videofon summte. Lorrimer betätigte die Empfangstaste und ließ sich schnaufend in seinen Sessel fallen. Auf dem Wandbildschirm wurde Cynthia sichtbar.

»Wieder nüchtern?« fragte sie.

»Ich habe ein Ungeheuer in meinem Schreibtisch sitzen«, sagte Lorrimer. »Er ist rosa, ernährt sich von Vurguzz und Gurkensalat und schmatzt abscheulich. Was soll ich tun?«

»Einen Arzt aufsuchen«, riet Cynthia. »Mit Halluzinationen fängt es an.«

»Ich habe keine Halluzinationen«, unterbrach Lorrimer verärgert. »Wenn du demnächst in mein Büro kommst, werde ich es dir zeigen. Ich habe es eingeschlossen.« Er räusperte sich. »Wo bist du? Und warum rufst du mich an?«

Cynthia strich eine blonde Haarsträhne aus ihrem Engelsgesicht. »Ich bin bei Älmi.«

»Bei *Älmi?*« echote Lorrimer.

»Bei dem Gurkenmann. Älmrich Olk. Erinnerst du dich nicht mehr?«

Sie maß ihn mit einem rätselhaften Blick. »Vielleicht solltest du wirklich einen Arzt aufsuchen, Luke. Du siehst gar nicht gut aus.«

»Ich sehe grauenhaft aus«, erklärte Lorrimer. »So grauenhaft, wie ich mich fühle.« Er massierte seine Stirn. »Ich erinnere mich verschwommen, mit unserem unithischen Freund Schugururg gesprochen zu haben. Oder habe ich es nur geträumt? Er faselte irgend etwas von Kutschböcken, Hochzeitsglocken und Eisenbahnschwellen ...«

»Du hast nicht geträumt«, sagte Cynthia. »Dieser Unither muß den Verstand verloren haben. Weißt du, was er tun wollte? Er wollte mir eine verdammte Kuhglocke um den Hals hängen. Gott! Ich will ihn nie wiedersehen.«

»Schon gut«, ächzte Lorrimer. Die Kopfschmerzen ließen langsam nach. »Streichen wir Schugururg von der Liste. Was ist mit dem Matten-Willy?«

»Wir haben uns entlobt«, antwortete Cynthia. »Aus moralischen Gründen.«

»Wie?«

»Ich habe festgestellt, daß Musemus eine Sie ist. Außerdem war das Ganze ein Mißverständnis. Musemus wollte nie eine terranische Frau heiraten. Sie hat eine Freundin gesucht. Eine Freundin zum Plaudern, verstehst du? Deshalb hat sie sich an *Star-Amore* gewandt. Sie hielt dein Eheanbahnungsinstitut für eine Art Freundinvermietungsgesellschaft. Die Matten-Willys kennen den Begriff der Ehe nicht, da sie eingeschlechtlich sind.«

»Eingeschlechtlich, genau«, sagte Lorrimer. »Deshalb verstehe ich nicht, wieso du plötzlich diese fixe Idee hast und Musemus für eine Sie hältst. Der Matten-Willy ist im besten Fall ein Es.«

»Musemus ist seelisch eine Frau«, entgegnete Cynthia. »Ich spüre so etwas. Älmi ist ebenfalls dieser Meinung.«

»Älmi! Älmi!« Lorrimer fluchte. »Ihr scheint euch ja schon verdammt nahegekommen zu sein.«

»Älmi ist rücksichtsvoll, liebenswürdig und amüsant«, sagte Cynthia kühl. »Er ist all das, was du nicht bist. Und er behandelt mich wie einen Menschen und nicht wie seine Sklavin.«

Lorrimer schnitt eine Grimasse.

Hervorragend, dachte er. *Cynthia läßt sich von einer außerirdischen Gurke den Kopf verdrehen. Sie kennt die SCHRECKLICHE WAHRHEIT und hat dennoch nichts dagegen, mit einem Matten-Willy ein Champagnerbad zu nehmen. Und in meinem Schreibtisch sitzt ein schmatzender Klumpen Hefeteig und delektiert sich an meinen Vurguzz-Vorräten. Einfach hervorragend.*

»In Ordnung, Cynthia«, brummte Lorrimer. »Olk behandelt dich also wie einen Menschen. Ich finde das großartig. Und ich fände es noch großartiger, wenn du dafür sorgen würdest, daß er für seine Rendezvous mit dir auch die entsprechende Vermittlungsgebühr bezahlt. Mit Schugururg und Musemus haben wir genau fünfzig Prozent unserer Klienten verloren, und dieser Blue, Ziip hieß er, wenn ich mich recht erinnere, hat sich seit einer Woche nicht mehr gemeldet. Wenn sich nicht bald etwas ändert, kann *Star-Amore* den Konkurs anmelden. Unsere gesamte Barschaft besteht derzeit aus den zweitausend Solar, die Olk als Anmeldegebühr entrichtet hat.«

»Da wir gerade beim Thema sind – ich brauche Geld«, erklärte Cynthia. »In deiner Einfalt scheinst du mich als Millionärin ausgegeben zu haben, und Olk erwartet von mir einen bestimmten Lebensstil. Luxus, mein Schatz. Wenn ich mir nicht bald etwas Anständigeres zum Anziehen kaufen kann, wird Älmi den Schwindel durchschauen, und dann?«

Lorrimer trommelte mit den Fingern auf die Schreibtischplatte. »Wir haben kein Geld.«

»Und was ist mit den fünfzigtausend Solar, die ich von meiner Tante geerbt habe?«

»Das ist unser Notgroschen«, sagte Lorrimer. »Ich denke nicht daran, auch nur einen deiner mühsam geerbten Solar für irgendwelchen modischen Plunder auszugeben.« Er lachte häßlich. »Du hast doch deine rosa Schleife. Die genügt vollauf.«

Cynthias Augen funkelten. »Was bist du doch für eine verdammte Kanaille, Lukas Lorrimer«, zischte sie. Und unterbrach die Verbindung.

Lorrimer stieß einen tiefen Seufzer aus. Irgendwie hatte er das Gefühl, einen Fehler gemacht zu haben. Im Schreibtisch begann das teigige Monstrum wieder zu schmatzen.

6.

Die nächsten Tage ließ sich Cynthia nicht im Büro blicken. Gelegentlich rief sie an oder schickte ihm einen Telefaxgruß: *Bin mit Älmi im Zoo. – Bin heute abend mit Älmi zum Essen verabredet. – Habe leider keine Zeit; Älmi will mit mir ausgehen. – Älmi will mich mit nach Swoofon nehmen. – Älmi ist sooo süß ...* Und so weiter. Lorrimer wurde allmählich unruhig. Allerdings konnte er sich nicht um seine Freundin und ihren Gurkenfreund kümmern – wichtiger war im Moment, den schmatzenden Teigklumpen aus seinem Büro zu entfernen. In seiner Not wandte er sich an Famos O'Hack. Der Denkfabrikant besuchte ihn in seinem Büro, warf einen Blick auf die Kreatur im Schreibtisch und erkannte sofort den Ernst der Lage.

»Zweifellos eine spontane Mutation«, sagte O'Hack. »Diese topsidischen Zigarren bestehen aus einer überaus seltsamen Amöbenart, die auf Topsid als organische Müllabfuhr eingesetzt wird. Die Viecher fressen alles.«

»Aha«, nickte Lorrimer. »Und?«

»Diese Amöben werden getrocknet, platt gewalzt und zu Zigarren gedreht, sobald sie ihr vorgeschriebenes Quantum an Müll verzehrt haben. Die Topsider exportieren die gesamte Zigarrenproduktion, Hauptabnehmer ist Swoofon – der einzige gurkensalatfreie Planet der Milchstraße. Denn Gurkensalat führt bei den Müllamöben zu spontanen Mutationen. Es wurden sogar schon Fälle spontaner Intelligenzwerdung berichtet.«

»Aha«, sagte Lorrimer wieder. »Und?«

»Nichts und.« O'Hack klopfte geistesabwesend gegen seine *Brainstorming*-Kappe. »Ich muß weitere Informationen einholen. Mit einer mutierten Müllamöbe ist nicht zu spaßen. Ein falscher Schritt, und wir sind alle erledigt.«

O'Hack verließ das Büro, um die angekündigten Nachforschungen über die topsidischen Müllamöben anzustellen, und Lorrimer floh vor dem lärmenden Schmatzen und vor den Telefaxgrüßen seiner untreuen Freundin zu Karnegoris Pan. Der Detektiv saß wie immer hinter seinem zerkratzten Plastikschreibtisch und schoß mit seinem Nadler auf eine elektrische Fliege, die unermüdlich unter der Decke kreiste. Pan trug eine dunkle Sonnenbrille.

»Hallo, Lukas!« rief er erfreut. »Haben Sie sich von Ihrer Vergiftung erholt?«

»Leidlich«, knurrte Lorrimer und ließ sich auf einem wackeligen Plastikstuhl nieder, dem einzigen Möbelstück außer dem Schreibtisch und dem Stapel alter Telefaxzeitungen, die Pan als Sitzgelegenheit benutzte. »Und Sie? Noch immer unter Beobachtung?«

»Seit ich die Brille trage, geht es mir besser«, sagte der Detektiv. »Die Blitzlichter blenden mich nicht mehr; nur dieses penetrante Klicken … Nun, Sie hören es ja selbst …«

»Sicher«, nickte Lorrimer, obwohl er nur das Summen der elektrischen Fliege hörte. »Karnegoris, ich brauche Ihre Hilfe. Genauer: Ihren kriminalistischen Sachverstand.«

Pans vergrößerte Ohrmuscheln zuckten erfreut. »Ich stehe zur Verfügung, Lukas. Um was handelt es sich?«

»Um eine Gurke«, sagte Lorrimer. »Das heißt, um einen Swoon namens

Älmrich Olk, Inhaber der Firma Olk Mikrotech Export auf Swoofon. Besorgen Sie mir alle Informationen, die sich über diesen Burschen auftreiben lassen.«

»Olk?« Pan nagte nachdenklich an seiner Unterlippe. »Ein Klient von Ihnen, nicht wahr?«

»So ist es«, bestätigte Lorrimer. »Ich habe bei diesem Olk ein ungutes Gefühl. Kümmern Sie sich darum.«

Er kehrte wieder in sein Büro zurück, versuchte vergeblich, Cynthia zu erreichen, und verbrachte die nächsten Stunden in der Kantine des Turmes mittlerweile war das Schmatzen der Müllamöbe so laut geworden, daß er es nicht länger als ein paar Minuten in seinem Büro aushielt. Er bestellte sich eine Flasche Vurguzz und wartete auf ein Wunder. Dann schlief er am Tisch ein.

O'Hack weckte ihn. »Lukas!« brüllte ihm der Denkfabrikant ins Ohr. »Lukas! Kommen Sie zu sich!«

»Die Müllamöbe ist los«, sagte O'Hack. »Sie hat sich durch den Boden des Schreibtischfachs und durch Ihre Bürotür gefressen und ist spurlos verschwunden.«

Lorrimer atmete befreit auf. »Aber das ist ja großartig!«

»Von wegen.« O'Hack schnaubte. »Dieses Biest ist ein Allesfresser. Es wird nicht eher Ruhe geben, bis es den ganzen Turm verzehrt hat. Wir müssen es aufspüren und erledigen, oder es erledigt uns. Vergessen Sie nicht – wir haben es nicht mit einer normalen Müllamöbe, sondern mit einer Mutation zu tun. Kommen Sie, Lukas!« Er zerrte an Lorrimers Ärmel. »Wir müssen Ihren Amöbenfreund suchen und ...«

»Diese Amöbe ist nicht mein Freund«, unterbrach Lorrimer. Er riß sich los. »Lassen Sie mich in Ruhe, Famos. Mir genügt es, daß dieses Biest nicht mehr in meinem Büro herumschmatzt. Alles andere interessiert mich nicht.« Lorrimer straffte sich und steuerte auf den Ausgang der Kantine zu.

»Sie machen einen großen Fehler, Lukas«, rief ihm O'Hack nach. »Vielleicht interessieren Sie sich nicht mehr für die Amöbe, aber ich wette, *die Amöbe interessiert sich noch für Sie!«*

Lorrimer ignorierte O'Hacks Warnung. Als er in den Antigravschacht stolperte, prallte er mit Karnegoris Pan zusammen.

»Da sind Sie ja!« Der Detektiv rückte seine verschobene Sonnenbrille zurecht und wedelte mit einem druckfrischen Telefaxbogen. »Ich habe die Informationen, Lukas; sie sind soeben über Hypertelex von Swoofon eingetroffen. Halten Sie sich fest!«

Lorrimer befolgte Pans Rat und hielt sich an seiner Schulter fest. »Und?«

»Es gibt auf ganz Swoofon keine Olk Mikrotech Exportfirma«, eröffnete ihm Pan. »Älmrich Olk ist ein Betrüger.«

»Ein Betrüger?« stieß Lorrimer hervor. Er wurde blaß. »Bei allen Sternen!«

»Olk wird auf Swoofon steckbrieflich gesucht«, fuhr der Detektiv mit Grabesstimme fort. »Heiratsschwindel in neunundsechzig Fällen.«

Lorrimer gurgelte. Er schnappte nach Luft. *»Heiratsschwindel?«* kreischte er.

»Exakt«, bestätigte Pan. »Er geht immer auf die gleiche Weise vor. Er wendet sich an ein Eheanbahnungsinstitut, gibt sich als Millionär aus, sucht Kontakt zu vermögenden Frauen, verspricht ihnen die Ehe, gerät ›vorübergehend‹ in Geldschwierigkeiten, und wenn ihm seine Zukünftige mit einer größeren Summe ausgeholfen hat, macht er sich aus dem Staub. Hüten Sie sich vor Olk, Lukas.«

Mit einem Schrei stürzte Lorrimer aus dem nächsten Ausstieg und rannte in sein Büro. Er mußte Cynthia warnen! Seine Freundin vergeudete ihre Zeit mit einem verdammten Heiratsschwindler. Als er die Tür aufstieß – sie wies unten ein Loch von der Größe eines Fußballs auf –, empfing ihn das Summen des Videofons.

Es war Cynthia.

»Cynthia!« rief Lorrimer erleichtert. »Dem Himmel sei …«

»Ich rufe nur an, um mich von dir zu verabschieden«, unterbrach ihn Cynthia mit eisiger Miene. »Ich verlasse dich, Lukas. Ich gehe mir Älmi nach Swoofon. Wir werden heiraten.«

»Großer Gott!«

»Die Trauung findet hier auf Terra statt«, fuhr Cynthia fort. »Sobald Älmi dieses Aktienpaket gekauft hat und wieder zurück ist.«

»Aktien? Gekauft?« Lorrimer kam ein grausiger Verdacht. »Er hat dich doch nicht um Geld …?«

»Ein vorübergehender Engpaß«, sagte Cynthia. »Ich habe mir erlaubt, ihm meine ererbten fünfzigtausend Solar als kurzfristiges Darlehen zu geben. In zwei Wochen bekomme ich die fünfzigtausend plus zehntausend Solar Zinsen zurück. Älmi ist nämlich großzügig.«

»Du hast dieser Gurke *unsere* fünfzigtausend Solar gegeben?« Lorrimer sah Cynthia fassungslos an.

»Diese ›Gurke‹, Lukas Lorrimer, ist mein zukünftiger Gemahl«, erklärte Cynthia kühl. »Und er ist reich. Er ist keine Null wie ein gewisser Lukas Lorrimer, und ich heirate lieber eine reiche Gurke als einen notorischen Pleitier, der …«

Lorrimer schloß die Augen.

»Lukas?« sagte Cynthia unsicher. »Was ist mit dir? Bist du krank?«

»Dein zukünftiger Gemahl ist kein Millionär, sondern ein steckbrieflich gesuchter Heiratsschwindler«, murmelte Lorrimer.

Cynthia wurde blaß. Ihre Augen weiteten sich. »Du meinst …?« flüsterte sie.

Lorrimer nickte. Cynthia fiel in Ohnmacht und verschwand aus dem Erfassungsbereich der Kamera. Mit zitternden Fingern unterbrach Lorrimer die Verbindung, wankte um den Schreibtisch und ließ sich in seinen Sessel fallen. Er starrte blicklos vor sich hin und dachte an Selbstmord. Dann an Mord. Dann an Vurguzz. Und dann an die Müllamöbe.

Er hoffte, daß O'Hack recht behalten und die Amöbe zurückkehren würde, um sich dafür zu rächen, daß er sie im Schreibtisch eingesperrt hatte.

Die Amöbe war ihm diesen Dienst schuldig. Schließlich hatte sie ihm ihr Leben zu verdanken, und wenn es noch so etwas wie Gerechtigkeit auf dieser Welt gab, dann …

Von der Tür drang lautes Schmatzen.

Lorrimer drehte den Kopf. Die Amöbe hatte inzwischen die Größe eines Kleiderschranks erreicht und wälzte sich teigig und rosa in sein Büro. Plötzlich schien Lorrimer der Gedanke, mit Hilfe der Amöbe aus dem Leben zu scheiden, nicht mehr sonderlich attraktiv zu sein, Im Gegenteil – er wollte leben. Egal wie – aber das Monstrum schnitt ihm den Fluchtweg ab. Es gab kein Entkommen.

Die Riesenamöbe schmatzte. In ihrem teigigen Leib entstand ein mundartiger Spalt, und der Spalt bewegte sich und formulierte verständliche Worte.

»Ich suche eine Frau«, sagte die Amöbe. »Eine terranische Frau.«

Lorrimer öffnete den Mund, schloß ihn wieder, wischte den Schweiß von der Stirn und räusperte sich. Seine Furcht verflog. Er war Geschäftsmann, und als Geschäftsmann hatte er einen Blick dafür, wenn sich ein gutes Geschäft bot.

»Sicher«, sagte er. »Jeder, der sich an *Star-Amore* wendet, sucht eine terranische Frau. Wir sind darauf spezialisiert. Nehmen Sie doch Platz, damit wir Ihre Partnerwünsche im Detail besprechen können.«

ZWEITER TEIL
Karnegoris Pan oder Spione! Spione!

1.

Ausgerechnet an dem Tag, an dem Karnegoris Pan zu der Überzeugung kam, daß es sich bei den grauen, langnasigen Spionen aus der Zukunft um bloße Halluzinationen handelte, erhielt er den ersten Beweis für ihre Existenz.

Karnegoris Pan hatte wie jeden Morgen um zehn Uhr sein Büro in der zwölften Etage des *Galactic Center* betreten und sich auf den Stapel zerlesener Telefaxzeitungen gesetzt, der ihm als Stuhl diente. Er lehnte den Rücken an die Wand, legte die Füße auf den zerkratzten Plastikschreibtisch und wackelte nervös mit den modisch vergrößerten Ohrmuscheln. Er hatte schlecht geschlafen, schlecht geträumt und schlecht gefrühstückt, und als er den Nadler aus der Schreibtischschublade zog und einige Schüsse auf die elektrische Fliege abgab, zielte er schlecht und brannte neue Löcher in die pockennarbige Decke.

Es liegt an den Blitzlichtern, dachte der Detektiv deprimiert. *Großer Sherlock, wie soll man anständig zielen, wenn man dauernd von diesen Blitzlichtern geblendet wird?*

Er rückte die Sonnenbrillen zurück und starrte düster die Spione an, die vor ihm auf dem Schreibtisch saßen und unablässig die Auslöser ihrer altmodischen Fotoapparate betätigten.

Es waren zwölf. Die Spione waren zwanzig Zentimeter groß und – von der doppelt so langen Nase abgesehen – menschenähnlich. Sie trugen graue Trenchcoats, passend zu ihrer grauen Hautfarbe, und ihre grauen Augen funkelten boshaft. Sie fotografierten wie besessen, rannten von einer Schreibtischseite zur anderen, turnten auf seinen Beinen, sprangen auf den Boden, hopsten auf seinem Schoß auf und ab, stiegen auf seine Schultern, seinen Kopf, knipsten ihn von allen Seiten, flüsterten miteinander, wackelten mit den langen Nasen, fotografierten, fotografierten, fotografierten …

Die flackernden Blitzlichter und das unentwegte Klicken erfüllten das ganze Büro.

Auf dem altersschwachen Besucherstuhl hockte ein weiteres Dutzend Spione, und mindestens dreißig dieser Kreaturen hingen kopfüber von der

Decke, die Fotoapparate in den Händen, und knipsten, als ginge es um Leben und Tod. Erst nach einer Weile bemerkte Karnegoris Pan, daß hinter den blümchengemusterten Antilärmtapeten mindestens zehn weitere Spione lauerten; gelegentlich schoben sie ihre spitzen Nasen aus dem Blümchenmuster der Tapeten hervor, ließen sie auf und ab wippen und zogen sie dann ruckartig wieder zurück.

Seit er vor knapp zwei Jahren das Büro im *Galactic Center* bezogen hatte, wurde er von den Spionen beobachtet und fotografiert. Zunächst hatten sie sich nur hinter den Tapeten aufgehalten, aber mit der Zeit waren sie immer dreister geworden. Mittlerweile folgten sie ihm auf Schritt und Tritt. Und das schlimmste war: Niemand außer Karnegoris Pan schien sie zu bemerken. Sie waren nur für ihn sichtbar, und selbst die Blitzlichter und das Klicken der Fotoapparate wurden von keinem anderen Menschen wahrgenommen.

Mit einem leichten Frösteln dachte der Detektiv an den Tag zurück, an dem er Marie-Jeanne von den Spionen erzählt hatte. Einer dieser Gnomen hatte auf ihrem hochfrisierten Haar gehockt, die kurzen Beine vor ihren Augen baumeln lassen und Pan laufend fotografiert, aber Marie-Jeanne hatte nicht das geringste davon bemerkt. Sie hatte Pan nur mit einem seltsamen Blick angesehen und ihn gefragt, wann er zum letztenmal beim Arzt gewesen war. *Es war nur ein Scherz,* hatte Pan erklärt. *Nur ein Scherz, ha, ha.*

»Ha, ha«, sagte Karnegoris laut.

Er hob den Nadler, zielte auf einen Spion, der sich soeben unter der Türritze hindurchzwängte, und schoß. Der haarfeine Energiestrahl durchschlug die Brust des Spions, ohne seinen Trenchcoat auch nur anzusengen, und brannte ein stecknadelkopfgroßes Loch in das Plastikmaterial des Türblatts. Der Spion grinste schief, hob seinen Fotoapparat und machte eine Serie von Schnappschüssen. Dann spazierte er die Wand hinauf und an der Decke entlang, bis er direkt über Pans Schreibtisch war. Mit dem Kopf nach unten hing er an der Decke. Er schaukelte langsam hin und her.

Karnegoris Pan schauderte und wandte den Blick ab.

Ich sollte einen Schlußstrich ziehen, dachte er. *Ich meine, es ist doch nicht* normal, *als einziger Mensch diese gräßlichen Kreaturen zu sehen …*

Vielleicht waren die Spione zunächst nur flüchtige Halluzinationen gewesen, wie sie jeder bekommen konnte, den die Langeweile quälte. Zuwenig Arbeit, zuviel Schlaf, eine zu gesunde Lebensweise – selbst die stabilste Persönlichkeit konnte unter derartigen Umständen einen Knacks bekommen und Dinge sehen, die es nicht gab. Doch statt nach den ersten Halluzinationen die fiebrigen Sinne durch Überarbeitung abzustumpfen, hatte er sich auf die Halluzinationen konzentriert. Er hatte die Spione für reale Wesen gehalten und Himmel und Hölle in Bewegung gesetzt, um etwas über ihre Herkunft und ihre Absichten zu erfahren. Das nächtelange Studieren der einschlägigen Datenspeicher der Stadtbibliothek … all die Meditationen und esoterischen Riten mit ihren Beschwörungsformeln, Bannsprüchen und Exorzismen … die Wochen, die er damit verbracht hatte, die Existenz der Spione mit technischen Mitteln nachzuweisen … und die ungezählten Stunden in autohypnotischer Trance, die ihn schließlich zu der Erkenntnis gelangen ließen, daß es sich bei diesen Kreaturen um Spione aus der fernen Zukunft handelte … Durch die intensive Beschäftigung mit ihnen waren aus den Spion-Halluzinationen Spion-Wahnvorstellungen geworden und aus den Spion-Wahnvorstellungen echte Spione aus der Zukunft. Und das alles durch simple metapsychische Transmutation … Oder war es genau umgekehrt? Waren aus den echten Spionen aus der Zukunft Spion-Wahnvorstellungen geworden? Und wenn er die Spione aus der Zukunft bereits auf Wahnvorstellungen reduziert hatte – konnte er dann die Wahnvorstellungen nicht auf Halluzinationen reduzieren?

Er räusperte sich, bewegte nervös die Ohrmuscheln und deutete mit dem Zeigefinger der rechten Hand auf einen Spion, der es sich soeben auf seinen Beinen bequem machte.

»Du bist eine Halluzination«, sagte Karnegoris Pan. »Ihr alle seid nichts weiter als verdammte Halluzinationen, und ihr werdet jetzt verschwinden. Ihr existiert nicht, ihr habt nie existiert, und ihr werdet nie existieren. Ihr seid meine ganz private Erfindung. Und jetzt verschwindet! Verschwindet, sage ich!«

Er schnippte mit den Fingern, aber die Spione ließen sich nicht beeindrucken. Geschäftig fotografierten sie weiter. Pan fluchte und schlug nach ihnen, doch seine Hand ging ohne jeden Widerstand durch sie hindurch.

Nur ruhig, dachte er. *Nicht aufregen. Halluzinationen. Völlig verrückt, nach Halluzinationen zu schlagen. Es dauert natürlich einige Zeit, bis sich eine derart verfestigte Wahnvorstellung wieder auflöst. Ich muß sie ignorieren und so tun, als wären sie nicht da. Das ist die vernünftigste Möglichkeit. Positives Denken. Es gibt keine grauen, langnasigen Spione aus der Zukunft, keine Fotoapparate, keine Blitzlichter, kein Klicken. Wenn ich das durchhalte, bin ich sie in ein paar Tagen los. Spätestens in einer Woche sind sie verschwunden.*

In diesem Moment hörte er die Stimme. Die Stimme klang grausam, kalt und gnadenlos, und sie stammte nicht von dieser Welt. Sie drang hinter der Tapete hervor.

»Okay, Buddy«, sagte die heisere Stimme. »Es ist soweit. Der Augenblick ist da. Lassen wir die Maske fallen.«

Karnegoris Pan spürte, wie sein Blut, sein Fleisch, seine Haut, selbst der Stoff seines modischen Strampelanzugs zu Eis gefror. Übergangslos erloschen die Blitzlichter, brach das Klicken der Fotoapparate ab. Mit boshaft glitzernden Augen starrten ihn die Spione an.

»Allmächtiger Marlowe!« krächzte Karnegoris Pan.

Seine vergrößerten Ohrmuscheln zuckten wie Flügel eines Kolibris. Entsetzt verfolgte er, wie sich ein Spion durch die Nahtstelle zwischen zwei Tapetenbahnen zwängte, mit einem Satz zu Boden sprang, zum Schreibtisch schlenderte und mit einem zweiten Satz auf der Tischplatte war. Eine herrische Geste, und die anderen Spione zogen sich auf den Besucherstuhl zurück.

Der Neue stand breitbeinig auf dem Schreibtisch, stemmte die kurzen Arme in die Hüften. Er bedachte Pan mit einem lauernden Blick.

Der Meisterspion! überlegte Karnegoris Pan. Sein vereister Körper taute auf. Er begann zu schwitzen. *Unbesiegbarer Bond,* dachte er, *ich hätte es wissen müssen! Ich hätte wissen müssen, daß sie einen Anführer haben. Zwei Jahre lang hat er sich versteckt gehalten, und jetzt steht er vor mir – der Meisterspion.*

Der Meisterspion trug keine Kamera, dafür aber einen grauen Filzhut. In einem Mundwinkel steckte eine Zigarette, die ebenso lang wie seine Nase war. Ansonsten unterschied er sich nicht von den anderen Spionen. Doch sein Blick verriet, daß er anders als die anderen war: denn der Blick war stählern, kalt und grausam.

»Okay, Buddy«, wiederholte der Meisterspion. Er nahm die Zigarette aus dem Mund und blies Pan eine Rauchwolke ins Gesicht. »Du glaubst also, wir sind nichts weiter als 'n paar verdammte Wahnvorstellungen, eh? Und weißte, was wir glauben, Buddy? Wir glauben, daß du 'ne weiche Birne hast. Isses nicht so, Jungs?«

Er sah hinauf zur Decke. Die anderen Spione lachten häßlich.

»Klar, hat er 'nen Sprung inner Schüssel, Boß«, meinte einer.

»Der Kerl is' so krank, das hält keine Gummizelle aus«, knurrte ein anderer.

»Total daneben, Boß«, fügte ein dritter hinzu.

»Irre wie 'n Irrenarzt, der sich für 'nen Nachttopf hält«, schloß ein vierter. »Der braucht dringend 'ne Gehirnerneuerung, Boß.«

Die Spione brachen in gackerndes Gelächter aus. Mit einem Wink brachte sie der Meisterspion zum Schweigen. Er wandte sich wieder an Karnegoris Pan.

»Haste spitzgekriegt, was die Jungs von dir halten, Buddy?« fragte er heiser. »Und die müssen's schließlich wissen. Ham immerhin zwei Jahre lang ihre verdammten Nasen in deine Angelegenheiten gesteckt.«

»Allmächtiger Marlowe!« stieß Pan hervor.

»Laß die Götter aus'm Spiel, Buddy«, fauchte der Meisterspion. »Jeden von euren verdammten Götzen stecken wir dreimal in den Sack, ohne dasse überhaupt schnallen, was läuft. Morrison und Marilyn und die göttliche Greta! James Dean, der junge Zornige! Valentino, Gott der Liebe! Die heilige Janis! St. Elvis the Pelvis und der Schwarze Hendrix, Fürst der Nacht! Oder …« Der Spion zögerte und beugte sich mißtrauisch nach vorn. »Bei dir is' doch nich' etwa 'n Bursche namens Knut Schmidt-Oggersheim aufgekreuzt, oder?«

»Knut wer?« fragte Pan. »Ich verstehe kein Wort.«

»Wird von dir auch nich' erwartet«, sagte der Meisterspion. Nachdenklich zog er an seiner überlangen Zigarette und tippte die Asche auf den Schreibtisch. »Vergiß es, Buddy. Ich bin nich' hier, um mit dir über KnuSO und die Zeitlose Zeitpatrouille zu quatschen. Die Stunde der Entscheidung rückt unaufhaltsam näher. Also, kommen wir zur Sache.«

Der Meisterspion trat einen Schritt nach vorn und richtete seine abnorm große Nase wie einen Speer auf Karnegoris Pans Kehle. Er schluckte.

»Also, Buddy«, knurrte der Meisterspion, »in etwa 'ner Stunde wird hier 'ne Puppe reinwackeln und dir 'nen Auftrag andrehn wollen. 'nen Auftrag, verstehste?«

»Auftrag«, krächzte Pan. »Sicher. Ich verstehe. Aber … was für eine Puppe meinen Sie? Eine elektrische Schmusepuppe oder was?«

»Schnauze, Buddy!« fauchte ihn der Spion an. »Schmink dir die Sache ab. Du wirst die Puppe rausschmeißen, klar? Sie wird dir 'nen Haufen Zaster anbieten, aber da läuft nichts, kapiert?«

»*Zaster?*« wiederholte Pan verständnislos.

»Yeah, Zaster! Knete, Mäuse, Moos, Pulver, Bucks, Kies, Kohle, Moneten! Was is' los, Buddy? Biste noch beschränkter, als du aussiehst?« Der Meisterspion kniff die Augen zusammen. »Oder is' das 'n verdammter Trick? Is' Knut Schmidt-Oggersheim doch hier aufgekreuzt? Hatter dich eingewickelt, damit du uns was vormachst?«

»Ich kenne keinen Knut Schmidt-Oggersheim«, verteidigte sich Pan. »Ich habe nicht die leiseste Ahnung, was …«

»Dasse nich' die leiseste Ahnung hast, Buddy, is' mir schon klar«, höhnte der Meisterspion.

»Ich verbitte mir …«, begann Pan.

»Okay, halt keine Volksreden, Buddy«, fiel ihm der Spion ins Wort. Er grinste schief. »Hätte fast geglaubt, daß uns die Zeitlose Zeitpatrouille doch noch auf die Schliche gekommen is'. Aber 'n Zeitsprung von zwei

Milliarden Jahren is' schließlich kein Pappenstiel. Da kann KnuSO suchen, bisser schwarz wird.«

Karnegoris Pan erblaßte. »Zwei Milliarden Jahre!« hauchte er. »Also kommen Sie wirklich aus der fernen Zukunft!«

»Mach die Klappe wieder zu, Buddy«, knurrte der Meisterspion. »Sonst geht dir noch dein letztes bißchen Grips flöten.«

Die grauen, langnasigen Spione an der Decke kicherten. »Sonst geht dir noch dein letztes bißchen Grips flöten«, wiederholte einer. »Du hast wirklich was auf'm Kasten, Boß!«

»Yeah, das soll ihm mal einer nachmachen«, meinte ein anderer.

»Da sieht man mal wieder, was 'ne Gehirnerneuerung wert ist«, warf ein dritter ein.

»Da kannste Gift drauf nehmen«, schloß ein vierter. »Mit dem alten verkalkten Gehirn hätte der Boß ...«

»Schnauze!« brüllte der Meisterspion. Drohend funkelte er seine Leute an, aber sie wichen seinem Blick aus, hantierten an ihren Fotoapparaten, befingerten ihre Nasen, zupften ihre Trenchcoats zurecht. Die grauen Augen des Meisterspions richteten sich wieder auf Pan.

»Okay, Buddy«, sagte er heiser. »Du läßt dich von der Puppe nich' einwickeln, ob sie dir 'nen Riesenhaufen Zaster oder 'ne Nacht in ihrem Lotterbett verspricht. Haste das geschnallt?«

»Ge... geschnallt!« stammelte Pan. »Ich fürchte, Ihre Ausdrucksweise ist ...«

»Was haste an meiner Ausdrucksweise rumzumeckern, Buddy? Meinste, mir macht euer verdammtes Gegrunze Spaß? Hab' mir beim Eintrichtern eures Grunzzeit-Slangs mein altes Gehirn versaut! Und jetzt kommt so 'n Affe wie du daher und will mir mein Sprachprogramm madig machen. Das is' ja nich' zu fassen!«

»Isses wirklich nich', Boß«, stimmte einer der Spione zu.

»Schnauze!« brüllte der Meisterspion.

Karnegoris Pan zerrte am Magnetverschluß seines rosa Strampelanzugs. Er lächelte fahl. »Nun«, meinte er besänftigend, »wenn man bedenkt, daß Sie aus einer zwei Milliarden Jahre entfernten Zukunft kommen, beherrschen Sie unsere Sprache sogar hervorragend.«

»Sprache is' gut«, höhnte der Meisterspion. »Für uns is' das nichts weiter als 'n verdammtes Gegrunze, Buddy.« Er gackerte. »Grunz, grunz, grunz.«

Die Spione fielen pflichtschuldig in das Gegacker ein.

»Gib's ihm, Boß«, meinte einer.

»Yeah, mach ihn fertig«, krächzte ein anderer.

»Du bist eben der Größte, Boß«, lobte ein dritter.

»So 'ne Gehirnerneuerung is' wirklich ihr Geld wert«, bemerkte ein vierter.

»Schnauze!« brüllte der Meisterspion. »Der nächste, der das Maul aufreißt, bekommt von mir 'ne Kugel verpaßt, kapiert?«

Die Spione gaben unverständliches Gemurmel von sich. Grimmig wandte sich der Meisterspion wieder an Karnegoris Pan, nahm einen Zug von der halb heruntergebrannten Zigarette und stieß den Rauch durch die Nase aus. Erst jetzt bemerkte Pan, daß der Spion zehn Nasenlöcher hatte, die wie die Löcher einer Blockflöte angeordnet waren.

»Genug gegrunzt, Buddy!« fauchte der Meisterspion. Er deutete auf die Zigarette. »Unsere Zeit is' schon halb rum, und wir sind immer noch nich' zu Potte gekommen. Also, was machste, wenn die Puppe bei dir reinschneit, Buddy?«

»Welche Puppe?« sagte Pan.

»Idiot! Die Puppe, die heiße Mutter, der steile Zahn, der hübsche Käfer, die Jungfrau, die ...«

»Eine Frau?« fragte Pan.

»Genau, Buddy. 'ne Frau. Weißte, was Frauen sind? Weißte das? Oder haste Frauen bisher für UFOs gehalten?« Er gackerte. »Okay, machen wir's einfacher. Ich werd' dir jetzt genau sagen, was Sache is', damit's auch so 'n Grunzzeit-Affe wie du schnallt. Mann, 'n Wunder, daß ihr's überhaupt bis zum Mond geschafft habt.«

»Oh«, erwiderte Pan eifrig, »wir sind bereits vor Jahrhunderten zum Andromedanebel, zu den Magellanschen Wolken ...«

»Schnauze!« brüllte der Meisterspion. »Die Puppe, die zu dir kommen wird, um dich einzuwickeln, heißt Uta Nastassja Warziliwitsch. Warziliwitsch, kapiert? Wie Warze nur mit *i* und 'nem *liwitsch* dran. Weißte, was 'ne Warze is'? 'ne Warze is' etwa so häßlich wie du, nur bedeutend kleiner.«

»Ich bin Detektiv«, erklärte Karnegoris Pan würdevoll. »Ich weiß, was eine Warze ist. Meine Klientin heißt also Uta Nastassja Warziliwitsch.«

»Nix Klientin, du Idiot«, knurrte der Spion. »Du schmeißt diese Warze hochkantig raus – mitsamt ihrem Zaster und ihrem verdammten Lotterbett.«

»Aber ...« Karnegoris Pan gestikulierte. »Aber warum denn, zum Teufel?«

Das graue Gesicht des Meisterspions verhärtete sich. Sein Blick wurde noch stählerner, noch kälter, noch grausamer. »He«, knurrte er, »wer hat dir meinen Namen geflüstert, Buddy?«

»Ih-ren ... Na-men?« stammelte Pan.

»Yeah. Bin Terdo Esculap Ugra Federedis Esculap Larimoko, kurz

T.E.U.F.E.L. Hm.« Der Meisterspion nagte an seiner grauen Unterlippe. »Vielleicht biste doch nich' so beschränkt, eh? Vielleicht ziehste hier nur 'ne Schau ab, Buddy? Ich warne dich. Versuch ja keine krummen Touren. Wenne uns aufs Kreuz legen willst, gießen wir dich in Beton ein und versenken dich im Toten Meer. Kapiert, Buddy?«

»Natürlich«, nickte Pan hastig. »Kapiert, Mister, eh, Teufel.«

»Nix *Eh, Teufel,* du dummer Armleuchter, sondern T.E.U.F.E.L.« Der Spion aus der zwei Milliarden Jahre entfernten Zukunft knurrte. »Gut, Buddy, du schmeißt also die Warze raus, und damit is' die Sache für dich gelaufen. Geht alles klar, biste uns in ein paar Stunden für immer los. Wir dampfen zurück in die Zukunft, und du kannst in Ruhe weitergrunzen, bisse ausgegrunzt hast. Na, was sagste dazu?«

»Ich verstehe immer noch nicht, warum ich den Auftrag ablehnen soll«, sagte Karnegoris Pan. »Ich meine, ich brauche den Auftrag. Seit vier Wochen habe ich nicht mehr …«

»Wir wissen, was du seit vier Wochen nich' mehr getan hast, Buddy«, unterbrach der Meisterspion mit einem anzüglichen Grinsen. »Und wenne aufsässig wirst, dann wirste auch in den nächsten vier Wochen nich' das tun, wasse in den letzten vier Wochen nich' getan hast. Dann wirste in alle Ewigkeit nichts mehr tun, weil wir dich nämlich 'nen Kopf kürzer machen, Buddy. Dann haste für alle Zeiten ausgegrunzt, kapiert? Kapiert, hä? Oder nix verstehen? Grunz, grunz? Kapierste jetzt?«

Pan sagte nichts.

»Also okay, Buddy«, nickte der Meisterspion. »Ich verlass' mich auf dich. Wir sind nich' zwei Milliarden Jahre in die Vergangenheit gereist, um uns von dir austricksen zu lassen. Wenne keine Dummheiten machst und die Puppe abwimmelst, biste uns für immer los. Wenne 'ne krumme Tour versuchst, Buddy, dann sind *wir* dich für immer los. Die Sache is' ernst, Freundchen. Es geht um Sein oder Nichtsein, und wir machen jeden fertig, der uns dumm kommt. Wir ham …«

Der Meisterspion verstummte. Ein Donnerschlag erschütterte das Büro. Pan rutschte vor Schreck von dem Zeitschriftenstapel und stieß schmerzhaft mit dem Hinterkopf gegen die Wand. Er hörte den Meisterspion fluchen. »Verdammt! 'ne Temporalinterferenz! Nichts wie weg, Jungs!« Ein zweiter Donnerschlag, dann das hastige Trippeln von Zwergenfüßen, dann Stille. Totenstille.

Und in die Stille hinein sagte eine hohe, weinerlich klingende Stimme: »*Sic transit gloria mundi! Quo vadis, Pontifex maximus?*«

Karnegoris Pan kam langsam wieder hoch und äugte mißtrauisch über die Schreibtischkante.

Der Meisterspion und die übrigen grauen Spione aus der Zukunft waren verschwunden. Aber dafür stand mitten im Zimmer eine weit obskurere Gestalt: ein kleiner, fetter Mann in einer goldbestickten Toga, mit einem goldenen Lorbeerkranz auf dem schütteren Haar, Schnürsandalen an den Füßen, und in den Händen hielt er ein fremdartiges Zupfinstrument, das Pan vage an eine verkleinerte Harfe erinnerte.

»Großer Gott!« entfuhr es Pan.

Der kleine, fette Mann lächelte geschmeichelt. *»In effectu«,* nickte er. »Das ist Er: Nero, Kaiser und Gott, *Pontifex maximus, Pater patriae et cetera, et cetera. Ave, pia anima!«*

»*Ave* … wie?« Haltsuchend tastete Pan nach dem Schreibtisch. Etwas wie Hysterie keimte in ihm auf.

Das Lächeln des fetten Fremden wurde herablassend. »Er sagte: *Sei gegrüßt, fromme Seele!* Ein Gruß, den man gewöhnlich auf Grabsteinen anbringt, und da du in Seinen göttlichen Augen eine fatale Ähnlichkeit mit einem Leichnam hast, hielt Er diesen Gruß für angemessen.« Er schüttelte verwirrt den Kopf. »Wie seltsam! Barbarenworte, die flüssig wie Quellwasser den Lippen deines Kaisers und Gottes entspringen! Wer lehrte Ihn diese rohe Sprache? Und wo ist Er? Was ist dies für ein häßlicher Ort? Wo ist Rom, das stolze Rom, das zu des Kaisers Kurzweil in Flammen aufging? Oh, welch grausames Schicksal hat Ihn geschlagen?«

Karnegoris Pan starrte den Fremden verständnislos an, dann sah er sich um, suchte nach dem mysteriösen *Er,* von dem dieser Verrückte dauernd sprach.

»Wo ist Er?« jammerte der Fette.

»Wen, zum Teufel, meinen Sie?« fauchte Pan entnervt.

»Wie? Wen? – Natürlich Ihn, Nero, Kaiser und Gott, der vor dir steht!«

Pan stockte der Atem. Dieser Verrückte konnte unmöglich … Oder doch? Hatte der Meisterspion nicht von einer Temporalinterferenz, einer Störung des Zeitstroms, gesprochen? Dann konnte dieser Wahnsinnige tatsächlich …

»Er ist Nero!« kreischte Pan. »Er ist *der* Nero!«

»Natürlich ist Er das«, bestätigte der Zeitreisende. »Es gibt nur einen Nero. Er steht *in persona* vor dir, namenloser Barbar.«

Karnegoris Pan entschloß sich in diesem Moment, den grausamen Tatsachen des Lebens für eine Weile den Rücken zu kehren: Er fiel in Ohnmacht.

2.

Als er wieder zu sich kam, belehrte ihn ein Blick auf das Armbandchronometer, daß seine Bewußtlosigkeit nur eine knappe Minute gedauert hatte.

»Memento mori«, hörte er eine vertraute, hohe Stimme sagen. »Gedenke des Todes, Barbar. Auch wenn er *ad interim* seine knöcherne Hand von dir genommen hat.«

Schwankend kam Karnegoris Pan auf die Beine. Nero hatte sich auf dem Besucherstuhl niedergelassen und zupfte versonnen an seinem Instrument. Der goldene Lorbeerkranz war verrutscht und saß nun schief auf den schütteren Locken des römischen Kaisers, aber Nero schien es nicht zu bemerken. Seine Blicke waren in die Ferne gerichtet:

Brenne, mein Rom, brenne lichterloh
Flacker, mein Rom, flacker hell und froh
Heile, mein Rom, ach heile beherzt
Deines Kaisers unheilbaren Schmerz ...

Mit einem gurgelnden Laut stürmte Karnegoris Pan zur Tür, floh vor dem schauerlichen Gesang hinaus auf den Korridor, schlug die Tür hinter sich zu, verriegelte sie mit seiner ID-Karte und wankte dann zum Antigravschacht.

Es ist zuviel, dachte er. *Zuerst Halluzinationen, die ich für Spione aus der Zukunft hielt; dann Spione aus der Zukunft, die ich für Halluzinationen hielt; und jetzt dieser aberwitzige römische Kaiser aus der Vergangenheit, der weder eine Halluzination noch ein Spion ist.*

Ich brauche Hilfe, sagte sich Karnegoris Pan. Hilfe, Rat und einen Drink.

Kurz vor dem Antigravschacht zögerte er und dachte an die Klientin, die ihm T.E.U.F.E.L. angekündigt hatte, aber nach den Worten des Spions sollte sie erst in einer Stunde eintreffen. Genug Zeit, um Famos O'Hack oder Lukas Lorrimer um Rat zu fragen. Er ließ sich vom Antigravlift ins 10. Stockwerk tragen, wo O'Hack seine Ein-Mann-Denkfabrik betrieb, aber die Tür war versperrt, und niemand reagierte auf sein Klopfen. Pan dachte an Lorrimer – aber er scheute vor einem Besuch in den Büroräumen von *Star-Amore* zurück: Der Teufel mochte wissen, was aus der Müllamöbe geworden war. Vielleicht hatte sie Lorrimer schon verschlungen und lauerte hinter dem Schreibtisch versteckt auf weitere Opfer.

Pan entschied, hinunter in die Turmkantine zu fahren. Wenn sich O'Hack noch im *Galactic Center* aufhielt, dann nahm er zweifellos in der

Kantine sein Mittagessen ein. Erst jetzt bemerkte der Detektiv, wie hungrig er war.

Wenige Minuten später betrat er den großen, hellen Saal mit seiner breiten Fensterfront und den Holografiken, die die einzelnen Tische voneinander trennten. Und tatsächlich – dort war Famos O'Hack! Und mit ihm am Tisch saß Lukas Lorrimer!

Mit zuckenden Ohrmuscheln, geisterhaft fahl im Gesicht, die Arme wie flehend ausgestreckt, eilte Karnegoris Pan auf die beiden Männer zu. O'Hack trug wie stets seine *Brainstorming*-Kappe. Er gestikulierte und sprach hastig auf Lorrimer ein.

»Lukas Lorrimer!« rief Pan erleichtert. »Was bin ich froh, Sie zu sehen! Ich dachte, diese topsidische Müllamöbe hätte Sie schon längst in Protoplasma verwandelt.«

Lorrimer schenkte ihm ein frostiges Lächeln. »Hallo, Karnegoris«, knurrte er. »Was machen die Spione?«

»Genau darüber wollte ich mit Ihnen sprechen.« Der Detektiv ließ sich seufzend neben O'Hack auf den Stuhl sinken. »Es ist etwas Schreckliches geschehen.«

Famos O'Hack klopfte ihm besänftigend auf die Schulter. »So etwas geschieht jeden Tag, mein bester Pan. Kein Grund, auf ein kräftiges Mittagessen zu verzichten. Lukas und ich haben uns soeben gefragt, ob wir nicht Y'ürps neue Spezialität ausprobieren sollen.«

»Gurr«, machte Lorrimer.

»Wie?« fragte Pan.

»Gurr«, wiederholte der Direktor des kosmischen Eheanbahnungsinstituts *Star-Amore.* Er deutete auf den Tischmonitor, über den die Speisekarte flimmerte. »Die Spezialität heißt *Gurr. Gurr* mit rollendem R.«

»Es erinnert mich an die Taubensprache«, sagte Pan irritiert.

O'Hack runzelte die Stirn. »Was sollen Taube mit einer Sprache anfangen? Sie können doch nicht *hören.*«

»Ich meinte eine terranische Vogelspezies«, erklärte Pan. »Sie ist inzwischen fast ausgestorben, aber früher gab es drei verschiedene Taubenarten. Erstens die Brieftaube, die von unseren Vorfahren im Luftpostverkehr eingesetzt wurde, in Briefkästen nistete und im großen und ganzen portofrei war. Zweitens die Friedenstaube – wissenschaftlich: *la paloma blanca* –, die albinoweiße, sehr seltene Verwandte der Brieftaube und durch eine mysteriöse Krankheit namens *Taubenschlag* völlig ausgerottet. Und drittens die Turteltaube, wie sie heute typisch für das Naturschutzgebiet Rothenburg ob der Tauber ist.«

»Ob wer tauber ist?« fragte O'Hack, der nur halb zugehört hatte. »Rothenburg? Ich kenne keinen Rothenburg. Aber ich habe Hunger!«

Pan zögerte. »Ich weiß nicht ... Die neunhundert Solar für die *Krabschrab* haben mein Konto tief erröten lassen ...«

»Machen Sie sich keine Sorgen, Karnegoris«, winkte O'Hack ab. »Diesmal übernimmt unser Freund Lukas die Rechnung. Er hat einen neuen Klienten gewonnen.«

»Tatsächlich?« Pan sah überrascht auf. »Ich dachte, Sie wollten Konkurs anmelden nach der Sache mit diesem Heiratsschwindler.«

Lukas Lorrimer schnitt eine Grimasse. »Die Müllamöbe«, sagte er. »Sie ist mein neuer Klient.«

»Die *Müllamöbe?* Hat sie denn Geld?«

»Bedauerlicherweise nein. Aber das fand ich erst heraus, nachdem sie sich mit Cynthia zu einem Rendezvous getroffen hatte. Gestern abend. Cynthia war ganz begeistert vom Charme dieses rosa Monstrums.« Lorrimers Gesicht verzerrte sich noch mehr. »Ich wage mir gar nicht vorzustellen, wie dieses bezaubernde Stelldichein verlaufen ist: Cynthia mit ihrer rosa Schleife und zu ihren Füßen schätzungsweise eine Tonne teigiges Protoplasma, das schmatzende Liebeserklärungen von sich gibt. Jedenfalls schuldet mir die Amöbe dreitausend Solar. Sie arbeitet die Schulden jetzt in Y'ürps Küche ab. Als Tellerwäscher. Je mehr Teller sie wäscht, desto mehr kann ich essen; je mehr ich esse, desto mehr Teller wäscht sie.«

»Gesagt, getan«, nickte O'Hack und drückte an der Tastatur des Tischterminals eine Ziffernkombination. »Dreimal Gurr.«

»Und etwas zu trinken«, fügte Pan hinzu. »Etwas Starkes.«

»Wie wäre es mit einem *Echo-Cocktail?*« fragte O'Hack. »Hier steht, daß reiner Alkohol dagegen wie Limonade ist.«

»Genau das richtige«, seufzte Karnegoris Pan. Er wartete, bis der Denkfabrikant die Bestellung eingegeben hatte, und fuhr dann fort: »Ehe ich es vergesse – ich bin in einer gräßlichen Situation und brauche Hilfe. Vielleicht habe ich den Verstand verloren.«

Lorrimer rümpfte die Nase. »Hoffentlich nicht. Um ihn wiederzufinden, werden wir ein Elektronenmikroskop mieten müssen.«

»Ha, ha«, machte O'Hack. »Offenbar hat es Ihrem Humor nicht geschadet, Lukas, daß sich dieser Gurkenmann mit Ihren mühsam ererbten fünfzigtausend Solar aus dem Staub gemacht hat.«

»Erinnern Sie mich nicht an Älmrich Olk«, knurrte Lorrimer. »Ich habe die Solare Abwehr, die USO und die Steuerfahndung alarmiert. Diese Gurke wird bald kleingeschnitten in einer Schüssel voller Rahmsoße schwimmen. Und wenn es das letzte ist, was ich in meinem Leben mache – ich erledige diesen verdammten Schwindler.«

Pan riß den Mund auf und kreischte: »Hilfe!«

O'Hack und Lorrimer starrten ihn schockiert an.

»Er hat tatsächlich völlig den Verstand verloren«, stellte Lorrimer fest. »Wo bekommen wir jetzt nur schnell ein billiges Elektronenmikroskop her?«

»Ich brauche kein Elektronenmikroskop, ich brauche Hilfe!« rief Pan. »Die Zeitspione haben endlich die Maske fallen lassen. Sie hängen an der Decke meines Büros und bedrohen mich mit Mord. Die ganze langnasige Bande hängt an der Decke, gackert wie besessen, während der Meisterspion kübelweise Hohn und Häme über mich ausschüttet. Und dann dieser Nero! Großer Sherlock, der Kerl ist nicht nur ein Zeitreisender, sondern auch noch krank und völlig unmusikalisch. Aber hindert ihn das am Singen? Mitnichten! *Grunz, grunz, grunz.* Verstehen Sie?« Pan schüttelte sich. »In einer Stunde kommt diese Warze, und wenn ich sie nicht hinauswerfe, betonieren mich die Spione ein und versenken mich im Toten Meer. Begreifen Sie, in was für einer verzweifelten Lage ich mich befinde? Verstehen Sie jetzt, daß ich Hilfe brauche?«

Flehend sah er von O'Hack zu Lorrimer. Seine modisch vergrößerten Ohrmuscheln zuckten nervös, und ihm schauderte in Erinnerung an die überstandenen Schrecken.

»Dabei bin ich heute morgen endlich zu der Überzeugung gelangt, daß es sich bei den grauen, langnasigen Spionen aus der Zukunft um bloße Halluzinationen handelt. Aber dann kam T.E.U.F.E.L. hinter der Tapete hervor und ...« Seine Stimme brach.

O'Hack und Lorrimer wechselten einen Blick. »Nur ruhig, Karnegoris«, sagte O'Hack. »Erzählen Sie der Reihe nach.«

Der Detektiv nickte schwach und schilderte, was in seinem Büro vorgefallen war. »Ich habe Nero eingeschlossen«, beendete er seinen Bericht. »Aber in spätestens vierzig Minuten erschient diese Uta Nastassja Warziliwitsch, und wenn ich den Auftrag nicht ablehne, bringen mich die Spione um. Aber ich brauche den Auftrag! Ich brauche das Geld!«

Famos O'Hack klopfte nachdenklich gegen seine *Brainstorming*-Kappe. »Sie sind wirklich in einer scheußlichen Situation, Karnegoris«, brummte er mitfühlend. »Wenn auf diesem Planeten jemand Hilfe braucht, dann sind Sie es. Und wir werden Ihnen helfen – nicht wahr, Lukas?«

»Ich frage mich, ob Pan überhaupt noch zu helfen ist«, sagte Lorrimer. »Aber in Ordnung. Ich habe mich ohnehin entschlossen, aus dem Eheanbahnungsgeschäft auszusteigen. Bis ich etwas Neues gefunden habe, können Sie mit mir rechnen, Karnegoris.«

Der Detektiv strahlte. »Sie können sich gar nicht vorstellen, wie froh ich bin!« rief er. »Ach!« Schwärmerisch wackelte er mit den Ohren. »Wie warm wird mir ums Herz! Sie sind wahre Freunde, wie man sie nur einmal in seinem Leben trifft.«

»Sicher«, nickte O'Hack. »Aber versuchen wir, etwas Logik in das konfuse Geschehen zu bringen. Erstens: Diese grauen, langnasigen Kreaturen, die wir mangels einer besseren Bezeichnung auch weiterhin Spione nennen wollen, stammen aus einer zwei Milliarden Jahre entfernten Zukunft. Unsere Gegenwart ist für sie die Grunzzeit. Sie wissen nur unvollkommen über unsere Ära Bescheid, behaupten aber das Gegenteil. Sie fürchten sich vor KnuSO, der Zeitlosen Zeitpatrouille und Temporalinterferenzen. Und sie verlangen von Karnegoris, daß er eine gewisse Uta Nastassja Warziliwitsch aus seinem Büro hinauswirft, sobald sie ihm einen Auftrag geben will. Richtig?« Er sah Pan auffordernd an.

»Richtig«, bestätigte Pan.

»Zweitens: Die Endung *witsch* steht in der russoterranischen Sprachfamilie für *Sohn des.* Demnach muß es sich bei dieser Uta Nastassja um den Sohn des Warzili handeln. Richtig?«

Pan zögerte.

»Glauben Sie wirklich«, warf Lorrimer aggressiv ein, »daß Sie mit derartigen Bemerkungen Logik in das konfuse Geschehen bringen?«

Der Denkfabrikant ignorierte die Bemerkung. »Drittens: Der Auftrag der Warze muß für die Spione so bedrohliche Konsequenzen haben, daß sie zwei Milliarden Jahre in die Vergangenheit gereist sind und selbst vor Mord nicht zurückschrecken, um zu verhindern, daß Pan den Auftrag übernimmt. Richtig?«

»Bedauerlicherweise ja.« Pan schluckte. Aus den Augenwinkeln sah er, daß Y'ürp, der bluessche Kantinenpächter, seine Küche verlassen hatte und sich ihrem Tisch näherte.

»Viertens: Die Spione beherrschen die Zeitreise nicht perfekt. Gelegentlich erzeugen sie sogenannte Temporalinterferenzen, die Personen aus der Vergangenheit – vielleicht auch der Zukunft – in unsere Gegenwart versetzen. Richtig?«

Pan nickte.

»Fünftens: Dieser Nero ist zweifellos verrückt. Richtig?«

»Diese Singerei!« klagte Pan. »Diese Stimme! Und ich dachte, Folter wäre auf diesem Planeten schon seit Jahrhunderten verboten!«

Famos O'Hack schwieg einen Moment, und Pan hatte plötzlich das Gefühl, als würde sich die *Brainstorming*-Kappe bewegen. Er blinzelte. Nein, es mußte eine Täuschung gewesen sein. Nervös wartete er auf O'Hacks weitere Worte. Plötzlich funkelte es in den Augen des Denkfabrikanten auf. Begeistert schlug er mit der Faust auf den Tisch.

»Ich habe die Lösung«, verkündete er. »Es gibt nur eine Erklärung –

diese Spione aus der Zukunft sind hier, um ein Zeitparadoxon zu erzeugen! *Sein oder Nichtsein!* Das waren doch die Worte des Meisterspions, Karnegoris, oder?«

»Ja«, erwiderte Pan. »Aber ich begreife nicht, wie Sie …«

»Ein Zeitparadoxon!« beharrte O'Hack. »Bedenken Sie doch – für die Spione ist unsere Gegenwart Vergangenheit, weil sie aus einer zwei Milliarden Jahre entfernten Zukunft kommen. Wenn sie in unsere Gegenwart eingreifen, dann nur, um ihre Vergangenheit zu ändern und damit auch ihre Gegenwart, das heißt unsere Zukunft! Und der Hebel, mit dem sie die Vergangenheit, Gegenwart und Zukunft der Welt aus den Angeln heben wollen, ist Karnegoris Pan – ob wir es nun glauben oder nicht!«

»Also«, sagte Lorrimer, »*ich* glaube es nicht.«

Aber Karnegoris Pan hörte die Bemerkung nicht einmal. Sein Gesicht glühte, die Ohrmuscheln zuckten, und der Stolz ließ ihm unter dem modischen Strampelanzug die Brust schwellen. Sein Blick schweifte in unermeßliche Ferne.

»Sie meinen«, keuchte er, »Sie meinen wirklich, daß ich … Großer Sherlock! Sie meinen wirklich, daß ich ganz allein die Welt aus den Angeln heben kann? Und daß ich damit über Sein und Nichtsein der Zeitspione entscheide?«

»So ist es«, sagte Famos O'Hack feierlich. »Unser Schicksal, das Schicksal unserer Zukunft liegt in Ihren Händen. Ich hoffe, Sie wissen, was zu tun ist, Pan.«

»Nein«, gestand der Detektiv. »Was?«

»Sie werden natürlich den Auftrag der Warziliwitsch übernehmen; was sonst? Wir dürfen nicht zulassen, daß die Spione ihre Vergangenheit, also unsere Gegenwart, per Zeitparadoxon verändern. Vielleicht wollen sie uns alle damit umbringen!«

»Aber sie wollen mich umbringen, wenn ich den Auftrag der Warziliwitsch übernehme!« wandte Pan ein.

»Wer sagt Ihnen denn«, fragte Lorrimer düster, »daß die Spione Sie nicht umbringen werden, wenn Sie den Auftrag nicht übernehmen?«

Karnegoris Pan erbleichte. »Sie meinen …?«

»Das meine ich«, bekräftigte Lorrimer.

In diesem Moment erreichte Y'ürp den Tisch und unterbrach das Gespräch der drei Männer. Der alte Blue zwitscherte einen Willkommensgruß.

»Die Herren haben Gurr bestellt?« fragte er und wackelte begeistert mit dem Tellerkopf. »Die bunte Kreatur der Inspiration ist mit Ihnen. Ich bin glücklich, solch kosmopolitische Feinschmecker wie Sie in meiner bescheidenen Garküche bewirtschaften zu dürfen.«

»Wir haben Durst«, knurrte Lorrimer. »Wo bleiben die *Echo-Cocktails?«*

»Speisen und Getränke werden sofort serviert«, versicherte Y'ürp. Er drehte den Tellerkopf um 180 Grad, so daß sein Knochenhals häßliche Falten bekam, und sah zur fernen Küchentür hinüber. Schnappend fuhr der Kopf wieder herum. »Mein hinteres Augenpaar ist kurzsichtig«, drang es entschuldigend aus dem Halsmund. »Die Umstellung des Speiseplans auf Eastside-Spezialitäten wie Krabschrab oder Gurr hat so viel Zeit gekostet, daß ich noch nicht dazu gekommen bin, mir neue Augen implantieren zu lassen. Ah, da kommt ja Ihre Bestellung!«

Karnegoris Pan wandte sich neugierig um. Schmatzend, rosa und teigig kroch die Müllamöbe aus einem Hologramm, das den Crabnebel zeigte, und näherte sich rasch dem Tisch. Die Amöbe hatte aus dem Protoplasma ihrer Körpersubstanz menschliche Arme und Hände gebildet und trug insgesamt sechs Tabletts. Sie schmatzte heiter.

»Hallo, Lukas«, grüßte die Amöbe. »Wie geht es der reizenden Cynthia?«

»Den Umständen entsprechend«, antwortete Lorrimer kühl. »Ich wußte nicht, daß Sie inzwischen vom Tellerwäscher zum Kellner aufgestiegen sind. Vielleicht« – er lachte hohl – »vielleicht bringen Sie es eines Tages noch zum Millionär!«

»O nein!« wehrte die Müllamöbe ab. Sie blieb einen Schritt vom Tisch entfernt stehen und ließ zwei Stielaugen aus ihrem Rücken wachsen. Schmatzend erklärte sie dann: »Sie ahnen gar nicht, wie glücklich ich mit meinem Dasein als Tellerwäscher bin. All die vielen köstlichen Essensreste! Unvorstellbar, was die Leute heutzutage alles zurückgehen lassen. Für mich ist es das Paradies. Wenn ich da an die schreckliche Zeit zurückdenke, in der ich kleingehackt und getrocknet als Topsid-Zigarre vegetieren mußte.«

»Es muß die Hölle gewesen sein«, nickte Pan mitfühlend.

Famos O'Hack klopfte auf den Tisch. »Hunger!« sagte er. »Wo bleiben die tauben Flattermänner?«

»Flattermänner?« Y'ürp sah verwirrt drein. »Aber Sie wollten doch Gurr-Pudding haben!«

»Pudding?« Diesmal war O'Hack an der Reihe, verwirrt dreinzuschauen. »Wer spricht von Pudding? Lukas, ich dachte, wir hätten Geflügel bestellt!«

Lorrimer zuckte die Schultern. »Tut mir leid, aber ich muß versehentlich das Dessertprogramm der Speisekarte abgerufen haben.«

»Nun, das läßt sich wohl nicht mehr ändern. Also her mit dem Pudding, Y'ürp!«

Der Blue zwitscherte und gab der Müllamöbe ein Zeichen. Schmatzend stellte sie vor jedem eine Kristallschale mit einer giftgrünen Masse und ein Cocktailglas mit einer blubbernden grauen Flüssigkeit auf den Tisch. »Wohl bekomm's«, schmatzte sie und kroch wieder davon. Bald war sie im holographischen Crabnebel verschwunden.

Y'ürp verneigte sich erneut. »Sie werden es nicht bereuen, werte Gäste«, pfiff er. »In der ganzen Milchstraße gibt es kein Dessert, das sich mit Gurr-Pudding vergleichen läßt. Und die *Echo-Cocktails* werden Ihnen ein Leben lang in Erinnerung bleiben.« Eine letzte Verbeugung, und der Blue zog sich zurück. Bevor er ebenfalls im Crabnebel verschwand, drehte er sich noch einmal um. »Ehe ich es vergesse – Gurr ist sehr sensibel. Aber ein paar freundliche Worte, und er springt Ihnen von allein auf den Löffel.«

Der Blue war fort.

Pan, O'Hack und Lorrimer sahen sich an, senkten die Blicke, musterten zweifelnd die giftgrüne Masse in ihren Dessertschalen.

»Freundliche Worte?« sagte Lorrimer stirnrunzelnd. »Was soll der Unsinn?«

»Unsinn?« sagte eine blubbernde Stimme.

Lorrimer fuhr zusammen und schaute sich hastig um, aber sie waren allein. »Ich will verdammt sein! Ich will mehr als verdammt sein! Da erlaubt sich wohl jemand einen schlechten Scherz.«

»Scherz«, blubberte es.

Lorrimers Gesicht rötete sich vor Zorn. »Wer, zum Teufel, betätigt sich da als Echo?«

»Echo«, blubberte es.

Famos O'Hack zeigte mit dem Finger auf Lorrimers Cocktail-Glas. »Ich glaube«, sagte er nervös, »die Stimme dringt aus Ihrem Glas, Lukas.«

»Lukas«, echote die blubbernde Stimme.

Lorrimer preßte einen unverständlichen Fluch hervor, beugte sich über das Glas und äugte forschend hinein. »Hallo«, sagte er. Die graue Flüssigkeit blubberte. »Hallo«, echote sie. Lorrimer ächzte, und der Cocktail erzeugte ein ächzendes Echo. Schockiert blickte Lorrimer auf.

»Ich will dreimal verdammt sein!« rief er. »Dieser Cocktail ist im wahrsten Sinne des Wortes ein *Echo-Cocktail!*«

»Cocktail«, wiederholte die Flüssigkeit.

O'Hack starrte fasziniert in sein eigenes Glas. »Offenbar«, spekulierte er, »reagiert die Flüssigkeit auf Schallwellen. Ich schätze, durch eine superintensive Form der Kohäsion verwandelt sich die Oberfläche der Flüssigkeit in eine Membrane, die die zuletzt aufgenommenen Schallwellen wieder zurückwirft. Das Ergebnis ist ein blubberndes Echo. Großartig!«

»Großartig«, bestätigte der *Echo-Cocktail.*

»Ich weiß nicht«, sagte Karnegoris Pan. »Ich meine – liegt es wirklich an der Kohäsion? Könnte es nicht sein, daß der Cocktail lebt? Seine Stimme klingt so menschlich.«

»Menschlich«, echote es aus Pans Glas.

Der Detektiv zuckte zurück. Seine Blicke wanderten unstet hin und her, wandten sich dann wieder dem Cocktail zu. Er befeuchtete die Lippen. »Bist du … bist du intelligent?« fragte er.

»Intelligent«, sagte der Cocktail.

»Möchtest du getrunken werden? Ja oder nein?«

»Nein«, echote der Cocktail.

Pan klatschte in die Hände. »Da hören Sie es!« rief er triumphierend. »Die Cocktails sind intelligent und möchten nicht getrunken werden. Ihren Wunsch zu mißachten wäre Mord.«

»Mord«, bestätigte der Cocktail dumpf.

»Ord«, fügte O'Hacks Cocktail hinzu.

»Rd«, schloß Lorrimers Glas.

»Reden Sie keinen Unsinn, Pan«, fauchte Lorrimer. »Die Cocktails sind ebensowenig intelligent wie eine Schlucht, die ein Echo zurückwirft. Außerdem habe ich für sie bezahlt. Wenn Sie Ihren Cocktail nicht trinken, dann trinke ich ihn. Vorausgesetzt«, schloß er, »daß das Zeug schmeckt.«

»Schmeckt«, blubberte es.

»Na also!« nickte Lorrimer. Ehe sein Cocktail Gelegenheit fand, ein Echo zu produzieren, hatte er das Glas zum Mund geführt. Ein großer Schluck, und das Glas war leer. Lorrimer wurde blaß. Dann dunkelrot. Seine Augen schienen aus den Höhlen zu quellen. Sein Kopf zuckte hin und her, ein Beben durchlief seinen Körper, und ein Röcheln drang von seinen Lippen. Danach normalisierte sich seine Gesichtsfarbe. Lorrimer lächelte strahlend.

»Phantastisch«, schwärmte er. »Köstlich! Unvergleichlich! Ich fühle mich wie neugeboren!«

»Neugeboren«, drang es dumpf aus seinem Bauch.

Lorrimer schluckte und grinste verzerrt. »Offenbar dauert es eine Weile, bis der Echo-Effekt nachläßt.«

»Nachläßt«, sagte Pans Cocktail.

Der Detektiv konnte es nicht mehr ertragen. Er mußte dieses Getränk mundtot machen; es war noch schlimmer als der verrückte Römer oben in seinem Büro. In einem Zug stürzte er den Cocktail hinunter. Pan löste sich auf. Sein Bewußtsein durchdrang das gesamte Universum. Er zerstörte es, schuf es neu, kehrte in seinen Körper zurück – und fühlte sich wie neugeboren. Als er wieder klar sehen konnte, blickte er direkt in O'Hacks verträumtes Gesicht. Der Denkfabrikant leckte einen grauen Tropfen Flüssigkeit von der Oberlippe und schnalzte genießerisch mit der Zunge.

»Dagegen ist Vurguzz das reinste Spülwasser«, schwärmte er.

Lorrimer hob eine Hand. »Genug der Hymnen. Kümmern wir uns um den Gurr-Pudding.«

»Sie haben recht«, nickte Pan nach einem Blick auf sein Chronometer. »In einer halben Stunde kommt diese Frau. Ich möchte nicht, daß Nero allein in meinem Büro ist, wenn sie eintrifft. Es könnte bei ihr einen falschen Eindruck von meiner Arbeit erwecken, wissen Sie.«

»Sicher«, meinte Lorrimer. Er griff nach seinem Löffel und bohrte ihn schwungvoll in den grünen Pudding. Es gab ein häßliches Geräusch, und der Löffel brach entzwei. »Großer Gott! Das Zeug ist hart wie Stahl!« rief Lorrimer verdutzt.

Karnegoris Pan tippte vorsichtig mit dem Löffel gegen den giftgrünen Klumpen in seiner Schale. Ein helles Pling ertönte. Tatsächlich, der Pudding war knochenhart.

»Dieser verdammte Tellerkopf!« knirschte Lorrimer wutentbrannt. »Ich werde ihm seinen verdammten Knorpelhals verknoten. Wahrscheinlich stammt dieser Pudding noch aus dem Paläozoikum und ist im Lauf der Jahrmillionen versteinert. Sozusagen ein Puddingfossil. Aber nicht mit mir!«

Er traf Anstalten, sich von seinem Stuhl zu erheben und in die Küche zu stürmen, doch O'Hack hielt ihn am Arm fest. »Warten Sie, Lukas. Mir ist da eine Idee gekommen. Erinnern Sie sich an Y'ürps letzte Worte?«

Lorrimer lachte häßlich. »Und ob ich mich daran erinnere! Sie können sich darauf verlassen, daß es tatsächlich seine letzten Worte waren!«

»Gemach, gemach«, wiegelte O'Hack ab. »Ich möchte erst etwas ausprobieren.«

Lorrimer zögerte und nahm widerwillig Platz. Mit grimmigem Blick starrte er die giftgrüne Masse in seiner Dessertschale an.

Famos O'Hack legte seinen Löffel zur Seite und beugte sich tief über den Pudding; so tief, daß Pan in jedem Moment erwartete, daß ihm die *Brainstorming*-Kappe vom kahlen Schädel rutschte.

»Äh, hallo«, sagte O'Hack zu seinem Pudding. »Wie, äh, wie geht's?«

Lorrimer kicherte.

O'Hack ließ sich nicht irritieren. »Du bist aber ein hübscher Pudding«, fuhr er fort. »Wirklich! Was für ein bezauberndes Giftgrün! Da läuft einem glatt das Wasser im Mund zusammen. Wenn ich dich doch nur kosten könnte, Pudding! Es wäre für mich das höchste Glück auf Erden. Ich würde alles dafür hergeben.«

»Machen Sie diesem Zeug doch direkt einen Heiratsantrag«, höhnte Lorrimer. »Ich dachte bisher, Karnegoris wäre der größte Narr in diesem Narrenturm, aber Sie geben sich verdammt viel Mühe, ihm den Spitzenplatz streitig zu machen.«

Pan stieß einen leisen Schrei aus. »Er bewegt sich!« sprudelte er aufgeregt hervor. »Der Pudding bewegt sich, Famos!«

Der steinharte, giftgrüne Klumpen bewegte sich tatsächlich. Er sackte ein wenig zusammen, verlor seine eckige Form und wurde weich. Vorsichtig nahm O'Hack seinen Löffel und führte ihn zur Dessertschale. Die Bewegungen des Puddings wurden heftiger. Er sonderte ein münzgroßes Stück ab, und das Stück formte sich zu einer Kugel, rollte zum Rand der Schale und auf den Löffel und verteilte sich dort gleichmäßig. Mit einem selbstgefälligen Lächeln führte O'Hack den Löffel zum Mund.

Er ließ den Pudding auf der Zunge zergehen.

Er schluckte.

Er spitzte entzückt die Lippen.

»Hmm«, machte er hingerissen. »So etwas …! Einfach unglaublich …! So süß und fruchtig zugleich, so delikat, so unbeschreiblich schmackhaft …« Verschmitzt sah er zu Pan und Lorrimer. »Zweifellos mag dieser Pudding nicht von jedem dahergelaufenen Kerl verzehrt werden. Nur wer ihm ein Gefühl der Bewunderung und Anerkennung entgegenbringt, kann ihn erweichen – und das im wahrsten Sinne des Wortes! Tja, wer hätte das gedacht? Ein Pudding mit Charakter!«

Lukas Lorrimer starrte den harten grünen Klumpen in seiner Schale an. »Ich will verdammt sein, wenn ich so tief herabsinke, daß ich einen Pudding bitte, sich von mir verzehren zu lassen! Kein Terraner mit einem Funken Ehrgefühl im Leib läßt sich zum Büttel einer außerirdischen Nachspeise machen. Famos! Haben Sie denn überhaupt keinen Stolz?«

O'Hack aß unbeirrt weiter. »Wirklich köstlich«, sagte er mit vollem Mund. »Unvergleichlich delikat!«

Nach kurzem Zögern zog Karnegoris Pan seine Dessertschale näher zu sich heran. »Öh, ah«, sagte er, »uh, hallo, Pudding. Wie wäre es denn mit uns beiden? Du bist wahrhaftig der schönste Pudding, den ich je gesehen habe. Bei mir war es Liebe auf den ersten Blick. Ich dachte, den oder keinen … Wenn ich jemand zum Fressen gern habe, Pudding, dann dich. Und das ist nicht nur so dahergesagt. Ich meine es ernst.«

Die grüne Masse wurde weich und war so begierig, auf Pans Löffel zu kommen, daß sie in ihrem Eifer fast über den Schalenrand schwappte. »Oh«, meinte Pan verzückt. Er kostete. »Ah, uh, hmmm …«

Lorrimer schnaubte. Er trommelte mit dem Finger auf die Tischplatte, spielte nervös mit seinem Löffel, hüstelte, lächelte verzerrt und gab sich dann einen Ruck.

»In Ordnung«, knurrte er. »In Ordnung, Pudding. Machen wir es kurz. Ich habe lange genug gewartet, und jetzt ist meine Geduld erschöpft. Bringen wir die Sache endlich hinter uns, einverstanden?«

Karnegoris Pan gestattete sich ein süffisantes Lächeln. »Auf diese Weise schaffen Sie es nie, Lukas. Der Pudding ist sensibel. Stellen Sie sich einfach vor, dort vor Ihnen in der Dessertschale liege Ihre Liebste. Vielleicht funktioniert es dann. Komplimente haben schon manchen erweicht ...«

Lorrimer warf ihm einen starren, vernichtenden Blick zu.

Fünf Minuten später, nach einer Flut von Komplimenten, wie sie wahrscheinlich nicht einmal Cynthia Vandermor von Lorrimer zu hören bekommen hatte, ließ sich der Gurr-Pudding endlich erweichen und floß träge auf Lorrimers Löffelstumpf.

3.

Als Karnegoris Pan – gesättigt und mit dem Gefühl, jederzeit Lorrimer oder O'Hack um Hilfe bitten zu können – nach dem Mittagessen hinauf in die 12. Etage des *Galactic Center* schwebte, machte sich die alkoholische Wirkung des *Echo-Cocktails* bemerkbar.

Es begann mit einem tauben Gefühl in den großen Zehen und endete mit einem eigenartigen optischen Phänomen: Pan sah, wie aus der Wand des Antigravschachts bebeinte, violette Rasierpinsel mit grünen Haarborsten tropften.

Er schätzte ihre Zahl auf zwei- bis dreihundert Stück, war aber nicht sicher, ob seine Schätzung stimmte, da sie ständig in Bewegung waren. Zu allem Überfluß besaßen die bebeinten Pinsel winzige menschliche Gesichter. Mürrische Gesichter.

Keiner der Pinsel sagte ein Wort.

Sie ignorierten Pan, starrten mürrisch vor sich hin und schwebten eine Weile mit ihm nach oben.

Im ersten Moment hielt der Detektiv sie für maskierte Siganesen; im 25. Stock des Turms gab es in einer ausgebauten Besenkammer eine fünfhundertköpfige Siganesen-Kolonie, aber dann fiel ihm ein, daß die kleinen Männer von Siga die Besenkammer nicht mehr verlassen hatten, seit Lorrimers Müllamöbe im *Center* ihr Unwesen trieb.

Etwa dreißig Sekunden nach ihrem Auftauchen verschwanden die bebeinten, mürrischen Rasierpinsel wieder in der Wand des Antigravschachts.

Karnegoris Pan stieß einen erleichterten Seufzer aus.

Zweifellos eine alkoholinduzierte Halluzination, sagte er sich. Zum Glück war er inzwischen klüger geworden – noch vor einem Tag hätte er sich täuschen lassen und diese Kreaturen für subatomare Eroberer gehalten. Für Elementarteilchen aus dem Mikrokosmos, intelligente Quarks vielleicht, durch rätselhafte hyperdimensionale Phänomene zum Riesenwuchs angeregt und zu bebeinten Pinseln mutiert, die abscheulicherweise planten, Terra, die Milchstraße und den Rest des Universums zu erobern, um so ein wenig Kurzweil in ihr langweiliges Dasein als Elementarteilchen zu bringen ... Pan lachte hohl und schwang sich elegant aus dem Ausstieg.

Vor seinem Büro stand die Frau seiner Träume.

Karnegoris Pan riß die Augen auf, warf der schönen Fremden glutvolle Blicke zu – die sie nicht bemerkte –, wackelte charmant mit den Ohrmuscheln – was sie ebenfalls nicht bemerkte – und gab einen raubtierhaften Laut von sich, der wie *Uuuunngghh!* klang und ungehört verhallte.

Es war unbegreiflich – aber er hatte sich von einer Sekunde zur anderen verliebt. Marie-Jeanne, die ihm vor einem Jahr den Laufpaß gegeben hatte, weil sie, wie sie sagte, es nicht mehr ertragen konnte, mit einem Mann zusammenzuleben, der sogar im Bett seine Sonnenbrille nicht abnahm – Marie-Jeanne war vergessen. So gründlich, als hätte sie nie existiert.

Für Karnegoris Pan gab es nur noch diese eine Frau.

Zweifellos handelte es sich bei ihr um die vom Meisterspion T.E.U.F.E.L. angekündigte Uta Nastassja Warziliwitsch.

Sie war groß, vollbusig, braun gebrannt, einfach göttlich, und im Vergleich zu ihrem lieblichen Antlitz war sogar Cynthia Vandermors Engelsgesicht eine Halloween-Maske. Armlange Flammen züngelten um ihren Kopf, und zunächst schrieb Karnegoris dieses Phänomen dem genossenen *Echo-Cocktail* zu, bis er entdeckte, daß sie einen als Ohrclip getarnten Illusionsprojektor trug. Das kurze, tief ausgeschnittene Kleid aus weißer, feingesponnener Brüllraupenseide lag wie eine zweite Haut an ihrem Körper und bildete zu ihrem braunen Teint einen atemberaubenden Kontrast.

Pan schnappte verzweifelt nach Luft und mußte schließlich den Blick abwenden, um wieder atmen zu können. Sein Herz glühte wie eine Miniatursonne.

Und er wußte, er war verloren. Wie konnte er dieser Frau – dieser Göttin! – einen Wunsch abschlagen? Wie sollte er die Kraft aufbringen, sie hinauszuwerfen, wie der Meisterspion es von ihm verlangt hatte? Pan schauderte, und vor seinem geistigen Auge sah er sich bereits in Beton eingegossen am Grund des Toten Meeres liegen.

Gehetzt sah er sich um und erwartete, daß jeden Moment die grauen Zeitspione aus dem Nichts auftauchen und ihm mit einem gezielten Schnappschuß den Garaus machen würden. Aber die Zeitspione blieben verschwunden.

Mühsam gewann der Detektiv seine Fassung zurück, strich den rosa Strampelanzug glatt, setzte ein weltmännisches Lächeln auf und ging mit kraftvollen, männlichen Schritten durch den Korridor. Als ihn nur noch wenige Meter von seinem Büro und seiner Angebeteten trennten, huschte ein kissengroßes, honigfarbenes Etwas aus dem Seitengang und lief ihm direkt zwischen die Beine. Mit einem entsetzten Schrei stürzte Karnegoris Pan zu Boden. Das Etwas überschlug sich mehrfach und war dann wie der Blitz davon.

Pan unterdrückte einen Fluch. *Ich will verdammt sein!* dachte er. *Ein Laufendes Moos! Diese herumstreunenden Gewächse werden allmählich zu einer wahren Plage!*

»Haben Sie sich verletzt?«

Der Klang der Stimme ließ Pans Miniatursonne zu einem Riesenstern anschwellen. Er lächelte verklärt, hob den Kopf und blickte direkt in zwei große, rehbraune Augen. Uta Nastassja Warziliwitsch kniete neben ihm. Ihr feuriger Kopfschmuck lohte hell auf, als sich ihre Blicke trafen.

»Ungh«, machte Karnegoris Pan. Die Wirkung des Illusionsprojektors war so stark, daß er die Flammen knistern hörte.

»Soll ich einen Medoroboter fonen?« fragte sie besorgt. »Haben Sie sich etwas gebrochen? Vielleicht das Genick?«

»Nein, nein«, stieß Pan hervor und verwünschte seine labilen Nerven: Wie immer, wenn er nervös war, zuckten seine Ohrmuscheln wie Kolibriflügel. Ächzend kam er wieder auf die Beine. »Alles in Ordnung. Mir ist nichts passiert. Wo ist dieses verdammte Unkraut hin?«

Sie deutete den Korridor hinunter. »Im Antigravschacht verschwunden. Sie dürfen dem Laufenden Moos nicht böse sein. Es hat sich bestimmt noch mehr erschreckt als Sie.«

»Ich habe mich nicht erschreckt«, erklärte Pan. »Ich erschrecke mich nie, Mrs. Warziliwitsch.«

Ihre großen, rehbraunen Augen wurden noch größer. »Woher wissen Sie, wie ich heiße?«

Pan lächelte schmal. »Das gehört zu meinem Beruf. Ich lebe davon, alles zu wissen.«

»Dann … dann sind Sie der Detektiv? Karnegoris Pan? *Der* Karnegoris Pan, der den Posbi im Affenbrotbaum entdeckt hat?« Ihr blutroter Mund formte sich zu einem bewundernden Oh. Pan sah es mit Entzücken. »Oh, Mr. Pan, was bin ich froh, Sie zu treffen! Ich hatte schon befürchtet, Sie wären auf Reisen. Irgendwo im Dschungel der Sterne, um ein fürchterliches kosmisches Verbrechen aufzuklären.«

»Kosmische Verbrechen kläre ich nur montags bis mittwochs auf«, erwiderte Pan. Galant fügte er hinzu: »Donnerstags stehe ich bezaubernden jungen Damen wie Ihnen zur Verfügung, meine Teuerste.«

Die Warziliwitsch kicherte. »Oh, Mr. Pan! Sie wissen, wie man mit Frauen umgeht, nicht wahr?«

»Man hat so seine Erfahrung.« Pan zwinkerte ihr zu.

»Sie verstehen es, jungen, unerfahrenen Mädchen wie mir den Kopf zu verdrehen, hm?«

»Sie schmeicheln mir.«

»Ich wette, Sie können *jede* Frau um den kleinen Fingern wickeln, was?«

»Nun ja«, sagte Pan verlegen.

»Ein Blick von Ihnen, und die Frauen liegen Ihnen zu Füßen, eh?«

»Also ...« Der Detektiv wackelte nervös mit den Ohrmuscheln.

»Bestimmt haben Sie schon Tausenden Frauen das Herz gebrochen und die Sinne geraubt; ist es nicht so?«

»Tja«, meinte Pan.

»Wahrscheinlich können Sie nur als Roboter verkleidet auf die Straße gehen, ohne von diesen heißblütigen Frauen angefallen zu werden?«

»Öh ...« Er begann sich unbehaglich zu fühlen.

»Sie brauchen doch nur mit den Fingern zu schnippen, und die Evastöchter kommen in Scharen an, stimmt's?«

Karnegoris Pan nestelte am Magnetverschluß seines rosa Strampelanzugs. »Es ist vielleicht ein wenig übertrieben.«

»Und all die vielen Liebesbriefe und Dankschreiben, die Sie bekommen müssen. Säckeweise Dankschreiben, eh? Ganze Container voller Liebesbriefe, richtig? Und Schiffsladungen voller Bittgesuche – täglich. Sie halten die gesamte Solare Post auf Trab, eh? Ich bin überzeugt, im ganzen Sonnensystem gibt es keine Frau, die nicht von Ihnen träumt. Und nächstes Jahr rollen Sie die restliche Milchstraße auf.«

Karnegoris Pan kam ein grausiger Verdacht. »Sagen Sie – machen Sie sich vielleicht lustig über mich?«

»Ich mich über Sie lustig machen?« Uta Nastassja Warziliwitsch klimperte mit den Wimpern. In ihren großen rehbraunen Augen erschienen zwei winzige, kristallklare Tränen. »Glauben Sie das wirklich, Mr. Pan? Trauen Sie mir so etwas zu, Karnegoris? – Ich darf Sie doch Karnegoris nennen, oder?«

Pans übler Verdacht schmolz wie ein Schneeball in der Sonne. »Sagen Sie doch Karni zu mir, teuerste Uta!«

Sie kicherte und errötete tief. »Karni wie Karnickel, hm?« sagte sie und kicherte erneut. Es klang anzüglich.

Pan wurde dunkelrot vor Verlegenheit. »Ich, äh – gehen wir doch in mein Büro, Uta. Wie unhöflich von mir, Sie die ganze Zeit auf dem Korridor stehen zu lassen.« Mit zitternden Fingern fischte er seine ID-Karte aus der Hosentasche, schob sie in das elektronische Schloß, und die Tür sprang wie von Geisterhand bewegt auf.

»Pax vobis!« sagte Nero und entlockte seiner Harfe einen schrillen Ton. *»Opportunissima res accidit, quod venis ...«*

»Wie?« entfuhr es Pan. Er hatte seinen Gast aus der Vergangenheit völlig vergessen.

»Er sagte: *Friede Euch! Es trifft sich sehr günstig, daß du kommst«,* übersetzte Uta Nastassja Warziliwitsch.

Pan warf ihr einen überraschten Blick zu. »Sie können Latein?«

»Ich habe ein umfangreiches Sprachprogramm«, erwiderte sie leichthin.

Noch während Pan über ihre rätselhafte Antwort nachdachte, erhob sich Nero vom Besucherstuhl und machte zwei Schritte auf ihn zu. »Er hat sich gelangweilt!« rief der römische Kaiser anklagend. »Er ist es nicht gewohnt, daß man Ihn einsperrt. Es macht Ihn krank!«

Uta Nastassja sah sich in Pans Büro um, musterte den wackeligen Besucherstuhl, den zerkratzten Plastikschreibtisch, den Stapel zerlesener Telefaxzeitungen und die pockennarbige Decke. »Vom wem spricht er?« fragte sie.

»Von Ihm!« erklärte Nero.

»Er meint sich selbst«, fügte Pan hastig hinzu.

»In effectu,« bestätigte der Zeitreisende.

»Er spricht immer in dieser Form von sich«, fuhr Pan fort. »Das ist Nero, uh, Nero Pontifex; mein, uh, Assistent. Nero, das hier ist Mrs. Uta Nastassja Warziliwitsch.«

Der Römer neigte den Kopf. Sein Lorbeerkranz fiel herunter, und mit einer raschen Handbewegung fing er ihn auf und setzte ihn wieder auf das schüttere Haupthaar. *»Afficit me maxima laetitia, meusa filia!«*

»Was sagte er?« fragte Karnegoris mißtrauisch.

»Er sagt, daß es ihn mit großer Freude erfüllt«, dolmetschte die Warziliwitsch. Sie wandte sich an Nero. »Warum sprechen Sie kein Interkosmo, Mr. Pontifex?«

Aber der Römer hörte nicht zu. Sein Blick wirkte plötzlich seltsam glasig. »Feuer«, flüsterte er und deutete mit zitternder Hand auf die Flammenzungen, die der Illusionsprojektor auf Utas Kopf erzeugte. »Reinigendes Feuer! Ah, dann kann Rom nicht weit sein! Rom, Rom, geliebtes, brennendes Rom! Wo bist du? Wo bist du?«

Mit einer Behendigkeit, die Pan dem feisten Zeitreisenden nicht zugetraut hätte, sprang Nero zur Tür und hinaus auf den Korridor. Eine Weile hörten sie ihn noch nach seinem brennenden Rom rufen, dann wurde es still. Erleichtert warf Karnegoris Pan die Tür zu. Endlich war er den verrückten Römer los und mit Uta allein. Und nicht ein einziger Spion streckte seine graue, lange Nase hinter der Tapete hervor. Das Glück war ihm hold!

»Setzen Sie sich doch, teuerste Uta«, sagte er mit einem charmanten Lächeln und deutete auf den Plastikstuhl. »Dann können wir in aller Ruhe über Ihr Problem reden.«

Uta Nastassja nahm vorsichtig auf dem wackeligen Stuhl Platz. Mit einer leichten Kopfbewegung wies sie zur Tür. »Sollten Sie sich nicht um Ihren Assistenten kümmern?« fragte sie. »Er machte einen, ah, etwas verwirrten Eindruck.«

»Lassen Sie sich von Nero nicht täuschen«, sagte Karnegoris Pan. Schwungvoll bog er um den Schreibtisch und setzte sich auf den Zeitungsstapel. »Er ist der Meister der Maske. Im Moment trainiert er für seinen nächsten Auftrag; einer Klientin ist der befristete Ehemann entlaufen. Sie vermutet, daß er sich im Psychoklinikum Tibet-Nord versteckt hält. Mein Assistent will sich in der Maske eines verrückten römischen *Kaiserschmarren*-Importeurs, der sich für einen verrückten römischen Kaiser hält, in die Klinik einschleichen und den entlaufenen Ehemann zur Rückkehr bewegen.«

»Aber ist das nicht sehr gefährlich? Ich meine – Ihr Assistent spielt seine Rolle so überzeugend! Hätten Sie mir nicht gesagt, daß es nur Theater ist, hätte ich ihn für einen echten Verrückten gehalten. Was ist, wenn ihn die Irrenärzte für immer dabehalten?«

»Keine Sorge«, winkte Pan ab. »Er kann sich unbezahlten Urlaub nehmen. Wegen so einer Lappalie entlasse ich keinen Mitarbeiter.« Er räusperte sich. »Aber verschwenden wir unsere Zeit nicht mit Spekulationen über Neros wohlverdientes Schicksal, teuerste Uta. Wo drückt Sie der Schuh?«

»Ich trage keine Schuhe«, antwortete sie und hob einen Fuß. Tatsächlich, er war bis auf ein knopfgroßes Gerät an ihrer Ferse nackt. »Ich trage einen Prallfeldgenerator. Man geht damit wie auf Wolken.«

»Ich wollte sagen: Was ist Ihr Problem?«

»Nun, das ist eine lange Geschichte ...«

»Oh, ich liebe lange Geschichten«, versicherte Pan. »Mein Honorar beträgt hundert Solar die Stunde plus Spesen.«

»Ah«, meinte Uta Nastassja, »wenn ich es recht überlege, ist sie doch nicht so lang. Sie ist sogar ausgesprochen kurz. Nicht der Rede wert.«

»Gut, reden wir nicht mehr davon«, stimmte der Detektiv zu. »Was machen Sie heute abend?«

»Abends werde ich immer aufgeladen«, sagte sie. »Eine lästige Angelegenheit, aber nicht zu vermeiden.«

»Hm«, machte Pan. »Ich verstehe. Was halten Sie davon, zur Abwechslung einmal eingeladen zu werden?«

»Nichts«, sagte sie.

»Uh.« Er hüstelte. »Nun ja. Was also führt Sie zu mir?«

»Geführt hat mich nichts. Ich bin allein gekommen. Ein Artikel in *Grass & Grease,* dem Fachblatt für Gärtnereiroboter, über Ihren unerschrockenen Einsatz für den Posbi im Affenbrotbaum brachte mich zu der Überzeugung, daß nur Sie mir helfen können.«

»Das freut mich zu hören«, sagte Pan aufrichtig. »Ich hatte schon befürchtet, Sie wären zu mir gekommen, weil man Sie vor mir gewarnt hat.« Er versuchte sich an einem wölfischen Grinsen, scheiterte und gab sich mit einem einfältigen Lächeln zufrieden. »Sie wissen schon ... Wie es in dem alten Lied heißt: *Er brach die Herzen der schönsten Frauen* ... Ha, ha, natürlich nur ein Scherz. Sie können mir voll und ganz vertrauen. Schließlich könnte ich Ihr Vater sein.«

»Das wohl kaum. Ich habe keinen Vater.«

Karnegoris Pan wurde von Mitleid übermannt. Er beugte sich nach vorn, um ihre Hand zu tätscheln, aber das einzige Körperteil, das in Griffweite lag, war ihr linkes Knie. »Sie armes Kind«, sagte er gerührt. »Vaterlos mußten Sie in dieser grausamen Welt aufwachsen! Voller Sehnsucht nach einer starken Hand, nach einer breiten, haarigen Brust und ...« Seine Fingerspitzen berührten ihr nacktes, wohlgeformtes Knie. Ein Stromstoß jagte durch seinen Körper. Mit einem gellenden Schrei kugelte Pan über den Schreibtisch, prallte gegen die Wand, rollte über den Boden und kam dicht vor der Tür zur Ruhe.

Vor seinen Augen flimmerte es.

»Oh, oh«, rief Uta Nastassja, »um Himmels willen, Karni! Haben Sie sich weh getan?«

Ächzend richtete sich Karnegoris Pan auf und wankte auf zittrigen Beinen zurück zu seinem Platz hinter dem Schreibtisch. Die Finger seiner rechten Hand brannten wie Feuer, und als er sie verstohlen musterte, entdeckte er an den Kuppen dunkle Sengspuren. Er biß die Zähne zusammen.

»Es tut mir schrecklich leid«, sagte die Warziliwitsch. »Es ist immer dasselbe. Jeden Morgen justiere ich mein Körperelektrizitätsfeld neu, aber spätestens nach dem Frühstück bin ich so elektrisch wie eine Hochspannungsleitung.«

»Schon gut«, preßte Pan hervor. »Es war meine Schuld.« Er spürte, wie sich an seinen Fingerkuppen die ersten Brandblasen bildeten, aber seine Liebe war groß genug, um darüber hinwegzusehen.

Was für eine Frau! dachte er bewundernd. *Einfach umwerfend – und das im wahrsten Sinne des Wortes!*

»Nein, nein, ich hätte Sie warnen müssen, Karni«, sagte Uta Nastassja. »Sie hätten tot sein können!«

Ein Verdacht keimte in Pan auf. Unwillkürlich rutschte er auf dem Zeitungsstapel zurück, bis er die Wand hart und kühl an seiner Wirbelsäule spürte. »Hören Sie«, sagte er nervös. »Ihr Vater ist doch nicht zufällig an einem, äh, Stromschlag gestorben?«

Sie lachte auf. »O nein, keineswegs. Mein Vater – sofern man ihn überhaupt als Vater bezeichnen kann; er war mehr eine Art Auslaufmodell, wenn Sie wissen, was ich meine –, mein Vater endete in der Schrottpresse.«

»Großer Sherlock!« rief Pan erschüttert. »Aber Ihre Mutter lebt doch noch?«

»Meine Mutter?« Uta Nastassja runzelte die Stirn. »Nun, in gewisser Hinsicht könnte man sie meine Mutter nennen. Aber sie ist schon lange stillgelegt.«

»Stillgelegt? Sie meinen – pensioniert?«

»Ausgeschlachtet, um es zu präzisieren.« Uta lächelte strahlend.

»*Geschlachtet?*« kreischte Karnegoris Pan. »Die Mutter geschlachtet, der Vater von einer Schrottpresse zermalmt? Aber das ist ja grauenhaft! In was für einer Welt leben wir denn? Gibt es denn überhaupt keine Gerechtigkeit mehr auf diesem Planeten?« Fassungslos wackelte er mit den vergrößerten Ohrmuscheln. »Armes Kind! Als Vollwaise in der Hölle aufgewachsen. Sie müssen Schreckliches durchgemacht haben, Uta.«

In seiner Erschütterung wollte er sich wieder über den Schreibtisch beugen und tröstend ihr Knie tätscheln, aber im letzten Moment dämmerte ihm, mit welchen Konsequenzen das verbunden war, und er schob beide Hände in die Seitentaschen seines Strampelanzugs.

»Aber von nun an, mein Kind«, sagte er feierlich, »hat Ihr Leid ein Ende. Ich versichere Ihnen, Uta, daß Karnegoris Pan in Zukunft seine schützende Hand über Sie halten wird. An diesem Ort und in dieser Stunde leiste ich den heiligen Eid, Sie vor allen Gefahren zu bewahren, Ihnen in jeder Notlage beizustehen, mein Leben zu opfern, um Ihres zu retten, meine Seele zu verkaufen, um Ihre Seele auszulösen, und Ihnen fünfzig Prozent Nachlaß auf mein Honorar zu gewähren. Ich schwöre, liebste Uta, ich schwöre beim großen Sherlock, beim unbesiegbaren Bond und sogar beim unsterblichen Marlowe, daß ich von nun an Ihr Diener sein werde, bis daß der Tod uns scheidet.«

»O Karni!« hauchte Uta Nastassja. »Du bist so süß!«

Karnegoris Pan sackte ermattet in sich zusammen. Er fühlte sich seltsam leer, aber gleichzeitig auch zufrieden und glücklich. Tief im Herzen wußte er, daß er mit diesen Worten sein Todesurteil unterschrieben hatte, aber Utas Antwort entschädigte ihn sogar für den Tod im Toten Meer. *O Karni, du bist so süß!* hallte es in ihm nach.

»Ah!« seufzte er. »Uta, Geliebte!«

»Wann wirst du mit der Suche nach dem Würgebaum beginnen?« fragte Uta.

Pan gurgelte.

»Er ist seit heute morgen verschwunden. Gestern aber stand er noch im Garten – direkt neben dem Flüsterrosenbeet –, und heute morgen war er fort. Spurlos verschwunden, Karni.« Uta schneuzte sich. »Dabei kann er doch so schlecht laufen. Auch wenn er es immer abstreitet – er ist wirklich nicht gut zu Fuß. Im Würgen kann ihm keiner etwas vormachen, aber zwischen Würgen und Laufen liegen Welten, oder nicht?«

»Würgen?« krächzte Pan.

Uta schneuzte sich wieder. »Dabei ist er so anhänglich. Und wir haben ihn immer gut behandelt. Dreimal am Tag wurde er mit Fleischbrühe gedüngt, und er konnte soviel würgen, wie er nur wollte. Und jetzt ...« Sie schluchzte. »Jetzt ist nur noch dieses schwarze Loch da. Oh, Karni, du kannst dir gar nicht vorstellen, wie entsetzlich das für mich ist. Mutterseelenallein irrt er jetzt durch die große Stadt, und er ist doch noch ein Kind, Karni; gerade erst zweihundert geworden. Zweihundert Blutkonserven hat er zum Geburtstag bekommen und einen Hundertlitereimer extrastarke Fleischbrühe, und wir haben sogar bei der *Wir-machen-alles*-Personalvermittlung einen lebenden Oxtorner gemietet, damit Jack einmal so richtig nach Herzenslust würgen konnte, so, wie es ihm seine Eltern beigebracht haben, und zum Dank ...«

Sie brach in Tränen aus.

Karnegoris Pan war völlig verwirrt. »Jack? Blut? Würgen? Wie? Was?«

»Er heißt Jack«, stieß Uta Nastassja zwischen zwei Schluchzern hervor. »Jack the Ripper. Der Name war meine Idee. Ich dachte, er würde ihm gefallen.«

»Allmächtiger Marlowe!« sagte Pan.

»Nicht Marlowe, sondern Jack. Jack the Ripper. Und er ist noch ein Kind, Karni. Ein verängstigtes, hilfloses Kind, das einsam und verloren durch die Straßen Terranias irrt.«

»Ein Kind?« Pan schüttelte benommen den Kopf. »Sagtest du nicht, daß Jack, uh, the Ripper vorige Woche seinen zweihundertsten Geburtstag gefeiert hat?«

»Würgebäume werden erst mit fünfhundert erwachsen«, erklärte Uta. Sie zog aus ihrem Dekolleté ein blütenweißes Spitzentaschentuch und tupfte die Tränen von ihren Wangen. »Obwohl Jack natürlich sehr groß für sein Alter ist. Er ist ein wenig frühreif, verstehst du?«

»Nein«, antwortete Karnegoris Pan. »Ich verstehe kein Wort.«

»Er stammt von Mord IV; das ist der vierte Planet der Sonne Tod«, fuhr Uta fort, von gelegentlichen Schluchzern unterbrochen. »Die rote Riesensonne Tod gehört zu einem offenen Kugelsternhaufen, der von den Blues Massengrab genannt wird – er liegt am äußersten Rand der galaktischen Eastside. Mord IV ist die Heimat der Würgebäume. Bis vor wenigen Jahren haben sie dort ein zufriedenes, beschauliches Dasein als fleischfressende Bäume geführt, dann und wann ein arglos vorbeihoppelndes Säugetier gewürgt und sich ansonsten der Saat und Aufzucht ihrer Kinder gewidmet.«

»Klingt sehr romantisch«, krächzte Pan. »Wirklich sehr romantisch.«

»Es war auch sehr romantisch«, nickte Uta, »aber dann geschah die Katastrophe.«

Pan beugte sich nach vorn. »Eine Katastrophe? Haben diese sympathischen fleischfressenden Bäume plötzlich den Appetit auf die arglosen Hoppler verloren und von Stund an nur noch ihresgleichen gewürgt?«

»Nein, die Würgebäume kennen keine Kriege und keine Gewaltverbrechen. Sie haben eine beneidenswert aggressionsfreie Gesellschaft. Aber die hoppelnden Säugetiere wurden von einer Seuche dezimiert und ...«

»Halt!« unterbrach Karnegoris Pan. »Laß mich raten: Die Würgebäume fanden nicht mehr genug Hoppler zum Würgen, stimmt's?«

»Es stimmt«, sagte Uta. »Eine Hungersnot brach aus. Besonders die kleinen Bäumchen litten unter Proteinmangel, und die Älteren gingen sogar so weit und würgten andere Pflanzen!«

»Unfaßbar!« rief Pan. Er griff sich an den Kopf. »Wie konnten sie nur so etwas tun?«

»Die nackte Verzweiflung muß sie dazu getrieben haben«, vermutete die junge Frau. »Nun, jedenfalls landete zur gleichen Zeit zufällig ein terranisches Explorerschiff auf Mord IV. Zunächst muß es eine Reihe häßlicher Mißverständnisse gegeben haben – die terranischen Wissenschaftler sahen in den Würgebäumen das ideale Rohmaterial für eine schmackhafte Gemüsesuppe, und die Würgebäume hielten die terranischen Wissenschaftler für einen hervorragenden Hoppler-Ersatz – aber schließlich kam es doch zu einer Verständigung. Der Explorer nahm die

Schößlinge der Würgebäume an Bord, um die halb verhungerten Kinder auf Terra hochzupäppeln, bis sich die Hoppler auf Mord IV von der Seuche erholt und genügend vermehrt haben, damit alle Würgebäume – ob nun jung oder alt – wieder satt werden können. Und einer dieser Schößlinge«, schloß Uta unter neuen Tränen, »war mein kleiner, süßer Jack the Ripper, der jetzt ...«

»... mutterseelenallein durch die Straßen der großen Stadt irrt«, unterbrach Karnegoris Pan. »Ich weiß, ich weiß. Es ist unglaublich! Ein Killerbaum streunt durch Terrania! Wir müssen die Polizei alarmieren!«

»Jack ist kein Killer«, protestierte Uta. »Er ist doch noch ein Kind!«

»Ein zweihundert Jahre altes Kind, das sich von Blutkonserven und Fleischbrühe ernährt!« Pan trommelte mit den Fingern auf die Schreibtischplatte und schrie schmerzgepeinigt auf; er hatte die Brandblasen an seinen Kuppen völlig vergessen. »Du erwartest also von mir, daß ich dieses mörderische Gewächs suche, finde und zurück in sein heimisches Erdloch schaffe?«

»Du mußt den kleinen Jack finden, Karni! In einem Monat sollen alle Würgebaumschößlinge nach Mord IV heimkehren. Es wird furchtbare diplomatische Verwicklungen geben, wenn nicht alle Kinder wohlbehalten ihren Eltern abgeliefert werden. Das Prestige der menschlichen Rasse steht auf dem Spiel. Sogar das Prestige aller Säugetiere!« Uta stand auf. »Du hast geschworen, mir in jeder Notlage beizustehen und sogar dein Leben zu opfern, um meines zu retten. Beim großen Sherlock, beim unbesiegbaren Bond und beim allmächtigen Marlowe hast du diesen heiligen Eid geleistet – und gleichzeitig auf fünfzig Prozent deines Honorars plus Spesen verzichtet.«

»He«, rief Pan. »Von einem Nachlaß bei den Spesen war nie die Rede.«

»Du bist herzlos, Karnegoris Pan! Und ich dachte – ich dachte, du liebt mich.« Ihre großen rehbraunen Augen schwammen in Tränen. »Ich hielt dich für meinen Märchenprinzen, und in Wirklichkeit bist du nur ein meineidiger, skrupelloser Spesenritter.«

Karnegoris Pan schoß in die Höhe. »Was ... was hast du da gesagt?« keuchte er. »Ich dein Märchenprinz? Heißt das etwa, daß du mich liebst, Uta?«

Uta Nastassja Warziliwitsch senkte verschämt den Kopf. Ihr Nicken war kaum merklich, aber für Karnegoris Pans überreizte Sinne so aussagekräftig wie ein Jawort aus einer hochgefahrenen 100.000-Watt-Lautsprecheranlage.

Er machte einen Luftsprung. Er hüpfte über den Schreibtisch, raste zur Tür, riß sie auf, kreischte: »Sie liebt mich! Sie liebt mich!«, schmetterte die Tür zu, war mit einem Satz bei seiner Angebeteten, nahm sie in die

Arme – und erhielt einen Stromschlag, der ihn über den Schreibtisch und gegen die Wand schleuderte.

Mit glasigem Blick rutschte er langsam zu Boden.

»Oh, Karni«, hörte er Uta wie von fern rufen. »Es tut mir ja so leid! Hast du dir weh getan, Liebster?«

Liebster! dachte Karnegoris Pan. Er lächelte glücklich. Sie liebte ihn! Mochte er sich auch alle Knochen gebrochen haben – die Frau seiner Träume liebte ihn, und das war es, was zählte.

»Du kannst mich in der Pension *Roste in Ruh* erreichen, Karni«, fuhr sie fort. »Am Zentralpark, nicht weit vom Goshun-See entfernt. Bis später, Schatz. Ich liebe dich.«

Dann Stille, kurz von dem Öffnen und Schließen der Tür unterbrochen. Seelig dämmerte Karnegoris Pan vor sich hin. Bis eine andere Stimme ertönte. Eine, die nicht die geringste Ähnlichkeit mit Utas süßer, zärtlicher Stimme hatte. Eine, die stählern, kalt und grausam klang.

»Okay, Buddy«, sagte der Meisterspion. »Du glaubst also, du könntest uns aufs Kreuz legen, eh? Hältst dich wohl für verdammt gerissen, was? Aber da haste dich verrechnet, Buddy. Weißte, was wir mit Nullen wie dir machen? Weißte das? Die radieren wir aus, Buddy. Nullen radieren wir einfach aus, und was übrigbleibt, wird in Beton gegossen und ins Tote Meer geschmissen, wo's toter als tot ist.«

»Yeah, Boß«, sagte eine andere Stimme, »gib ihm Zunder.«

»Mach ihn kalt, Boß«, fügte eine zweite hinzu.

»Verpaß ihm 'n Ticket inne Hölle, Boß, verpaß diesem Armleuchter 'n verdammtes Ticket, Boß!« schrie eine dritte.

»Laßt den Boß mal machen, Jungs, das schaffter ganz allein. Is' schließlich gehirnmäßig rundumerneuert …«

»Schnauze!«

Karnegoris Pan gurgelte. Dies war nicht der richtige Zeitpunkt, um in Ohnmacht zu fallen, aber er hatte keine andere Wahl. Voll kaltem Grausen spürte er, wie sein Körper taub wurde, wie sich sein Blickfeld immer mehr verengte, bis nur noch ein stecknadelkopfgroßer heller Fleck übrigblieb, und dann ertrank auch der Fleck in der schwarzen Springflut der Bewußtlosigkeit.

4.

Karnegoris Pans zweite Ohnmacht innerhalb der letzten Stunden währte nicht einmal fünfzehn Sekunden.

Offenbar, dachte Pan, als er wieder zu sich kam und einen verstohlenen

Blick auf sein Armbandchronometer warf, *mache ich Fortschritte. Wenn das so weitergeht, werde ich irgendwann nur noch für Sekundenbruchteile bewußtlos ...*

»Er is' wieder bei Sinnen, Boß!«

Karnegoris blinzelte. Einer der grauen, langnasigen Spione hockte auf seiner Brust, hielt den altmodischen Fotoapparat mit beiden Händen fest und machte rasch ein halbes Dutzend Fotos, ehe er den Kopf mit der langen Nase drehte und am Schreibtisch vorbei in den Hintergrund des Büros schielte.

»Haste gehört, Boß? Er is' wieder bei Sinnen.«

Der Meisterspion lachte höhnisch. »Ich schätze, er is' völlig von Sinnen.«

Die anderen Spione – es mußten schätzungsweise fünfzig sein, die an der Decke hingen – gackerten.

»Unser Boß bringt's voll«, meinte einer.

»Yeah, du bist wirklich Spitze, Boß«, schloß sich ein anderer an.

»Unser Boß hat 'ne Zunge wie 'n Totschläger«, warf ein dritter ein.

»Mit 'nem rundumerneuerten Gehirn is' das keine Kunst«, unkte ein vierter.

»Schnauze!« brüllte der Meisterspion. Er warf seinen Leuten einen grimmigen Blick zu, schob den Filzhut aus der grauen Stirn, nahm einen Zug von seiner superlangen Zigarette und ging langsam auf Karnegoris Pan zu. Unter dem Schreibtisch blieb er stehen.

»Verschwinde«, knurrte er den Zeitspion an, der auf Pans Brustkorb saß und besessen fotografierte. »Oder haste dich noch nich' genug temporalstabilisiert?«

»Eigentlich nich', Boß«, murmelte der Spion und knipste unverdrossen weiter.

Der Meisterspion packte ihn am Kragen, zerrte ihn von Pans Brust, versetzte ihm einen Tritt, warf ihn zu Boden, hopste auf ihm herum, versetzte ihm einen weiteren Tritt, griff in die Seitentasche seines Trenchcoats, zog eine altmodische Pistole vom Typ Magnum hervor, setzte dem Spion die Mündung an die graue Schläfe, spannte den Hahn und fragte heiser: »Haste genug oder haste nich' genug, Buddy?«

Der Spion grinste verzerrt. »Schon gut, Boß. Ich hab' genug. Ich hab' schon lange genug, wenn ich so drüber nachdenke ...«

»Seit wann denkste denn, Buddy?« höhnte T.E.U.F.E.L.

Das verzerrte Lächeln der grauen Kreatur wurde noch um eine Spur verzerrter. »Wenne mich so fragst, Boß. Ich denk nich'. Ich hab' noch nie gedacht. Hab' keinen blassen Schimmer, wasses Denken eigentlich is', Boß.«

»Okay, Buddy.« Der Meisterspion trat einen Schritt zurück. »Und jetzt zieh Leine, oder willste zusammen mit dem Armleuchter hier im Toten Meer auf Tauchstation gehen?«

Die Spione an der Decke stimmten wieder ihr gackerndes Gelächter an.

»Der Boß hat's wirklich raus, wie man jemand fertigmacht«, sagte einer bewundernd.

»Yeah«, stimmte ein anderer zu. »Wenn ich's nich' erleben tät', ich würd's nich' schnallen!«

»Unser Boß is' wirklich helle«, schloß sich ein dritter an. »Neben dem is' sogar 'ne Supernova 'ne trübe Funzel.«

»Hatter alles der Rundumerneuerung zu ...«

»Schnauze!« schrie der Meisterspion. »Der nächste, der das Maul aufreißt, kriegt 'ne verdammte Bleiladung verpaßt! Is' das klar?«

»Klar, Boß«, antworteten die Spione im Chor.

Karnegoris Pan hatte den kurzen Disput genutzt, um sich halb aufzurichten. Er warf einen prüfenden Blick über den Schreibtisch zur Tür. Wenn es ihm gelang, mit einem Sprung auf die andere Seite des Tisches zu gelangen, dann ein weiterer Satz, der ihn bis zur Tür tragen würde. Er konnte innerhalb von drei, vier Sekunden auf dem Korridor sein und hinter sich die Tür verriegeln.

»Probier's doch, Buddy«, sagte der Meisterspion heiser. »Los, probier's. Das spart uns 'ne Menge Zeit und Beton.«

Von der Decke drang höhnisches Gegacker. Karnegoris Pan drehte den Kopf und sah direkt in die kleine schwarze Mündung der antiken Pistole. Der Meisterspion lächelte dünn. Die Hutkrempe tauchte seine obere Gesichtspartie in Schatten, aber Pan glaubte, in seinen grauen Augen ein gieriges Funkeln zu entdecken. Er schluckte.

»Mir gefällt es hier«, erklärte Pan. »Wirklich. Ich finde es außerordentlich gemütlich, mit verkrampften Gliedern auf dem harten Boden zu sitzen und in die Mündung einer entsicherten Projektilwaffe zu schauen. Ich nehme an, sie ist mit Dumdumgeschossen geladen?«

»Was heißt hier dumm, Buddy?« knurrte der Meisterspion. »Werd ja nich' frech. Wir sind schon mit ganz anderen Klugscheißern fertig geworden.«

»Ich meinte ...«, begann Pan.

»Säure«, sagte der Meisterspion. »Die Kugeln sind mit Säure gefüllt. Mit STOG-Säure, Buddy. Schon von gehört? Ein Tropfen genügt, und du bist nur noch 'ne trübe Pfütze.«

Die Zeitspione kicherten. Entspannt schaukelten sie an der Decke hin und her, hielten ihre altmodischen Fotoapparate schußbereit, stießen sich gegenseitig die Ellbogen in die Rippen, steckten die Köpfe zusammen, tuschelten, wisperten, wackelten mit den langen Nasen. Der Anblick der zwergenhaften Kreaturen, wie sie mit dem Kopf nach unten von der Decke hingen, machte Pan schwindlig.

Terdo Esculap Ugra Federedis Esculap Larimoko, kurz T.E.U.F.E.L. genannt, zog an seiner Zigarette und blies Karnegoris Pan eine tennisballgroße Rauchwolke ins Gesicht. Pan hustete.

»Okay, Buddy«, fuhr der Meisterspion heiser fort. »Du wolltest uns also übers Ohr hauen, eh? Haste wirklich geglaubt, daß du damit durchkommst? Wir ham dich dauernd im Visier, du Armleuchter. Wir sehen alles, hören alles, wissen alles. Und ich will verdammt sein, wenn wir zwei Milliarden Jahre inne Vergangenheit gereist sind, nur um uns von 'nem grunzenden Halbaffen aufs Kreuz legen zu lassen.«

Karnegoris Pan rang die Hände. »Könnten wir uns nicht gütlich einigen?« fragte er verzweifelt. »Ich weiß sowieso nicht, warum Sie um diese Sache soviel Aufhebens machen. Was kann es Ihnen denn schaden, wenn ich der reizenden Uta ihren heißgeliebten Würgebaum zurückbringe? Ihre Welt liegt zwei Milliarden Jahre in der Zukunft, Mr. T.E.U.F.E.L. Sie haben es selbst gesagt.«

»Ich weiß verdammt gut, was ich gesagt hab'«, fauchte der Meisterspion.

»Yeah«, meldete sich von der Decke ein Spion, »seit der Gehirnerneuerung is' unser Boß wieder voll da.«

»Schnauze!« brüllte der Meisterspion.

Pan zuckte zusammen.

»Meine Jungs sind manchmal 'n bißchen vorlaut«, wandte sich der Meisterspion entschuldigend an Pan. »Kümmere dich nich' um das Gequatsche. Ab und zu pump' ich die größten Schwätzer mit 'ner Ladung Säurekugeln voll, und dann is' wieder für 'ne Weile Ruhe.« Er gestikulierte mit der Magnum. Ein unheilverkündendes Lächeln spielte um seine Lippen. »Aber ich bin nich' hier, um meine Jungs bei dir madig zu machen, Buddy. In dieser Zeit wird eh zuviel gequatscht. Bei uns is' das anders.«

»Ah ja?« sagte Pan interessiert. »Wie ist es denn in Ihrer Zeit?«

»Stiller«, knurrte der Meisterspion. »Viel stiller, Buddy. Wie auf 'nem verdammten Friedhof.«

Die Zeitspione gackerten.

»Aber zur Sache, Buddy.« Die Pistolenmündung zielte nun genau auf Pans Nasenwurzel. »Du hast diese Warze nich' rausgeschmissen, eh? Die Puppe hat dir den Kopf verdreht, was?«

Pan warf der grauen Kreatur einen indignierten Blick zu. »Wir lieben uns, wenn Sie das meinen, Sir.«

Einen Moment später brachen die Spione in gellendes Gelächter aus. Sie schlugen sich auf die Schultern, schaukelten wie irrsinnig hin und her, gakkerten, prusteten, lachten Tränen, stachen mit den langen Nasen unsichtbare Löcher in die Luft. Selbst der Meisterspion verlor für einen Augenblick seine unterkühlte Ruhe und lachte abgehackt. Als sich die Spione wieder beruhigt hatten, wedelte der Meisterspion mit der superlangen Zigarette vor Pans Augen und versengte ihm fast die gezwirbelten Brauen.

»Du bist wirklich 'ne tolle Marke, Buddy«, sagte T.E.U.F.E.L. »Haste wirklich nich' geschnallt, daß …«

»Verrat's ihm nich', Boß!« rief einer der Spione.

»Yeah«, meinte ein anderer, »laß dem armen Irren seinen Wahn, Boß.«

»Wer so beknackt is', Boß«, sagte ein dritter, »der braucht das.«

»Alles, wasser braucht, is' 'ne gehirnmäßige Rundumerneuerung wie unser Boß«, widersprach ein vierter.

»Schnauze!«

»Was sollen Sie mir nicht sagen?« fragte Pan irritiert. »Ist irgend etwas mit Uta?« Ihm kam ein furchtbarer Gedanke. »Sie haben … Sie haben doch nicht etwa meiner Liebsten …«

»Schnauze, hab' ich gesagt!« brüllte der Meisterspion. »Das gilt auch für dich, Buddy. Mit deiner Puppe is' alles in Ordnung, klar? Keiner von uns hat sie angerührt. Wofür hältste uns eigentlich?«

»Ersparen Sie mir eine Antwort«, erwiderte Pan. Er sah auf sein Armbandchronometer und machte Anstalten, sich zu erheben. »Nun, es war nett, mit Ihnen zu plaudern, aber ich habe einen wichtigen Termin und muß leider …«

Die Magnum bohrte sich kalt und hart in seinen Bauchnabel. Pan erstarrte. Er schluckte. Seine Ohrmuscheln zuckten.

»Großer Sherlock!« ächzte er. »Ich dachte, Sie wären immateriell! Aber die Pistole …«

Der Meisterspion lachte rauh. »Da staunste, was? Da biste ganz vonne Socken, wie? Wir sind nich' immer immateriell, Buddy. Manchmal sind wir sogar verdammt materiell. Wie jetzt zum Beispiel. Wir ham nämlich 'nen Dreh gefunden, uns in dieser Grunzzeit zu stabilisieren. Weißte, was das heißt – stabil? Weißte das?«

»Ich habe eine vage Ahnung«, sagte Pan.

»Recht so, Buddy«, nickte der graue Zwerg aus der Zukunft. »Nur nich' den Humor verlieren. Den wirste auch verdammt nötig ham, wenne das Tote Meer noch 'ne Spur toter machst.«

Dem Detektiv brach der Schweiß aus. »Sie wollen mich wirklich umbringen?« rief er. »Aber warum denn, beim allmächtigen Marlowe? Ich habe doch nichts getan.«

»Noch nicht«, knurrte der Meisterspion. »Aber du hast dich von der Puppe einwickeln lassen. Ich hab' dich gewarnt, Buddy. Ich hab' dir gesagt, du sollst die Warze rausschmeißen und den Auftrag ablehnen. Begreifste immer noch nich'? Sein oder Nich'-sein! Diese verdammte Warze kostet uns Kopf und Kragen, wenn wir sie nich' daran hindern, diesen verdammten Baum wieder einzufangen.«

»Den Baum?« echote Pan. »Den Würgebaum? Was hat Jack the Ripper mit dieser Sache zu tun?«

Der Meisterspion grinste. »'ne ganze Menge, Buddy. Ohne den Killer würd's uns nämlich nich' geben, verstehste?«

»Nein.«

»Okay, okay«, sagte der Zwerg nach einem prüfenden Blick auf die Zigarette. Sie war erst zu einem Viertel heruntergebrannt. »Wir ham noch was Zeit, Buddy – schätzungsweise zwei Milliarden Jahre, wenn man's genau nimmt.« Er kicherte boshaft vor sich hin. Dann wurde sein Blick wieder stählern, kalt, grausam. »Also sperr die Lauscher auf, und ich werd' dir sagen, was wir wollen. Wir wollen die Erde in den Sack stecken; die Erde, die Milchstraße und jede andere verdammte Galaxis, die uns in die Hände fällt. Da staunste, was? Hätteste nich' gedacht, wie? Yeah, Buddy, selbst die Quatschköpfe da oben anner Decke sollen Bosse werden. Jeder einzelne von denen soll sich 'n Dutzend Sonnensysteme untern Nagel reißen und schamlos ausplündern. Und ich werd' der Big Boss von dem ganzen Verein sein.«

»Darum hatter sich auch das Gehirn erneuern lassen«, bemerkte einer der Spione.

»Schnauze! – Yeah, Buddy, wir werden die Bosse sein – in zwei Milliarden Jahren. Wir sind absolut skrupellos, hinterhältig, schlecht und gierig. Schau uns doch nur an, Mann! Wie wir schon aussehen! Glaubste im Ernst, jemand, der so aussieht wie wir, kann was anderes sein als skrupellos, hinterhältig, schlecht und gierig?«

Pan hüstelte. »Ich fürchte, Ihnen bleibt keine andere Wahl.«

»Siehste?« griente der Meisterspion. »Und es macht uns Spaß, Buddy. Verdammt viel Spaß. In zwei Milliarden Jahren werden wir alles in Grund und Boden stampfen. Wir hauen alles kurz und klein. Wir machen jeden fertig, der uns dumm kommt. Du kannst dir gar nich' vorstellen, wieviel von diesen außerirdischen Armleuchtern uns dumm kommen werden. Wir werden alle Hände voll zu tun haben. Tscha, und weißte, wieso ich das alles weiß? Ich werd's dir flüstern, Buddy. Ich weiß es, weil wir dafür sorgen werden, dasses so kommt. Und zwar durch 'n verdammtes Zeitparadoxon!«

Der Meisterspion griente noch mehr. Die Spione an der Decke gackerten gedämpft vor sich hin. »Da legste dich lang, Buddy, was? Da biste platt, eh?«

»Famos O'Hack hat so etwas vermutet«, sagte Pan langsam. »Also ist es wirklich so. Aber …« Er dachte scharf nach. »Wenn Sie ein Zeitparadoxon erzeugen wollen, dann bedeutet dies gleichzeitig, daß die normale geschichtliche Entwicklung für Sie unbefriedigend verlaufen ist.«

»Völlig richtig«, bestätigte der Meisterspion. »Unbefriedigend is' sogar noch geschmeichelt. So, wie's jetzt aussieht, is' nix mit Plündern, Brandschatzen und Schänden. Unsere einzige Chance, die Sache ins Rollen zu bringen, is' 'n Zeitparadoxon hier in eurer Grunzzeit. Und dieses Zeitparadoxon wird Terdo Esculap Ugra Federedis Esculap Larimoko – für Freunde, Feinde und Fans kurz T.E.U.F.E.L. – schon schaukeln.«

Karnegoris Pan kratzte sich am Kinn. »Mir schwant etwas«, sagte er, »und zwar etwas Übles.«

»Kann ich dir nich' verdenken; wirklich nich'.« Der Meisterspion zog an seiner Zigarette und tippte die Asche auf Pans rosa Strampelanzug. Die Zigarette war inzwischen zur Hälfte heruntergebrannt. »Jedenfalls lief's 'ne ganze Weile gut, Buddy. Wir kamen aus dem Nichts in eure verdammte Grunzzeit, und wir ham auf Anhieb den Punkt gefunden, wo 'n Schlüsselereignis über unser Sein oder Nichtsein entscheidet. Das einzige Problem sind diese Interferenzen. Gäb's die Interferenzen nich', hätten meine Jungs und ich die Grunzzeit schon längst aus den Angeln gehoben.«

»Ah, kann es sein, daß dieses Schlüsselereignis, von dem Sie sprachen, etwas mit mir, Uta Nastassja und dem Würgebaum zu tun hat?« Karnegoris Pan streifte die Zigarettenasche von seinem Strampelanzug.

»Voll ins Schwarze getroffen, Buddy«, grinste der Meisterspion. »Wir ham dich nich' umsonst zwei volle Grunzjahre belauert und uns dein verdammtes Gegrunze angehört. War keine reine Freude, kann ich dir sagen. Aber heute is' der Tag der Tage. Heute ziehen wir das Paradoxon durch!«

»Aber warum haben Sie diese zwei Jahre gewartet?« fragte Pan. »Warum sind Sie nicht direkt am heutigen Tag erschienen?«

»'ne gute Frage, Buddy.« Das graue Gesicht des Meisterspions wurde finster. »Es liegt an den Interferenzen. Du hasses doch selbst erlebt! Und dieser Irre mit dem Goldkranz auf der Birne war nich' die erste Interferenz. Kommt's zu so 'ner verdammten Zeitstörung, müssen wir wie der Blitz abhauen, oder wir sind erledigt. Und wegen so 'ner Störung sind wir im Zeitstrom abgetrieben und zwei Jahre zu früh aufgetaucht. Zwei verdammte Grunzjahre zu früh.«

»Das erklärt natürlich einiges«, murmelte Pan. »Sie beherrschen die Zeitreise also nicht hundertprozentig?«

»Schwachkopf!« brüllte der Meisterspion. »Wir beherrschen die Zeitreise überhaupt nich'! Wir fallen einfach aus der Zeit, verstehste? Und weißte, warum? Weißte das? Weil's uns nämlich nich' gibt. Uns gibt's nich'! Nirgendwo, nirgendwann!«

»Aber Sie sind doch hier«, wandte Pan ein.

»Das behauptest du«, erwiderte der Meisterspion mit einem gehässigen Grinsen.

»Ich bin ein wenig verwirrt«, sagte Pan.

»Ein wenig«, knurrte der Meisterspion höhnisch. »Untertreib nur nich', Buddy.«

»Yeah, gib doch zu, dasse nich' mehr alle beisammenhast«, drang eine Stimme von der Decke.

»Uns kannste doch verraten, dasse völlig daneben bist«, sagte eine zweite.

»Wir wissen sowieso, daß wir's mit 'nem Beknackten zu tun ham«, meinte eine dritte.

»Aber mach dir nix draus, Buddy«, beruhigte eine vierte. »Ohne die gehirnmäßige Rundumerneuerung wär' unser Boß noch 'ne Runde beknackter als …«

»Schnauze!« Der Meisterspion riß die Magnum hoch und drückte ab. Ein Schuß peitschte los. Die Kugel schlug zwischen den dicht nebeneinander hängenden Zeitspionen in der Decke ein und verspritzte ihre Säureladung. Es zischte und rauchte. Binnen Sekunden war ein kopfgroßes Loch entstanden. Als sich der Rauch verzog, hingen die Spione noch immer an ihren Plätzen, aber ihre grauen Gesichter hatten sich leicht grünlich verfärbt. »Das war die erste und die letzte Warnung, Jungs«, knurrte der Meisterspion.

Plötzlich fiel ein Schatten über das Loch. Ein halbes Dutzend Stielaugen schoben sich durch die Öffnung, wedelten nervös hin und her und fokussierten sich schließlich auf Karnegoris Pan.

Ein Matten-Willy! dachte Pan. *Ja, natürlich! Das muß dieser Musemus sein! Der Botschafter des posbischen Zentralplasmas! Er ist vorige Woche im Turm eingezogen – nach seiner Entlobung mit Cynthia Vandermor.*

»Oh, hallo, Mr. Pan«, sagte der Matten-Willy dumpf, aber dann rutschte an einem der Stielaugen ein Translator durch das Loch, und Musemus' Stimme wurde klarer. »Haben Sie Ihre elektrische Fliege endlich abgeschossen? Vielleicht sollten Sie beim nächsten Mal ein kleineres Modell nehmen. Ich meine, eine Fliege, die weniger heftig explodiert. Sie werden verstehen, daß es auf die Dauer unzumutbar ist, über einem Mieter zu wohnen, der ständig Löcher in die Decke – respektive den Boden – sprengt.«

»Musemus!« kreischte Pan. »Retten Sie mich!«

Der Matten-Willy verknotete in sichtlicher Verwirrung zwei seiner insgesamt sechs Stielaugen. »Retten? Aber wovor, Mr. Pan?«

»Wovor?« Fassungslos sah Pan zur Decke hinauf, wo die fünfzig Zeitspione grinsend und tuschelnd hin und her schaukelten. »Sehen Sie sie denn nicht? Sie sind überall! Und einer bedroht mich mit einer altmodischen Pistole, die Säurekugeln verschießt!«

»Mr. Pan!« rief der Matten-Willy entsetzt. »Bei allen Sternen – von wem reden Sie?«

»Von den Spionen!« kreischte Pan. »Von den grauen, langnasigen Spionen aus der Zukunft. Sie müssen sie doch sehen, Musemus! Die ganze Decke ist voll von ihnen!«

Der Matten-Willy lachte erheitert. »Sicher, Mr. Pan, einfach großartig. Zeitspione. Wie gerissen von Ihnen, mit einem Scherz meinen Zorn über das Loch im Boden zu besänftigen. Ha, ha. Gleich werden Sie mir noch weismachen wollen, daß Sie im Antigravschacht bebeinte, violette Rasierpinsel mit grünen Haarborsten und mürrischen Gesichtern gesehen haben, wie?«

Verdutzt wackelte Pan mit den Ohrmuscheln. »Woher wissen Sie von den verdammten Pinseln?«

»Oh, Mr. O'Hack rief mich an und fragte mich, ob ich etwas Ungewöhnliches im Schacht bemerkt hätte, und als ich wissen wollte, warum, berichtete er mir von diesen Pinseln.« Der Matten-Willy machte eine nachdenkliche Pause. »Sagen Sie, Mr. Pan, haben Sie zufällig einen von Y'ürps berüchtigten *Echo-Cocktails* getrunken? Wie unser gemeinsamer Freund O'Hack?«

»Nun«, sagte Pan zögernd, »das schon, aber ich versichere Ihnen ...«

»Natürlich, natürlich.« Musemus zwinkerte ihm mit vier Stielaugen zu und entknotete gleichzeitig die beiden anderen. »Sie sollten sich ein wenig hinlegen, Mr. Pan. Mit diesen *Echo-Cocktails* ist nicht zu spaßen. Es gibt da haarsträubende Geschichten über gewisse Nachwirkungen, die ... Aber lassen wir das. Schlafen Sie sich aus, und wenn Sie wieder aufwachen, werden die, äh, Zeitspione verschwunden sein.«

Der Matten-Willy zog Stielaugen und Translator zurück. Pan öffnete den Mund, um erneut um Hilfe zu schreien, aber da bohrte ihm der Meisterspion die Magnum in den Bauchnabel.

»Das reicht, Buddy«, sagte er heiser. »Allmählich müßtest du schnallen, daß niemand außer dir uns sehen kann.«

»Aber ...«, protestierte Pan.

»Schnauze! Ich bin noch nich' mit der Geschichte fertig, und ich hasses wenn mir 'n verdammter Armleuchter die Pointe vermasseln will. Kapiert?«

Der Druck der Magnum wurde stärker.

Pan schluckte und schwieg.

»So isses brav, Buddy« nickte der Meisterspion. »Yeah, wo war ich stehengeblieben, bevor mir die Armleuchter da oben den Nerv geraubt haben? Interferenzen, Temporalinterferenzen. 'ne scheußliche Sache, Buddy. Wir ham erst spät davon erfahren, obwohl – wir hätten's uns denken können. Es gibt 'nen verdammten Trend in diesem verdammten Universum, der gegen unsere Existenz is'. Verstehste, Buddy?«

Der Meisterspion gestikulierte.

»Die Zeit ist gegen uns!«

»Und ob sie das is'«, gackerte einer der Spione.

»Die Zeit will uns fertigmachen«, schrie der Meisterspion. »Sie will uns ausradieren, wegputzen, abservieren, nur weil sie's nich' vertragen kann, dasses so abgebrühte Burschen wie uns gibt. Abgebrüht genug, um auf die verdammte Evolution zu pfeifen.

Wir pfeifen auf die Evolution!

Wir drehen der Kausalität 'ne Nase! 'ne verdammt lange Nase, was das betrifft …

Die Logik kann uns mal!

Die Naturgesetze sollen uns den Buckel runterrutschen!

So sieht die Sache aus, Buddy. Das Universum wollte uns nich' haben. Die Zeit hat jeden schmutzigen Trick benutzt, um uns draußen vor der Tür zum Sein zu lassen. Der Raum hat uns die kalte Schulter gezeigt. *Es gab uns nich', es gibt uns nich', es wird uns nie geben* – wenn's nach der Zeit ginge. Wir kommen aus dem Nichtsein, aus der Nicht-Existenz. Um vom Nichtsein zum Sein zu kommen, blieb uns keine andere Wahl als 'n verdammtes Zeitparadoxon. Und jetzt is' die Zeit uns auf den Fersen und plagt uns mit ihren verdammten Interferenzen, damit unser Paradoxon nich' hinhaut und wir wieder ins Nichtsein abwandern. Aber nich' mit uns, Buddy, nich' mit uns!«

Karnegoris Pan kratzte sich am linken Ohrläppchen. »Wollen Sie damit sagen, daß Sie aus dem Nichts gekommen sind? Ich meine, es hat Sie nie gegeben, und Sie wollen dieses Zeitparadoxon erzeugen, damit es Sie geben wird? Und Sie sind jetzt hier, und gleichzeitig existieren Sie doch nicht? Sie sind – oder waren – nichts!«

»Wir waren noch weniger als nichts, Buddy«, knurrte der Meisterspion. »Wir waren gar nix, aber in zwei Milliarden Jahren werden wir die Bosse sein, nich' dieser Knut Schmidt-Oggersheim und seine Zeitlose Zeitpatrouille. KnuSO is' unser größter Feind, und wahrscheinlich hetzt er uns die Interferenzen auf'n Hals. Verdammte Zeitstörungen! Alle Naselang werden wir immateriell. Aber wir schaffen's trotzdem. Wir sorgen dafür, daß du deine Pfoten von dem Würgebaum läßt, Buddy, und kommen vom Nichtsein zum Sein!«

Der Meisterspion warf einen nachdenklichen Blick auf die Zigarette. Dann richteten sich seine stählernen, kalten und grausamen Augen wieder auf Pan.

»Du bist der große Zampano, Buddy, auch wenn man's nich' glauben mag, wenn man dich sieht. Von dir hängt's ab, ob wir in zwei Milliarden Jahren die Erde beherrschen werden, wir Zeitspione – oder eure Grunznachfahren, dieser KnuSO und seine Zeitlosen von der Zeitpatrouille. Aber wir werden schon dafür sorgen, Buddy, daß ihr Grunzer aufhört mit eurem Gegrunze. Schluß! Ende! Genug gegrunzt!«

»Ich verbitte mir diese Belei…«

»Schnauze! Zwei Jahre Grunzgrunzgrunz, Buddy. Weißte eigentlich, was uns das gekostet hat? Ohne die Stabilisierer wären wir garantiert draufgegangen.«

»Stabilisierer?« echote Pan.

»Die Dinger, die laufend klicken und blitzen«, erklärte der Meisterspion. »Wir ham sie als Fotoapparate getarnt für den Fall, daß wir uns verrechnet hätten und alle Grunzer uns sehen könnten.«

»Also sind das keine Fotoapparate?« fragte Pan verblüfft. »Sie haben mich gar nicht fotografiert?«

T.E.U.F.E.L. sah ihn mitleidig an. »Nur 'n Irrer würd' 'n Armleuchter wie dich fotografieren, Buddy. Ne, die Temporalstabilisierer stabilisieren uns inner Zeit, verstehste? Wir ham deine Raum-Zeit-Konstante angezapft, während wir auf die Sache mit dem Baum gewartet ham. Sonst wären wir schon längst vonner Zeit ausradiert worden. Aber auch so ham wir Ärger genug. Hier – siehste das?«

Er hielt die zu zwei Dritteln aufgerauchte Zigarette hoch.

»Eine Zigarette«, stellte Pan fest.

Die Spione an der Decke gackerten vor Vergnügen.

»Alles Tarnung, Buddy. Wasse für 'ne Zigarette hältst, is' in Wirklichkeit kondensierte Zeit. Yeah, da schauste, wie? Wir ham der verdammten Zeit 'ne Scheibe abgeschnitten, um hin und wieder so stabil zu werden, daß wir dir 'ne Abreibung verpassen können, wenne Faxen machst.«

»Ich weiß aber immer noch nicht, was Ihr Zeitparadoxon nun mit mir, Uta und Jack the Ripper zu tun hat«, wandte Karnegoris Pan ein. Erklärend fügte er hinzu: »Jack ist der Würgebaum von Mord IV.«

»Mord«, knurrte der Meisterspion. »Danke für das Stichwort. Wird höchste Zeit, daß wir zum bösen Ende kommen.« Er blinzelte den Spionen an der Zimmerdecke zu. »Nich' wahr, Jungs?«

»Allerhöchste Zeit, Boß«, meinte einer der Spione.

»Kann nich' mehr lange dauern, bis die Sache gelaufen ist«, bestätigte ein anderer.

»Ohne dich hätten wir's nie geschafft, Boß«, sagte ein dritter.

»Er meint, ohne dein rundumerneuertes …«

»Schnauze!«

»… Gehirn«, schloß der vierte.

»Mit dir rechne ich später ab«, drohte ihm der Meisterspion. »Ich mach' dich alle, darauf kannste Gift nehmen!«

»Reg dich ab, Boß«, sagte der Spion. »War nich' so gemeint. Die Nerven …«

»Nervengift«, nickte der Meisterspion. »Das wäre genau das richtige für 'ne Kanaille wie dich.«

»Können wir nicht wieder zum Thema kommen?« warf Pan ein.

»Sicher.« Terdo runzelte die graue Stirn. »Wo war ich stehengeblieben?«

»Bei Mord«, tönte es von der Decke.

»Yeah, Mord«, wiederholte der Meisterspion. »Mord IV. Ein reizender Planet – von 'ner reizenden Rasse bewohnt. Würgebäume. Sehr kinderlieb, sehr sensibel und ganz versessen aufs Würgen. 'n paar von deinen Grunzfreunden, Buddy, haben 'n paar von den Nachwuchswürgern auf Terra eingeschleppt, stimmt's?«

»Eine rein humanitäre Aktion«, erläuterte Pan. »Auf Mord IV kam es zu einer Hungersnot – ein Mangel an Hopplern, wie mir Uta erzählte.«

»Yeah, es hätte sich fast ausgehoppelt. Na, jedenfalls rennt jetzt einer von diesen Bäumen hungrig durch Terrania und schnappt sich alles, was nich' schnell genug weghoppeln kann. Und das, Buddy, isser – der Punkt, wo sich entscheidet, wer in zwei Milliarden Jahren auf Terra und im All der Boß is'. Hilfste deiner Puppe und bringste ihr den jungen Würger heil zurück, dasser später auf Mord IV den Hopplern nachstellt, werden die Würgebäume und ihr Terraner dicke Freunde. Aber …«

Der Meisterspion grinste häßlich.

»Aber wenne deiner Puppe nich' hilfst und wenne den jungen Würger nich' aufstöberst, Buddy, dann wird der gute Jack gegen zwanzig Uhr Ortszeit in das Regierungsviertel am Goshun-Salzsee eindringen und jeden einzelnen von euren Bossen erwürgen. Perry Rhodan, Julian Tifflor, Reginald Bull, alle. Wenn uns nich' KnuSO in letzter Sekunde dazwischenfunkt.«

»Sie meinen Schmidt-Oggersheim?« sagte Pan. »Gibt es denn …«

»Schnauze! – Sobald der gute Jack alles gewürgt hat, was nich' schnell genug weghoppeln kann, wird er von den Wachen geschnappt und zu Sägemehl verarbeitet. Und wenn dann seine Eltern auf Mord IV davon erfahren, Buddy, is' die Sache so gut wie gelaufen. Die Würgebäume lassen von da an die Hoppler in Ruhe hoppeln und bauen mit Volldampf 'ne technische Zivilisation auf, um sich an den Terranern zu rächen. Durch den Tod eurer Bosse wird euer Grunzimperium so geschwächt, daß die Würgebäume in rund tausend Jahren keine Schwierigkeiten ham, Terra in Schutt und Asche zu legen und jeden Terraner niederzumachen. Yeah, Buddy, und in rund zwei Milliarden Jahren entwickelt sich aus'm Schutt und ausser Asche 'ne neue intelligente Rasse – wir.«

Der Meisterspion schenkte Pan ein boshaftes Lächeln. »Verstehste? All das geschieht nur, weil meine Jungs und ich verhindern, daß du den jungen Würger rechtzeitig aufstöberst, Buddy.«

»Das ist ja grauenhaft!« rief Karnegoris Pan.

»Und ob es das is'«, pflichtete einer der Spione bei.

»Darauf kannste Gift nehmen, Buddy«, fügte ein zweiter hinzu.

»Nervengift«, sagte ein dritter.

»Und alles nur, weil unser Boß 'ne gehirnmäßige Rundum...«

»Schnauze!« brüllte der Meisterspion. Er fuchtelte mit seiner Magnum. »Ich hab' allmählich die Nase voll von eurem verdammten Gequatsche. Wenn wir die Sache hinter uns gebracht ham, könnt ihr Kanaillen was ...«

In diesem Moment sprang die Tür auf. Der Meisterspion fluchte und wirbelte herum. Karnegoris Pan reckte den Kopf. Kaiser Nero trat ins Zimmer. In seinen Augen war ein aberwitziges Flackern, und in der rechten Hand hielt er eine brennende Fackel. Sein Lorbeerkranz war verrutscht, seine Toga wies Schmutzflecken und Risse auf, und sein feistes Gesicht war rußverschmiert. Seine Blicke wanderten durch den Raum und blieben schließlich am Meisterspion haften, der mit schußbereiter Magnum unter dem Schreibtisch hervorwieselte.

»Hostium numerus in dies augetur«, murmelte Nero. »Von Tag zu Tag wächst die Zahl meiner Feinde ...« Dann lachte er schrill und schwenkte seine Fackel wie eine Keule. »Aber Rom muß brennen! Niemand wird Ihn daran hindern, das reinigende Feuer zu entfachen! Niemand!«

Der zeitreisende Kaiser stieß einen gellenden Schrei aus und stürmte in das Büro. Ein Fußtritt traf den Meisterspion und katapultierte ihn gegen die Wand. Nero ließ die Fackel wie eine Sense kreisen und mähte die Spione von der Decke. Wer von ihnen so gewitzt war, der kreisenden Fakkel zu entkommen, der rannte gackernd an der Decke hin und her, die Wände hinunter und über den Boden bis zur nächsten Wand und wieder die Wand hinauf, auf der Flucht vor dem rasenden Nero. Es war ein höllisches Spektakel.

Karnegoris Pan schüttelte seine Lähmung ab. Er kam hoch, sprang über den Schreibtisch, wich Neros kreisender Fackel aus, machte einen zweiten Sprung, der ihn bis zur Tür trug, stolperte auf den Korridor, schlug die Tür zu, verriegelte sie mit seiner ID-Karte und stürmte zum Antigravschacht. Sein ungestümer Schwung ließ ihn mit dem Kopf gegen die Innenwand prallen. Er ächzte und sank benommen zusammen. Der Ausstieg zum 10. Stock tauchte auf. Pan ruderte mit Armen und Beinen, bekam den Haltegriff zu fassen, schwang sich hinaus, stolperte über ein Rudel Laufender Moose, die vor dem Antigravschacht hockten und geschwätzig raschelten, stieß eine Serie schrecklicher Verwünschungen aus, kam wieder hoch und rannte zum fernen Ende des Korridors, wo Famos O'Hack seine Denkfabrik betrieb.

Pan rüttelte an der Tür. Verschlossen!

Verzweifelt hämmerte er dagegen und brüllte: »Famos! Sind Sie da?«

»Stören Sie mich nicht«, drang es dumpf von innen.

»Machen Sie auf, in Sherlocks Namen«, flehte Pan. »Sie hatten recht, Famos! Diese Spione wollen ein Zeitparadoxon erzeugen. Es geht um die Zukunft der Menschheit! Wenn wir Jack the Ripper nicht rechtzeitig finden, wird er Rhodan erwürgen! Famos! Öffnen Sie! Ich brauche Ihre Hilfe! Ich muß die Erde retten und …«

»Verschwinden Sie, Karnegoris!« schrie Famos O'Hack. »Ich habe keine Zeit.«

Pan lachte hysterisch. »Zeit! Das ist es ja! Haben Sie mich nicht verstanden? Ich brauche Ihre Hilfe. Ich muß die Erde vor den Zeitspionen retten!«

»Glauben Sie, daß Sie der einzige sind, der die Erde retten muß?« O'Hacks Stimme klang verzerrt. Etwas polterte. Dann ein Klirren. Dann ein Schrei. »Diese verdammten Vlubbs … Ich … Argh! Na wartet …« Wieder ein Klirren. »Hauen Sie ab, Karnegoris! Oder die Vlubbs …«

Eine Explosion. Die Tür erzitterte.

Entsetzt wich der Detektiv zurück. *Allmächtiger Marlowe!* dachte er. *Was soll ich tun?*

»Famos! Famos O'Hack!«

Keine Antwort. Statt dessen erfolgte eine weitere Explosion. Mit einem erstickten Aufschrei fuhr Karnegoris Pan herum und raste zurück zum Antigravschacht. Die Laufenden Moose spritzten auseinander, als der Detektiv herangestürmt kam. Pan ignorierte sie und sprang kopfüber in den Schacht.

Eine halbe Minute später stolperte er keuchend und zitternd in Lukas Lorrimers Büro.

»Lorrimer!« krächzte er. »Helfen Sie mir!«

Lukas Lorrimer saß zusammengesunken hinter seinem Schreibtisch. Sein Gesicht war totenbleich. In der einen Hand hielt er eine halbleere

Flasche Vurguzz, in der anderen ein halbvolles Glas. Neben dem Schreibtisch lagen zwei weitere Vurguzz-Flaschen auf dem Boden. Sie waren leer. Langsam sah Lorrimer auf.

»Helfen?« echote er hohl. »Uns ist nicht mehr zu helfen. Haben Sie sie auch gesehen, Karnegoris?«

Pan blieb stehen. Er atmete schwer und wischte mit dem Ärmel seines Strampelanzugs den Schweiß von der Stirn.

»Gesehen? Wen meinen Sie, Lukas?«

»Die Pinsel«, sagte Lorrimer. Er setzte das Glas an die Lippen, trank es aus, füllte es wieder bis zum Rand. »Die violetten Pinsel mit den grünen Borstenhaaren und dem mürrischen Gesicht. Es ist schrecklich. Noch vor zehn Minuten war mein ganzes Zimmer voll von ihnen. Sie kamen aus den Wänden, dem Boden, der Decke, aus dem Schreibtisch, den Stühlen, dem Bildschirm, dem Terminal, sogar aus der Vurguzz-Flasche. Nach dreißig Sekunden stand ich bis zu den Knien in einem See aus violetten Pinseln. Weitere dreißig Sekunden später reichten sie mir bis zum Hals. Und diese mürrischen Gesichter! Gräßlich! Wäre nicht zufällig dieser Wahnsinnige mit seiner Fackel vorbeigekommen – ich wäre in diesem Pinselsee ertrunken.«

Pan packte Lorrimer an der Schulter und schüttelte ihn hin und her. »Lukas, kommen Sie zu sich! Es war nur eine Halluzination, verstehen Sie? Diese Pinsel existieren nicht. Ich habe mit Musemus gesprochen; er sagte, es liege an den *Echo-Cocktails.* O'Hack hat sie auch gesehen – und offenbar hält er sie für real.« Pan schauderte, als er an den Kampflärm in O'Hacks Büro dachte. Wahrscheinlich führte der Denkfabrikant einen Kampf auf Leben und Tod mit diesen nichtexistenten bebeinten Pinseln – während Jack the Ripper am Goshun-See herumstreunte und jede Minute die terranische Regierung erwürgen konnte.

»Halluzinationen?« Lorrimer riß die Augen auf. »Meinen Sie wirklich, Karnegoris? Und dieser fackelschwingende Verrückte? War er auch eine Halluzination?«

»Das muß Nero gewesen sein«, erwiderte Pan. »Ich habe Ihnen von ihm erzählt. Der Römer aus der Vergangenheit.«

»Ah!« machte Lorrimer erleichtert. »Darum hat er Latein gesprochen. *Incolitur ea pars urbis et habiatur frequentissime,* sagte er beim Anblick der Pinsel. *Dieser Teil von Rom ist sehr dicht besiedelt.* Ich hielt es zunächst für einen Scherz, aber dann ging er mit seiner Fackel auf die Pinsel los. Unglücklicherweise zeigte der Angriff keine Wirkung, und dieser Irre leerte eine meiner Vurguzz-Flaschen und torkelte wieder hinaus. Ich schrie um Hilfe, und er sagte: *Incumbe toto animo in eam rationem, ut eos diligas. – Bemühe dich aus vollem Herzen, sie zu lieben.* Stellen Sie sich das vor, Karnegoris! Bebeinte Pinsel – und ich soll sie lieben. Und dann noch diese mürrischen Gesichter. Außerdem liebe ich doch nur Cynthia, aber Cynthia liebt diese Müllamöbe.« Eine Träne tropfte aus Lorrimers linkem Auge.

Pan zerrte Lorrimer aus dem Sessel. »Wir haben jetzt keine Zeit für Liebeskummer, Lukas. Wir müssen die Erde retten! Wir müssen diesen Würgebaum finden, ehe er Gelegenheit hat, die Regierung Terras zu erwürgen.«

Er zog ihn aus dem Büro und zum Antigravschacht.

»Diese Müllamöbe muß mir irgend etwas voraushaben«, brabbelte Lorrimer. »Ich meine, es ist doch nicht normal, daß eine junge hübsche terranische Frau wie Cynthia dem Amöbencharme eines schmatzenden Protoplasmamonsters verfällt, oder? Ich wollte Cynthia zum Essen einladen, aber sie sagte, sie sei bereits mit der Amöbe verabredet. Sie sagte, sie wüßte nicht, ob sie in den nächsten Tagen Zeit für mich hat. Sie sagte, sie wüßte nicht, ob sie überhaupt noch einmal Zeit für mich hat. Können Sie sich vorstellen, wie mir zumute ist, Karnegoris? Es ist ein harter Schlag für einen Mann, seine Geliebte an eine ehemalige Topsid-Zigarre zu verlieren. Vor allem, wenn man bedenkt, daß ich selbst der Müllamöbe zu ihrer rosa Amöbenexistenz verholfen habe. Hätte ich die Zigarre nicht im Gurkensalat ausgedrückt …«

Sie erreichten die Dachetage des *Galactic Center,* das als Gleiter-Parkhaus diente. Pan schob Lorrimer durch den Ausstieg des Antigravschachts.

»Vergessen Sie für eine Weile Ihre ungetreue Freundin, Lukas«, sagte Karnegoris Pan. »Wir müssen die Erde retten. Wo steht Ihr Gleiter?«

»Keine Ahnung«, brummte Lorrimer. »Aber er reagiert auf Zuruf.« Er räusperte sich und brüllte plötzlich: »Wer kennt die SCHRECKLICHE WAHRHEIT?«

Irgendwo hinter den Parkbuchten und den schnittigen, chromglänzenden Gleitern erklang ein dumpfes Röhren, gefolgt von einem Scheppern und Knirschen. Dann tauchte ein Schatten auf der Rampe auf. Der Schatten verwandelte sich in ein verbeultes, schmutziges Wrack von einem Gleiter. Der Rumpf war torpedoförmig und wurde von einer fleckigen Kanzel gekrönt. Rostflecken schneiten zu Boden, während der Gleiter näher schwebte, dabei wie betrunken hin und her schwankte und mit einem bedrohlichen Kreischen vor den Männern stehenblieb. Das Kreischen hielt noch eine Weile an, dann klappte schwerfällig das Kanzeldach auf.

»Hallo, Lukas«, sagte der Gleiter. »Sind die Außerirdischen immer noch hinter unseren Frauen her?«

»Was heißt unsere?« knurrte Lorrimer. Er schwang sich mit unvermuteter Behendigkeit auf den Pilotensitz. »Ich wüßte nicht, was du mit den terranischen Frauen zu tun hast.«

»Immerhin bewohnen wir denselben Planeten«, erklärte der Gleiter. Einer der Frontscheinwerfer glomm trübe auf. »Hallo, Fremder!« grüßte er Pan. »Neu in der Stadt?«

»Mein Freund Karnegoris Pan«, stellte Lorrimer vor. »Er ist Detektiv. Er muß die Erde retten.«

»Tatsächlich?« Der Gleiter schaukelte überrascht. »Und vor wem, wenn ich fragen darf?«

Karnegoris Pan kletterte die kurze Leiter hinauf und nahm neben Lorrimer Platz. »Vor den Zeitspionen«, sagte er. »Sie wollen mit einem gewagten Zeitparadoxon die Existenz unserer Nachfahren auslöschen. Ihr Mittel zum Zweck ist der Würgebaum Jack the Ripper. Im Moment strolcht er in der Nähe des Goshun-Salzsees herum und wartet auf eine günstige Gelegenheit, die Solare Regierung zu erwürgen. Wenn Knut Schmidt-Oggersheim nicht rechtzeitig eingreift …«

Der Gleiter schwebte die Rampe hinauf.

»Wer ist Knut Schmidt-Oggersheim?«

»Er gehört zur Zeitlosen Zeitpatrouille und ist der größte Feind des Meisterspions.« Er berichtete von den Plänen der Zeitspione und schloß: »Wir müssen Jack finden, bevor er Unheil anrichten kann. Versagen wir, dann gehört die Zukunft den grauen, langnasigen Spionen. Außerdem kann ich Uta unmöglich unter die Augen treten, wenn Jack zu Sägemehl verarbeitet wird.«

»Tz«, machte der Gleiter. »Müssen Sie Ihre Freundin unbedingt treten, Mr. Pan? Und noch dazu unter die Augen?«

»Nur eine Redewendung«, erklärte Pan.

Der Gleiter erreichte den Ausgang, beschleunigte mit jaulenden Generatoren und schoß hinauf in den Himmel. Der Turm sackte rasch unter ihnen weg, und Sekunden später hatte sich der Gleiter in eine der Luftstraßen eingefädelt. Der Abend nahte, und überall in der riesigen Stadt flammten die Lichter auf. Eine Kette bunter Fixsterne schien den Horizont zu säumen, und in Richtung Stadtzentrum verschmolzen die Lichter zu einem farbenprächtigen Kugelsternhaufen.

»Geht es denn nicht schneller?« fragte Pan ungeduldig.

»Schneller schon«, bestätigte der Gleiter, »aber nur für kurze Zeit. Danach nimmt uns der Verkehrszentralcomputer in Fernsteuerung, und Lukas kann sein letztes Hemd versetzen, um das Bußgeld wegen Geschwindigkeitsüberschreitung zu bezahlen. Wollen Sie das etwa, Mr. Pan?«

»Es geht um Leben und Tod!« rief der Detektiv. Seine Ohrmuscheln begannen wieder zu zucken. »Um Sein oder Nichtsein!«

»Also denn«, brummte der Gleiter. »Halten Sie sich fest. In ein paar Minuten sind wir beim Goshun-See!«

Im nächsten Moment dröhnten die Motoren auf. Ein Knirschen durchlief die Zelle. Pan und Lorrimer wurden tief in ihre Sitze gedrückt, als der Gleiter einen gewaltigen Satz machte, fast senkrecht hinauf in den bewölkten Himmel schoß, den dichten Verkehr in den Luftschneisen hinter sich ließ und Sekunden später in einen Steilflug überging. Schräg unter ihnen – wie eine Münze, die in der Hitze einer Stahlschmelze an den Rändern zerlaufen war – lag der Goshun-Salzsee. An seinen Ufern reihten sich die Bungalows der Regierungsmitglieder aneinander; jenseits davon der breite grüne Gürtel des Zentralparks.

»Lande im Park!« befahl Pan aus einer Eingebung heraus. »Das ist die ideale Tarnung für den Würgebaum. Ich gehe jede Wette ein, daß Jack zwischen den Palmen und Affenbrotbäumen lauert.«

»Es tut mir leid, aber ich kann nicht.« Die Stimme des Gleiters klang zerknirscht. Gleichzeitig mäßigte sich das Motorengedröhn. Der Gleiter scherte aus seinem Kurs aus. »Ich habe Sie ja gewarnt. Dieser verdammte Verkehrszentralcomputer …«

Pan fluchte. »Aber wir müssen landen!«

»Das werden wir auch«, versicherte der Gleiter. »Allerdings auf dem Verkehrssünder-Landefeld der nächsten Polizeistation.«

Pan raufte sich die Haare. »Gibt es denn keine Möglichkeit, diese Maschine zur Landung zu bringen?«

»Wir könnten mit den Schleudersitzen aussteigen«, schlug Lukas vor.

»Wundervoll! Worauf warten wir noch?«

»He!« protestierte der Gleiter. »Das ist unfair. Was soll ich dem Verkehrsrichter erzählen, wenn …«

Aber Lorrimer hatte schon einen Knopf gedrückt. Die Kuppel wurde abgesprengt. Im nächsten Moment ritt Karnegoris Pan auf seinem Schleudersitz durch die Luft. Wenige Meter neben ihm sank Lukas Lorrimer dem fernen Erdboden entgegen. Der Gleiter verschwand in der zunehmenden Dämmerung. Einige Minuten später durchbrachen Pan und Lorrimer die dichten Baumwipfel und landeten sanft zwischen einer Gruppe uralter Affenbrotbäume. Ihr Anblick löste romantische Erinnerungen in Pan aus. Sein erster Fall … der Fall, der ihn berühmt gemacht hatte … Die schwerreiche Witwe eines Gewürzgurkenexporteurs hatte ihn beauftragt, ihr entlaufenes Laufendes Moos zu finden, und seine Recherchen hatten ihn zu einem Trümmergrundstück am Stadtrand von Terrania geführt, wo ein einsamer Affenbrotbaum zwischen ganzen Scharen Laufender Moose wuchs. Das Trümmergrundstück sollte in Kürze planiert und in ein Gurkenfeld verwandelt werden. Gerade noch rechtzeitig hatte Pan herausgefunden, daß der Affenbrotbaum in Symbiose mit einem wracken Posbiroboter lebte. Wie sich herausstellte, war der Posbi während der Dolan-Offensive in den dreißiger Jahren des 25. Jahrhunderts beschädigt worden und mit letzter Kraft in den Schatten des Affenbrotbaums gekrochen … Dank Pans beherztem Eingreifen war der Baum nicht gefällt, sondern in den Zentralpark von Terrania verpflanzt worden – samt dem Posbiwrack.

Der Detektiv wackelte nachdenklich mit den Ohrmuscheln. Wollte es der Zufall vielleicht, daß sie in der Nähe des intelligenten Affenbrotbaums gelandet waren?

Der Zufall wollte es.

»Hallo, Karni«, sagte eine krächzende Stimme aus dem Zwielicht der Abenddämmerung. »Lange nicht mehr gesehen!«

Lukas Lorrimer fuhr zusammen. »Wer spricht da?«

»Der Baum«, beruhigte Pan.

»Große Galaxis! Der Würgebaum?«

»Der Affenbrotbaum.« Pan löste die Sicherheitsgurte und erhob sich aus dem Schleudersitz. Tatsächlich. Zwischen den mächtigen Wurzeln des nächsten Affenbrotbaums sah eine halbverrostete Metallhand hervor. Er machte drei Schritte, bückte sich und schüttelte die Hand. »Wie geht's?«

Die Blätter des Baumes raschelten, und die krächzende Stimme aus dem Erdreich antwortete: »Mit dem Gehen ist es weniger gut bestellt; aber das Liegen macht mir keine Mühe.«

»Beneidenswert.« Pan strich über seine mephistophelisch gezwirbelten Brauen. »Hast du zufällig einen jungen Würgebaum herumstreunen sehen?«

»Vor ein paar Minuten schlich hier eine Art Baum herum«, antwortete der Posbi, der zwischen den Wurzeln vor sich hin rostete. »Äste, Blätter, Borke – du verstehst?«

»Sicher«, nickte Pan.

»Tscha«, fuhr der Posbi fort, »wie gesagt, er schlich herum. Und er brabbelte vor sich hin. So etwas wie: Uta, Uta, was hast du mit meinen Hopplern gemacht? und: Veni, vidi, würgi … Alles Dinge, die man einem Baum nicht so ohne weiteres zutraut. Vielleicht findet in Perry Rhodans Bungalow ein Maskenball statt?«

»Hurra!« brüllte Pan. »Das war Jack the Ripper!«

Lorrimer war näher getreten. »Veni, vidi, würgi«, wiederholte er. »Es ist einfach haarsträubend! Seit dieser Nero aufgetaucht ist, gibt es offenbar eine Renaissance der lateinischen Sprache.«

»Uta kann Latein«, sagte Pan. »Sie wird es Jack beigebracht haben.« Er wandte sich an den Posbi. »Weißt du, wo der Baum jetzt steckt?«

Die Metallhand bewegte sich knirschend und deutete zwischen den Stämmen der Affenbrotbäume hindurch. »Er ist in Richtung See verschwunden. Komisch …«

»Was ist komisch?«

»Tscha«, krächzte der Posbi, »du bist nicht der erste, der nach dem laufenden Baum fragt.«

»Ach was?« Lorrimer sah sich mißtrauisch um. »Wer interessiert sich denn noch überhaupt für den jungen Würger?«

»Kurz nachdem der Baum verschwunden war, tauchte dieser Roboter auf«, erwiderte der Posbi. »Aber nehmt euch vor ihm in acht. Der war so geladen …«

»Geladen?« echote Pan. »Wie meinst du das?«

»Elektrisch geladen«, verdeutlichte der Posbi. »Die Oberflächenspannung schätzungsweise zehntausend Volt. Der Roboter schrie dauernd nach seinem ›armen Jack‹ und vergoß literweise Tränen aus destilliertem Wasser. Ich wußte gar nicht, daß es auf Terra neuerdings Roboter mit Gefühlsprogrammierung gibt.«

Karnegoris Pan runzelte die Stirn. »Ein Roboter? Mit Gefühlsprogrammierung? Hat er seinen Namen genannt?«

»Nein, nicht direkt«, sagte der Posbi, »aber als er weiterzog, rief er ständig: Jackie, komm zur lieben Uta.«

Pan stieß einen gellenden Schrei aus, griff sich an die Kehle, gurgelte, warf sich zu Boden und streute Laub auf sein Haupt, bis nur noch die vergrößerten Ohrmuscheln aus dem Blätterhaufen hervorsahen.

»Meine Geliebte ein Roboter«, drang es dumpf aus dem Laub. »Ich habe mein Herz an eine Maschine verloren! Uta, Uta, was hast du nur getan?«

»Na, sie ist dem Baum hinterher«, erklärte der Posbi. »Und dann tauchten diese Zwerge auf.«

»Zwerge?« kreischte Karnegoris Pan. Im Bruchteil einer Sekunde war er wieder auf den Beinen. »Sagtest du Zwerge? Graue, langnasige Zwerge in grauen Trenchcoats und mit altmodischen Fotoapparaten?«

»Exakt«, bestätigte der Posbi. »Nur von den Fotoapparaten weiß ich nichts. Vielleicht verwechselst du sie mit schweren Thermostrahlern?«

»Das ist ja entsetzlich!« kreischte Pan. »Die Zeitspione! Mit schweren Thermostrahlern bewaffnet! Uta ein Roboter! Der Würgebaum unterwegs zu Perry Rhodans Bungalow!«

Er rannte los, brach durch das Unterholz, stolperte über eine Wurzel, hüpfte über ein Mooskissen hinweg und erreichte eine weite Rasenfläche.

Keuchend lief Lorrimer hinter ihm her und hielt ihn fest, ehe er den Rasen betreten konnte.

»Halt!« zischte Lorrimer. »Dort! Sehen Sie?«

Pan duckte sich. Uta! Mitten auf dem Rasen stand seine heißgeliebte Uta – und neben ihr ein Baum, der wie eine Kreuzung aus einem Kleiderständer, einer Trauerweide und einem Blumenkohl aussah – wobei der Kleiderständer Füße und Stamm, die Weide die Äste mit den langen Ranken und der Blumenkohl die Krone beigesteuert hatte. Etwas weiter entfernt, ins Gras geduckt, schlichen etwa fünfzig gnomenhafte Gestalten. Die Zeitspione! Auf der gegenüberliegenden Seite des Rasens näherten sich vier Männer vom Seeufer her. Karnegoris Pan erkannte drei von ihnen trotz der Dunkelheit.

Perry Rhodan! Und Reginald Bull! Und Julian Tifflor! Die gesamte Führungsspitze Terras!

Neben Perry Rhodan ging ein untersetzter Mann in einem altmodischen Nadelstreifenanzug und mit einer Antenne auf dem Kopf. *Wer, beim großen Sherlock,* dachte Pan, *ist dieser Kerl?*

»Du kommst jetzt mit nach Hause, Jack«, sagte Uta in diesem Moment. »Keine Widerworte! Sei froh, daß mich Mr. KnuSO angefont und mir gesagt hat, wo du zu finden bist. Sonst würdest du noch immer mutterseelenallein durch die große Stadt irren.«

Der Baum raschelte und produzierte seufzende Laute. »Würgen …«, seufzte er. »Hoppler würgen.«

»Zu Hause kannst du genug würgen, Jack«, erklärte Uta. »Du mußt dich endlich mit dem Gedanken vertraut machen, daß die Terraner keine Hoppler sind. Hoppler gibt es nur auf Mord IV. Übermorgen fliegst du zurück zu deiner Heimatwelt, und dann …«

Eine zwergenhafte Gestalt mit einem Filzhut auf dem Kopf und einer Pistole in der Hand wuchs neben Uta auf.

»Schnauze, Puppe!« raunzte der Meisterspion. Seine Stimme klang seltsam dünn, und sein grauer Körper war halb durchsichtig. Er lachte häßlich und fuchtelte mit seiner Magnum. »Zieh Leine, Schwester, oder ich pump' dich so voll Blei, daß de 'n eigenes Bleibergwerk aufmachen kannst.«

Die Spione gackerten.

»Is' nich' zu fassen«, kicherte einer.

»'n Bleibergwerk aufmachen«, gackerte ein anderer. »Das hältste ja im Kopf nich' aus!«

»Yeah, der Boß is' der Größte«, meinte ein dritter.

»So 'ne gehirnmäßige Rundum…«

»Schnauze!« fauchte der Meisterspion. Nervös äugte er zu den vier

Männern hinüber, die sich über den Kiesweg näherten. »Hau ab, Puppe!« herrschte er dann Uta an. »Jack hat nur noch 'n paar Minuten. Los, Jack, nichts wie drauf auf die verdammten Hoppler!«

Der Würgebaum drehte sich schwerfällig um seine Achse. Die blumenkohlähnliche Krone wippte auf und ab. »Hoppler«, seufzten die raschelnden Blätter. »Würgen ...«

Der Meisterspion lachte erneut. »Wir schaffen's, Jungs«, krähte er. »Gleich isses soweit!«

In diesem Moment warf sich Uta auf den Meisterspion. Als sie den Zwerg berührte, blitzte eine elektrische Entladung auf. Gleichzeitig donnerte ein Schuß.

»Hilfe!« kreischte der Meisterspion. »Zu Hilfe, Jungs!«

Die Zeitspione stimmten ein schrilles Wutgeschrei an und stürzten sich auf Uta Nastassja.

»Geliebte!« brüllte Karnegoris Pan. »Halte aus! Ich rette dich!«

Mit vier, fünf gewaltigen Sätzen war er in dem Getümmel und drosch mit beiden Fäusten auf die Zeitspione ein. Zu seiner Überraschung fühlten sie sich weich und glitschig an. Spitze Nasen bohrten sich in seinen Bauch, seine Hüften, seinen Rücken, und etwas Hartes knallte gegen seinen Hinterkopf. Pan strauchelte und war in der nächsten Sekunde lückenlos von den Spionen bedeckt. Sie gackerten und krähten und hopsten entfesselt auf ihm herum.

»Macht 'n alle, Jungs!« brüllte der Meisterspion. »Macht 'n ...« Seine Stimme erstarb in einem Gurgeln, als ihn Lorrimer am dürren Hals zu packen bekam. »Hab' ich dich!« knurrte er zufrieden.

Winzige Zähne gruben sich durch den Strampelanzug in Pans Waden. Mit einem Schrei fuhr er hoch, schüttelte die Spione ab und sah sich atemlos nach Uta um. Sie stand mit dem Rücken an Jack the Rippers Stamm und schlug nach den hin und her wimmelnden Zeitspionen. Wenn sie einen der Gnomen berührte, flackerte eine blaue Entladung auf, und der Spion verschwand spurlos. Jacks Ranken peitschten pfeifend durch die Dämmerung; mindestens vier Spione hatte er bereits im Würgegriff, und soeben bekam er einen fünften am Hals zu packen. »Hoppel, hoppel«, seufzte Jack glücklich. »Ausgehoppelt ...«

Lukas Lorrimer war ein paar Schritte entfernt. Mit der einen Hand schüttelte er den Meisterspion am Hals hin und her; mit der anderen wischte er die Spione fort, die an seiner Hose nach oben klettern wollten. »Hier wird niemand alle gemacht«, knurrte Lorrimer. »Ist das klar, du Giftzwerg?« Der Meisterspion strampelte nur matt mit den kurzen Beinen.

»Genau, wie ich es geplant habe«, sagte eine fremde Stimme hinter Pans Rücken.

Pan trat nach einem Zeitspion, der mit einem halb durchsichtigen Thermostrahler auf ihn anlegte, und drehte sich um. Perry Rhodan, Bull, Tifflor und der untersetzte Fremde mit der Antenne auf dem Kopf waren am Rand der Rasenfläche stehengeblieben und betrachtete mit wohlwollendem Interesse den Kampf, der vor ihren Augen tobte.

Der Antennen-Mann zog eine altmodische Taschenuhr hervor und warf einen Blick auf das Zifferblatt. Er nickte zufrieden. »Noch genau vierzig Sekunden«, sagte er zu Perry Rhodan.

Der Unsterbliche hüstelte. »Sollten wir unseren tapferen Freunden nicht zu Hilfe eilen?« fragte er.

»Ganz meine Meinung«, pflichtete Bull bei. »Mir juckt es schon in den Fingern, diesen Langnasen eine tüchtige Abreibung zu verpassen.«

»Nicht nötig«, winkte der Fremde ab. »Sie schaffen es allein.« Als er Pans verdutzten Blick auf sich ruhen fühlte, deutete er eine Verbeugung an. »Darf ich mich vorstellen? Knut Schmidt-Oggersheim von der Zeitpatrouille.«

»Der Zeitlose KnuSO?« rief Pan. »Sind Sie es wirklich?«

Ein Schlag traf seine rechte Kniescheibe. Er heulte auf, humpelte zur Seite und sah einen Zeitspion davonhuschen. Eine Ranke peitschte durch die Luft, wickelte sich um den Hals des heimtückischen Gnomen und riß ihn von den Beinen. Sekunden später war der Spion im Blätterkleid des Würgebaums verschwunden. Pan humpelte an einigen bewußtlosen Spionen vorbei und auf Uta zu.

»Liebste«, ächzte er. »Ist dir etwas passiert?«

Uta riß die Augen auf. »Oh, Karni! Mein Held!« Sie streckte beide Arme nach ihm aus. Ein Knistern. Ein blauer Blitz. Ein Donnerschlag. Karnegoris Pan wurde von der Wucht der elektrischen Entladung durch die Luft geschleudert und blieb benommen im Gras liegen.

Großer Sherlock! dachte er. *Allmächtiger Marlowe! Was für eine Frau! Einfach umwerfend!*

»Oh, Karni!« schluchzte Uta. »Was habe ich nur getan? Liebster …!«

Sie beugte sich mit tränenüberströmtem Gesicht über ihn. Pan lächelte selig.

»Geliebte!«

»Oh, Karni!« Uta schniefte. »Es ist furchtbar, Karni. Ich muß mir dringend neue Widerstände … Oh!« Entsetzt schlug sie die Hand vor den Mund.

»Ich weiß es«, ächzte Pan. »Ich weiß, daß du ein Roboter bist, Uta. Mach dir deshalb keine Sorgen. Ich liebe dich trotzdem.«

Langsam senkte sie die Hand. »Du meinst – es stört dich nicht? Dir macht es nichts aus, daß ich eine Maschine bin?«

»Nun«, sagte Pan, »zunächst war ich leicht schockiert, aber wahre Liebe läßt sich von derartigen Nebensächlichkeiten nicht beeindrucken.«

»Aber ich bin defekt«, wandte Uta ein.

»Wer ist das nicht?«

»Und ich bin alt.«

»Für mich wirst du immer jung sein, Liebste.«

»Und ich verteile Elektroschocks.«

»Du bist eben umwerfend, Schatz!«

»Oh, Karni, aber ich gehöre Whistler. *Roste in Ruh* ist ein Altersheim für gefühlsprogrammierte Roboter. Aus humanitären Gründen werden wir nicht verschrottet wie unsere nichtfühlenden Kollegen. Wir ruhen dort, bis wir verrostet sind. Ach Karni, es ist schrecklich, aber ich kann nicht mit dir gehen.«

Schluchzend wandte sie sich von ihm ab, aber Karnegoris Pan sprang hoch und hielt sie zurück – und wundersamerweise warf ihn diesmal keine elektrische Entladung von den Beinen. Zärtlich nahm er Uta in seine Arme.

»Geliebter Roboter«, seufzte er. »Vertrau mir. Ich werde dich von Whistler kaufen und dir so viele Widerstände besorgen, wie du nur möchtest. Und dann …«

»Achtung!« rief Knut Schmidt-Oggersheim. »Es ist soweit!«

Pan sah sich um. Lorrimer hielt noch immer den strampelnden Meisterspion an der Kehle gepackt, aber plötzlich flimmerten die Umrisse des Gnomen, und er verschwand. Gleichzeitig lösten sich auch die anderen Zeitspione in Luft auf. Enttäuscht ließ der Würgebaum seine Ranken pfeifen. Lorrimer keuchte verdutzt.

Schmidt-Oggersheim rieb sich die Hände. »Perfekt. Da gehen sie hin – auf Nimmerwiedersehen.«

Pan holte tief Luft. »Dürfte ich vielleicht erfahren, was das alles zu bedeuten hat?«

»Gewiß«, sagte Perry Rhodan. Der Unsterbliche trat näher. Ein feines Lächeln spielte um seinen Mund. »Knut Schmidt-Oggersheim kommt aus der Zukunft – aus einer zwei Milliarden Jahre entfernten Zukunft, die Gefahr lief, von einer Horde nichtexistenter Wesen per Zeitparadoxon okkupiert zu werden. Nicht wahr, Knut?«

»In der Tat«, bestätigte der Antennen-Mann. »Wir von der Zeitlosen Zeitpatrouille sind sozusagen Ihre fernsten Nachkommen, obwohl meine jetzige körperliche Erscheinungsform nicht meine richtige Erscheinungsform, sondern eine Operationsmaske ist. Vermutlich würden Sie den Verstand verlieren, wenn Sie meine wahre Gestalt sähen …«

»So?« knurrte Lorrimer. »Ich halte das für eine verdammte Ausrede.«

»Qui vivra, vera«, murmelte Schmidt-Oggersheim. »Die Zukunft wird es zeigen.«

Lorrimer wandte sich an Pan. »Sehen Sie? Dieser Nero hat alle verseucht.«

»Nun«, fuhr Schmidt-Oggersheim fort, »wir von der Zeitlosen Zeitpatrouille haben dank unserer hochentwickelten Supertechnik festgestellt, daß jenseits von Raum, Zeit und so weiter eine nichtexistente Rasse existiert – oder eine existente Rasse nicht existiert –, die nichts Geringeres als die Erzeugung eines höchstgefährlichen Zeitparadoxons plant, mittels der sie ihre Nichtexistenz beenden – oder ihre Existenz beginnen – will. Oder wollte?«

Pan zuckte die Schultern. »Was fragen Sie mich?«

»Da die Existenzwerdung der nichtexistenten Rasse gleichzeitig den Existenzverlust der Zeitlosen von der Zeitpatrouille bedeutet hätte – oder bedeuten würde –, schickten die Zeitlosen ihren kühnsten und furchtlosesten Zeitlosen zurück in die Zeit, um die Ahnen der Zeitlosen – das sind Sie – vor den nichtexistenten Wesen jenseits von Raum, Zeit und so weiter zu warnen. Bei seiner Ankunft in der Vergangenheit – Ihrer Gegenwart – stellte der kühnste und furchtloseste der Zeitlosen – das bin ich – zu seiner – oder meiner – Bestürzung fest, daß die Pläne der nichtexistenten Wesen und so weiter viel weiter fortgeschritten waren als befürchtet. Eine Gruppe dieser nichtexistenten Wesen und so weiter – das sind die Zeitspione – hatte in der Vergangenheit – Ihrer Gegenwart – ein Stadium der Quasiexistenz erreicht, was bedeutete, daß die Wahrscheinlichkeit für ein Gelingen des Zeitparadoxons auf fünfzig Prozent gestiegen war. Frei nach dem berühmten Theorem, das da lautet: *Kann sein, kann auch nicht sein.* Sie wissen schon …«

»Nein, ich weiß es nicht«, sagte Pan, aber Schmidt-Oggersheim ignorierte den Einwurf.

»Plötzlich«, fuhr er fort, »sah ich mich mit zwei möglichen Zeitlinien konfrontiert. In der einen gelang das Zeitparadoxon, was zum Tod meines Freundes Perry Rhodan, zum Niedergang Terras, zum Angriff der Würgebäume und zur evolutionären Entwicklung der bis dato nichtexistenten Zeitspione führte. In der anderen gelang es, das Zeitparadoxon zu verhindern, was zur endgültigen Nichtexistenz der Zeitspione und zur Existenzwerdung der Zeitpatrouille führte. Um der Existenz der Zeitlosen Zeitpatrouille zum Sieg zu verhelfen, sah ich mich zu einem direkten Eingriff in die Vergangenheit – Ihre Gegenwart – veranlaßt; das heißt, zu einem eigenen kleinen Zeitparadoxon. Ich warnte Perry Rhodan und informierte Uta Nastassja über den Aufenthaltsort des Würgebaums, um so den Eingriff der Zeitspione zu kontern, die bekanntlich Sie, Mr. Pan, mit Drohungen und Gewalt an einem rechtzeitigen Erscheinen an diesem Ort gehindert hatten. Allein die Tatsache, daß Uta Nastassja rechtzeitig zur Stelle war, um Jack zu beruhigen, ließ das Zeitparadoxon der Zeitspione scheitern. Die Zeitspione kehrten dorthin zurück, wo sie auch hingehören – in die Nichtexistenz in den Bereichen jenseits von Raum, Zeit und so weiter ...« Schmidt-Oggersheim machte eine Kunstpause und rückte seine runde Brille zurecht.

»Nebenbei bemerkt, ergeben sich daraus eine Reihe interessanter philosophischer Probleme. Wie kommt es, daß sich etwas Nichtexistentes per Zeitparadoxon zur Existenz verhelfen kann? Müssen wir nicht unsere ganzen Ansichten über die Existenz respektive die Nichtexistenz revidieren? Vielleicht sind wir von der Zeitlosen Zeitpatrouille – also Ihre Nachfahren – ebenso nichtexistent wie die nichtexistenten Zeitspione. Oder vielleicht sind Sie – also unsere Vorfahren – so nichtexistent wie wir – also Ihre Nachfahren –, und vielleicht ist es diese doppelte Nichtexistenz, die uns über die einfach nichtexistenten Zeitspione siegen läßt. Oder siegen ließ. Oder siegen lassen wird. Deshalb trage ich auch diese Antenne. Verstehen Sie?«

»Sicher«, sagte Pan ohne rechte Überzeugung. »Das liegt doch auf der Hand. Was wären Sie ohne Ihre Antenne?«

»Eben«, nickte Knut Schmidt-Oggersheim von der Zeitlosen Zeitpatrouille. »Nichts. Ich kann es Ihnen demonstrieren. Es dauert nur einen Augenblick ...« Er griff nach der Antenne, drehte sie mehrmals und zog sie aus seiner Schädeldecke. Und verschwand.

»So etwas«, brummte Perry Rhodan, »nennt man einen gelungenen *Deus ex machina.*«

»Ha!« machte Lorrimer. »Es verbreitet sich wie die Pest. Vielleicht steckt ein Virus dahinter. Vielleicht ist Nero selbst ein Virus.«

»Wer ist Nero?« fragte Rhodan.

Aber ehe Lorrimer antworten konnte, stürzte dröhnend und kreischend ein verbeulter Torpedogleiter vom Himmel und landete auf dem Rasen.

»Lukas!« kreischte der Gleiter. »Wir müssen sofort zum Turm. Etwas Schreckliches ist geschehen. Ich habe einen verstümmelten Notruf von Ihrem Freund O'Hack empfangen. Er sagte, die Vlubbs wollen die Erde erobern!«

»Himmel!« ächzte Pan. »Eine Invasion!«

»O'Hack sprach von einer *Ex*vasion«, korrigierte der Gleiter.

»Wer zum Henker, sind die Vlubbs?« fragte Lorrimer.

»Die Explosionen!« rief Pan plötzlich. »Natürlich! Famos hat mich gewarnt. Er faselte irgend etwas von irgendwelchen Vlubbs. Diese Biester müssen in seine Denkfabrik eingedrungen sein. Kommen Sie, Lukas!«

Entschuldigend wandte er sich an Rhodan. »Verzeihen Sie, Sir, aber wir müssen sofort los. Die Erde ...«

»... schwebt in höchster Gefahr und muß gerettet werden«, unterbrach Rhodan. »Ich kenne das. Lassen Sie sich von uns nicht aufhalten.«

Pan nickte Bull und Tifflor zu und griff nach Utas Hand. Uta griff nach einer Ranke des Würgebaums, der Würgebaum griff mit einer Ranke nach Lorrimers Kehle, und eine halbe Minute später waren sie hoch am Nachthimmel von Terrania und auf dem Weg zum *Galactic Center.*

Keiner von ihnen ahnte, daß das Schlachtfeld eines mörderischen Krieges auf sie wartete.

DRITTER TEIL
Famos O'Hack oder Der Krieg gegen die Vlubbs

1.

Der Krieg gegen die Vlubbs dauerte exakt eine Stunde, drei Minuten und sechsundzwanzig Sekunden und endete mit einer Entdeckung, die ebenso überraschend war wie die Entdeckung der Vlubbs.

Entdecker der Vlubbs als Vlubbs – oder besser: als makrokosmische, eroberungslüsterne Form eines bestimmten subatomaren Partikels – war Famos O'Hack, und als er sie entdeckte, zog er in den Krieg.

Der Krieg gegen die Vlubbs begann kurz nach dem gemeinsamen Mittagsmahl in der Turmkantine. Gesättigt vom delikaten Gurr-Pudding und leicht angeheitert vom *Echo-Cocktail,* war Famos O'Hack noch einige Minuten am Tisch sitzen geblieben, nachdem sich Pan und Lorrimer zurück an ihre Arbeit begeben hatten – Karnegoris Pan an die Rettung der Erde; Lukas Lorrimer an die Rettung seiner unglücklichen Liebesbeziehung zu Cynthia Vandermor.

Wohlwollend verfolgte O'Hack, wie die Müllamöbe mit dezentem Schmatzen zwischen den Tischen hin und her huschte und jene Gäste bediente, die aus dem einen oder anderen Grund vor der Speiserohrpostanlage zurückscheuten und sich ihre Mahlzeit lieber von einem Kellner aus Fleisch und Blut servieren lassen wollten. Während O'Hack die Müllamöbe beobachtete, wurde ihm klar, daß Cynthia für Lukas Lorrimer verloren war. Die Müllamöbe verfügte zweifellos über das *gewisse Etwas,* das sich zwar nicht beschreiben ließ, aber von jeder halbwegs sensiblen Frau gespürt und mit schmachtenden Blicken beantwortet wurde.

Die Müllamöbe hatte einen beneidenswerten Sex-Appeal; der positive Gesamteindruck wurde weder von ihrem beständigen Schmatzen noch von ihrer teigigen Konsistenz oder der unangenehmen Angewohnheit geschmälert, die abgeräumten Teller noch auf dem Weg zur Küche mit einer rosa Protoplasmazunge abzulecken. Nein, Lorrimer hatte gegen die Amöbe nicht die geringste Chance.

Seufzend erhob sich Famos O'Hack von seinem Platz, verließ die Kantine und stieg in den Antigravschacht.

Aus den Wänden tropften die Vlubbs.

O'Hack erstarrte. Grausen packte ihn. Durch metalogisches Denken kam er sofort zu dem Schluß, daß es sich bei den Kreaturen nur um Vlubbs handeln konnte und daß die Vlubbs die Erde erobern wollten.

Langsam wurde Famos O'Hack von dem aufwärtsgepolten Gravitationsfeld des Lifts in die Höhe getragen. Eine dichte Wolke Vlubbs hüllte ihn lückenlos ein.

Der durchschnittliche Vlubb ähnelte einem zweibeinigen Rasierpinsel mit violetter Haut, grünem Borstenhaar und mürrischem Gesicht. Der durchschnittliche Vlubb hatte weder Arme noch eine Vorstellung von dem seelischen Zustand, den Terraner als *gute Laune* bezeichneten. Der durchschnittliche Vlubb war stets übel gelaunt, unsterblich, unangreifbar und einzig und allein von dem Gedanken besessen, Terra zu erobern. Der durchschnittliche Vlubb war alles in allem ein gewerbsmäßiger Exvasor.

Famos O'Hack prägte den Begriff *Exvasor* durch metalogisches Denken, und er war stolz darauf.

Der durchschnittliche Exvasor unterschied sich von einem durchschnittlichen Invasor allein durch seine Herkunft. Während der Invasor aus dem Weltraum kommen mußte, um die Erde zu erobern, hielt sich der Exvasor bereits seit Anbeginn der Zeiten auf der Erde auf. Unter diesem Gesichtspunkt waren auch die Terraner Exvasoren, doch im Gegensatz zu den Vlubbs gehörte den Terranern die Erde, und dieser feine Unterschied machte aus den Terranern Terraner und aus den Vlubbs Exvasoren.

Schweigend, mit mürrischen Gesichtern starrten die Vlubbs Famos O'Hack an. Sie machten sich nicht einmal die Mühe, ihre Exvasionsabsichten zu verbergen: Als wären sie bereits die neuen Herren der Erde, tropften sie zu Tausenden und aber Tausenden aus der Wandung des Antigravschachts und ließen keinen Zweifel daran, daß O'Hack ihnen nicht gefiel.

Der verdrießliche Ausdruck ihrer Augen; die angewidert gerümpfte Nase; die voller Abscheu nach unten gezogenen Mundwinkel; ihre ganze Miene – alles verriet, wie widerwärtig O'Hack ihnen war.

Doch ihr Abscheu beschränkte sich nicht auf O'Hack allein, sondern galt dem Antigravschacht, der Luftzusammensetzung, den Geräuschen aus den einzelnen Turmetagen, dem *Galactic Center,* der Erde, dem Sonnensystem, der Milchstraße, dem Universum.

Die Vlubbs verabscheuten das gesamte Universum. Und was das betraf – sie verabscheuten auch alle anderen Universen; sowohl die real existierenden als auch jene, die es nur in der Vorstellung besonders phantasievoller Zeitgenossen gab. Das einzige, was die Vlubbs noch mehr verabscheuten als das Universum, war der Gedanke, daß es Wesen gab, die sich in dem von ihnen verabscheuten Universum wohl fühlten.

Auch das schlußfolgerte O'Hack durch metalogisches Denken, und als er weiter nachdachte, begann er zu ahnen, woher die Vlubbs kamen, und diese Ahnung erfüllte ihn mit Entsetzen.

Famos O'Hack fröstelte, holte tief Luft – und hätte fast einen Vlubb eingeatmet. Die nur daumenlange Kreatur hing unter seiner Nase und sah ihn mürrisch an. O'Hack lächelte verzerrt und atmete hastig aus. Der Vlubb wurde von dem Luftzug gepackt und verschwand zwischen seinen zahllosen Artgenossen.

Die Mienen der Vlubbs wurden noch um eine Spur mürrischer. Dann, wie auf ein geheimes Zeichen hin, verschwanden sie nach und nach wieder in der Wand des Antigravschachts. Eine Minute nach ihrem Auftauchen war kein Vlubb mehr zu sehen.

O'Hack ächzte vor Erleichterung.

Idiot! sagte er sich. *Der Krieg hat noch nicht begonnen! Du hast keinen Grund, erleichtert zu sein!*

O'Hack verzichtete auf eine Antwort. Aus Erfahrung wußte er, daß er auf Widerspruch äußerst allergisch reagierte, und wenn er allergisch reagierte, litt er unter Kopfschmerzen.

Er schwang sich aus dem Ausstieg, rannte durch den Korridor zu seinem Büro, öffnete die Tür, stürzte in den Raum, schmetterte die Tür hinter sich ins Schloß und sprang mit einem gutturalen Laut an den antiken Kronleuchter. Exakt zwei Minuten schaukelte er selbstversunken hin und her, ließ den Kronleuchter dann abrupt los und fiel krachend auf den Schreibtisch.

Wie immer brachte ihn der Aufprall auf eine Idee.

Er mußte die Bewohner des Turms alarmieren und vor den Vlubbs warnen. *Eine Armee!* dachte O'Hack. *Ich brauche eine Armee!*

Er rutschte vom Tisch in seinen Sessel, schaltete mit einem Fausthieb das Videofon ein und wählte aus einem Instinkt heraus die Nummer des Matten-Willys Musemus. Sekunden später erschienen sechs verknotete und drei unverknotete Stielaugen auf dem Monitor. Ein zehntes Auge tauchte auf; an dem Stiel aus weißem Protoplasma hing ein Miniaturtranslator.

»Hallo, Mr. O'Hack«, grüßte Musemus leutselig. »Was macht die Kunst?«

»Wenn Sie die Kriegskunst meinen, Exzellenz, verstehen wir uns besser, als ich gehofft habe.« O'Hack pochte mit dem Knöchel des rechten Zeigefingers gegen seine *Brainstorming*-Kappe, schlug anschließend mit der Faust zu und wartete, bis das Dröhnen in seinem Schädel nachließ. Dann hob er beschwörend die Hände. »Herr Botschafter, im Namen der freien Menschheit bitte ich Sie um Ihre Hilfe!«

Musemus entknotete zwei Stielaugen. »Sie sind doch nicht pleite, Famos, oder?« fragte er argwöhnisch. »Sie stören mich doch nicht bei meinen völkerverbindenden Pflichten als Botschafter des Zentralplasmas, um mich um ein paar Solar anzupumpen?«

»Die Vlubbs greifen an!« schrie O'Hack.

Für ein paar Sekunden verschwand Musemus aus dem Erfassungsbereich des Videofons. Als er wieder sichtbar wurde, machte er einen aufgelösten Eindruck: Alle Stielaugen waren entknotet.

»Die Vlubbs?« echote er. »Außerirdische Invasoren?«

»*Ex*vasoren, Exzellenz«, berichtigte O'Hack. »Die Vlubbs sind Exvasoren. Es handelt sich bei ihnen um die wahren Ureinwohner Terras, und sie haben ihr Dasein als Quarks aufgegeben, um uns Terraner von der Erde zu vertreiben.«

»Quark?« fragte Musemus. »Eine terranische Milchspeise, nicht wahr?«

»Unsinn! Ich meine die subatomaren Teilchen, aus denen die Hadronen bestehen. *Quarks,* Exzellenz! *Up, down, strange, charm, beauty, truth.* Sechs verschiedene Sorten von Quarks mit sechs verschiedenen Flavours und drei verschiedenen Farben. Die Quantenchromodynamik! Acht Arten von Gluonen, die die Quarks zusammenkleben.« O'Hack gestikulierte. »Verstehen Sie? Die Vlubbs sind das siebte Quark! Farbe Violett; Flavour ugly. *Ugly,* Exzellenz! Zu ugly, um von der Farbkraft festgehalten zu werden. Obwohl die Farbkraft normalerweise wächst, je größer der Abstand zwischen den Quarks wird. Aber bei den Vlubbs ist es anders. Bei ihnen wächst nicht die Farbkraft, sondern die Vlubbs wachsen selbst! Sie verwandeln die Energie der Farbkraft in Materie, sprengen die Grenzen ihres häuslichen Hadrons, sprengen die Grenzen des Atoms und tropfen dann in Gestalt von zweibeinigen violetten Rasierpinseln mit grünem Borstenhaar aus der Wand des Antigravschachts. Aber die Pinselgestalt ist eine Maske. Eine Maske, Exzellenz! Nur dazu gedacht, uns Terranern einzureden, wir hätten es nur mit mürrischen, aber harmlosen violetten Rasierpinseln auf zwei Beinen zu tun. Wir sind in schrecklicher Gefahr! Wenn die Vlubbs wirklich Ex-Quarks sind – und das sind sie nach der Metalogik –, dann sind sie in der Lage, ihre Zahl ins Unendliche zu steigern. Sie reproduzieren sich milliardenfach, billionenfach, trilliardenfach! Begreifen Sie doch endlich – die potentielle Zahl der Vlubbs übertrifft sogar die Zahl der Atome, aus denen die Erde besteht, da sich jedes Atom aus vielen Hadronen – Protonen, Neutronen, Elektronen, Myonen, Neutrinos – zusammensetzt und alle Hadronen aus Quarks bestehen und mindestens jedes siebte Quark ein Vlubb ist.«

Der Matten-Willy wedelte besorgt mit einem Stielauge. »Seit wann sehen Sie diese, äh, Vlubbs, mein bester Famos?«

»Seit wann?« O'Hack runzelte die Stirn. »Sie sind vor einigen Minuten zum erstenmal aufgetaucht und gleich wieder verschwunden. Im Antigravschacht. Auf dem Weg von der Kantine zu meinem Büro.«

»Sie haben nicht zufällig etwas Alkoholisches getrunken?« fragte Musemus leichthin.

»Nur einen *Echo-Cocktail,* aber ...«

»Ha!« fiel ihm Musemus ins Wort. »Ich wußte es! Hören Sie, Famos. Diese Cocktails darf man nicht unterschätzen. Ich habe Geschichten über ihre Wirkung gehört; Geschichten – Ihnen würden sich die Haare sträuben.« Musemus schwieg einen Moment und schob seine Stielaugen näher an das Videofon. »Da wir gerade von Haaren sprechen ... Sie haben einen starken Bartwuchs, nicht wahr?«

O'Hack tastete über sein Kinn. Bartstoppeln! Und sein Handrücken war von einem graubraunen Flaum bedeckt. Er winkte ab. »Machen Sie sich darüber keine Gedanken. Ich bin eben ein sehr männlicher Typ, ha, ha.« Im stillen fluchte er. Ausgerechnet jetzt!

»Nun gut«, erklärte Musemus. »Wie gesagt, bei diesen, äh, Vlubbs hat es sich nur um Halluzinationen gehandelt, ausgelöst durch den *Echo-Cocktail.* Schlafen Sie ein paar Stunden, dann sieht die Welt wieder ganz normal aus. In diesem Sinn!«

Der Bildschirm des Videofons erlosch.

Mit einem gutturalen Laut sprang O'Hack von seinem Sessel, rannte an den Waffenschränken vorbei, die eine ganze Wand des fensterlosen Büros einnahmen, stürzte ins Nebenzimmer und in das angrenzende Bad. Aus dem Spiegel sah ihm ein behaartes Monstrum von menschlicher Gestalt entgegen. Das Monstrum war er, Famos O'Hack. Fingerlange Bartstoppeln bedeckten Hals, Kinn und Wangen; die Brauen sahen wie Schuhbürsten aus; selbst unter der *Brainstorming*-Kappe quollen graubraune Zotteln hervor. Mit einer Verwünschung griff O'Hack nach der Dose mit dem Rasierschaum und schäumte sich ein.

Ein Glück, daß Musemus ihn gewarnt hatte!

Er hätte daran denken müssen, daß der nächste Zyklus kurz bevorstand. Ein derartiger Fehler konnte seine ganze Tarnung ruinieren.

Denn Famos O'Hack war – so menschlich er auch zuweilen aussah – kein Mensch!

O'Hack stammte nicht einmal aus der Milchstraße, sondern aus einer Galaxis, die viele Millionen Lichtjahre entfernt in einem Galaxienhaufen namens Haar der Berenice lag.

Von einem weisen, gütigen und fast allmächtigen Wesen war Famos O'Hack – richtiger Name: Fa Mosoh A Ck – bei Nacht und Nebel von seinem Heimatplaneten entführt und vor die Wahl gestellt worden: Entweder dienst du mir weisem, gutmütigem und fast allmächtigem Wesen – oder RÜBE AB! Fa Mosoh A Ck hatte sich für den Dienst entschieden. Seine Aufgabe: für das weise, gütige und fast allmächtige Wesen den Planeten Terra auszukundschaften, da das weise, gütige und fast allmächtige Wesen in all seiner Weisheit, Güte und Allmacht plante, den Planeten Terra samt Bewohnern in Schutt und Asche zu legen. So war O'Hack vor rund zweihundert Jahren nach Terra gekommen, und seitdem hatte er nichts mehr von dem weisen, gütigen und fast allmächtigen Wesen gehört.

Er vermutete, daß es Streit mit einem weiseren, gütigeren und etwas mächtigeren Wesen bekommen und es unklugerweise abgelehnt hatte, in den Dienst dieses weiseren, gütigeren und etwas mächtigeren Wesen zu treten.

Seit seiner Ankunft war O'Hack bestrebt, seine wahre Herkunft zu verheimlichen, was nicht unproblematisch war: Wie alle Bewohner des Galaxienhaufens Haar der Berenice litt er unter extremem Haarwuchs – Hypertrichose; zum Glück aber nur in zyklischen Schüben. Und genau das war jetzt geschehen.

Ausgerechnet jetzt! dachte O'Hack. *Ausgerechnet, wo die Vlubbs zum Krieg gegen meine Wahlheimat rüsten!*

Der Rasierschaum erfüllte seine Pflicht: Die Haare lösten sich von der Haut.

Gleichzeitig tropften die ersten Vlubbs aus der Spiegelfläche. Zu Dutzenden fielen sie in das Waschbecken, bis es zum Rand mit Vlubbs gefüllt war und die violetten Pinselwesen über den Rand und auf die Fliesen purzelten. Weitere Vlubbs tropften von der Decke, aus den Wänden, aus O'Hacks Kleidung. Binnen weniger Sekunden stand O'Hack bis zu den Knien in den wimmelnden Vlubbs.

Es war gespenstisch.

Keiner der Exvasoren sagte ein Wort. Stumm und mürrisch wimmelten sie auf dem Boden herum, und es wurden immer mehr. Bald reichten sie

O'Hack bis zu den Hüften, dann bis zu den Schultern, schließlich bis zum Hals. Aufbrüllend, mit rudernden Armen bahnte sich der außerirdische Denkfabrikant einen Weg durch den See aus subatomaren Eroberern und riß die Badezimmertür auf. Eine Vlubb-Lawine rollte ihm entgegen.

O'Hack gurgelte, spuckte einen Vlubb aus, der ihm zwischen die Zähne geraten war, und kämpfte sich blind weiter.

Heimtückische Biester! dachte er. *Sie haben keine Arme, keine Hände, um Waffen zu tragen und Feuerknöpfe zu drücken, aber sie haben für dieses Problem eine Lösung gefunden. Eine schreckliche Lösung: Ihre Zahl, ihre unendlich große Menge ist ihre Waffe! Ihre unvorstellbare Vermehrungsrate verleiht ihnen militärstrategische Overkill-Fähigkeiten. Es gibt keine erfolgversprechende Verteidigung gegen einen Feind, der zur Not den ganzen Planeten kilometerhoch mit seinen Soldaten bedecken kann.*

Seine blind tastenden Hände berührten den Rahmen der Bürotür. Die Waffenschränke! Er mußte an die Waffenschränke gelangen!

Auch das Büro war bis unter die Decke mit wimmelnden, mürrischen Vlubbs gefüllt. Ihre Borstenhaare kitzelten in O'Hacks Nase, seinem Gesicht, seinem Nacken. Vielleicht ein Dutzend der Pinselkreaturen hatten es irgendwie geschafft, unter seinen enganliegenden Overall zu schlüpfen, und er fühlte ihre winzigen Beine wie Käfer über seine Haut krabbeln.

Endlich! Ein Waffenschrank!

Mit grimmiger Entschlossenheit fuhr O'Hack mit der Hand über die Schranktür, bis er den Infrarotsensor gefunden hatte und der Sensor die Verriegelung löste. Er riß den Schrank auf, und eine neue Vlubb-Lawine kam ihm entgegengerutscht.

Wahllos griff er nach einem Exemplar seiner bunt zusammengewürfelten Waffensammlung, stieß den Lauf in das Gewimmel der violetten Pinselkreaturen, tastete nach dem Feuerknopf und …

Jemand klopfte wild gegen die Tür. Dann hörte er Pans Stimme. Er achtete kaum auf das Gebrabbel des Detektivs, da er vollauf damit beschäftigt war, einige vorwitzige Vlubbs aus der Gewehrmündung herauszufischen. Dann brüllte er Pan zu, er sollte verschwinden, und gab einen Schuß ab.

Eine donnernde Explosion. Der Rückstoß war so stark, daß es O'Hack von den Beinen riß. Er verlor die Waffe, und sie verschwand im Meer der krabbelnden Vlubbs. Kurz darauf fiel ein weiterer Schuß. Die Exvasoren schienen versehentlich den Auslöser betätigt zu haben, doch zu O'Hacks Enttäuschung zeigten die beiden Schüsse keine Wirkung – sah man davon ab, daß ihn der Donner halb taub gemacht und daß der Explosionsdruck die Vlubbs tüchtig durcheinandergewirbelt hatte.

Mit zusammengebissenen Zähnen kroch O'Hack in die Richtung, in der er die Tür vermutete. Er hatte die Augen geschlossen, da er den Anblick der mürrischen Vlubb-Gesichter nicht mehr ertragen konnte, und Vlubbs waren alles, was er sah.

Nach einigem Suchen fand er die Tür, preßte sein Ohr gegen das Plastikmaterial und horchte.

Nichts. Pan mußte sich wieder entfernt haben. Oder er lag auf dem Boden des Korridors, unter einem Berg aus Vlubbs. O'Hack runzelte die Stirn. Erst jetzt wurde ihm bewußt, daß die Vlubbs so gut wie nichts wogen. Er griff mit zwei spitzen Fingern nach einer Pinselkreatur. Sie war leicht. Und klebrig. Wie … Zuckerwatte. Einen Moment lang ertrug er den verdrossenen Blick der Kreatur, dann schüttelte er sie ab.

Daß die Exvasoren kaum etwas wogen, war Glück im Unglück. Andernfalls wäre er schon längst zerdrückt worden.

Trotzdem kostete es einige Mühe, die Tür gegen den Druck der Vlubb-Massen einen Spaltbreit zu öffnen. Die Pinselwesen rieselten durch den Spalt auf den Korridor und versickerten augenblicklich im Boden.

O'Hack lachte vor Erleichterung. Noch beschränkten sich die Exvasoren auf den Antigravschacht und seine Denkfabrik. Noch bestand eine Chance, eine schlagkräftige Armee zusammenzustellen und den Kampf gegen die Vlubbs aufzunehmen.

Ächzend zwängte er sich durch den Spalt, zerrte die Tür zu und verriegelte sie mit seiner ID-Karte. Ohne sich eine Pause zu gönnen, rannte er zum Antigravschacht, aber dann fiel ihm ein, daß der Schacht bereits von den Exvasoren okkupiert war, und er wandte sich zum Notausgang, der ins Treppenhaus des Turmes führte.

Auf dem Treppenabsatz lag die Müllamöbe, und auf ihr lag Cynthia. Die Amöbe hatte aus ihrem rosa Protoplasma eine Couch geformt, und mit dem Rest ihrer Körpersubstanz bildete sie soeben ein Dutzend Hände, die begehrlich nach dem rosa Schleifchen in Cynthias Haar tasteten.

»Das ist ja nicht zu fassen!« sagte Famos O'Hack erschüttert. »Die Vlubbs erobern die Erde, und Sie geben sich derweil dem Lotterleben hin!«

Cynthia Vandermor fuhr zusammen und fiel dabei von der Amöbencouch auf die Stufen. Sie quiekte. Die Müllamöbe schmatzte enttäuscht. »Dabei hätte ich es fast geschafft«, seufzte sie.

O'Hack warf ihr einen vernichtenden Blick zu, beugte sich dann nach vorn und half Cynthia beim Aufstehen. Die junge blonde Frau mit dem Engelsgesicht funkelte ihn zuerst wütend, dann verächtlich, dann gehässig an.

»Spanner«, sagte sie.

»Wie bitte?« fragte O'Hack.

»Lustmolch!«

»Ich verbitte mir diese Beleidigungen!« brüllte O'Hack.

Die Müllamöbe schmolz wieder zu einem schrankgroßen Protoplasmaklumpen zusammen. »Was ist ein Lustmolch?« schmatzte sie interessiert. »Ich habe selten einen hübscheren Namen gehört. Ich meine, immerhin bin ich noch namenlos, und Cynthia und ich waren gerade dabei, einen Namen für mich zu finden, als Sie unsere Idylle störten, Famos. Wir dachten, wir hätten wenigstens hier im Treppenhaus unsere Ruhe, aber hier ist es ja noch schlimmer als unten in der Kantine. Erst dieser fackelschwingende Wahnsinnige; dann der Matten-Willy, der wie ein Verrückter die Treppe hinunterschoß und dabei etwas wie *Quark, Quark, Quark!* kreischte ...«

»Musemus«, sagte Cynthia. »Das war Musemus.«

»Ich kenne ihn«, nickte O'Hack. »Vor zehn Minuten habe ich mit ihm gesprochen. Er hielt mich für verrückt.«

»Vielleicht haben Sie ihn angesteckt«, bemerkte Cynthia spitz.

»... und nach dem Matten-Willy diese Horde grauer, langnasiger Zwerge, die sich mitten auf der Treppe in Luft aufgelöst haben.« Die Müllamöbe schmatzte trübsinnig. »Vielleicht hätten wir doch unten in der Kantine bleiben sollen, liebste Cynthia.«

»Unsinn«, wehrte die Blondine ab. Sie strich ihr Haar zurecht und zupfte an ihrem entzückenden rosa Schleifchen. »In dem Gewimmel hätte ich es keine Sekunde länger ausgehalten. Einfach gräßlich! All das viele Essen, das überall herumläuft ...«

O'Hacks Kopf ruckte herum. »Überall herumläuft?«

Die Müllamöbe formte mit einem sumpfigen Laut ein großes Ohr. »Sind Sie es, Famos, der da spricht, oder ist es der *Echo-Cocktail,* den Sie getrunken haben?«

O'Hack ignorierte die Frage. Er packte Cynthias Schultern und schüttelte sie hin und her. »Wie war das mit dem vielen Essen, das unten in der Kantine herumläuft? Reden Sie schon! Es geht um das Überleben der menschlichen Rasse, Cynthia!« Sie sah ihn nur mit entsetzten Augen an. »Sie sollen reden!« brüllte O'Hack. Er schüttelte sie heftiger; eine Hand rutschte höher, umklammerte ihre Kehle, schüttelte sie, daß ihr Körper wie ein Punchingball hin und her wackelte, aber statt zu reden, lief Cynthia nur blau an. O'Hack wurde von Wut gepackt – von jener heißen Wut, für die die haarigen Bewohner des Haars der Berenice berüchtigt waren.

»Sie sollen reden! Reden! Reden!« kreischte O'Hack. Er hielt noch immer Cynthias Kehle und Schulter umklammert, schüttelte und rüttelte wie ein Besessener, hopste dabei fortwährend auf und ab und entwickelte alles in allem eine bedauerliche Ähnlichkeit mit dem Meisterspion T.E.U.F.E.L. Cynthia entwickelte indessen eine bedauerliche Ähnlichkeit mit der Horror-Maske einer Strangulierten. Sie gurgelte, und entzückt über ihre plötzliche Gesprächsbereitschaft, neigte Famos O'Hack den Kopf und brachte sein Ohr dicht an ihre Lippen. »Ja, ja?«

Zwei rosa Pseudopodien packten ihn von hinten an den Schultern, zwei weitere wanden sich um seine Arme, und ein besonders dicker Tentakel legte sich um seine Brust. Keuchend ließ O'Hack Cynthias Schulter los. Der Tentakeldruck verstärkte sich, bis er die Hände von Cynthias Kehle löste. Cynthia gurgelte und tastete haltsuchend nach dem Geländer. Sie atmete in tiefen, gierigen Zügen. Allmählich normalisierte sich ihre ungesunde Gesichtsfarbe wieder. Dann begann sie zu schreien.

»Sehen Sie nur, was Sie angerichtet haben, Sie Scheusal«, schmatzte die Müllamöbe. »Wie können Sie es wagen, die reizende Cynthia zu strangulieren?«

O'Hack entschied, daß dies der richtige Moment war, sein Transplant-Minikom zu aktivieren und Lukas Lorrimer um Hilfe anzufunken. Mental formulierte er die Sätze, spürte, wie sie vom Minikom aufgenommen wurden und ein gespenstisches Eigenleben entfalteten, bis der Sender den Spruch abstrahlte. Er entspannte sich. Es konnte nicht mehr lange dauern, bis Lukas Lorrimer herbeieilte, um seinem alten Freund O'Hack zur Seite zu stehen. O'Hack würde ihm detailliert berichten, in welch eindeutiger Position Cynthia und die Amöbe von ihm ertappt worden waren, und Lorrimer – ohnehin kein Amöbenfreund – würde das schmatzende Ungeheuer zum Teufel jagen.

Derart beruhigt, gestattete sich Famos O'Hack ein höhnisches Grinsen. »Ich wette, ihr beide steckt mit den Vlubbs unter einer Decke. Was haben sie euch für euren Verrat an Terra versprochen? Geld? Macht? Gurkensalat?«

»Gurkensalat«, erklärte die Amöbe, »ist für meinen jetzigen Metabolismus giftig. Wer von uns erst einmal unter dem segensreichen Einfluß einer Salatgurke mutiert ist, muß ihrem Genuß für alle Zeit entsagen. Tragisch, aber nicht zu ändern.«

Cynthia Vandermor massierte ihren Hals; die fleckigen Würgemale sahen wie exotische Tätowierungen aus.

»Großer Gott!« keuchte die blonde Frau. »Sie müssen wirklich verrückt sein, O'Hack! Wovon reden Sie eigentlich? Was sind Vlubbs? Was soll das Gefasel von Verrat, Geld und Gurkensalat?«

O'Hacks höhnisches Grinsen wurde noch um eine Spur höhnischer. Er fühlte sich großartig. Fast glaubte er, Lorrimers festen Schritt jenseits der feuersicheren Tür des Notausgangs zu hören.

»Natürlich«, brummte der Denkfabrikant. »Ein reizendes Pärchen. Bonnie und Clyde, eh? Mata Hari und Hara Kiri, was? Vielleicht kommt ihr ebenfalls aus dem subatomaren Bereich. Wie die Vlubbs. Nur ist bei euch die Gluon-Dosis ein wenig zu hoch geraten … Das würde einiges erklären.«

»Er ist krank«, wandte sich die Müllamöbe bekümmert an Cynthia. »Ich wußte es. Wer so eine verrückte Kappe trägt, der muß krank sein.«

O'Hack sah sich nervös um. Wo blieb nur der verdammte Lorrimer? Er mußte den Funkspruch doch empfangen haben! Selbst wenn er sich nicht in seinem Büro aufhielt – sein Videofon war programmiert, jeden Anruf auf den Beeper zu legen, den Lorrimer in der Tasche trug, oder auf den schrottreifen Gleiter, mit dem er den Himmel über Terrania zu verunsichern pflegte. Aber wenn der Gleiter abgestürzt war? Zusammen mit Lukas Lorrimer? Wer würde ihm dann helfen?

Cynthia stemmte die Arme in die Hüften. »Ich habe Sie gefragt, was diese Vlubbs sind, Famos, von denen Sie die ganze Zeit faseln.«

»Quarks«, sagte O'Hack.

»Es muß ansteckend sein«, bemerkte die Amöbe. »Der Matten-Willy hat ebenfalls nach Quark gebrüllt. Vielleicht eine Stoffwechselkrankheit, die sich nur durch Eiweiß in Form von Speisequark heilen läßt?«

»Quarks«, wiederholte O'Hack betont. »Nicht Quark. Die Vlubbs sind milliardenfach vergrößerte Quarks der Farbklasse Violett und des Flavourtyps *Ugly.* Durch Umwandlung der den Gluonen innewohnenden Farbkraft in Materie lösen sich die violetten *Ugly*-Quarks aus der Verbindung mit ihren Nachbarquarks, wachsen und wachsen, bis sie aus dem subatomaren Bereich herausgewachsen sind und in Gestalt zweibeiniger Rasierpinsel aus den Wänden oder der Decke tropfen. Sobald ein *Ugly*-Quark den subatomaren Bereich verlassen hat und Teil des Makrokosmos geworden ist, wird aus dem *Ugly*-Quark ein Vlubb: mürrisch, schweigsam, eroberungslüstern.«

Famos O'Hack holte tief Luft.

»Die Vlubbs sind Exvasoren und wollen mit der Waffe der Überbevölkerung Terra erobern. Ich sage: Hütet euch!«

Cynthia und die Müllamöbe wechselten einen schnellen Blick. »Sie sagen, Ihre Vlubbs sehen wie zweibeinige Rasierpinsel aus?«

»Mit violetter Haut und grünem Borstenhaar«, nickte O'Hack. »Und sie sagen nie ein Wort. Griesgrämig starren sie vor sich hin, als würde das Universum nur existieren, um sie zu quälen, aber keine Klage dringt über ihre Lippen.«

»Woher«, fuhr Cynthia bedächtig fort, »woher wissen Sie eigentlich, daß diese, äh, Vlubbs in Wirklichkeit Elementarteilchen und durch die

Umwandlung subatomarer Bindekräfte ins Riesenhafte gewachsen sind? Ich meine, ist nicht auch irgendeine andere Erklärung denkbar?«

»Denkbar ist alles, sofern man denken kann«, erwiderte O'Hack mit überlegenem Lächeln. »Aber in Sachen Vlubbs ist kein Irrtum möglich. Meine Erkenntnisse habe ich durch metalogisches Denken gewonnen – durch die höchstentwickelte Form neurochemoelektrischer Prozesse. Die Rasierpinselgestalt wurde zweifellos von einem Kundschafter-Quark – dem ersten Vlubb – getestet und nach dem erfolgreichen Test an die Myriaden wartenden *Ugly*-Quarks in ihren heimischen Hadronen übermittelt – vielleicht in Form einer ›Blaupause‹, die sich über das Energieniveau eines virtuellen Photons definiert. Wie jeder Narr weiß, besitzt ein virtuelles Photon eine Energie von mehreren Milliarden Elektronenvolt und ist von so kurzer Lebensdauer, daß man es nie beobachten kann. Eine perfekte Tarnung! Und bezeichnenderweise zerfällt ein derart hochenergetisches virtuelles Photon in ein Quark und ein Antiquark. Genügt Ihnen das als Beweis?« O'Hack sah seine beiden Widersacher lauernd an. »Aber als Vlubb-Agenten sind Sie über diese Dinge natürlich voll informiert ...«

»Jetzt verstehe ich!« rief Cynthia. Ihre Augen wurden groß. »Er meint die Eastside-Zuckerwatte! Er meint das *Vülüvü!*«

»Vlubbs«, beharrte O'Hack. »Sie heißen Vlubbs, nicht Vülüvü. Und ich weiß auch, was die *Ugly*-Quarks dazu veranlaßt hat, ihre subatomare Daseinsform mit der Daseinsform als Rasierpinsel-Attrappe zu vertauschen. Es muß mit den Temporalinterferenzen der Zeitspione zusammenhängen. Die Zeitspione haben bei ihrer Reise in unsere Ära eine temporalenergetische Schockwelle ausgelöst, die nicht nur Kaiser Nero in Pans Büro versetzte, sondern auch den subatomaren Bereich bis in die Grundfesten erschütterte und die Quarks dazu veranlaßte, ihren seit langem gehegten Plan zur Exvasion Terras in die Tat umzusetzen.« Er lächelte breit und pochte mit dem Fingerknöchel gegen seine *Brainstorming*-Kappe. »All das habe ich durch metalogisches Nachdenken herausgefunden.«

Die Müllamöbe schmatzte. »Vielleicht hat er recht, Cynthia«, sagte sie zu der Blondine. »Vielleicht hat uns Y'ürp belogen, und die Pinsel, die unten in der Kantine herumwimmeln, sind gar keine Vülüvü, sondern Vlubbs ...«

»Ha!« schrie O'Hack. »Es stimmt also! Die Vlubbs sind dabei, die Kantine zu erobern und in einen Brückenkopf umzuwandeln. Natürlich! Mein Büro muß ihnen zu klein gewesen sein!«

»Sie unterliegen einem schrecklichen Irrtum, Famos«, sagte Cynthia beschwörend. »Dieses Vülüvü ist ...«

Aber O'Hack nutzte die günstige Gelegenheit, sprang mit einem Satz über die Müllamöbe hinweg und raste die Treppe hinunter.

»Famos!« schrie ihm die Müllamöbe nach. »So warten Sie doch!«

Der Denkfabrikant lachte schrill. Diese Verräter würden ihn nicht aufhalten! Niemand würde ihn aufhalten. Und wenn Lukas Lorrimer seinen Notruf ignorierte, würde er eben allein in den Krieg gegen die Vlubbs ziehen.

Im ersten Stock verharrte O'Hack, wartete, bis sich sein hämmernder Herzschlag wieder normalisiert hatte, und horchte. Nervöses Gezwitscher. Scheppern und Klirren. Neues Zwitschern. Das mußte der Blue sein. Y'ürp war also noch am Leben und kämpfte tapfer gegen die Exvasoren! O'Hack wurde warm ums Herz. Der gute alte Blue! Terraner und Müllamöben wurden zu Verrätern an der Menschheit, aber ein Blue wie Y'ürp stellte sich unerschrocken den Feinden entgegen.

O'Hack griff mit beiden Händen nach der *Brainstorming*-Kappe und drückte kurz. Ein Knacken, ein elektrisches Knistern und ein Schwächegefühl – dann konnte er die Kappe problemlos vom Kopf nehmen. Zum Vorschein kam ein kahler Schädel mit einer trichterförmigen Vertiefung, die die gesamte Schädelhöhle einnahm. Famos O'Hack wog sein Gehirn – denn die *Brainstorming*-Kappe war in Wirklichkeit ein externes Gehirn, das sich als *Brainstorming*-Kappe tarnte –, Famos O'Hack wog sein Gehirn nachdenklich in der Hand und drehte vorsichtig an einigen Drüsen, die für uneingeweihte Beobachter wie altmodische Vakuumröhren aussahen. Wieder ein elektrisches Knistern, gefolgt von einem stärkeren Schwächegefühl. Der Trichter an der Unterseite der Kappe leuchtete kurz auf.

O'Hack seufzte vor Erleichterung.

Was bei den Terranern nur eine Redewendung war – *Mensch, benutze doch dein Gehirn* –, gehörte bei den haarigen Bewohnern des Haars der Berenice zu den alltäglichen Dingen des Lebens. Pure Notwendigkeit, denn im Haar der Berenice war alles und jeder intelligent –, zum Beispiel Steine, Würmer, Steuerbescheide –, und nur wer sein Gehirn so vielseitig wie möglich nutzte, konnte auf die Dauer überleben. O'Hack hatte gelernt, sein Gehirn vielseitig zu benutzen, so auch als Waffe, und deshalb lebte O'Hack noch und die Steuerbescheide nicht.

Mit dem Gehirn – beziehungsweise mit der Waffe – in der Hand stürzte O'Hack die letzten Stufen hinunter und rüttelte an der massiven, feuersicheren Tür, die den Zugang zur Kantine blockierte. Er drückte die freie Hand gegen den Infrarotsensor, aber die Tür rührte sich nicht. Mit einem Fluch trat O'Hack ein paar Schritte zurück, legte das Gehirn an, zielte und schoß. Eine orangerote Entladung, und die Tür zerfiel zu Staub. Triumphierend heulte der Denkfabrikant auf und stürmte durch die Öffnung.

Die Kantine war ein Schlachtfeld.

Die Hologramme waren erloschen, Tische und Stühle umgekippt oder zertrümmert, die großen Fensterscheiben mit Blick auf den Kalup-Park rissig, gesplittert, rußgeschwärzt. Und überall wimmelte es von Vlubbs. Knietief bedeckten sie den Boden, krabbelten wie groteske Käfer an den Wänden hinauf und hinunter, tropften zu Hunderten und Tausenden von der Decke und betrachteten mürrisch ihre Umgebung. In einer Ecke tanzte ein Verrückter mit einer Fackel in der Hand und einem Lorbeerkranz auf dem Kopf um eine Anzahl Terraner, einen Unither und einen Matten-Willy – Musemus – und lachte schrill. Indessen verzehrten die Terraner mit offensichtlichem Genuß die wimmelnden Vlubbs. »Mr. O'Hack!« rief eine Stimme. Musemus, der Botschafter des posbischen Zentralplasmas, wedelte mit vier Stielaugen. »Sie hatten recht, Mr. O'Hack. Es lag doch nicht am *Echo-Cocktail.* Diese Kreaturen existieren tatsächlich ...«

Der Unither drängte den Matten-Willy zur Seite und richtete seinen Rüssel wie eine Trompete auf O'Hack. »Verzeihen Sie, Sir, aber haben Sie zufällig eine Terranerin namens Cynthia Vandermor getroffen? Sie trägt eine entzückend rosa Schleife in ihrem entzückenden blonden Haar. Mein Name ist Schugururg. Ich bin ihr Bräutigam.«

»Ihre Cynthia vergnügt sich mit der Müllamöbe«, sagte O'Hack. »Beide sind Agenten der Vlubbs. Und so eine Frau wollen Sie heiraten?«

Der Rüssel des Unithers erschlaffte.

O'Hack achtete nicht mehr auf ihn und suchte nach Y'ürp. Dort! Im Eingang zur Küche! Der Blue hantierte an einer chromblitzenden Maschine, die an eine Kreuzung zwischen einem antiken Grammophon und einem Hyperenergietransformator erinnerte, und stieß unablässig zwitschernde Wutschreie aus. Vlubbs krochen zu Hunderten aus dem Grammophontrichter heraus, spazierten verdrossen auf dem Oberteil der Maschine auf und ab, sprangen zu Boden oder auf Y'ürps Tellerkopf, blickten mürrisch drein, sagten nichts.

»Halten Sie aus, Y'ürp!« brüllte Famos O'Hack. »Ich rette Sie!«

Er hob das Waffengehirn und drückte ab. Die orangerote Entladung fraß eine breite Schneise durch die Vlubbs und die Trümmer der Einrichtung, und als die Entladung erlosch, hatten sich die Tische und Stühle in Staub verwandelt. Nur die Vlubbs blieben unbeschädigt. O'Hack knirschte mit den Zähnen, schaltete seine Waffe auf Dauerfeuer und bestrich methodisch die ganze Kantine mit dem molekülzertrümmernden Energiestrahl. Unbeirrt watete er durch die knietiefe Vlubb-Masse auf Y'ürp zu. Schließlich stellte er das Feuer ein. Krater und Furchen gähnten im Boden; überall lagen Staubhaufen; die letzten unbeschädigten Fensterscheiben waren spurlos verschwunden; die Wände waren durchlöchert; die Decke erinnerte an einen Schweizer Käse – aber die Vlubbs existierten noch immer.

O'Hack fluchte. Die subatomaren Eroberer waren gegen die molekülzertrümmernde Wirkung des Waffenstrahls gefeit!

Von der gesplitterten Glastür des Haupteingangs drang Lärm. O'Hack wirbelte herum und sah Lukas Lorrimer, Karnegoris Pan, eine junge Frau mit Flammenhaaren und eine Art Baum in die Kantine stürmen. Pan winkte ihm zu und schrie: »Da sind wir wieder, Famos!«

O'Hack lächelte verzerrt. Pan hatte schon immer eine Schwäche für überflüssige Bemerkungen gehabt. Er hörte ein seufzendes Rascheln; der Baum schabte seine Blätter gegeneinander und ließ gleichzeitig zwei Dutzend Ranken durch die Luft pfeifen und nach den Vlubbs greifen. »Würgen«, seufzte der Baum. »Viele Hoppler würgen …«

»Sind das die Vlubbs?« fragte Lorrimer.

O'Hack nickte.

»Passen Sie auf Ihre Freundin auf, Karnegoris«, wandte sich Lorrimer an Pan. »Denken Sie an die SCHRECKLICHE WAHRHEIT!«

»Hallo, Mr. Lorrimer!« trompetete der Unither. »Wissen Sie schon, daß unsere reizende Cynthia dem Charme einer Müllamöbe verfallen ist?«

Wie auf ein Stichwort betraten in diesem Moment Cynthia und die Amöbe die Kantine durch den Notausgang. Die rosa Protoplasmamasse der Amöbe wälzte sich genüßlich schmatzend über die wimmelnden Vlubbs. »Ausgesprochen schmackhaft«, bemerkte sie. »Wirklich köstlich.«

O'Hack schauderte, riß sich dann zusammen. Wenn die einzige Möglichkeit, die Vlubbs zu vernichten, darin bestand, sie zu verzehren, dann mußten sie eben ihre Skrupel vergessen.

»Cynthia, Cynthia!« schrie Lorrimer. »Geliebte Cynthia!«

»Allerliebste Cynthia!« trompetete der Unither. »Komm in meine Arme!«

Cynthia zögerte, lächelte unsicher und legte dann eine Hand auf die schmatzende Müllamöbe. »Ich bleibe bei Molchie«, erklärte sie mit fester Stimme. »Er ist der einzige Mann, der mich versteht.«

Lorrimer wurde blaß. Der Rüssel des Unithers erschlaffte. Die Müllamöbe wälzte sich an O'Hack vorbei und schmatzte: »Sie sollten das Vülüvü auch einmal probieren, Famos. Es ist vorzüglich.«

»Vlubbs«, brummte O'Hack geistesabwesend. »Es sind Vlubbs.« Er drehte wieder an den Drüsen seines Gehirns und setzte es vorsichtig auf den Kopf. Die Halterungen rasteten knackend ein. Dann räusperte er sich befeuchtete seine Lippen und griff nach einem Vlubb. Mürrisch sah ihm die Kreatur ins Gesicht. »Hm«, machte O'Hack. »Hm, hm.«

»Bei der schwarzen Kreatur des Todes!« zwitscherte Y'ürp. »Meine Kantine! Was ist mit meiner Kantine passiert?«

Nero lachte schrill. *»Omnia bello flagrant!«* rief er. »Überall lodert die Kriegsfackel.«

»Krieg?« Y'ürp löste sich von seiner Maschine. Seltsamerweise war der Vlubb-Strom aus dem Grammophontrichter versiegt. Auch von der Decke tropften keine Vlubbs mehr. »Krieg?« wiederholte Y'ürp. »Was redet der Kerl da?«

»Er war es«, trompetete der Unither. »Der Bursche mit der Fackel war es. Er kam hereingestürmt, als Sie mit der Vülüvü-Maschine beschäftigt waren. Während Sie verzweifelt versuchten, den Defekt zu finden, um die Maschine abzustellen, kippte der Verrückte alle Tische und Stühle um, zertrümmerte die Fensterscheiben und tobte wie entfesselt durch die Kantine. Dann fing er an, wild um uns herumzutanzen. Kurz darauf kam Mr. O'Hack herein. Mit einer Waffe; die Waffe sitzt jetzt auf seinem Kopf. Er zerstrahlte die Trümmer und die unversehrten Tische und Stühle. Ich persönlich habe nichts damit zu tun. Ich wollte nur Ihr Vülüvü kosten.«

»Plebem ad durorem impellit!« sagte Nero und bedrohte den Unither mit der Fackel. »Er hetzt das ganze Volk auf.«

»Aber da ist ja Nero«, stellte Karnegoris Pan überflüssigerweise fest. »Ich dachte, er würde mit den Zeitspionen verschwinden.«

»Salve!« Der zeitreisende Kaiser nickte Pan hoheitsvoll zu.

Y'ürp wackelte entsetzt mit dem Tellerkopf. »Meine Kantine«, jammerte er. »Meine schöne Kantine! Ein Trümmerhaufen.«

»Freunde! Soldaten!« Famos O'Hack machte eine ausholende Handbewegung. »Wir müssen uns endlich um die Vlubbs kümmern, solange der Nachschub unterbrochen ist. Unser Freund Molch, die Müllamöbe, hat ein Mittel gegen die Eroberer entdeckt. Man kann sie mit Energiestrahlen nicht vernichten, aber offenbar sind sie eßbar. Wir müssen die Bewohner des Turms zusammentrommeln und gemeinsam die Vlubbs verzehren, damit ...«

»Vlubbs?« unterbrach Y'ürp. »Was denn für Vlubbs?«

»Ich will verdammt sein!« O'Hack zeigte auf die wimmelnden Vlubbs. »Sehen Sie sie denn gar nicht, Y'ürp?«

Der Blue zwitscherte. »Aber das sind Vülüvü, Mr. O'Hack. Eine Eastside-Spezialität. Eine besondere Delikatesse.«

»Sie müssen den Verstand verloren haben«, sagte O'Hack.

»Aber nein!« Y'ürp wies auf die Maschine im Hintergrund. »Das da ist der Vülüvüator. Sein Entfernungsmesser ist defekt, und er läßt sich nur schwer abstellen. Statt das Vülüvü an Ort und Stelle zu erzeugen, produzierte er es in einem Umkreis von hundert Metern. Ich hatte den Defekt dem Hersteller gemeldet, aber es dauert eine Weile, bis der Wartungstechniker von Gatas eintrifft.«

»Ich verstehe kein Wort«, erklärte O'Hack. »Wollen Sie behaupten, daß es sich bei diesen Kreaturen nicht um subatomare Eroberer handelt?«

»Es handelt sich bei ihnen um Vülüvü«, erklärte Y'ürp. »Eine bluessche Spezialität, auch als Eastside-Zuckerwatte bekannt. Der Vülüvüator stellt das Vülüvü durch hyperenergetische Synthese her. Die Zutaten sind Wasserdampf und statische Elektrizität. Hyperenergetisch wird die Molekularstruktur des Wasserdampfs aufgelöst, neu gruppiert und in Zucker verwandelt. Der Zucker wird gesponnen und in die beliebte Pinselform gebracht und mit der statischen Elektrizität stabilisiert. Die Elektrostatik liefert auch die Bewegungsenergie. Aber wegen des defekten Entfernungsmessers produziert die Maschine das Vülüvü nicht nur hier in der Kantine, sondern überall im Turm.« Y'ürp kratzte sich am Tellerkopf. »Bei der grauen Kreatur des Nichts, ich dachte schon, ich würde sie nie mehr abstellen können.«

O'Hacks Stimme schwankte. »Sie meinen, man kann die Vlubbs … man kann … die Vlubbs sind hyperenergetisch erzeugte Süßspeisen?«

Y'ürp bückte sich, hob eine der mürrischen Kreaturen auf und schob sie in den Halsmund. Er kaute und schluckte. »Köstlich. Ich hoffe, die Form der Zuckerwatte irritiert sie nicht. Der Vülüvüator kann ihr jede gewünschte Form geben.«

O'Hack zitterte. Sein ganzes Weltbild fiel in sich zusammen. Er hatte sich geirrt. Er, der Denkfabrikant, hatte in die falsche Richtung gedacht. Benommen starrte er den Vlubb – das Vülüvü – in seiner Hand an, führte es zögernd zu den Lippen und knabberte an den grünen Borstenhaaren. Süß. Sehr süß. Und die vermeintlichen Haare lösten sich wie die Zuckerwatte auf, die es auf terranischen Jahrmärkten zu kaufen gab. Er schob den Pinsel ganz in den Mund und griff nach dem nächsten. »Wirklich sehr schmackhaft«, sagte er. »Köstlich, köstlich.«

Dann setzte er sich in das Gewimmel der Vlubbs, die in Wirklichkeit Vülüvü waren, und begann zu essen.

Karnegoris Pan, Lukas Lorrimer, der Matten-Willy Musemus, der Unither Schugururg, Cynthia Vandermor, die Müllamöbe Molchie, Y'ürp und der Würgebaum, selbst Nero und die gefühlsprogrammierte Robotdame Uta Nastassja Warziliwitsch schlossen sich O'Hacks Beispiel an und verzehrten systematisch die zweibeinigen Pinsel aus hyperenergetisch synthetisierter Zuckerwatte, bis auch der letzte Rest Vülüvü verschwunden war. Der Krieg gegen die Vlubbs war zu ENDE.

Terra-Terror-Tours

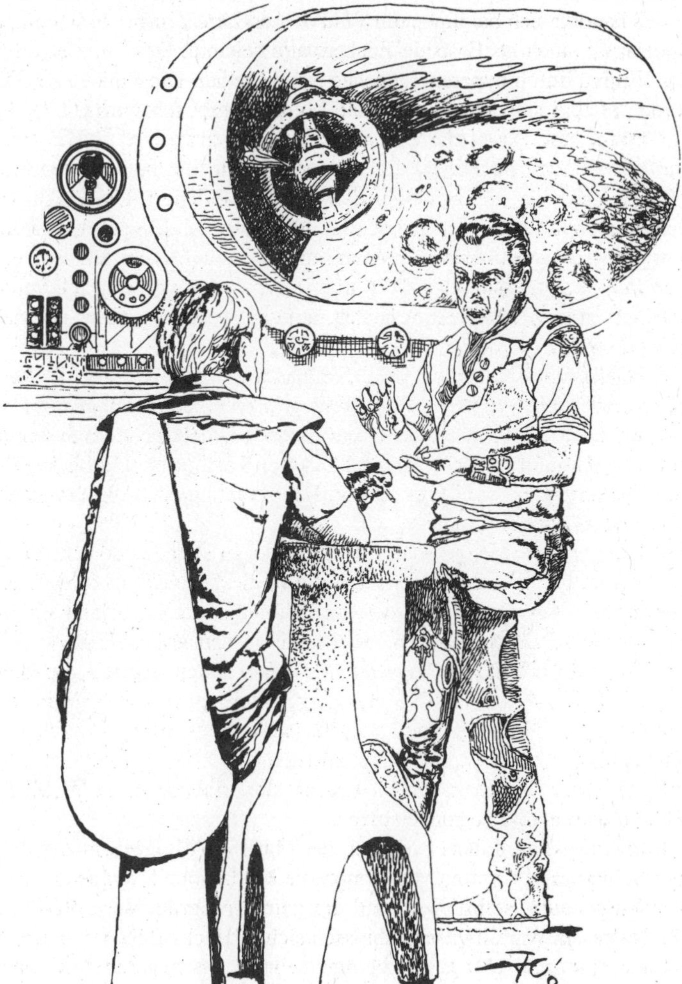

Nach Meinung der wenigen ernst zu nehmenden Galaktohistoriker gibt es drei Gründe für den phänomenalen Aufstieg der Erde zur bedeutendsten Wirtschaftsmacht der Milchstraße: 1. menschliche Geldgier; 2. menschliche Geldgier; 3. menschliche Geldgier. Der gatasische Terrapathologe I'Git bezeichnet in seinem mikroverfilmten Eastside-Bestseller DIE TERRANER SIND LOS *Geldgier als »die menschliche Eigenschaft par excellence und per definition«. Interessanterweise läßt sich der terranische Begriff »Geldgier« nur mit Mühe in eine der anderen großen galaktischen Sprachen übersetzen. Die Arkoniden, Springer und Blues haben ihn als Fremdwort übernommen. Exotische Völker wie die Unither oder die Posbis ziehen exotische Lösungen vor. Die Unither übersetzen Geldgier mit* Zustand der Raserei, in den ein terranischer Rüsselloser beim Anblick buntbedruckter rechteckiger Papierfetzen gerät, *und die Posbis verwenden ein kompliziertes hypermathematisches Symbol, das verblüffende Ähnlichkeit mit einer Zwangsjacke hat ... Ein dezenter Hinweis darauf, daß die menschliche Geldgier manchmal gespenstische Formen annimmt.*

Ein besonders erschütterndes und abschreckendes Beispiel ist aus dem 27. Jahrhundert überliefert. Die Rede ist von dem pathologisch geldgierigen Geschäftsmann Lukas Lorrimer und der im Herbst des Jahres 2613 erfolgten Gründung der Firma

TERRA-TERROR-TOURS
– Interstellare Touristik-Gesellschaft ohne jede Haftung –
Bildungsreisen, Abenteuer-Urlaub, Flitterwochen
STATT SUIZID EIN TERROR-TRIP MIT TTT

Bei der offiziellen Geschäftseröffnung in der Kantine des Galactic Center *waren trotz gewisser Probleme alle TTT-Gesellschafter zugegen ...*

1.

»Hat irgendein Narr an diesem Tisch etwas dagegen einzuwenden, da mich die Gesellschafterversammlung zum TTT-Geschäftsführer au Lebenszeit ernennt?« fragte Lukas Lorrimer. Vor ihm auf dem Tisch la ein entsichertes Kombistrahlgewehr, in der linken Hand hielt er eine Ter konitaxt und in der rechten einen Paralysator. Lauernd sah er die neu Gesellschafter am Tisch an. Als niemand widersprach, gab er Karnegori Pan einen Wink mit der Axt. »Protokollieren Sie das, Karnegoris. Dami später niemand behaupten kann, er hätte von nichts gewußt.«

Karnegoris Pan, wie alle anderen am Tisch persönlich auf keinen Fall haftender Gesellschafter von *Terra-Terror-Tours,* wackelte mit den modisch vergrößerten Ohrmuscheln. »Mein linker oberer Schneidezahn ist in Wirklichkeit eine vollautomatische Audio-Video-Wanze aus den mikropostronischen *Whistler*-Werken von Siga. Die Wanze zeichnet alles auf, was an diesem Tisch geschieht. Damit wäre das Problem der Protokollführung auf elegante Weise gelöst.«

»Durch eine Wanze«, sagte Lorrimer. »Großartig. Vielleicht sollten Sie sich Ihre elektrische Fliege in den Hinterkopf einpflanzen lassen, Karnegoris. Damit auch Sie endlich in den Genuß eines Gehirns kommen.«

»Was wollen Sie damit sagen?« fragte Pan voller Argwohn.

»Ersparen Sie mir eine ehrliche Antwort«, wehrte Lorrimer ab.

Er lehnte sich zurück und lockerte den Gurt seines schweren Kampfanzugs; an den magnetischen Gurthalterungen war ein ganzes Waffenarsenal befestigt: Anti-Robot-Granaten, Licht-, Schall- und Rauchbomben und ein halbes Dutzend gefälschte Kapitulationserklärungen. Er warf einen Blick über die Schulter; die Kantine war leer und dunkel, der Eingang verriegelt, die breite Fensterfront geschwärzt. Niemand im *Galactic Center* ahnte, daß in der Kantine eine konspirative Gesellschafterversammlung stattfand; vor allem nicht diese heimtückischen Finanzspinnen, die Lorrimer sein Monaten auf den Fersen waren.

Lorrimer legte Axt und Paralysator auf den Tisch. »Nun zum nächsten Punkt der Tagesordnung – in einer Woche beginnt die Reisesaison, und wir haben immer noch nicht das erste Abenteuer-Urlaubsprogramm zusammengestellt. Ich schlage vor …«

»Zuvor muß die Anwesenheit aller Gesellschafter protokolliert werden«, sagte Karnegoris Pan mit einer seltsamen Piepsstimme.

Lorrimer runzelte die Stirn. »Was ist mit Ihnen los?«

»Es war der Zahn«, erklärte Pan. Er wurde rot. »Die siganesische Audio-Video-Wanze. Sie hat gesprochen.«

»Großartig«, knurrte Lorrimer. »Warum sollen wir uns nicht von einer Wanze terrorisieren lassen? Warum sollen wir uns nicht dem Diktat einer Spionagemaschine beugen, die Sklaven eines verdammten Zahns werden und unsere Zeit mit sinnlosen Formalitäten verschwenden? Tun wir doch, was Ihr Zahn sagt, Pan.«

Er zog einen Zettel aus der Brusttasche seines Kampfanzugs, faltete ihn auseinander und sagte: »Ich verlese jetzt in alphabetischer Reihenfolge die Namen der Gesellschafter von *Terra-Terror-Tours.* Wer anwesend ist, hat seine Anwesenheit mit einem deutlichen Ja zu bestätigen. Wer der Sprache nicht mächtig ist, kann ersatzweise grunzen. Alle Abwesenden haben den Mund zu halten.«

»Und wenn jemand lieber inkognito bleiben möchte?« fragte der Matten-Willy Musemus. »Aus politischen Gründen?«

Lorrimer würdigte ihn keines Blickes. Er räusperte sich. »Also! Erstens: Chester Chiese; Terraner; im Hauptberuf Direktor des *Verlags für Kreativen Unrat,* im Nebenberuf Poet der diabolischen Dekadenz, in der ganzen Stadt als professioneller Trunkenbold und notorischer Zechpreller berüchtigt ...«

Am Ende des Tisches hob ein dünner, drahtiger, häßlicher und betrunkener Mann den Kopf. Auf seiner rechten Schulter saß eine zwanzig Zentimeter große Vurguzz-Flasche, ließ die Beine baumeln und kratzte sich am Flaschenhals. Der häßliche Mann war Chester Chiese, die Flasche war Goethe, ein positronischer Kreativ-Partner der *Whistler*-Werke im praxisnahen Design.

»Hier«, sagte Chiese mit schwerer Zunge. »Allerdings verbitte ich mir die beleidigenden Kommentare.«

»Es waren keine Beleidigungen, Chester«, versicherte Lorrimer. »Es waren Komplimente. Zweitens: Molch, topsidische Müllamöbe; im Hauptberuf Tellerwäscher und Kellner, im Nebenberuf Lüstling und Unhold, der Schrecken jeder anständigen terranischen Frau ...«

Der rosa Protoplasmaberg neben Chester Chiese wölbte sich über den Tisch und schmatzte: »Sie haben Glück, Lukas. Ich bin anwesend.«

»Nur körperlich; bestimmt nur körperlich«, sagte Lorrimer. »Drittens: Musemus; Matten-Willy; im Hauptberuf Botschafter des Zentralplasmas der Hundertsonnenwelt auf Terra, im Nebenberuf Vorsitzender des *Förderkreises Baden in Champagner ...«*

Musemus duckte sich auf seinem Platz gegenüber der Müllamöbe und verknotete peinlich berührt alle zwölf Stielaugen. »Bitte erinnern Sie mich nicht an mein verhängnisvolles Champagnerbad im Swimmingpool des *Interstellar*-Hotels, Mr. Lorrimer. Es ist mir so unangenehm ... Ich wünschte, ich wäre ertrunken.«

»Das wünschen wir uns alle, Musemus«, nickte Lorrimer. »Viertens: Nero; Römer; im Hauptberuf Gott und Kaiser, im Nebenberuf Brandstifter, durch gewissenlose Experimente der Zeitspione ins 27. Jahrhundert gelangt, wo er eine permanente Gefahr für die öffentliche Sicherheit und Ordnung darstellt ...«

Der kleine dicke Mann an Musemus' Seite strich seine schmutzige Toga glatt, rückte den welken Lorbeerkranz auf dem Lockenkopf zurecht, entlockte seiner Laute einen schrillen Ton und säuselte: »Coram publico bekennt Er, diesen armseligen locus durch Seine Gegenwart geehrt zu haben. Im übrigen fragt Er sich, warum diese Zusammenkunft intra muros erfolgt.«

»Damit sie nicht von den heimtückischen Finanzspinnen gesprengt wird«, erklärte Lorrimer. »Weiter. Fünftens: Famos O'Hack; Beuteterraner aus dem Galaxienhaufen Haar der Berenice; im Hauptberuf Direktor der Denkfabrik *Hack-M.A.C. Memorieren, Analysieren, Kurieren,* im Nebenberuf Langweiler mit Tötungslizenz …«

Famos O'Hack klopfte mit den Fingerspitzen gegen seine *Brainstorming*-Kappe, die in Wirklichkeit ein externes Gehirn war. »Auf diese Weise machen Sie sich keine Freunde, Lukas«, prophezeite er. »Und ohne Freunde werden die Finanzspinnen Sie früher oder später erwischen. Ein einziger Fehler genügt, und Sie sind erledigt. Dann möchte ich nicht in Ihrer Haut stecken.«

»Sind Sie von den Finanzspinnen bestochen worden, Famos?« fragte Lorrimer. »Werden Sie vielleicht dafür bezahlt, mich völlig zu demoralisieren?«

»Wie kommen Sie darauf?« O'Hack lachte hohl. »Nur weil ich Ihnen Ihre Illusionen raube? Weil ich Ihnen Ihre verzweifelte Situation drastisch vor Augen führe? Weil ich Tag und Nacht darüber nachdenke, wie ich Sie entmutigen kann?«

»Sie sind ja *krank!*« erkannte Lorrimer. »Und damit liefern Sie mir unabsichtlich das Stichwort für unseren sechsten Gesellschafter: Karnegoris Pan; Terraner; im Hauptberuf Chefschnüffler der *Detektei PanObservation,* im Nebenberuf Büttel eines Spionagezahns, gefürchtet und gemieden von allen geistig gesunden Menschen …«

»Sie sind überreizt, Lukas«, stellte Pan mit einem nachsichtigen Lächeln fest. »Das Leben im Untergrund, ständig auf der Flucht vor den Finanzspinnen, macht sie fertig. Sie sollten etwas trinken. Wir alle sollten etwas trinken.«

Chester Chiese schraubte den Kopf seines flaschenförmigen Kreativ-Partners ab. Mit einem Augenzwinkern bot er Karnegoris Pan die Flasche an. »Was halten Sie von einem Schluck Vurguzz aus meinem medizinischen Notvorrat?«

»Darf ich Sie daran erinnern, daß dies kein Gelage, sondern eine Gesellschafterversammlung ist?« sagte Lukas Lorrimer. »Siebtens: Jack the Ripper; Würgebaum vom Planeten Mord IV; im Hauptberuf Würger, im Nebenberuf Würger, in der Freizeit Würger …«

Der mannshohe Baum, der zwischen O'Hack und Pan in einem Blumenkübel Platz genommen hatte, raschelte mit den Blättern.

Wie zufällig schlang sich ein biegsamer Zweig um O'Hacks Hals; der Denkfabrikant fluchte und biß in den Zweig; der Zweig zog sich sofort zurück.

»Nur weiter so, Jack«, sagte Lorrimer. »Achtens: Cynthia Vandermor;

Terranerin; im Hauptberuf Trägerin einer rosa Schleife, im Nebenberuf untreue Verlobte, derzeit Braut einer unter der Einwirkung von Gurkensalat mutierten Topsid-Zigarre …«

Cynthia Vandermor, eine blonde Schönheit mit Engelsgesicht und rosa Schleife, zog einen Schmollmund; auch ihr Lippenstift war rosa. »Also bist du immer noch eifersüchtig, Lukas«, sagte sie betrübt. »Kannst du denn nicht verstehen, daß Molchie und ich uns lieben?«

Lorrimer verzichtete auf eine Antwort; seit seine Ex-Verlobte ihr 50.000-Solar-Erbe an den swoonschen Heiratsschwindler Älmrich Olk verloren hatte, war jedes Gefühl für sie in ihm erstorben. »Neuntens: Uta Nastassja Warziliwitsch; Roboter; im Hauptberuf Lebensgefährtin des Spionagezahnbüttels Karnegoris Pan, im Nebenberuf Pflegemutter des Würgebaums Jack the Ripper, und das sagt meiner Meinung nach genug über alle drei …«

Die betörend schöne, wohlproportionierte Robotfrau neben Cynthia ließ eine elektrische Entladung aufblitzen. »Immer charmant, unser Lukas!«

»Mein einziger Fehler, Gnädigste«, sagte Lorrimer. »Zehntens und letztens: Y'ürp; Blue; im Hauptberuf Pächter der Kantine *Zum Narrenturm,* im Nebenberuf Generalvertreter für Eastside-Spezialitäten, die man nur in Anwesenheit eines Notarztes verzehren sollte …«

Schweigen. Verärgert sah Lorrimer auf. »Wo steckt dieser verdammte Tellerkopf?«

»In der Küche«, antwortete Chester Chiese. »Er bereitet einen bescheidenen Imbiß zu. Ich habe ihn darum gebeten. Auch ein Künstler lebt nicht vom Ruhm allein. Nicht wahr, Goethe?«

»Ruhm macht nur die Toten unsterblich«, bestätigte der Kreativ-Partner. »Die Lebenden brauchen mehr.«

»Eine ausgezeichnete Idee, dieser Imbiß«, nickte Karnegoris Pan. »Was gibt es denn?«

»Zürdüdür«, sagte Chiese.

»Was ist das?«

Chiese deutete auf den Tischmonitor. »Nach der Speisekarte ist *Zürdüdür* so ziemlich das Gefährlichste, was es auf dem galaktischen Lebensmittelmarkt gibt.«

»Ich traue diesen Eastside-Spezialitäten nicht«, knurrte Lorrimer. »Sie kosten nicht nur zuviel Geld, sondern auch zuviel Nerven.«

Chester Chiese sah ihn mitfühlend an. »Sie machen einen etwas deprimierten Eindruck, Lukas. Vielleicht kann ich Sie mit einem meiner diabolisch-dekadenten Gedichte aufheitern? Vielleicht mit einem Gedicht über die Liebe?«

»Meine Verlobte hat mich wegen einer Müllamöbe verlassen«, sagte Lorrimer. »Glauben Sie im Ernst, daß mich unter diesen Umständen ein schlechtes Liebesgedicht aufheitern wird?«

»Es wird Ihnen bestimmt gefallen«, versicherte Chester Chiese. »Es heißt *Anne.* Es ist schlicht, ergreifend und natürlich genial …« Er räusperte sich und deklamierte:

»Alle braten Fisch
Nur nicht Anne
Die liegt in der Pfanne.«

»Großer Gott!« ächzte Lorrimer. »Eine verdammte Hymne an den Kannibalismus!«

»Es handelt sich mitnichten um eine Hymne an den Kannibalismus«, sagte Goethe, »sondern vielmehr um eine Ironisierung terranischer Ernährungsgewohnheiten durch den bewußten Rückgriff auf archaische Kochgeräte. Die Schrecken des Kannibalismus, die sich in dem Wort *Pfanne* manifestieren, werden durch den Kontext persifliert, durch die Persiflage entmythologisiert und durch die persiflierende Entmythologisierung auf eine höhere Ebene transponiert, wo die Poesie zu einem Zerrspiegel des Unbewußten wird. Und in diesem poetischen Spiegel sehen wir, wie die in der Pfanne bratende Anne symbolisch den Tod des Mythos zelebriert, im Tod selbst zum Mythos wird und dann dem mythischen Phönix gleich aus der Asche der Archetypen zum Licht einer noch höheren Ebene aufsteigt, einer Ebene, kodiert in dem beiläufig eingestreuten Wort *Fleisch.* Fleisch nicht im Sinn von Fleisch als Fleisch, sondern im Sinn von Fleisch als Fleisch an sich, als Sinnbild unserer Existenz in Raum und Zeit, vergänglich wie Anne, die in der Pfanne – der Bratpfanne des Lebens – im Fett ihrer eigenen Existenz brät … Und von wem wird Anne gebraten? Die Antwort liefert das erste Wort der ersten Verszeile – *Alle braten Fleisch,* Annes Fleisch, doch mit *alle* sind natürlich nicht wir, nicht einmal alle Menschen gemeint, sondern in diesem kleinen Wort kondensiert der Poet die Gesamtheit aller Dinge, den Kosmos, das Universum, das uns in unserem eigenen Saft schmoren läßt, um uns zu zeigen, daß wir auf die eine oder andere Weise vielleicht doch wie Anne sind …«

»Beim unbesiegbaren Bond!« rief Karnegoris Pan bewundernd. »Ich hätte nie gedacht, daß sich derart tiefgründige Weisheiten hinter Chesters banalen Versen verbergen!«

Chester Chiese lächelte geschmeichelt. »Seit ich Goethe habe, verstehe sogar ich meine Gedichte.«

»Ich schlage vor, wir konzentrieren uns auf das Geschäft.« Lukas Lorrimer griff nach dem Kombistrahlgewehr. »Irgendwelche Einwände?«

Niemand sagte etwas.

»Ausgezeichnet«, nickte Lorrimer, ohne die Waffe aus der Hand zu legen. »Nun, wie ich bereits sagte, sind noch eine Reihe organisatorischer Details zu klären, und die Zeit ist knapp. In einer Woche landen unsere ersten beiden Touristen auf Terra, um mit unserer Hilfe und für 1000 Solar pro Tag und Nase einen vierwöchigen Abenteuer-Urlaub zu verbringen. Alles, was wir ihnen bis jetzt bieten können, sind unerfüllte Versprechungen. Wenn nicht sofort etwas geschieht, ist TTT am Ende, bevor die Saison richtig begonnen hat. Dabei brauchen wir das Geld; schon um meine Schulden bei den Finanzspinnen zu bezahlen. Ich habe es satt, im Arno-Kalup-Park zwischen den Baumwurzeln zu nächtigen, nur damit mich die Finanzspinnen nicht erwischen.« Eine gezielte Desinformation, denn er dachte gar nicht daran, im Park zu nächtigen. »Außerdem habe ich als Geschäftsführer ein Recht auf ein Gehalt!«

»Sie vergessen die 5000 Solar, die Sie sich selbst als monatliches Beraterhonorar genehmigt haben«, erinnerte O'Hack.

»Und jeden einzelnen Solar haben sich die verdammten Finanzspinnen unter den Nagel gerissen«, knurrte Lorrimer. »Diese Bastarde haben mein Büro vermint, mein Konto gepfändet und ein Kopfgeld auf mich ausgesetzt – und alles nur, weil ich unsere armen Frauen vor den Nachbestellungen außerirdischer Unholde schützen wollte.«

»Sie meinen, weil Sie für Ihr kosmisches Eheanbahnungsinstitut nie einen Soli Steuern bezahlt haben«, korrigierte O'Hack.

»Für wen arbeiten Sie eigentlich?« fragte Lorrimer. »Für die Finanzspinnen oder für TTT?«

»Wollen Sie wirklich eine Antwort auf diese leichtsinnige Frage haben?«

»Nein.« Lukas Lorrimer fuchtelte mit dem Strahlgewehr. »Also zurück zum Geschäft. Zum Beispiel haben wir noch immer nicht geklärt, wo wir unsere Abenteuer-Urlauber in der ersten Woche um… äh, unterbringen. Es gibt zwei Möglichkeiten: direkt vor unserer Haustür, irgendwo im Park in einem Erdloch oder in diesem alten, stillgelegten Silberbergwerk in den Rocky Mountains. Das Bergwerk ist nicht nur schlecht gelüftet, sondern auch von akuter Einsturzgefahr bedroht. Außerdem läßt es sich in ein paar Minuten unter Wasser setzen, falls unsere Gäste den Fehler machen sollten, sich über den schlechten Service zu beklagen. Nebenbei ersparen wir uns die Mühe, draußen im Park ein Loch zu graben.«

»Unter diesen Umständen nehmen wir das Bergwerk«, entschied Karnegoris Pan. »Wie sieht das Freizeitprogramm in der ersten Woche aus?«

Lorrimer deutete auf den Würgebaum, der in seinem Blumentopf gelangweilt vor sich hin raschelte. »Wir sperren Jack zu unseren Abenteuer-Urlaubern in das Bergwerk, mauern alle Ausgänge zu und warten

b. Wenn Jack sie nach einer Woche noch nicht erwürgt hat, bekommen .e das Goldene Sportabzeichen. Ehe ich es vergesse, Chester: Sie kennen och diesen versoffenen Nachrichtenmann.«

»Adamer Chiese«, sagte der Poet. »Mein Bruder.«

»Klingt mehr nach einer Käsesorte als nach einem Bruder«, bemerkte orrimer. »Finden Sie nicht auch, Chiese? Ihre Schwester heißt wahrcheinlich Gouda, eh?«

Chester Chiese blinzelte verblüfft. »Woher wissen Sie das?«

»Ich lasse mich nicht aushorchen«, knurrte Lorrimer. »Also, Chester immt Kontakt mit seinem Kä… hm, Bruder auf. Die beiden werden das uell zwischen Jack und unseren Urlaubern filmen. In unserem Prospekt *tatt Suizid ein Terror-Trip mit TTT* haben wir versprochen, daß ein proessionelles Trivideo-Team die schönsten Stunden dieses unvergeßlichen rlaubs in einem Holofilm festhält, und ich möchte nicht, daß uns jemand egen nicht eingelöster Versprechen verklagt.«

Chiese nickte und flüsterte seinem kybernetischen Kreativ-Partner etwas u. Musemus, der die ganze Zeit über damit beschäftigt gewesen war, seie verknoteten Stielaugen zu entwirren, winkte mit einem Pseudopodium.

»Was wollen Sie?« fragte Lorrimer. »Mir den Nerv töten? Wie alle?«

»O nein«, sagte Musemus. »Ich mache nur meine täglichen gymnastichen Übungen.«

Lorrimer legte den Kombistrahler an. »Was halten Sie davon, Ihre ymnastik auf später zu verschieben, Herr Botschafter?«

Das Pseudopodium verschwand blitzartig.

Famos O'Hack beendete das peinliche Schweigen, das dem Zwischenıll folgte. »Wie sieht der weitere Reiseplan aus, Lukas? Vorausgesetzt, nsere Gäste werden von Jack nicht erwürgt?«

»Wir laden sie in meinen schrottreifen Gleiter und karren sie zu den ieben Weltwundern.« Lorrimer suchte in den zahlreichen Taschen seines ampfanzugs. »Ich habe irgendwo eine Liste … Wo, zum Teufel … Ah!« r brachte einen zerknüllten Zettel zum Vorschein, strich ihn glatt und las: Wann gedenken Sie eigentlich, Ihre Steuerschulden in Höhe … Verammt, das ist nicht die Liste, sondern ein Drohbrief dieser Finanzspinen. – Jedenfalls, pro Tag zeigen wir unseren Opf… hm, Gästen alten chutt aus der Antike, die Sieben Weltwunder und so weiter: die hängenen Gartenzwerge von Idar-Oberstein; den schiefen Leuchtturm von Pisa; en Moloch von Rhodos … Nun, Sie wissen schon.«

»Wo wird übernachtet? Ich nehme an, in den besten Hotels am Ort?« 'Hack klopfte gegen seine *Brainstorming*-Kappe. »Ich erinnere mich, in nserem Prospekt etwas von *Kulinarischen Genüssen aus den Kochstuios interstellar bekannter Fünf-Sterne-Hotels* gelesen zu haben.«

»Die aberwitzigen Preisvorstellungen der Hoteliers haben mich zu eine kleinen Umdisponierung veranlaßt«, gestand Lorrimer. »Übernachte wird nicht – wie vage geplant – *in* den Hotels, sondern *vor* den Hotel Genauer: in den Müllcontainern. Das ändert natürlich nichts an den kuli narischen Genüssen. Sie wissen ja, was heutzutage alles weggeworfe wird.«

»Nein«, sagte O'Hack indigniert. »Das weiß ich nicht.«

»Wie dem auch sei, die Küchenabfälle eines Fünf-Sterne-Hotels sin immer noch besser als Y'ürps herumkrabbelnde Eastside-Menüs. Außer dem können wir unseren Urlaubern auf diese Weise die angekündigte Einblicke in die terranischen Lebensgewohnheiten bieten – und das ohn zusätzliche Kosten.«

Cynthia Vandermor meldete sich zu Wort. »Was macht das Bildungs programm?« Sie zupfte an ihrer rosa Schleife. »Ich meine, das war doc unser Köder – damit unsere Abenteuer-Urlauber den Terror-Trip m *Terra-Terror-Tours* als Bildungsreise deklarieren und die Kosten in volle Höhe von der Steuer absetzen können.«

»Dafür habe ich die dritte Woche eingeplant; insgesamt drei Kurse ste hen zur Auswahl: *Resozialisierung im 20. Jahrhundert* – Steineklopfen i Sing-Sing unter Leitung unseres Kriminologen Karnegoris Pan. *Modern Literatur in Theorie und Praxis* – eine siebentägige Marathonlesung unse res diabolisch-dekadenten Poeten Chester Chiese aus seinen unverkäufli chen und deshalb unveröffentlichten Werken. Und *Braintrusts gestern heute und morgen. Von der Gehirnwäsche zur Gehirnprothese* – ein Semi nar mit unserem Denkfabrikanten Famos O'Hack im Kühlhaus des Klein hirnforschungszentrums von Obervolta. Als besonderen Service biete wir während des Seminars Gehirn-Lose zum Kauf an; dem Hauptgewin ner winkt ein unbefristeter Aufenthalt in der geschlossenen Abteilung de Nervenheilanstalt *Haus Hirnriß*.« Erwartungsvoll sah Lorrimer die frisch gebackenen Kursleiter an. »Nun, was halten Sie davon?«

»Es ist kaum auszuhalten«, sagte Famos O'Hack.

»Ich kann mich nur mit Mühe davon abhalten, selbst einen Terror-Tri zu buchen«, gestand Karnegoris Pan.

»Was halten Sie von einer Gehaltserhöhung für die Kursleiter, Lukas? fragte Chester Chiese.

Lorrimer gewährte ihm demonstrativ einen Blick in die Mündung sei nes Kombistrahlgewehrs. »Genügt Ihnen diese Antwort?«

»Es war nur ein Scherz«, erklärte Chiese. »Ha, ha.«

»Sicher«, nickte Lorrimer. »Ha, ha.«

Die Gesellschafterversammlung versank in düsteres Schweigen. Bis di Stille von einem schrillen Schrei zerschnitten wurde. Der Schrei dran aus der Küche. Dann folgte ein ohrenbetäubender Donnerschlag; als der Donner verhallte, dröhnte das Gebrüll eines hungrigen Raubsauriers durch die Kantine; kaum war das Gebrüll verstummt, schloß sich der Triebwerkslärm eines startenden Raumschiffs an.

»Großer Gott!« sagte Lukas Lorrimer.

Im Durchgang zur Küche erschien die Gestalt eines Blues. »Kein Grund zur Beunruhigung«, zwitscherte Y'ürp. »Ich mixe nur die *Crash-Cocktails.* Sie sind ein wenig laut.«

»Was soll das heißen?« fragte Lorrimer.

»Eine Fortentwicklung der *Echo-Cocktails«,* schmatzte die Amöbe. »Laut, aber oho! Sie wirken wie eine Mischung aus reinem Alkohol, neunundneunzigprozentiger Salzsäure und brennendem Kerosin. Der charakteristische Lärm der *Crash-Cocktails* ist eine Folge der extremen Oberflächenspannung, die sich in periodischen Abständen entlädt und die Luft in Schwingungen versetzt. Luftschwingungen nimmt das menschliche Ohr bekanntlich als Schall wahr. Ich habe ...«

Der Redeschwall der Müllamöbe erstarb angesichts des schußbereiten Kombistrahlers in einem resignierten Blubbern.

»Ich schlage vor«, sagte Lorrimer, »wir klären die noch offenen Fragen, ehe uns Y'ürp mit seinen Eastside-Spezialitäten umbringt. Zur Debatte steht das Freizeitprogramm in der letzten Urlaubswoche. Molch, Sie werden als das Ungeheuer aus der Kanalisation für Nervenkitzel sorgen. Nero übernimmt die Gestaltung des angekündigten Feuerwerks. Uta, was machen Ihre Widerstände?«

Uta Nastassja Warziliwitsch war von kleinen elektrischen Funken umgeben. »Sie sind noch immer defekt, weil Karnegoris sagt, er liebt mich so, wie ich bin. Er sagt, er ist sich meiner Treue sicher, wenn ich ständig unter Starkstrom stehe. Er sagt, es spielt keine Rolle, daß ich dadurch zu einer Lebensgefahr für alle werde.«

Karnegoris Pan errötete.

»Ausgezeichnet«, sagte Lukas Lorrimer. »Dann werden Sie unseren Gästen die im Prospekt versprochenen *Liebesabenteuer voll Hochspannung und Erotik* bieten.«

»Ich protestiere!« rief Pan empört. »Ich dulde nicht, daß meine Geliebte ...«

»Ja?« sagte Lorrimer mit dem Strahlkarabiner im Anschlag.

»Nichts«, murmelte der Detektiv. »Nur ein Scherz. Ha, ha.«

»Sicher«, nickte Lorrimer. »Ha, ha.«

»Und ich?« fragte Cynthia. »Was mache ich?«

»Du?« Lorrimer grinste tückisch. »Du trägst deine rosa Schleife. Damit hast du genug zu tun.«

»Scheusal!« fauchte Cynthia. »Molchie, so unternimm doch etwas!«

Die Müllamöbe schmatzte drohend. »Ich warne Sie, Mr. Lorrimer! Hören Sie auf, meine Liebste zu quälen!«

Lorrimer ignorierte die Bemerkung. »Höhepunkt und Abschluß des Abenteuer-Urlaubs ist ein Essen für die Überlebenden – und zwar hier im Restaurant *Zum Narrenturm.*«

»Und danach werden sie verbrannt!« rief Nero. *»Cum infamia!«*

»Da gerade von *Schimpf und Schande* die Rede ist«, schmatzte die Müllamöbe, »möchte ich darauf hinweisen, daß ich nur gegen Zahlung einer hohen Schmutzzulage in die Rolle dieses Monsters aus der Kanalisation schlüpfen werde.«

»Übrigens«, warf Famos O'Hack ein, »wer sind überhaupt diese beiden Lebensmüden, die es gewagt haben, einen Abenteuer-Urlaub bei einem Killer wie Ihnen zu buchen, Lukas?«

»Einer heißt Kranos«, sagte Lorrimer. »Ein milliardenschwerer Gangster von Lepso. Er hat sein Vermögen mit dem Schmuggel von Stangengurken nach Swoofon gemacht. Offenbar versorgt er alle kriminellen Vegetarier auf Swoofon mit seinen verdammten Gurken. Der andere ist sein Privatsekretär.« Ein satanisches Funkeln trat in seine Augen. »Sie kennen seinen Namen. Ich schätze, jeder von Ihnen hat schon von diesem Bastard gehört: *Älmrich Olk!«*

»Älmi!« kreischte Cynthia.

»Der Älmrich Olk?« fragte O'Hack verblüfft. »Der swoonsche Heiratsschwindler, der Sie um Ihre Verlobte und die 50.000-Solar-Erbschaft gebracht, Ihr interkosmisches Eheanbahnungsinstitut in den Konkurs getrieben und Ihnen auch noch die Finanzspinnen auf den Hals gehetzt hat?«

»Genau *dieser* Älmrich Olk«, bestätigte Lukas Lorrimer, während das satanische Funkeln in seinen Augen noch um eine Spur satanischer wurde. »Der Gurkenmann.«

»Hm«, machte Famos O'Hack. »Ich hoffe, Lukas, Sie haben TTT nicht nur gegründet, um Ihre privaten Rachegelüste zu befriedigen. Immerhin hat jeder Gesellschafter 10.000 Solar in die Firma investiert. Wir wären gar nicht erfreut, wenn sich hinterher herausstellen sollte, daß Sie unser schwerverdientes Geld zur Finanzierung Ihres Ein-Mann-Krieges verschwendet haben.«

»Keine Sorge«, beruhigte Lorrimer. »Ich habe gesagt, daß ich Sie reich machen werde, und ich mache Sie reich. Überlassen Sie alles nur Ihrem Geschäftsführer auf Lebenszeit. Ich denke …«

Er schwieg irritiert. Die Gesellschafter schienen ihm nicht mehr zuzuhören. Alle Augen waren auf einen Punkt neben seinem linken Oh-

gerichtet. Er drehte den Kopf und starrte in die Dunkelheit der Kantine. Aus dem Schatten löste sich eine schwarze, schweinegroße, achtbeinige Kreatur und kam langsam näher.

Lorrimer gurgelte. Eine Finanzspinne!

»Endlich«, zischte der Spinnenroboter. »Endlich haben wir Sie erwischt, Mr. Lorrimer.« Zwischen den Tischen tauchten weitere Roboter der Steuerfahndung auf. Ihre zischelnden Stimmen verschmolzen zu einem gespenstischen Chor. »Wann gedenken Sie eigentlich Ihre Steuerschulden zu bezahlen, Mr. Lorrimer? Glauben Sie, die Geduld des Finanzamts ist unerschöpflich? Glauben Sie wirklich, Sie könnten sich dem gnadenlosen Zugriff der Steuerfahndung in alle Ewigkeit entziehen?«

Lorrimer riß den Karabiner hoch und erlegte die Finanzspinne mit einem einzigen Schuß. Der Roboter kippte zur Seite; ein letztes Zucken der Metallbeine, der flackernde Blick einer elektrischen Entladung, dann rührte er sich nicht mehr.

»Ausgekrabbelt!« höhnte Lorrimer. Ein rascher Rundblick überzeugte ihn davon, daß dies der richtige Moment war, um die konspirative Gesellschafterversammlung der *Terra-Terror-Tours-Gesellschaft ohne jede Haftung* abrupt zu beenden.

»Sie hören von mir!« stieß er hervor, während er die Terkonitaxt und den Paralysator am Waffengurt befestigte, einige Anti-Robot-Granaten in das Gewimmel der krabbelnden Finanzspinnen schleuderte und den Schutzschirm seines schweren Kampfanzugs aktivierte. Ein Druck auf die Gürtelkontrollen, und der Flugtornister katapultierte ihn bis dicht unter die Decke. Mit einem höhnischen Gelächter raste er hoch über die Roboter hinweg zum Ausgang.

»Mr. Lorrimer«, übertönte eine zwitschernde Stimme das Gezischel der Finanzspinnen, die von den elektromagnetischen Schockimpulsen der Anti-Robot-Granaten wild durcheinandergewirbelt wurden. »Mr. Lorrimer, Sie haben Ihr *Zürdüdür* noch nicht gegessen! Kommen Sie zurück! Niemand, dem sein Leben lieb ist, bestellt eine *Zürdüdür*-Nuß, ohne sie zu verzehren.«

Lorrimer erlegte eine Finanzspinne, die sich hinter der Robotkasse am Ausgang versteckt hatte, und sah sich kurz um. Y'ürp stand mit einer grünen Nuß von der Größe einer Melone im Küchendurchgang, gab schrille Schreie von sich und wackelte so heftig mit dem Tellerkopf, daß Lorrimer eine Sekunde lang hoffte, daß er sich auf diese bizarre Weise selbst enthaupten wollte. Dann trug ihn der Flugtornister in das dunkle Foyer des Büroturms.

2.

Kurz nachdem Lorrimer sein Versteck – sein *richtiges* Versteck – im Wartungsschacht zwischen dem 25. und 26. Stock des Turmes erreicht hatte, startete die terranische Steuerfahndung einen Großeinsatz.

Der Angriff erfolgte im Morgengrauen. Mehrere Hundertschaften Finanzspinnen riegelten den Büroturm hermetisch von der Außenwelt ab. Flak-Batterien wurden in Stellung gebracht, Minenfelder gelegt, Menschenfallen installiert. Nach der gründlichen, aber erfolglosen Durchsuchung aller potentiellen Baumwurzelverstecke im Arno-Kalup-Park konzentrierte sich die Fahndung auf das *Galactic Center.* Das terranische Finanzamt schien entschlossen, den steuerflüchtigen Ex-Eheanbahner Lukas Lorrimer mit allen Mitteln zur Strecke zu bringen.

Als um neun Uhr morgens die ersten Angestellten ins *Galactic Center* strömten, um ihren Arbeitstag zu beginnen, wurden sie von den Finanzspinnen einer hochnotpeinlichen Leibesvisitation unterzogen. Die Psychologische Abteilung der Steuerfahndung setzte außerdem einen Spezialroboter ein, der nach dem historischen Foto eines zerlumpten, abgemagerten Landstreichers gestylt war, sich als Vater Staat ausgab und jedem Neuankömmling ein Fahndungshologramm aufdrängte.

Obskurerweise zeigte das Hologramm nicht Lukas Lorrimer, sondern einen Matten-Willy, der ausgelassen im champagnergefüllten Swimmingpool des *Interstellar*-Hotels von Terrania planschte. Erst nach energischen Protesten des Botschafters der Hundertsonnenwelt, Seiner Exzellenz Musemus, wurde das Hologramm wieder aus dem Verkehr gezogen. Die Oberfinanzspinne entschuldigte sich persönlich bei Botschafter Musemus und gab skrupellosen Saboteuren die Schuld an der peinlichen Verwechslung – offenbar gab es eine Organisation militanter Steuerhinterzieher, die den Kode des Zentralen Finanzrechners entschlüsselt hatten und gefälschte Programme einschleusten. Die Oberfinanzspinne deutete an, daß der gesuchte Lukas Lorrimer im Verdacht stand, Kopf dieser Geheimorganisation zu sein.

Während schwerbewaffnete Robotkommandos, ausgerüstet mit den modernsten technischen Mitteln, jede Turmetage genauestens durchsuchten, beklebten kybernetische Werbekolonnen jede freie Wand mit audiovisuellen Postern: Die Poster zeigten das traditionelle Wappen des Finanzamts – eine Spinne in einem Stahlnetz, die mit offensichtlichem Behagen eine Fliege aussaugte. Wer so unvorsichtig war und sich den Postern auf Schrittlänge näherte, wurde von ihnen aufgefordert, Lorrimer bei der Steuerfahndung zu denunzieren. Die Angesprochenen reagierten mit Flüchen und passivem Widerstand.

Die Situation eskalierte gegen elf Uhr vormittags: Unbekannte Täter rissen im 10. Stock alle AV-Poster von den Wänden und ersetzten sie durch Plakate mit der Aufschrift *Steuerhinterziehen macht Spaß!*

Die Finanzspinnen konterten mit einer Flut von Massendrucksachen, die dreißig Minuten lang das Rohrpostsystem des Turmes verstopften. Die Mitteilung an die Mieter des *Galactic Center* bestand aus einem einzigen Satz: *Es gibt nur einen Ort, wo Sie vor uns sicher sind – im Jenseits. Ihr Finanzamt.* Allerdings geriet die Briefaktion zu einem Desaster; mehrere Angestellte der siganesischen Handelsniederlassung aus der ausgebauten Besenkammer im 25. Stock hatten wie üblich die Rohrpostanlage zum Abstieg in die Turmkantine benutzt und waren fast von den Briefkapseln zerquetscht worden. Der tragische Zwischenfall sprach sich wie ein Lauffeuer herum; die Mieter, von den Aktivitäten der Finanzspinnen ohnehin nicht begeistert, verloren ihre letzten Sympathien für die überall herumkrabbelnden Roboter. Eine Stunde später wurde der Oberfinanzspinne eine Protestresolution mit rund achthundert Unterschriften überreicht; die Turmverwaltung drohte, jede Zusammenarbeit einzustellen und die Robotfahnder mit Hausverbot zu belegen; die Angestellten der beiden Künstleragenturen in den oberen Stockwerken gründeten ein *Solidaritätskomitee Lukas Lorrimer.*

Um der zunehmenden Pogromstimmung unter den Mietern entgegenzuwirken, ließ die Oberfinanzspinne alle Firmen des Turmes auf die Abonnentenliste einer abstrusen Telefaxzeitung mit dem Titel DER STEUERMANN setzen. Zur Mittagszeit begannen alle Telefaxdrucker im Gebäude mit der Reproduktion der ersten, 72 Seiten starken Ausgabe. Sie brachte Schlagzeilen wie *Toll! Seit ich Steuern zahle, bin ich wirklich sicher, daß ich lebe!* oder *Geisteskranker Krimineller forderte im Irrenhaus zum Steuerstreik auf – mit der eigenen Bettpfanne erschlagen!*

Die Reproduktion des kostenlosen STEUERMANNS blockierte fünfzehn Minuten lang die Telefaxempfänger und führte eine Minute später zum Beinahezusammenbruch der automatischen Müllbeseitigungsanlage.

Der erhoffte Stimmungsumschwung zugunsten der Steuerfahndung blieb aus; im Gegenteil. Bis drei Uhr nachmittags verlor die Oberfinanzspinne insgesamt fünfzehn ihrer Robotfahnder. Man fand sie auf dem Grund des Ententeichs am Rand des Arno-Kalup-Parks. In einer Vergeltungsaktion wurde bei den Firmen *PanObservation* und *Hack-M.A.C.*, dem *Verlag für Kreativen Unrat* und der *Kantinenbetriebsgesellschaft*

Zum Narrenturm eine außerplanmäßige Buchprüfung vorgenommen, die aber mangels finanzieller Masse nicht zu den erhofften Steuernachforderungen und Bußgeldern führte.

Um sieben Uhr – die Angestellten und Mieter, die es vorzogen, nicht in den Büros, sondern zu Hause zu nächtigen, hatten längst den Turm verlassen – explodierten in allen Antigravschächten des *Galactic Center* Anti-Robot-Bomben. Die superstarken elektromagnetischen Schockimpulse setzten schlagartig sämtliche Roboter der Steuerfahndung außer Gefecht. Minuten später traf eine anonym herbeigerufene Schrottverwertungsmaschine ein, sammelte die paralysierten Spinnenautomaten auf und schaffte sie zum nächsten Recyclingcenter.

Um acht Uhr war es im Turm so still und friedlich wie immer.

Nur aus dem Wartungsschacht zwischen dem 25. und 26. Stockwerk drang noch Lärm; Lärm, der sich bei genauerem Hinhören als das häßliche Triumphgelächter des steckbrieflich gesuchten Steuerflüchtigen Lukas Lorrimer entpuppte.

3.

»Sieg! Sieg!« brabbelte Lukas Lorrimer und schwenkte kichernd eine halbvolle Flasche Vurguzz. »Mich macht keiner fertig. Ich bin einfach zu schlau. Ich werde diese Spinnenbrut mit Stumpf und Stiel ausrotten. Ich werde ein *Held!*«

In einem Zug leerte er die Flasche und warf sie auf den Flaschenberg, der sich ein paar Schritte weiter bis zur Decke des Wartungsschachts türmte. Neben dem Flaschenberg stand Lorrimers geheime und nützliche Videoüberwachungsanlage; dreißig handtellergroße Bildschirme lieferten scharfgestochene Bilder der dreißig strategisch wichtigen Punkte des *Galactic Center:* der Ein- und Ausgänge; der Antigravschächte; des Parkhauses, das wie eine silberne Pilzkappe den Turm krönte; von Y'ürps Kantine; der Büros von Pan, O'Hack und Chester Chiese; der verwaisten, verminten Räume des Eheanbahnungsinstituts *Star-Amore,* des Arno-Kalup-Parks samt Ententeich; und des turmeigenen Nudistenschwimmbads.

Ich bin der Große Bruder, dachte Lorrimer. *Ich habe sie* alle *in der Hand!*

Zufrieden streckte er sich auf der Servoliege aus, griff in den Kühlkoffer, suchte und fand eine volle Vurguzz-Flasche, öffnete sie und trank mit Todesverachtung so lange, bis die erhoffte Wirkung eintrat: Wie schon so oft entmaterialisierte er, flog zwischen Galaxien dahin, erlangte unermeßliches kosmisches Wissen und vergaß alles, als er wieder im Wartungsschacht materialisierte.

Dann überdachte er sein weiteres Vorgehen.

Die Abschirmung des Wartungsschachts hatte sich bewährt; trotz ihrer raffinierten technischen Ausrüstung war es den verdammten Finanzspinnen nicht gelungen, ihn aufzuspüren. Aber er konnte nicht damit rechnen, ewig unentdeckt zu bleiben. Irgendwann mal würden diese achtbeinigen Bastarde die Geduld verlieren und den ganzen Turm Stein für Stein auseinandernehmen, bis sie ihn fanden. Außerdem gab es noch die weit unangenehmere Möglichkeit, daß er den Spinnen schon vorher ins Stahlnetz geriet – und zwar durch die Machenschaften eines elenden Verräters.

Mir ergeht es wie Karnegoris Pan, dachte Lorrimer melancholisch. *Ich bin von Spionen umgeben; doch meine Spione sind nicht langnasige Kreaturen, die hinter den Tapeten hausen, sondern falsche Freunde, die an meinem Tisch sitzen.*

Die Finanzspinnen mußten einen Informanten in den Kreis der TTT-Gesellschafter eingeschleust haben. Nur so konnten sie von der konspirativen Gesellschafterversammlung erfahren haben! Auch wenn es ihm fast das Herz brach – er mußte akzeptieren, daß er eine verdammte Natter an seiner Brust nährte.

Lorrimers vurguzzgeschmiertes Gehirn arbeitete plötzlich mit ungeahnter Präzision. Er durchschaute die Motive dieses Judas unter den Gesellschaftern. Er wollte ihn für dreißig Silberlinge an die Finanzspinnen verschachern, dann allein die Kontrolle über *Terra-Terror-Tours* übernehmen und Säcke voller Geld verdienen. *Während ich von den Spinnen ausgesaugt werde,* dachte Lorrimer.

Er setzte die Vurguzz-Flasche an die Lippen und nahm einen ausgiebigen Schluck, damit sein Gehirn noch präziser arbeitete. Die Flasche war leer, als er mit der erreichten Präzision zufrieden war. Inzwischen durchschaute er nicht nur den Plan dieses Kains, sondern auch die Pläne der übrigen neun Gesellschafter.

»Großer Gott!« sagte Lorrimer überrascht. »Das ist ja nicht zu fassen!«

In der Tat ergaben seine superpräzisen Vurguzz-Überlegungen, daß jeder einzelne der zehn Gesellschafter von *Terra-Terror-Tours* nur darauf aus war, die Firma zu übernehmen. Und zwar – wenn es sich irgendwie ermöglichen ließ – über Lorrimers Leiche. Diese Vipern hatten ihn nur zum Geschäftsführer auf Lebenszeit gewählt, um ihn zu ihrem Werkzeug zu machen!

Ein grausiger Verdacht drängte sich Lorrimer auf: *Sie sind wie die Meister der Insel,* dachte er. *Faktor I bis Faktor X, intergalaktische Verbre-*

chernaturen, die vor nichts zurückschrecken, und ich ... ich bin nur ein einfacher Geschäftsmann.

Seine Schultern sackten nach unten. Er nahm eine neue Flasche Vurguzz aus dem Kühlkoffer. Sobald sie geleert war, wußte er, daß er einen Plan benötigte, um die Pläne seiner Widersacher zu durchkreuzen.

Aber zunächst mußten dieser Gurkenschmuggler Kranos und sein Gurkensekretär auf Terra landen; Älmrich Olk, der nicht ahnte, daß Lukas Lorrimer hinter *Trans-Terra-Tours* steckte.

Lorrimer lachte sein häßlichstes Lachen.

Die ausgleichende Gerechtigkeit hatte dafür gesorgt, daß Olk mit Cynthias 50.000-Solar-Erbschaft nach Lepso geflohen war und den Gurkenschmuggler Kranos getroffen hatte. Kranos hatte Olk wegen seiner Verbindungen zu den kriminellen Vegetariern von Swoofon als Privatsekretär engagiert. Und Kranos wiederum, wegen seines Superreichtums vierundzwanzig Stunden am Tag von Langeweile geplagt, war der erste Kunde, der bei TTT einen Abenteuer-Urlaub gebucht hatte. Und um die ausgleichende Gerechtigkeit perfekt zu machen, ließ sich Kranos von seinem nichtsahnenden Privatsekretär Älmrich Olk auf der Urlaubsreise begleiten.

Das Schicksal ist auf meiner Seite, erkannte Lorrimer mit neuer Zuversicht. *Sobald Olk terranischen Boden betritt, ist er erledigt – und gleichzeitig schafft er mir die Finanzspinnen vom Hals.*

Ein böses Lächeln spielte um seine Mundwinkel, als er das Nadelgewehr betrachtete, das neben ihm in einem aufgeklappten Geigenkasten lag. Das Gewehr verschoß winzige Eisnadeln, die sich im Blutkreislauf auflösten, ins Gehirn wanderten und dort auf biochemischem Weg das Gehirnwellenmuster veränderten, das normalerweise so einzigartig war wie ein Fingerabdruck. Die Eisnadeln wirkten gezielt.

Älmrich Olk würde mit einemmal das charakteristische Gehirnwellenmuster Lukas Lorrimers besitzen, und die Finanzspinnen, die ihre Opfer anhand des Gehirnwellenmusters identifizierten, würden Olk für Lorrimer halten.

Ein genialer Plan, dachte Lorrimer. *Aber was mache ich mit den zehn verräterischen TTT-Gesellschaftern, die ich für meine falschen Freunde hielt?*

Informationen, erkannte er. *Ich brauche mehr Informationen, um ihr Netz aus Hinterlist und Heimtücke zu zerreißen. Ich muß tief in die finsteren Abgründe ihrer kriminellen Seelen hinuntersteigen, wo sie im warmen Sumpf des Unbewußten ihre heimtückischen Pläne ausbrüten.*

Schwankend richtete er sich von der Servoliege auf, stieß mit dem Kopf gegen die niedrige Decke, sackte nach vorn und fiel mit dem Kinn auf die

Videoanlage. Er spürte keinen Schmerz. Der genossene Vurguzz bewahrte ihn davor, überhaupt irgend etwas zu spüren. Während er sich zu erinnern versuchte, welche Gehirnzellen welche Körperteile steuerten, keimte in ihm die wahnwitzige Hoffnung, daß nicht alle Gesellschafter auf Verrat aus waren. Vielleicht gab es nicht zehn, sondern nur neun Judas Ischariots. Vielleicht war *einer* ein Pontius Pilatus, der seine Hände in Unschuld waschen konnte.

Die Hoffnung keimte, wuchs, blühte und verdorrte. Derweil versuchte Lorrimer verzweifelt, den Kopf zu heben und das Geschehen auf den Bildschirmen zu verfolgen. Nachdem er den rechten großen Zeh gekrümmt, mit dem linken Ohr gewackelt und sich halb die Zunge verknotet hatte, fand er endlich die für Kopfbewegungen zuständigen Gehirnzellen.

Sein Blick fiel direkt auf Monitor 15; er zeigte das Büro der *PanObservation* im 12. Stock des Turmes. Karnegoris Pan saß wie üblich auf dem Stapel ungelesener Telefaxzeitungen, hatte die Beine auf dem Plastikschreibtisch liegen und schoß gelangweilt auf die elektrische Fliege, die unter der Decke kreiste. In einer Ecke stand ein großer rosa Blumenkübel; Jack the Ripper, der Würgebaum von Mord IV, hatte seine Laufwurzeln in den Humus gegraben und schaukelte träumerisch hin und her. Uta Nastassja Warziliwitsch stand mit verschränkten Armen vor dem Fenster und sah hinaus auf den nächtlichen Arno-Kalup-Park.

»Dieser geisteskranke Lorrimer hat uns angelogen«, sagte die Robotfrau. »Hätte er sich im Park versteckt, wie er behauptet hat, dann wäre er von den Finanzspinnen erwischt worden. Ich möchte zu gern wissen, wo er sich wirklich verbirgt.«

»Früher oder später finden sie ihn«, erwiderte Pan mit einem gleichgültigen Zucken der großen Ohrmuscheln. »Dann sind wir ihn los, ohne einen Finger gekrümmt zu haben.«

»Und wenn nicht?« Uta Nastassja drehte sich um. »Was dann?«

Jack raschelte. Es klang wie: »Dann findet ihn die Nuß …«

Lukas Lorrimer gurgelte. Das übertraf ja seine wildesten Alpträume! Ausgerechnet Karnegoris Pan, der für ihn wie ein Bruder gewesen war, hatte sich mit dieser verdammten Warze und dem blutrünstigen Killer-Baum zusammengetan, um ihn zu verderben! Das also war der Dank dafür, daß er Pan bei seinem Kampf gegen die Zeitspione geholfen hatte – *Verrat! Mord!*

Er brabbelte einen schrecklichen Fluch und schielte trunken zum Bildschirm 24, der O'Hacks Denkfabrik zeigte. Famos O'Hack hing derzeit kopfüber an dem antiken Kronleuchter, wie er es immer tat, wenn er intensiv nachdachte. Plötzlich verlor er den Halt und fiel krachend auf den

Schreibtisch, der unter dem Leuchter stand. Am Bildrand tauchte ein Stielauge auf. Musemus!

»Nun, Mr. O'Hack?« fragte Musemus. Der fladenförmige Körper des Matten-Willys wölbte sich nach oben; weitere Stielaugen richteten sich auf O'Hack, der vom Schreibtisch sprang und zu den Waffenschränken stürmte. »Ist Ihnen etwas eingefallen, Mr. O'Hack?«

Der Denkfabrikant wühlte in seiner Sammlung exotischer Waffen und brachte mit einem triumphierenden Schrei eine elektrische Fliege zum Vorschein.

»Ich habe die Lösung, Herr Botschafter«, erklärte er stolz. »Wir werden diesem wahnsinnigen Lorrimer eine Laus in den Pelz setzen. Und zwar diese elektrische Fliege.«

»Aber was ist, wenn Mr. Lorrimer den Unterschied zwischen einer Fliege und eine Laus kennt?« fragte Musemus besorgt.

»Er wird sie gar nicht zu Gesicht bekommen«, versicherte O'Hack. »Sie ist nämlich mit einem Deflektorfeld ausgerüstet. Unsichtbar wird sie diesem kranken Mann auf Schritt und Tritt folgen und so in sein Versteck gelangen. Unsichtbar wird sie das Versteck wieder verlassen und zu uns zurückkehren. Dann wissen wir, wo er sich verborgen hält. Und mit diesem Wissen wird es leicht sein, ihn zu erpressen. Mit diesem Wissen, Herr Botschafter, können wir Lukas Lorrimer zu unserer Marionette machen. Dann gehört TTT *uns!*«

»Trotzdem«, quäkte Musemus, »wir sollten eine elektrische Laus nehmen. Die Sache mit der Fliege gefällt mir nicht. Und was ist mit der Nuß? Wenn sie schneller ist als wir …«

Wutschnaubend schaltete Lorrimer ab. Er hatte genug gehört. Diese Hunnen! Das also war der Dank dafür, daß er Famos O'Hack in seinem Krieg gegen die Vlubbs beigestanden hatte; jene mutierten Elementarteilchen, die zu Millionen den Turm überschwemmt und die ganze Erde bedroht hatten. – Allerdings war kurz nach Kriegsausbruch bekanntgeworden, daß es sich bei den Vlubbs um hyperenergetisch erzeugte Eastside-Zuckerwatte, *Vülüvü* genannt, handelte … Lorrimer verdrängte die alten Kriegserinnerungen. Eine unsichtbare elektrische Fliege wollten diese Verräter also auf ihn ansetzen; als wären positronische Spinnen noch nicht genug!

Weiter!

Die Räume des *Verlags für Kreativen Unrat.*

Chester Chiese stand am antiken Stehpult der antiken Dachkammer, die die Hälfte seines Büros ausfüllte, tunkte soeben einen antiken Federkiel in ein antikes Tintenfaß und schrieb antike Worte auf ein antikes Stück Pergament.

»Dieser Lorrimer ist zwar ein geisteskrankes Stinktier, Goethe«, sagte er zu seinem flaschenförmigen Kreativ-Partner, der bei den anderen Flaschen im Barfach stand, »aber er war schlau genug, sich nicht zwischen den Baumwurzeln im Arno-Kalup-Park zu verstecken.«

Goethe sprang aus dem Barfach, schlenderte gelangweilt an der neuesten Verlagsproduktion vorbei – fünftausend Exemplare *Chester Chieses gesammelte Rechnungen, Mahnungen und Drohbriefe* in der preiswerten Dünndruckausgabe – und blieb neben dem Papierkorb mit den Originalrechnungen, -mahnungen und -drohbriefen stehen.

»Wir müssen ihn unter allen Umständen vor den anderen finden«, sagte der Kreativ-Partner. »Vor O'Hack und Musemus; vor der Gruppe um Karnegoris Pan, vor dem *Kantinen*-Flügel, vor den Finanzspinnen und vor allem vor der Nuß. Lorrimer nutzt uns nur, wenn er in Freiheit bleibt und wir ihn in unsere Dienste pressen können. Wenn wir Lorrimer in der Hand haben, dann haben wir TTT in der Tasche.«

Chiese runzelte die Stirn. »Und dann?«

»Du dichtest weiter«, sagte Goethe, »während ich TTT ausplündere. Schließlich bist du Künstler, kein Krimineller wie ich.«

»So ist es«, nickte Chiese. »So dekadent und diabolisch wie ich ist keiner. Was hältst du von meinem neuesten Werk?« Er richtete sich auf und deklamierte:

»Alle mähen Rasen
Nur nicht Lars
Der beißt ins Gras.«

»Gratuliere«, sagte Goethe. »Dir ist es gelungen, die grausame Sinnlosigkeit allen Lebens in der sinnlosen Grausamkeit des Rasenmähens zu reflektieren, wo die vielbeschworene Idylle der Natur nicht nur von der modernen Technik, sondern auch von der unersättlichen Gier des Menschen bedroht wird, personifiziert in jener Scheinperson *Lars,* hinter dem sich …«

Lorrimer drehte den Ton ab, um den haarsträubenden Redeschwall des Kreativ-Partners nicht bis zum bitteren Ende anhören zu müssen. Sein Gesicht glühte vor Zorn.

Natürlich! dachte er. *Ich hätte mir denken können, daß sich hinter der Maske des Verseschmieds die Fratze des Ränkeschmieds verbirgt.*

Sein präzise arbeitendes Gehirn dachte indessen fieberhaft nach. Eines war klar: Bei dem von Goethe erwähnten *Kantinen*-Flügel konnte es sich nur um eine von Y'ürp gegründete Verschwörerclique handeln. Aber was war das für eine verdammte Nuß, von der alle faselten? Gab es da einen Zusammenhang mit der *Zürdüdür*-Nuß, die er wegen des Finanzspinnenüberfalls auf der Gesellschafterversammlung nicht gegessen hatte?

Er richtete seine Aufmerksamkeit auf Monitor 7. Das Glück war ihm weiterhin hold: Y'ürp, die Müllamöbe und seine untreue Ex-Verlobte Cynthia Vandermor saßen allein in der abgedunkelten Kantine und tuschelten auf hochverdächtige Weise miteinander. Lorrimer schwenkte das heimlich installierte Richtmikrofon auf die Verschwörergruppe ein.

»Ich wußte es«, schmatzte die Müllamöbe. »Ich habe in den vergangenen Monaten fast jede Nacht den Park nach dem Versteck dieses Irren abgesucht und es nie gefunden. Jetzt ist klar, warum. Dieser Wahnsinnige hat uns Lügen aufgetischt!«

»Lukas war schon immer verlogen«, stimmte Cynthia zu. Sie schneuzte sich. »Deshalb auch die Initialen – L. L. Lauter Lügen.«

»Mein Armes«, schmatzte die Müllamöbe und strich ihr mit einem Protoplasmatentakel über die rosa Haarschleife. »Was hast du alles erdulden müssen! Zumindest hätte er *leiser* statt lauter lügen können.«

Y'ürp kratzte sich am Knorpelhals. »Wie dem auch sei – wir müssen etwas unternehmen. Wir müssen Lorrimer finden, bevor die *Zürdüdür-*Nuß ihn findet.«

Cynthia schluchzte laut auf.

Lorrimer grunzte verächtlich. Cynthia hatte schon immer eine Vorliebe für dramatische Gefühlsausbrüche gehabt, die nichts mit normalen Gefühlen gemein hatten, da sie so etwas wie normale Gefühle nur vom Hörensagen kannte. Die Tränenbäche, die sie in periodischen Abständen und aus nichtigstem Anlaß vergoß, waren ein Transpirationsersatz. Cynthia hielt Transpiration für unschicklich. Cynthia hielt überhaupt manches für unschicklich. Ehemalige Eheanbahner zum Beispiel, die keinen Soli in der Tasche hatten und von der positronischen Steuerfahndung gejagt wurden.

»Schnepfe!« zischte Lorrimer und schaltete ab.

Trunkenen Blickes ging er die übrigen Bildschirme durch. Einen der sauberen TTT-Gesellschafter hatte er noch nicht entdeckt: Nero, den zeitreisenden kaiserlichen Brandstifter. Hatte er eine Ein-Mann-Verschwörerclique gegründet? Oder war er das gesuchte schwarze Schaf unter weißen Wölfen, die gesuchte Mistgabel im Heuhaufen?

Endlich fand er ihn. Nero schlich draußen im Arno-Kalup-Park zwischen den Flüsterrosen herum und schreckte ganze Rudel Laufender Moose aus dem Schlaf. Was, zum Teufel, hatte der römische Kaiser dort zu suchen? Argwöhnisch holte Lorrimer ihn mit dem Teleobjektiv der verborgenen Überwachungskamera näher heran. Erst jetzt sah er die Fackelimitation, die Nero von Karnegoris Pan geschenkt bekommen hatte. Die holographische Flamme der Fackelimitation brannte lichterloh; zum Glück kannte Nero nicht den Unterschied zwischen einem Hologramm und der Wirklichkeit. In seinem Pyromanenwahn bildete er sich ein, mit dem Trugbild Rom in Brand setzen zu können – falls er jemals dorthin zurückkehrte.

Plötzlich kniete der Zeitreisende nieder, hantierte an seiner Fackel – und das Flammenhologramm verwandelte sich in das dreidimensionale Bild einer nur zu vertrauten Gestalt. Einer Gestalt auf acht Stahlbeinen.

Lorrimer stockte der Atem, als er die Oberfinanzspinne erkannte. Wie Schuppen fiel es ihm von den Augen. Die Fackelimitation war keine Fakkelimitation, sondern ein als Fackelimitation getarntes Funkgerät. Und Nero war nicht Nero, sondern ein Agent der Steuerfahndung, der sich in der Maske des wahnsinnigen Kaisers im *Galactic Center* eingenistet hatte! Die Unterwanderungsaktion war von langer Hand vorbereitet – immerhin war der falsche Nero schon im Frühjahr aufgetaucht, während des Kampfes gegen die Zeitspione.

Per Richtmikrofon belauschte er das Gespräch zwischen Nero und der Oberfinanzspinne.

»Agent Zero-Zero an Zentrale«, flüsterte Nero in den Fackelgriff. »Hören Sie mich, Zentrale?«

»Natürlich höre ich Sie«, zischte die Oberfinanzspinne. »Warum sollte ich Sie nicht hören? Schließlich kann ich Sie auch sehen.«

»Daß Sie mich sehen können«, gab der falsche Nero indigniert und ganz ohne seine üblichen Latinismen zurück, »leuchtet mir ein, da ich Sie ebenfalls sehen kann. Aber das beweist gar nichts.«

»Wollen Sie mit mir über Allgemeinplätze diskutieren?« fragte der Roboter.

»Nein, ich will Ihnen mitteilen, daß im Fall Lorrimer eine entscheidende Wendung eingetreten ist.«

Nero blickte sich nervös um, als befürchtete er, belauscht zu werden. Dann wandte er sich wieder dem Holobild der Oberfinanzspinne zu. »Dieser geisteskranke Lorrimer war so verrückt, diese mörderische Nuß zu bestellen, ohne sie sofort zu essen. Seitdem ist die Nuß hinter ihm her. Ich fürchte, sie wird ihn erwischen, ehe wir ihn erwischen, und wenn wir ihn nicht erwischen, dann erwischen wir auch nicht die rund 120.000 Solar, die …«

»Hören Sie mit diesem Wischiwaschi auf«, fiel ihm der Roboter ins Wort. »Verraten Sie mir lieber, wieso eine verdammte Nuß dem flüchtigen Lorrimer auf den Fersen ist. Kommt Ihnen das nicht auch seltsam vor?«

»Die Nuß ist eine Eastside-Spezialität namens *Zürdüdür«,* erklärte der Agent. »Sie ist grün, groß wie eine Melone und nach einhelliger Meinung aller kosmischen Gourmets die gefährlichste Delikatesse der bekannten Milchstraße. Im Rohzustand ist sie so explosiv wie reines Nitroglyzerin;

wird sie gekocht, entwickelt sie nicht nur einen unnachahmlichen Geschmack, sondern auch quasipsionische Fähigkeiten. Die Nuß bestimmt nach telepathischer Sondierung, von wem sie verzehrt werden will. Fällt ein Unbefugter über sie her, sprengt sich die Nuß sofort in die Luft. Der Auserwählte aber kann sie problemlos essen, und wie man hört, schmeckt sie einfach köstlich.«

»Eine Delikatesse mit Charakter, wie mir scheint«, kommentierte die Oberfinanzspinne. »Und was – von ihrer reinen Sprengkraft einmal abgesehen – macht die *Zürdüdür*-Nuß so gefährlich?«

»Die Tatsache, daß sie *sofort* verzehrt werden will. Weigert sich der Auserwählte, der Nuß den Gefallen zu tun, verfolgt sie ihn per Teleportation, bis sie ihn gefunden hat. Was dann geschieht, ist unbekannt. Man weiß nur, daß keines von den Nußopfern jemals wiederaufgetaucht ist.«

Lukas Lorrimer schaltete kopfschüttelnd ab. Ob nun Agent oder zeitreisender Kaiser – dieser Nero war in jeder Identität hoffnungslos verrückt. Eine quasipsionisch begabte, grüne Killer-Nuß, die ihr Opfer per Teleportation verfolgte und spurlos beseitigte. Einfach lachhaft. Einfach …

Die geheime Videoüberwachungsanlage explodierte. Blitze zuckten aus den splitternden Bildschirmen; Rauch quoll aus dem berstenden Gehäuse. Und dem Rauch folgte – wie eine mörderische Mann-Mann-Rakete – eine melonengroße, grüne Nuß. Die Nuß zögerte, orientierte sich, schwebte auf den wie erstarrt dastehenden Lorrimer zu und plumpste dann zu Boden. Die grüne Schale brach auseinander. Und ein köstlicher, betörender Duft stieg ihm in die Nase. Ein Duft, der ihn in Ekstase versetzte. Wie ein ausgehungertes wildes Tier fiel Lorrimer über den weichen, verzehrbereiten Kern der *Zürdüdür*-Nuß her. Er hatte doch gewußt, daß dieser Nero alias Agent Zero-Zero ein Schwachkopf war. *Killer-Nuß!* Ha!

Und während er schlemmte, erinnerte er sich plötzlich an Punkt 145, Absatz XXV, Abschnitt Y des Gesellschaftervertrags und an den zwei Quadratmikron großen Fleck auf der Rückseite des 567sten Blattes.

Und er lachte in häßlichem Triumph.

4.

Am nächsten Tag erhielten die zehn Gesellschafter der *Terra-Terror-Tours GojH* von ihrem Geschäftsführer per Rohrpost einen Drohbrief zugestellt: *An die verräterischen Subjekte, die so leichtsinnig waren, mein Vertrauen zu mißbrauchen! Ich weiß alles! Mir kann keiner mehr etwas vormachen! Und in Anbetracht der Tatsache, daß jeder einzelne von Ihnen eine heimtückische Natter ist, weise ich Sie mit Freuden auf Punkt 145, Absatz XXV,*

Abschnitt Y des Gesellschaftervertrags hin. Laut Punkt 145, Absatz XXV, Abschnitt Y dieses ausgefeilten Vertragswerks sind auch elektronenmikroskopische Vereinbarungen Teil dieses Vertrags. Hätten Sie das 1052seitige Vertragswerk nicht in blinder Vertrauensseligkeit unterschrieben, sondern mit einem Elektronenmikroskop studiert, wäre Ihnen auf der Rückseite des letzten Blattes ein zwei Quadratmikron großer Fleck aufgefallen, bei dem es sich in Wirklichkeit um eine 978 Worte umfassende Sonderklausel handelt. Die Klausel besagt, daß Sie SKLAVEN DES GESCHÄFTSFÜHRERS sind, wenn der Geschäftsführer es so will. UND ICH WILL ES! Ungehorsam zieht den sofortigen Verlust des eingebrachten Gesellschafterkapitals nach sich! Ich habe Sie in der Hand! Versuchen Sie keine Tricks! Gehorchen Sie meinen Befehlen, mache ich Sie reich. Verweigern Sie mir den Gehorsam, mache ich Sie arm. Mein erster Befehl ist: Bleiben Sie mir vom Leib, bis ich Olk erledigt habe! Ich verstehe keinen Spaß!

Gez. Lukas Lorrimer, Geschäftsführer auf Lebenszeit.

5.

Bei den Gesellschaftern von TTT löste der Brief ein unterschiedliches Echo aus. Eine sofortige elektronenmikroskopische Untersuchung des erwähnten Flecks und eine juristische Analyse des erwähnten Vertragspunkts 145 ergaben, daß Lorrimers Angaben der Wahrheit entsprachen.

»Es ist unglaublich«, sagte Famos O'Hack zu Musemus. »Aber wir sind tatsächlich Sklaven dieses gemeingefährlichen Geisteskranken.«

Der Botschafter des Zentralplasmas verknotete trübsinnig die Stielaugen. »Hoffentlich erwischt ihn die Nuß!«

»Eine bodenlose Infamie!« zeterte Chester Chiese. »Ein Künstler wie ich in der Gewalt eines wahnsinnigen Nihilisten wie Lukas Lorrimer!«

Goethe schraubte wortlos seinen Flaschenverschlußkopf ab und bot Chester Chiese einen Schluck Vurguzz aus dem medizinischen Notvorrat an.

»Jack hätte ihn rechtzeitig erwürgen sollen«, sagte Karnegoris Pan zu Uta Nastassja Warziliwitsch. »Jetzt können wir nur noch hoffen, daß ihn die Nuß umbringt.«

Uta Nastassja gab elektrische Entladungen von sich.

»Und dieses Ungeheuer habe ich einst geliebt!« schluchzte Cynthia Vandermor.

Die Müllamöbe schloß sie blubbernd in ein Dutzend Protoplasmaarme. »Er kann dir deine Freiheit, deinen Stolz und dein Geld nehmen, Liebste«, schmatzte sie, »aber nicht deine rosa Schleife. Die Lage ist also nicht aussichtslos.«

»Laßt uns zu allen guten Kreaturen beten, daß die *Zürdüdür*-Nuß ihn findet«, zwitscherte Y'ürp. »Und laßt uns vor allem beten, daß dieser Kurzhals die Nuß auch ißt!«

Der einzige Gesellschafter, der den Brief kommentarlos hinnahm, war Nero alias Zero-Zero. Er lächelte nur vor sich hin. Spätestens an dem Tag, an dem dieser Olk auf Terra landete, mußte Lukas Lorrimer aus seinem Versteck herauskriechen. Die Finanzspinnen warteten nur auf diesen Augenblick.

6.

Nero ahnte nicht, wie sehr seine Überlegungen Lorrimers Plänen entgegenkamen.

Aus seinem Unterschlupf heraus peitschte Lorrimer die Gesellschafter gnadenlos zur Sklavenarbeit an. Bis zur Ankunft der beiden TTT-Abenteuer-Urlauber waren noch eine Unmenge Vorbereitungen zu treffen. Außerdem war Lorrimer raffiniert genug, um zu wissen, daß Arbeit die beste Methode war, um seine Gesellschafter von dummen Gedanken abzuhalten. Chester Chiese flog mit seinem Bruder, dem Nachrichtenmann Adamer Chiese, und Jack the Ripper zu den Rocky Mountains, um das Silberbergwerk für das Würgedrama herzurichten. Karnegoris Pan und Famos O'Hack übernahmen die undankbare Aufgabe, überall auf der Erde die komfortabelsten Müllcontainer ausfindig zu machen. Musemus wurde mit der Inspektion der antiken Sieben Weltwunder beauftragt und mußte feststellen, daß die von Lorrimer erwähnten Weltwunder nicht existierten und nie existiert hatten. Der zunächst ratlose Matten-Willy fand zum Glück genug Ersatz: Seine Wahl fiel auf die Bierkeller von München; den antiken Autofriedhof von Detroit; die Geisterstudios von Alt-Hollywood; das Museum für mutierte Hefekulturen in Rastatt; die historische Whisky-Brennerei von Cabin Point, Monatrea, Youghal (Irland); den Karneval in Köln und den Narrenturm von Terrania. Die Müllamöbe trainierte für ihren großen Auftritt als Monster aus der Kanalisation; Chester Chiese stellte seine besten unveröffentlichten Werke für die Marathonlesung im Bildungsprogramm zusammen; Uta Nastassja Warziliwitsch übte sich im Becircen; und Cynthia Vandermor trug ihre rosa Schleife.

Derweil wählte Y'ürp die Zutaten für das große Abschiedsessen aus – als Vorspeise gab es Gnurgha-Früchte; als Hauptgericht Prhydüfü, Muurt-Wurm in gatasischer Rahmsoße und Krabschrab, zum Dessert Gurr-Pudding.

Am Tag vor der Ankunft der beiden Abenteuer-Urlauber waren die Vorbereitungen zum größten Teil abgeschlossen.

Zu diesem Zeitpunkt entdeckte Lukas Lorrimer die ersten grünen Flekken auf seiner Haut.

7.

Die Flecken schmerzten nicht. Sie waren nur grün, wuchsen mit einer Geschwindigkeit von einem Quadratzentimeter pro Stunde und begannen sich ab einer bestimmten Größe verdächtig zu verhärten.

In Lorrimer wuchs derweil die grausame Erkenntnis, daß es sich bei den Flecken um Vergiftungserscheinungen handelte. Die grüne Farbe deutete darauf hin, daß das Gift von der genossenen *Zürdüdür*-Nuß stammte. Neros Bemerkung über die Rachsucht dieser verdammten Eastside-Spezialität fiel ihm wieder ein. Zum Teufel, wenn ihn die Nuß wirklich vergiftet hatte – was würde dann mit ihm passieren? Was war mit den anderen Nuß-Opfern passiert? *Man weiß nur, daß keines von den Nuß-Opfern jemals wiederaufgetaucht ist.*

In seiner Panik schlich Lorrimer aus dem Wartungsschacht, stahl sich heimlich hinunter in die Kantine, die jetzt am Abend leer war, und entdeckte Y'ürp in der Küche. Der Blue mixte *Crash-Cocktails.* Der Lärm, den die blubbernde blaue Flüssigkeit veranstaltete, ließ Lorrimer fast das Trommelfell platzen. Er packte Y'ürp und zerrte ihn nach draußen.

»Oh«, zwitscherte der Blue erfreut, als er die grünen Flecken in Lorrimers Gesicht bemerkte. »Die Nuß hat Sie also doch erwischt – und Sie haben sie verzehrt, nicht wahr?«

Lorrimer umklammerte Y'ürps Knorpelhals. »Retten Sie mich!« kreischte er.

»Es gibt keine Rettung«, gurgelte Y'ürp. »Vor allem nicht für Leute wie Sie!«

»Killer!« zischte Lorrimer.

Er trug Y'ürp zurück in die Küche und warf ihn in den Bottich mit der lärmenden blauen Flüssigkeit. Dann floh er zurück in den Wartungsschacht.

Im Lauf der Nacht begannen sich die grünen Flecken zu verhärten. Schon jetzt hinderten sie ihn am Vurguzztrinken. Der Zeitpunkt, an dem er nicht einmal mehr den kleinen Finger würde bewegen können, war absehbar. Und dann … dann konnte er auch sein Attentat auf Älmrich Olk nicht ausführen!

Hastig packte er das Nadelgewehr in den Geigenkasten, schluckte eine

Pille, die für vierundzwanzig Stunden sein Gehirnwellenmuster in das eines Swoon verwandelte, schlüpfte in einen Tarnanzug, der ihm das Aussehen einer mannsgroßen Stangengurke verlieh, und verließ den Turm.

Am Hauptausgang stieß er auf den zufällig dort herumlungernden Nero. Lorrimer sorgte dafür, daß sein Tarnanzug zufällig versagte, als er an Nero vorbeischlenderte, und gelangte dann auf Schleichwegen zum Raumhafen von Terrania.

Die Flecken an seinem Körper wurden indessen größer, grüner und härter.

Zum Glück fiel Lorrimer inmitten der zahllosen extraterrestrischen Besucher, die zu jeder Tages- und Nachtzeit das Raumhafengebäude bevölkerten, nicht weiter auf – weder als Gurkenmann noch als Lukas Lorrimer. Nicht einmal mit Geigenkasten und grünem, borkigem Gesicht.

Er begab sich in die Wartehalle, die alle Passagiere des in wenigen Stunden eintreffenden Linienschiffs von Lepso passieren mußten, versteckte sich hinter einer riesigen Flüsterrose und wartete. Die Rose wisperte und raunte unablässig, und irgendwann schlief er ein. Er träumte von einer Riesennuß, die merkwürdigerweise sein Gesicht hatte. Plötzlich tauchte ein ungeheurer Nußknacker auf, der wie Älmrich Olk aussah, und wollte die Lorrimer-Nuß knacken.

Mit einem Schrei schrak Lorrimer auf.

Es war Tag. Und die Leuchtschrift an einer Informationstafel verkündete, daß der Flug TL 341, Lepso – Terra, soeben gelandet war. Lorrimer griff nach dem Geigenkasten und … konnte sich nicht mehr bewegen. Seine Haut war hart wie ein Panzer. Jede Muskelanspannung ließ sie knacken und knistern.

Lorrimer geriet an den Rand eines hysterischen Anfalls. Schon strömten die ersten Passagiere des Flugs TL 341 in die Halle – und er war so gut wie paralysiert!

Olk würde entkommen!

Die Verzweiflung verlieh ihm übermenschliche Kräfte. Es gelang ihm, den Geigenkasten zu öffnen, das Nadelgewehr herauszunehmen und anzulegen.

Aus den Augenwinkeln sah er ein Rudel achtbeiniger Roboter in die Halle stürmen, doch in diesem Moment tauchte zwischen den Unithern, Arkoniden, Ertrusern und den anderen Besuchern von Lepso die verhaßte Gurkengestalt Älmrich Olks auf. Lorrimer zielte. Sein Blickfeld verschwamm.

Plötzlich ein Schrei.

»Älmi! Lauf, Älmi, lauf! Eine Falle!«

Eine Frau mit rosa Haarschleife stürmte auf den verwirrten Swoon zu. Cynthia! Diese verräterische Schlampe wollte das Attentat vereiteln!

Die Spinnenroboter von der Steuerfahndung, an ihrer Spitze Nero alias Agent Zero-Zero, preschten hinter Cynthia Vandermor her, schlugen dann einen Haken und kamen auf die Flüsterrose zu.

Verdammt! dachte Lorrimer. *Sie haben mich entdeckt!*

Er litt noch immer unter Sehstörungen, doch unvermittelt sah er so klar und scharf wie nie zuvor in seinem Leben. Und er drückte ab.

Der Swoon zuckte unter dem Treffer zusammen.

Sekunden später wirbelten die Finanzspinnen herum und krabbelten auf Olk zu.

»Dieser Trick hilft Ihnen auch nicht weiter, Mr. Lorrimer«, zischelte die vorderste Finanzspinne und packte den Swoon am Saum seines nachthemdähnlichen Gewandes. »Wir wissen, daß Sie einen Tarnanzug tragen!«

»Was soll der Unsinn?« fauchte der Swoon.

Cynthia kämpfte sich durch die wild wimmelnden Robotspinnen. Sie blieb mit einemmal stehen. Lorrimer wollte ihr etwas zurufen, doch er konnte nicht mehr sprechen. Er war jetzt völlig gelähmt. Und zu allem Überfluß kehrten die Sehstörungen zurück.

»Aber das ist ja gar nicht Älmi!« hörte er Cynthia verblüfft sagen.

Der Swoon funkelte sie an. »Ich bin Kranos. Brek Kranos. Ich bin weder Mr. Lorrimer noch Älmi.«

»Hier bin ich, Cynthia, Liebste!« erklang eine dritte, eine bekannte und verhaßte Stimme. »Hier!«

Ein weiterer Swoon – in der einen Hand eine Aktentasche, in der anderen eine rosa Topsid-Zigarre – tauchte an Kranos' Seite auf.

»Hallo, Süße«, sagte Älmrich Olk. »Noch immer böse wegen deiner Erbschaft?«

Lukas Lorrimer hatte einen verhängnisvollen Fehler gemacht.

Er hatte auf die falsche Gurke geschossen!

Und ehe er seinen Fehler berichtigen konnte, entfaltete das *Zürdüdür*-Gift seine volle Wirkung.

Lorrimer verwandelte sich.

Er wußte jetzt, was aus den verschwundenen Nuß-Opfern geworden war, aber das spielte keine Rolle mehr. Nicht für ihn.

Schließlich war er nur eine Nuß.

Eine riesige *Zürdüdür*-Nuß …

ENDE